CITOYEN DU MONDE

CARLOS GHOSN
et PHILIPPE RIÈS

Citoyen du monde

GRASSET

Au cœur d'Otemachi, le centre des affaires de Tokyo, le Keidanren Kaikan fait figure de Saint des Saints du capitalisme nippon. Il abrite une des organisations patronales les plus puissantes de la planète. Les très grandes entreprises japonaises ont formé, au côté de la bureaucratie d'État et des politiciens conservateurs du Parti Libéral Démocratique (PLD), ce « triangle de fer » qui a dirigé le Japon depuis la fin de l'Occupation américaine au début des années 50.

Le lieu même rendait plus insolite encore l'événement qui avait lieu ce 27 mars 1999 dans le grand auditorium du Keidanren Kaikan. L'annonce de l'arrivée d'un sauveur étranger à la rescousse d'un fleuron industriel nippon, Nissan Motor Company Limited, numéro deux d'une industrie automobile elle-même située au second rang mondial, derrière celle des États-Unis. Même malade, Nissan Motor restait un géant industriel. 140 000 salariés, près d'un demi-million d'employés dans la galaxie du « keiretsu » et des fournisseurs, un poids économique supérieur à 1 % du produit intérieur brut (PIB) de l'archipel. Une entreprise globale, avec des usines aux États-Unis, au Mexique, en Europe, en Asie et des ramifications industrielles ou commerciales sur les cinq continents. Une marque, enfin, connue de l'Alaska à la Terre de Feu, du cap Nord à celui de Bonne-Espérance, un de ces noms qui avaient fait entrer la machine industrielle nipponne dans l'univers quotidien des habitants de la planète. Nissan, contraction de Nihon Sangyo, ce qui signifie littéralement « l'industrie japonaise », participait de l'histoire et de la personnalité intime du Japon.

La date du 27 mars ne devait rien au hasard. Le 31 mars, les sociétés japonaises allaient arrêter les comptes de l'exercice annuel 1998, entamé le 1er avril précédent. Pour Nissan, encore une année de lourdes pertes, la septième en huit ans.

Célébrée quinze ans plus tôt dans *The Reckoning* de David Halberstam comme l'entreprise représentative de ces samouraïs des temps modernes qui avaient osé défier Detroit sur ses terres, Nissan était désormais au bord de la faillite. Croulant sous les dettes, avec une part de marché au Japon en érosion continue depuis 26 ans, l'entreprise de Ginza était confrontée à un choix simple : le dépôt de bilan, à moins d'un sauvetage problématique par l'État japonais, ou l'appel à un chevalier blanc venu d'au-delà des mers. Depuis de longs mois, avec l'échéance du 31 mars 1999 en tête, le management de Nissan avait choisi la seconde solution. Mais c'est dans la toute dernière ligne droite qu'émergera le nom du partenaire étranger. Et c'est peu dire qu'il surprendra.

David contre Goliath

Renault ? Vous avez bien dit Renault ? Dans le monde de l'automobile, Renault avait longtemps fait figure de vilain petit canard. Hors de France, l'entreprise publique récemment privatisée, mais dont l'État français demeurait de très loin le premier actionnaire, évoquait surtout une série d'échecs. Il y avait eu le succès sans lendemain de la petite berline « Dauphine » sur le marché américain, puis le fiasco, toujours aux États-Unis, du rachat d'AMC, revendu à Chrysler après avoir englouti des milliards de francs. Plus récemment, l'échec du projet de fusion avec Volvo Car semblait sceller le destin d'une entreprise ligotée par son passé de société nationale, trop exclusivement dépendante de son marché intérieur, et à coup sûr vouée à perdre son indépendance dans le puissant mouvement de concentration qui allait redessiner le paysage automobile mondial. Et justement, le grand favori pour prendre le contrôle de Nissan était le nouveau géant de l'automobile mondiale, née d'une audacieuse fusion transatlantique entre Daimler Benz AG et Chrysler Motor Corporation.

Après avoir gobé un des « Big Three » de Detroit, certes le plus petit à l'histoire la plus troublée, le kaiser de Stuttgart Juergen Schrempp tournait ses regards vers l'Asie. Sur le papier la rivalité entre Renault SA et DaimlerChrysler AG pour séduire les dirigeants de

Nissan avait tout d'un remake du combat de David contre Goliath. Coté à Francfort et New York, le groupe germano-américain était grosso modo dix fois plus riche que son concurrent français. Pour les Japonais, quitte à aliéner leur indépendance, il était peut-être psychologiquement plus facile de se vendre à des Allemands. Après tout, l'Allemagne était le seul pays à équilibrer ses échanges automobiles avec le Japon tant était grand l'attrait auprès des consommateurs nippons des Mercedes, BMW, Audi et Volkswagen. Les marques allemandes représentent deux bons tiers des voitures importées au Japon. Dans le même temps, Renault n'avait pas vendu 3 000 voitures dans l'archipel en 1998. Enfin, DaimlerChrysler, numéro un mondial du camion sous les marques Mercedes et Freightliner, pouvait faire miroiter aux dirigeants de Nissan l'assurance d'un sauvetage de Nissan Diesel, filiale poids lourds encore plus mal en point que la maison mère.

Mais, comme dans la fable biblique, les Français allaient tirer avantage de leur petite taille et de leur pauvreté relative. La décision de prendre langue avec Nissan avait été mûrement réfléchie. Après l'échec douloureux de la fusion avec Volvo, Louis Schweitzer avait compris qu'il fallait rapidement rouvrir à ses troupes une nouvelle frontière. Une fois passée la transformation de Renault en entreprise privée et après l'ouverture d'un nouveau front dans le Mercosur, l'équipe de « l'international », menée par le vétéran Georges Douin, avait reçu mission d'explorer l'Asie à la recherche d'une possible alliance. Cap donc sur l'Empire du Soleil levant.

La crise de « Japan inc. »

Derrière l'apparence d'une industrie automobile puissante et conquérante, la réalité nipponne est en fait très contrastée. Certes, Toyota s'est hissée au troisième rang mondial, faisant de son processus de production, la « machine qui a changé le monde », une référence quasi universelle. L'entreprise de Nagoya contrôle plus de 40 % du marché japonais et étend ses tentacules à travers la planète, appuyée par une formidable force de frappe financière. Honda Motor, alors en passe de devenir le numéro deux nippon, est également en pleine forme. Entreprise d'ingénieurs, Honda a su innover dans le design, attirer à elle une clientèle jeune, transformer le marché américain en bastion de rentabilité. Sûre d'elle-même et de son avenir, Honda est farouchement attachée à son indépendance. Mais pour tous les autres constructeurs japonais, la « décennie perdue » que vient de traverser le pays après l'explosion en 1990 de la bulle spéculative des années 80, a produit son lot d'épreuves et de remises en cause. Mazda est passée sous le contrôle effectif de l'Américain Ford. De taille plus modeste encore, Isuzu, Fuji Heavy (marque Subaru) et Suzuki ont cherché protection sous l'aile du numéro un mondial General Motors. Daihatsu, qui fabrique exclusivement les

« mini-voitures » si typiques de la scène automobile japonaise, fait partie de la galaxie Toyota. Restent Mitsubishi Motor Corporation (MMC) ou Nissan.

Adossée au puissant keiretsu Mitsubishi, MMC va aussi, sinon plus mal que Nissan. Mais MMC a un actionnariat très concentré, dominé par les deux poids lourds de la « famille » Mitsubishi, la maison de commerce Mitsubishi Corporation, navire amiral du conglomérat, et Mitsubishi Heavy Industries (MHI), colosse de l'industrie lourde. Autrement dit, comme le confiera Louis Schweitzer à l'auteur de ces lignes, « négocier avec MMC signifiait s'entendre avec le conglomérat, alors que dans le cas de Nissan il fallait convaincre le management et lui seul ».

On touche ici au cœur de ce qui a fait la force du capitalisme à la mode japonaise, avant de devenir son talon d'Achille. Il est vraisemblable que le sort de Nissan a été scellé à l'automne 1997, en pleine panique financière, lorsque le président de Fuji Bank indiquait qu'il ne volerait pas au secours de la maison de titre Yamaichi Securities, pourtant membre du « keiretsu » Fuyo construit autour de sa banque. Nissan appartenait aussi à cet ensemble, certes moins homogène que les conglomérats Mitsubishi, Mitsui ou Sumitomo, mais dont les sociétés membres avaient une histoire commune et des obligations réciproques. La faillite de Yamaichi, un des quatre grands du courtage japonais, suivie par la défaillance de la banque Takugin, révélait au grand jour l'état de délabrement avancé de l'ensemble du système financier japonais. Laissé sans solution sérieuse depuis l'éclatement de la bulle spéculative, le problème des mauvaises créances avait fait boule de neige, mettant *de facto* les principaux établissements du pays dans l'incapacité de remplir leur fonction traditionnelle auprès des entreprises du pays. Le sous-développement relatif des marchés de capitaux plaçait les entreprises japonaises dans une dépendance quasi totale vis-à-vis du financement d'origine bancaire. Qu'il devienne plus restrictif ou vienne à manquer, et leur sort était scellé. Or, en échange d'une recapitalisation partielle sur fonds publics décidée dans la foulée de la crise de 1997-98, les banques japonaises étaient sommées de faire le ménage dans leurs bilans. Pour nombre de débiteurs plus ou moins solvables, l'heure de vérité approchait. Historiquement, Nissan avait pu compter avec le soutien de deux grandes banques, Fuji, une banque commerciale, et surtout IBJ (Industrial Bank of Japan), la plus importante des trois banques de crédit à long terme qui avaient joué un rôle clef dans la reconstruction et l'expansion de la machine économique nipponne. IBJ était étroitement associée à la vie de Nissan, lui ayant fourni non seulement le nerf de la guerre mais nombre de généraux, cadres de la banque détachés à la direction du groupe industriel dans les moments difficiles. Une pratique habituelle dans le modèle de croissance japonais. Or, IBJ allait très mal. Elle devait échapper de peu à la faillite et à la nationalisation, sort promis à ses deux rivales, LTCB (Long Term Credit Bank of Japan) et NCB (Nippon Credit Bank). Mais elle ne devra sa survie qu'à la fusion qui devait donner naissance au groupe Mizuho. Au début de 1999, une bonne partie de cette histoire restait à écrire mais les conclusions en étaient déjà implicites pour les dirigeants de Nissan : l'entreprise devait chercher ailleurs les voies de son salut.

Auprès du gouvernement japonais ? La nationalisation ne fait pas partie des pratiques habituelles au Japon où l'influence de l'État dans la vie économique, exprimée par une puissante bureaucratie, s'était manifestée amplement mais par d'autres canaux. Un renflouement avec l'argent du contribuable était difficilement envisagé, même pour une banque, en dépit du risque « systémique » lié à la défaillance éventuelle d'un établissement financier. Dans le cas d'une entreprise industrielle, il était exclu.

Nissan pouvait-il espérer trouver un bras secourable auprès d'un rival japonais ? L'industrie automobile japonaise, comme ses homologues des autres grands pays industrialisés, avait connu des rapprochements internes. Nissan elle-même avait absorbé Prince Motor, dans les années 60. Toyota contrôlait de plus en plus étroitement le constructeur de mini-voitures Daihatsu et s'était emparée du fabricant de poids lourds Hino, qui fut jadis le partenaire japonais de Renault, assemblant plus de 50 000 4 CV dans l'immédiat après-guerre. En dépit de tout cela, la réponse à la question posée plus haut est évidente : un « non » catégorique. D'abord en raison du faible nombre de candidats locaux : deux, Toyota et Honda. Réunir Nissan et Honda, les numéros deux et trois nippons ? Autant marier la carpe et le lapin ! Quant à une reprise par Toyota, qui n'aurait pourtant coûté au géant de Nagoya qu'une fraction de ses énormes réserves financières, autant demander aux 140 000 employés de Nissan de commettre un « seppuku » collectif. Nissan avait vécu les dernières décennies d'abord avec l'obsession de rattraper Toyota puis dans l'amertume de voir cet objectif s'éloigner irrémédiablement. Cette course-poursuite avait d'ailleurs joué un rôle majeur dans la sortie de route de Nissan, plus occupé à singer son principal concurrent qu'à développer sa propre personnalité.

La nécessité imposait à Nissan la recherche d'un partenaire étranger. Le hasard allait mettre sur sa route l'allié idéal, Renault. Une part de chance qu'il faut bien entendu qualifier.

Complémentarité

Financièrement, commercialement, Renault, trop petit et encore trop exclusivement européen, était fragilisé alors que la fusion Daimler-Chrysler paraissait ouvrir une guerre de mouvement conduisant à de nouvelles concentrations. Les analystes estimaient désormais qu'une production annuelle de 4 millions de véhicules marquerait le seuil de survie pour les constructeurs généralistes. Renault en était loin. Certes, le capital de l'entreprise restait verrouillé par la très forte participation résiduelle (44,4 %) de l'État français. Mais il s'agissait d'une ligne Maginot, une position défensive qui pouvait être remise en cause à tout moment. L'État français n'avait plus vocation à demeurer actionnaire d'entreprises du secteur concurrentiel. Pour rester maître de son destin, Renault devait grossir. Et grossir vite.

Très vite, les études de l'équipe internationale parviendront à la conclusion que le chemin de l'avenir passait par l'Asie et qu'en Asie, le partenaire idéal était Nissan. Au niveau géographique, la complémentarité était presque parfaite. Renault, très puissant en Europe où Nissan, en dépit d'une excellente implantation industrielle à Sunderland, sur la côte nord-est de l'Angleterre, avait une part de marché modeste, à l'image des autres constructeurs japonais. Nissan, bien implanté au Japon et en Asie, où la présence de Renault était confidentielle. Renault en pleine expansion dans le cône sud du continent américain, alors que Nissan était présent au Mexique. Nissan enfin vendait plus de 700 000 véhicules par an sur le très profitable marché nord-américain, dont Renault s'était retiré sans gloire après l'échec de la reprise d'AMC.

S'agissant des compétences et des points forts respectifs, les synergies devaient se révéler également fortes. Nissan conservait une ingénierie de premier ordre, particulièrement dans le domaine des moteurs et des transmissions et, en bon Japonais, une grande maîtrise du processus industriel et des problèmes de qualité. Renault excellait dans les domaines où le constructeur japonais était à la peine : innovation dans les concepts, originalité du design, achats, marketing, identité de marque et expertise financière.

Renault fait sa cour

Il restait à convaincre Nissan de se laisser passer la bague au doigt. Des trois prétendants possibles, Renault était le moins puissant, le moins riche et le moins prestigieux. Outre DaimlerChrysler, approché initialement pour un sauvetage de Nissan Diesel, la filiale poids lourds, Yoshikazu Hanawa, le président de Nissan, avait fait le siège du géant américain Ford. Mais Ford possédait déjà avec Mazda une base de production au Japon et en Asie et le numéro deux américain était en train de compléter ou de digérer des acquisitions importantes en Europe, notamment Volvo Car. Jac Nasser, le patron de Ford, n'avait pas découragé totalement Hanawa mais s'était montré peu enthousiaste. DaimlerChrysler avait placé la barre très haut : une prise de contrôle à plus de 50 %, la maîtrise complète du management. Échaudés par l'affaire Volvo, Louis Schweitzer et son équipe adopteront une approche beaucoup plus « soft ». Renault ne demande pas de discussions exclusives mais la mise en place d'un processus d'évaluation qui va impliquer plus de cent personnes de chaque côté. Pendant de longs mois, les « Nissan » et les « Renault » vont parler métier, produits, plates-formes ou moteurs, synergies, complémentarités techniques ou géographiques, apprendre à se connaître et à s'apprécier. Les questions de « gros sous » viendront bien plus tard. Or, plus l'examen progresse, plus il devient évident de part et d'autre que le « fit » entre les deux entreprises est proche de l'idéal. Au fil des rencontres au sommet et très secrètes entre Schweitzer et Hanawa, une alchimie va manifestement fonctionner entre l'ancien élève de l'École Nationale d'Administration et le diplômé de l'Université de Tokyo. En novembre 1998, Louis Schweitzer abat son « joker ». Carlos Ghosn, le numéro deux débauché chez Michelin deux ans plus tôt, vient à Tokyo faire au comité exécutif de Nissan une présentation au tableau noir du « plan 20 milliards » qui a permis à Renault de rebondir de manière spectaculaire après une année 1996 difficile. Tous les témoins attestent que la démonstration aura un impact important sur le déroulement de la négociation. La conviction de Schweitzer que Carlos Ghosn est l'homme de la situation est désormais partagée par Hanawa. Les dirigeants de Nissan sont séduits, mais pas pour autant ralliés. Ils continuent à espérer un accord avec DaimlerChrysler et ne suspendent pas les contacts avec Ford.

Entamée avant l'été 1998, la partie va se jouer en quelques semaines, entre la mi-février et la fin mars 1999. Il y a d'abord l'annonce brutale que DaimlerChrysler se retire du jeu. Empêtré dans une fusion avec Chrysler qui s'avère beaucoup plus difficile que prévu, Juergen Schrempp n'a pas pu convaincre les membres américains de son conseil d'administration de saisir cette chance unique. Attaché à sa formule d'une « fusion entre égaux », dont il avouera crûment plus tard qu'elle n'était qu'un leurre, il refuse de passer en force. Pour Renault, c'est l'opportunité du siècle, juste avant le changement de millénaire. Encore faut-il pouvoir la saisir. Ce qui veut dire convaincre l'actionnaire majoritaire, l'État français.

Un actionnaire à la hauteur

Louis Schweitzer a bien construit son dossier. Après de lourdes pertes en 1996, Renault avait immédiatement rebondi, redevenant bénéficiaire dès l'année suivante. Le groupe n'a pas de dette, une trésorerie saine, une gamme de produits solide, avec notamment le Scenic, pionnier du monospace compact qui fait un « tabac » sur les marchés européens. L'expansion en Turquie, dans le Mercosur, a été financée. Renault a rajeuni son encadrement et pense disposer des hommes et des femmes à même de tenter l'aventure japonaise. Tout cela, Schweitzer va en convaincre son principal actionnaire. Une chance historique se présente d'assurer l'avenir à long terme de l'entreprise en la faisant changer de dimension, d'horizon géographique, d'échelle technologique, de poids financier. L'affaire n'est pas sans risque mais c'est un risque calculé, moins grave sans doute que celui de ne pas bouger dans une industrie en pleine redistribution des cartes. Toutefois, c'est peu dire que l'État français, dans son rôle d'actionnaire des entreprises publiques, n'avait guère brillé dans le passé par sa lucidité ou son courage. Incohérence doctrinale : les entreprises du secteur concurrentiel doivent en principe avoir la liberté de gestion de leurs rivales du privé mais dans les faits, on attend d'elles un comportement socialement ou politiquement « responsable » ; irresponsabilité patrimoniale ensuite, l'État actionnaire tolérant ou encourageant, du Crédit Lyonnais à France Télécom, des stratégies à haut risque ; interférence politique enfin, avec une certaine tendance, même si ce n'est pas systématique, à intégrer les postes dirigeants de ces entreprises dans le « système des dépouilles à la française », qui se manifeste après chaque alternance politique. Mais Louis Schweitzer connaît son monde. Longtemps directeur de cabinet de Laurent Fabius, au ministère du Budget puis de l'Industrie et enfin à l'Hôtel Matignon, le patron de Renault n'est pas un militant socialiste mais il a une « sensibilité » de gauche. Il tutoie nombre de responsables du gouvernement en place, ministres ou conseillers, qui ont souvent reçu la même formation et sont entrés dans la vie active par la même porte : École nationale d'administration et haute fonction publique. À commencer par le Premier ministre Lionel Jospin. Le dossier, comme il se devait, sera examiné au plus haut niveau, et avec bienveillance. Une fois n'est pas coutume, l'État actionnaire jouera son rôle : il autorise une prise de risque stratégique qu'un actionnaire privé aurait sans doute eu du mal à accepter.

Soulagement à Tokyo

À Tokyo aussi, le gouvernement et l'administration, non seulement ne vont pas s'opposer mais au contraire appuyer la formation de l'Alliance. Ce n'était pas évident. Si les grandes entreprises japonaises, à commencer par Nissan dans l'industrie automobile, se sont engagées depuis plusieurs décennies dans une vaste expansion internationale, le climat sur place a longtemps été résolument hostile à la pénétration des entreprises étrangères. Dans la logique mercantiliste de « Japan inc. », les exportations, qu'il s'agisse de produits, d'usines ou de capitaux, sont une bonne chose ; les importations, un aveu de faiblesse. Les investissements directs étrangers, puissant moteur d'une mondialisation qui s'esquisse dans les années 80, restent, si l'on peut dire, « persona non grata » dans l'archipel. Les fusions à l'amiable sont rarissimes. Les acquisitions hostiles totalement exclues.

Mais la tectonique des plaques est à l'œuvre, au Japon comme ailleurs. À partir du milieu des années 80, l'archipel paye de la formation d'une colossale bulle spéculative, qui emporte sur des sommets la Bourse et le marché immobilier, son incapacité à réformer un modèle de croissance dont la date de validité est largement dépassée. Quand la bulle éclate, au début de la décennie suivante, le champion de la croissance devient la lanterne rouge du G7. Le Japon ne s'effondre pas comme un vulgaire pays émergent car il a accumulé d'énormes réserves, mais son système bancaire est sinistré. Instabilité politique, scandales financiers et de mœurs mettant en cause une bureaucratie jusque-là réputée au-dessus de tout soupçon, le système fait eau de toutes parts. Si les meilleures des entreprises japonaises tirent leur épingle du jeu, les autres souffrent et nombre d'entre elles ne doivent leur survie qu'au soutien aveugle des banques qui, comme ces personnages de bande dessinée, poursuivent leur course dans le vide alors que le sol s'est dérobé sous leurs pas. Le changement passe lentement, mais il passe. Sans enthousiasme mais avec continuité, l'archipel adapte progressivement son cadre réglementaire, ses normes comptables, son gouvernement d'entreprise aux principes qui s'imposent aux États-Unis et en Europe comme la référence internationale. La crise met à mal les piliers les plus solides du contrat social japonais : l'emploi à vie, l'avancement à l'ancienneté, la quasi-osmose entre autorités de tutelle et entreprises, les solidarités anciennes tissées par le réseau des « keiretsu ». Les participations croisées se dénouent sous l'empire de la nécessité. Des conglomérats dont l'histoire et les rivalités remontent au-delà même de la réforme de Meiji comme Mitsui et Sumitomo fusionnent leurs activités dans des domaines aussi divers que la banque ou la chimie. Mieux encore, l'idée fait lentement son chemin que la survie peut passer par le rapprochement avec un groupe étranger. C'est notamment le cas au légendaire MITI, qui sera bientôt rebaptisé METI (ministère de l'Économie, du Commerce et de l'Industrie). Cette administration, décrite dans le livre classique de

Chalmers Johnson *Le MITI et le miracle japonais* comme le cerveau et le cœur de « Japan inc. », souhaite se réincarner en avant-garde de la réforme. Les actes ne suivent pas toujours les discours, mais il n'y a aucun doute que le projet d'alliance entre Renault et Nissan y sera chaleureusement accueilli. Il en sera de même au Kantei, la résidence officielle du Premier ministre japonais, où un Keizo Obuchi fait de son mieux (il va y laisser la vie, emporté par une congestion cérébrale) pour éviter le retour du typhon financier qui a secoué si violemment le Japon en 1997 et 1998. Il y aura bien quelques grommellements hostiles, venus de la vieille garde politique ou bureaucratique, mais l'arrivée d'un actionnaire principal étranger chez Nissan sera acceptée avec une remarquable tolérance. Dans la presse japonaise, comme dans la grande majorité des médias internationaux, une fois passée la réaction de surprise, le sentiment qui domine est le scepticisme. Ils sont très peu à parier sur une réussite de l'entreprise. Comme chez les Romains de la célèbre bande dessinée « Astérix le Gaulois », la réaction qui domine, chez les analystes comme chez les concurrents, c'est : « Ils sont fous, ces Gaulois ! »

« Le cost killer »

« Le cost killer » : c'est ainsi, dans un sabir expressif mêlant le français et l'anglais, que la presse internationale, vite relayée par les médias nippons, présente

Carlos Ghosn au public de l'archipel, et par conséquent aux salariés de Nissan qui se demandent à quelle sauce ils vont être mangés. L'Alliance entre Renault et Nissan a pris le visage d'un homme jeune, polyglotte, né au Brésil, dans une famille d'origine libanaise, de culture française et dont l'itinéraire professionnel a couvert l'Europe et les deux Amériques. Carlos Ghosn a travaillé 18 ans dans l'anonymat pour Michelin, le numéro un mondial des pneumatiques, et y a gravi à une vitesse record l'échelle des responsabilités. Quand il quitte le manufacturier en 1996 pour rejoindre Renault à la demande de Louis Schweitzer, il est le patron des opérations nord-américaines qui pèsent quelque 40 % du chiffre d'affaires de Michelin. À Billancourt, il sera le principal architecte du « plan 20 milliards », un programme radical de rationalisation et de réduction des coûts destiné à relancer Renault, qui vient de connaître une méchante sortie de route. En 1996, le constructeur français a subi à nouveau ces lourdes pertes financières dont on pensait qu'elles appartenaient au passé troublé de l'entreprise. Le plan prévoit la fermeture d'une seule usine, à Vilvorde en Belgique. L'affaire provoque une émotion considérable. En dépit des pressions politiques, la direction de Renault tient bon. Le « plan 20 milliards » sera exécuté avec vigueur et Renault reprend dès 1997 le chemin des bénéfices. Carlos Ghosn y a gagné un premier surnom. Il y en aura d'autres.

L'inquiétude des salariés de Nissan est compréhensible. On ne sort pas d'un état qui sera décrit comme voisin de la mort clinique sans un traitement de choc. Toutefois, les « Renault » ne débarquent pas en conquérants au siège de Ginza. Certes, le groupe français a déboursé quelque 5 milliards de dollars, soit 30 milliards de francs, d'avant l'euro, pour acquérir 36,8 % du capital de Nissan. Pour éviter de consolider dans les comptes de Renault l'énorme dette de Nissan, Louis Schweitzer n'a pas voulu monter plus haut, tout en se réservant la possibilité de le faire plus tard, si tout va bien. L'accord d'alliance prévoit que trois responsables venus de Renault feront leur entrée dans un conseil d'administration réduit à dix membres. Carlos Ghosn devient le responsable effectif du constructeur japonais avec le titre spécialement créé de directeur général opérationnel. Mais ce n'est pas une armée d'occupation qui prend ses quartiers chez Nissan. Tout au plus un petit commando, 17 noms sur la première liste d'expatriés. La consigne donnée par Louis Schweitzer est simple : il faut aller vite parce que Renault n'est ni très grand, ni très riche. Avant de quitter Paris, Carlos Ghosn a distribué la feuille de route : il ne s'agit pas de changer le Japon mais d'aider Nissan à se redresser.

Success story

Et tout ira très vite, en effet. Le 18 octobre 1999, à la veille de l'ouverture du Tokyo Motor Show, Carlos Ghosn présente le Plan de Renaissance de Nissan, qui sera popularisé par son acronyme anglais NRP (Nissan Revival Plan). Les 21 000 suppressions d'emplois dans le monde, pour la majeure partie au Japon, et la fermeture de cinq usines dans l'archipel feront les gros titres. Avec les tabous, ce sont aussi les illusions qui tombent : « Nissan va mal », comme dira ce jour-là Carlos Ghosn. Autre démarche inhabituelle, et pas seulement au Japon, les trois engagements majeurs contenus dans le plan ne sont pas négociables : s'ils n'étaient pas atteints, au jour fixé, au niveau fixé, le comité exécutif, Carlos Ghosn en tête, rendrait son tablier. Et quels engagements : le retour à l'équilibre financier dès la première année de mise en œuvre du NRP, la réduction de moitié de la dette et une marge opérationnelle rehaussée à 4,5 % du chiffre d'affaires d'ici à trois ans. Le reste, comme on dit, appartient à l'histoire. L'histoire que raconte ce livre.

Non seulement Carlos Ghosn et son équipe n'ont pas quitté la direction de Nissan, mais la renaissance du constructeur japonais est devenue la « success story » la plus extraordinaire de ce début du XXIe siècle particulièrement chaotique. Dans un pays où la stagnation économique persiste, dans un environnement international marqué par la récession aux États-Unis, l'effondrement des marchés boursiers et des « valeurs » qui ont dominé les années 90, Nissan ne va pas seulement mieux. Nissan va bien. La convalescence n'aura duré que deux ans, les objectifs du NRP étant tous atteints par anticipation au 31 mars 2002. Le plan suivant, Nissan 180, est celui de la croissance : sur trois ans toujours, d'ici au printemps 2005, un million de voitures vendues en plus dans le monde, une marge opérationnelle stabilisée à 8 %, la dette ramenée au niveau zéro. Sur l'exercice fiscal 2002-2003, Nissan est devenu le constructeur généraliste le plus rentable au monde, avec une marge d'exploitation supérieure à 10,5 %. Nissan réembauche. Dans le Japon de la déflation des prix et des salaires, Nissan augmente les rémunérations. Nissan investit plus d'un milliard de dollars aux États-Unis pour construire une nouvelle usine, un autre milliard en Chine pour prendre la moitié d'une entreprise appelée à devenir un leader sur le marché le plus prometteur de la planète automobile. Nissan a retrouvé les moyens et le goût de faire des voitures qui plaisent, sur lesquelles on se retourne dans la rue. La nouvelle 350 Z, lointaine héritière de la légendaire Datsun 240 Z, est un peu le porte-drapeau de cette renaissance. Après des années d'errance et de déshérence, une grande entreprise a retrouvé sa voie.

Elle le doit à Renault, qui a pris un risque que d'autres, plus puissants, plus riches, avaient jugé excessif. D'ores et déjà, l'entreprise française a gagné son pari. L'alliance avec Nissan lui a permis de changer de dimension. D'un constructeur essentiellement européen, Renault s'est transformé en un des acteurs majeurs de l'industrie automobile mondiale, présent indirectement aux États-Unis, en Amérique Centrale et du Sud, à travers l'Asie-Pacifique et demain, à grande échelle en Chine. Mais il ne faut pas oublier que cette aventure est récente. Les liens de l'Alliance ont été renforcés. En mars 2002, Renault est monté à 44,4 % dans le capital de Nissan tandis que le constructeur japonais prenait quelques mois plus tard 15 % de Renault à la faveur d'un nouveau désengagement de l'État français. Mais elle n'a encore délivré qu'une partie dc son potentiel. Les premiers modèles sur les nouvelles plates-formes communes ne sont apparus sur le marché qu'au printemps 2002, avec la petite March/ Micra de Nissan. Les échanges de savoir-faire, d'organes mécaniques, l'intégration des réseaux de fournisseurs, le partage des capacités de production et des infrastructures commerciales à travers le monde, recèlent encore des trésors d'efficience, de productivité, d'enrichissement mutuel.

Une mondialisation à visage humain

Au cœur de cette réussite, il y a les rapports entre les hommes et les femmes, les « Renault » et les « Nissan », qui en sont les acteurs quotidiens. Quelque chose d'immatériel, que seuls ceux qui vivent cette aventure de l'intérieur sauraient décrire. Ils pourraient raconter les incompréhensions, les impatiences, les quiproquos, les tensions, voire les affrontements mais aussi les émotions, les complicités, les rires, qui ont inévitablement marqué le rapprochement entre deux entreprises, deux histoires, deux cultures de prime abord si différentes. La réussite n'est pas affaire de chance ou de hasard. Elle vient d'abord de ce que les équipes dirigeantes, des deux côtés, ont joué cartes sur table : l'Alliance, rien que l'Alliance mais toute l'Alliance. Dans une intervention à Tokyo, au printemps 2001, Louis Schweitzer rappelait les principes de la Charte de l'Alliance, signée en 1999 par lui-même et Yoshikazu Hanawa : reconnaissance et valorisation des différences, respect mutuel, franchise et écoute. « Ces principes, expliquait-il, paraissent extraordinairement simples et naturels, mais si vous regardez un manuel de management traditionnel, vous constaterez qu'ils n'y figurent pas tous. Il faut à la fois conserver sa propre culture et faire l'effort de comprendre la culture de l'autre et de s'adapter. Nous choisissons une voie fondée sur le respect et la reconnaissance de deux entreprises et de deux identités. » Le patron de Renault définissait ce qui deviendrait un jour « un groupe binational », multiculturel, « initiative originale qui n'a de précédent ni dans le monde automobile, ni entre la France et le Japon ».

Le paradoxe, c'est que l'homme qui plus que tout autre aura porté ce projet original n'est ni un Japonais, ni un Français « classique ». Né au Brésil, dans une famille d'origine libanaise, éduqué dans la culture française, produit des grandes écoles de la République, Carlos Ghosn est l'incarnation de l'ouverture culturelle. Un « citoyen du monde », mais de notre monde, celui du XXIe siècle, qui devrait offrir à l'humanité la chance de s'élever enfin au-dessus de l'ignorance, des préjugés, de l'esprit de clocher et des haines rancies qui ont nourri la barbarie des âges plus anciens et du siècle précédent. Les langues (portugais, arabe, français, anglais, et même maintenant un peu de japonais) et les pérégrinations professionnelles (France et Europe, Brésil, États-Unis, Japon) dessinent une personnalité à l'image de ce que devrait être notre planète sans frontières : on peut rester soi-même tout en allant à la rencontre des autres. À un moment où la mondialisation a plutôt mauvaise presse, l'aventure commune de Renault et de Nissan apporte la démonstration vivante de ce qu'elle peut accomplir quand elle est gérée avec le souci des hommes et le respect de leur personnalité. À l'heure où les chefs d'entreprise sont voués aux gémonies, après avoir été annexés, le plus souvent – mais pas toujours – contre leur gré à l'univers du « showbiz », cette aventure souligne, selon une formule banale, qu'« il n'est de richesse que d'hommes » et que l'entreprise reste ce creuset où ils conjuguent leurs talents, leurs efforts, leurs passions, pour tenter d'améliorer un destin commun.

CHAPITRE UN

Le départ

« Il s'appelait Bichara Ghosn. »

De ce grand-père qu'il n'a pas connu, Carlos Ghosn Bichara – c'est sa signature complète – parle avec déférence et familiarité. Et il raconte une histoire à la fois banale et singulière.

Pays minuscule, encore atomisé par ses rivalités claniques, tribales et religieuses, toujours à la merci d'une domination étrangère, de l'Empire Ottoman à la tutelle syrienne en passant par le protectorat français, le Liban est le berceau de l'une des grandes diasporas de l'histoire de l'humanité. Comme les Chinois d'outre-mer à travers l'Asie, les enfants de la montagne libanaise ont ouvert leurs échoppes dans les coins les plus reculés d'Afrique, traversé l'Atlantique pour s'établir en Amérique Latine ou poussé vers les confins de l'Orient extrême et jusqu'en Australie. Des pionniers, des commerçants, des entrepreneurs, durs au travail, certains devenus très riches, la plupart simplement aisés, le plus souvent bien intégrés dans leur pays d'accueil mais sans jamais rompre tout à fait le lien avec le Liban de leurs pères.

> « Mon grand-père a émigré du Liban vers le Brésil quand il était très jeune. Il est parti seul. Il devait avoir 13 ans. À cette époque, on partait relativement très jeune puisqu'il n'y avait pas tellement d'impératif scolaire. »

Le pays fait encore partie de l'immense Empire Ottoman, qui s'étend de la Turquie d'Europe à la péninsule Arabique et jusqu'aux rives du Nil. Mais un empire à bout de souffle. Distante et corrompue, Constantinople a du mal à faire respecter l'ordre dans les provinces éloignées.

> « Au début du siècle, il y a eu au Liban plusieurs vagues d'émigration, qui avaient deux causes principales, les troubles d'origine religieuse, Druzes contre Maronites, Sunnites contre Chiites, et une pauvreté endémique. »

Les Ghosn sont originaires du mont Liban, pays des cèdres centenaires et des vendettas séculaires entre les Maronites et les Druzes, des clans guerriers relevant de l'islam chiite. Les Maronites sont les catholiques d'Orient, c'est-à-dire les chrétiens qui ont toujours suivi le Pape et l'Église d'Occident, à la différence des Orthodoxes, des Chaldéens ou des Coptes qui sont en marge de l'Église ou ne reconnaissent pas l'autorité du Pape. Les Maronites étaient les alliés de Rome.

> « Bichara Ghosn venait du Kesrouan, la partie du mont Liban qui était maronite à cent pour cent. Il y a chez les Maronites une valeur de loyauté qui est très importante. Loyauté vis-à-vis de l'Église et respect des traditions. Ainsi la messe maronite est-elle toujours dite en syriaque, une langue qui n'est plus parlée aujourd'hui mais qui était la langue du Christ. Ces traditions et cette loyauté ont été transmises de génération en génération dans la communauté maronite. Les Maronites qui ont émigré ont conservé cette loyauté vis-à-vis du Liban et des familles restées au pays. Ils envoient de l'argent. Ils font construire une maison dans le village de leurs origines et ils y reviennent de temps en temps. »

L'autre loyauté des Maronites du Liban va à la France. C'est le résultat d'une longue histoire, millénaire, qui remonte aux Croisades et a connu depuis bien des vicissitudes, dans un pays régulièrement balayé par des invasions et dont l'indépendance, aujourd'hui encore, est menacée par ses voisins. La France, « fille aînée de l'Église » mais aussi puissance coloniale tournée vers le Proche et l'Extrême-Orient, s'est toujours considérée comme la protectrice des chrétiens d'Orient. Un rôle qui lui fut reconnu officiellement après la Première Guerre mondiale et le démantèlement de l'Empire Ottoman, la Société des Nations plaçant alors le Liban sous administration française. Le Liban devient un protectorat français et le restera jusqu'au lendemain de la Seconde Guerre mondiale.

> « Pour la France, le mandat était un retour. Il s'agit d'une communauté qui a toujours vécu le mélange des cultures. Les Maronites sont tous au minimum biculturels. Le monde arabe d'un côté, la francophonie de l'autre, même si cette dernière est en recul aujourd'hui parce qu'ils s'estiment un peu délaissés par la France. Ils vivent cette existence pluriculturelle de manière tout à fait naturelle. Ils parlent le plus souvent l'arabe et le français, auquel est venu s'adjoindre l'anglais pour des raisons professionnelles. Les Maronites ont par conséquent toujours vécu dans un monde plutôt ouvert, tout en préservant une forte identité. »

Une troisième valeur, qui n'est pas propre aux Maronites mais qui prend dans leur communauté une dimension particulière, est l'importance attachée à la famille. Elle tient pour partie à l'influence de la religion, au respect des liens du mariage qu'elle prescrit. Elle tient aussi au destin troublé du Liban. Et enfin, l'attachement aux liens familiaux est un trait commun aux membres des diasporas.

> « Dans un monde où vous êtes sous une menace constante, le noyau familial est le lieu où vous vous protégez, où vous affirmez votre identité constamment menacée par la présence musulmane, par les invasions

> et par les divisions entre factions rivales au sein même du Liban. »

Quand il s'embarque pour le Brésil, Bichara Ghosn est porteur de ces valeurs et de ces traditions. Elles représentent même l'essentiel de son bagage d'émigrant désargenté.

> « Les jeunes décidaient d'émigrer, soit en raison de l'insécurité provoquée par les conflits ethniques ou religieux, soit à cause de la pauvreté. Dans ces villages, les moyens de subsistance étaient limités, les familles étaient nombreuses et la terre rare. Les jeunes gens n'avaient pas de perspectives devant eux. Comme tant d'autres, mon grand-père a compris qu'il ne pourrait pas subvenir à ses besoins en restant au Liban. Un membre de la famille lui parle du cousin ou de l'ami qui a été au Brésil, de tel autre parti aux États-Unis et qui a fait fortune. »

Faire fortune ne signifiait pas devenir millionnaire, mais trouver un emploi stable, pouvoir fonder une famille et subvenir à ses besoins, assurer aux enfants une bonne éducation.

> « Un beau matin de ce début de siècle, il est descendu de son village pour aller prendre un bateau sur le port de Beyrouth. Ensuite, trois mois de traversée jusqu'à l'arrivée au Brésil. Il était à peu près illettré, sans le sou et ne parlait qu'une seule langue, l'arabe. »

C'est ainsi que commence l'aventure brésilienne de ceux que dans leur nouveau pays on appelle, aujourd'hui encore, les « turcos ». Tout simplement parce que les immigrants libanais, en ce début de XXe siècle, ont des passeports émis par l'Empire Ottoman, qui va survivre jusqu'à la fin de la Première Guerre mondiale.

> « Rio de Janeiro était la ville où les gens qui avaient réussi à l'intérieur du pays revenaient s'installer pour profiter de la vie. Mais l'eldorado brésilien, à ce moment-là, était du côté de l'Amazonie, le centre et le nord-ouest du Brésil. »

En vrai pionnier, Bichara Ghosn prend son baluchon et part vers la nouvelle frontière, au sens propre et figuré. Aux confins du Brésil et de la Bolivie, les terres vierges baignées par le fleuve Madeira (ce qui en portugais veut dire bois, une des principales ressources de la région), un des grands affluents de l'Amazone, ne forment pas encore un État de la fédération brésilienne. C'est le territoire de Guapore, qui deviendra plus tard seulement l'État de Rondonia, dont la capitale est Porto Velho, sur la rive du fleuve. C'est là que Bichara Ghosn décide de poser son sac.

> « Il va sillonner la région à la recherche de menus emplois. Petit à petit, il fait son chemin et se met à son compte, devient entrepreneur. Il commence à travailler dans le commerce des produits agricoles. Puis, il se lance dans le commerce du caoutchouc car l'hévéa brasiliensis

> était très présent dans cette région. Ensuite, il participera au développement des lignes aériennes brésiliennes, qui étaient en train de tisser leur toile sur le pays. Il agissait comme un agent local. Il les aidait à connaître la région et leur fournissait différents services. »

Après plusieurs décennies de travail acharné, le tout jeune homme arrivé au Brésil sans rien, pas même la langue du pays, se retrouve à la tête de plusieurs sociétés, une qui contrôle le commerce des produits agricoles, une autre pour la branche caoutchouc, une troisième dans le transport aérien.

> « Je n'ai pas connu mon grand-père. J'en parle par ouï-dire car il est mort relativement jeune, bien avant ma naissance. À 53 ans, il devait subir une opération de la vésicule biliaire et les moyens chirurgicaux à l'intérieur du Brésil étaient quand même sommaires à cette époque. Il est mort sur la table d'opération. Mais tout ce que j'en ai entendu dire, par mon père, mes oncles, par tous ceux qui l'ont connu, décrit une forte personnalité. C'était un véritable pionnier, ayant le goût du risque, et qui a dû se débrouiller tout seul très jeune, sans argent, sans culture, sans éducation. J'ai le souvenir de quelqu'un qui est parti de rien, qui s'est construit une vie tout à fait honorable, a éduqué convenablement ses enfants, et qui a laissé un patrimoine respectable, même s'il était très limité par rapport aux normes actuelles. »

À ses huit enfants, quatre fils et quatre filles, au petit-fils qu'il ne connaîtra pas, Bichara Ghosn ne lègue pas seulement un pays, un patrimoine, mais aussi un exemple et des valeurs.

> « Mon grand-père est pour moi un personnage important. Ce n'était pas un homme banal. Il a fait des choses qui aujourd'hui encore me surprennent. En outre, il était très respecté parce qu'il était intègre, une qualité assez rare à cette époque dans ce monde des pionniers. Un homme de principes et de famille : c'est l'image que j'en garde. Ses enfants lui étaient très attachés. Mon père parlait de son père avec beaucoup d'affection, comme le font mes oncles et mes tantes. C'est quelqu'un qui les a marqués. »

À la mort de Bichara Ghosn, l'entreprise familiale est divisée entre les enfants qui, comme souvent à la deuxième génération, y avaient déjà trouvé leur place. Jorge, le père du futur Carlos, prend en main l'activité aérienne. Comme ses frères et sœurs, il est né au Brésil.

Mais la famille a gardé un lien étroit avec le Liban, ce qui est tout à fait fréquent dans la diaspora libanaise. Il y a de nombreuses raisons à cela : la culture familiale, la religion, l'attachement aux racines, le fait qu'une partie de la famille d'origine soit toujours là-bas.

> « Mon grand-père était parti du pays mais ses frères et sœurs, les cousins et les cousines étaient restés et aussi sa mère. Les liens avec le pays d'origine restent forts. »

Tous les trois ans environ, la famille fait en sens inverse le voyage qui avait conduit Bichara Ghosn du port de Beyrouth à la baie de Rio.

« Mon père y est revenu pour s'y marier, comme le font beaucoup d'émigrés, italiens, libanais ou irlandais. Ils font tous la même chose. Quand il s'agit de passer aux choses sérieuses, ils essayent de retrouver les mêmes valeurs et surtout, dans le cadre du mariage, les mêmes valeurs religieuses et familiales. Mon père, à l'occasion d'un retour au Liban, s'est fait introduire dans une famille tout à fait recommandable, a fait la connaissance de ma mère. Ils se sont mariés au Liban et sont rentrés au Brésil pour travailler et fonder à leur tour une famille. »

Rose, que toute sa vie on appellera Zetta, est issue elle aussi d'une famille nombreuse, originaire de la montagne libanaise mais de la partie Nord. Le père avait émigré au Nigeria, où elle est née. Mais elle rentrera très vite au Liban pour y faire ses études, parce que les conditions d'éducation au Nigeria étaient loin d'être idéales. C'est un autre point commun aux familles des diasporas, l'éducation des enfants est la priorité numéro un, celle qui justifie tous les sacrifices.

« C'est une histoire banale. Le père était en Afrique pour travailler. Il envoyait de l'argent à sa famille et venait de temps en temps, une fois tous les deux ans, passer l'été avec eux, et repartait. Cela se passe encore souvent comme cela aujourd'hui, non seulement au

> Liban mais dans beaucoup d'autres pays d'émigration. »

Éducation religieuse, éducation française. Zetta trouve les deux dimensions à l'institution tenue par les sœurs de Besançon, un de ses ordres enseignants qui sont au Liban les gardiens de la foi catholique et de la culture française. Pour les Maronites de la montagne libanaise, la France est un peu une seconde patrie, un refuge quand les choses vont vraiment mal et aussi une passion amoureuse.

> « Ma mère est et a toujours été inconditionnellement francophile. Culture, éducation, musique : quand elle est à Paris, elle rayonne. Pour elle, il y a la France et tout le reste. Il est évident que quand vous avez une mère qui est très francophile, cela vous imprègne. Cela explique l'enracinement et la force de la culture française dans notre famille. »

De sa petite enfance, Carlos Ghosn garde l'image de la maison familiale à Porto Velho. Jorge et Zetta s'y sont installés à leur retour du Liban et leurs deux premiers enfants y naîtront, Claudine, la sœur aînée, et Carlos.

La nature est généreuse, spectaculaire même, mais les conditions climatiques sont très dures. Moustiques, chaleur, humidité. Il n'est pas question de se baigner dans le fleuve. L'eau n'est pas potable. Il faut la faire bouillir pour la boire. Un incident fortuit va venir bouleverser la vie du jeune Carlos et de sa famille.

> « Un jour, la jeune fille qui aidait ma mère dans les travaux ménagers m'a fait boire de l'eau non bouillie. Je suis tombé malade. Je devais avoir deux ans. J'ai eu des tas de problèmes gastriques et le médecin a dit à ma mère : si vous voulez que votre enfant ait une vie normale, il faut aller dans une région plus tempérée, où les conditions de vie sont plus faciles, où l'eau est plus saine. Ma mère est partie pour Rio, dans l'espoir que je m'y rétablirais. En effet, cela allait un peu mieux mais on était encore loin d'une guérison complète. Mon père et ma mère ont décidé que la seule solution était le départ pour le Liban. Ma grand-mère, au Liban, poussait à la roue en disant à sa fille : il faut le faire venir au Liban, c'est ici qu'il peut guérir. »

C'est ainsi que la famille s'installe dans un schéma assez classique pour la diaspora libanaise : la femme et les enfants retournent au pays d'origine et le père commence à faire la navette entre le Brésil et le Liban.

> « Nous avons vécu ce que vivent une grande partie des familles, dans lesquelles le père va dans des pays difficiles, gagne sa vie et place sa famille dans un pays où l'éducation est d'un meilleur niveau et où les conditions de vie sont plus faciles. »

Outre la tradition, c'est cette situation particulière qui contribue à faire de la société maronite une enclave du pouvoir féminin dans un monde arabe où l'égalité des sexes est l'exception plutôt que la règle.

> « Il s'agit d'une communauté où les valeurs féminines sont très fortes, ce qui présente à l'évidence un contraste avec le monde arabe environnant. Dans la famille, la mère a un rôle très important, elle est très influente. Pour plusieurs raisons. Souvent parce que c'est elle qui est restée au pays pendant que le père allait gagner sa vie à l'étranger. Elle est le symbole de l'identité familiale. Entre le père et la mère, il y a une relation d'égalité. Et même, compte tenu de l'absence du père, la mère tient souvent le rôle du chef de famille. »

Quand il arrive à Beyrouth, où la famille s'installe dans un appartement, Carlos a 6 ans. Il va y rester jusqu'à l'âge de 17 ans, en 1971, le temps d'accomplir toutes ses études secondaires, au collège Notre-Dame, une prestigieuse institution tenue par les Jésuites. Le choix n'est pas difficile, dicté par la religion et la culture familiales.

> « Mon père et ma mère sont maronites, c'est-à-dire catholiques d'Orient. Les deux sont croyants. Ma mère est très pratiquante. Nous avons vécu dans une ambiance religieuse normale. Nous ne sommes pas des intégristes. Il y a chez nous une très grande ouverture vis-à-vis de l'islam et des autres religions. La religion est présente à l'école, dans la vie familiale. Au Liban, la religion tient lieu d'appartenance culturelle. Il y

a les Druzes, les Sunnites, les Chiites, les Maronites, les Orthodoxes, les Catholiques arméniens. La religion tient lieu d'identité. J'ai toujours vécu avec une présence religieuse. Je ne la ressens pas comme une contrainte mais comme une façon de vivre. »

Nous sommes en 1960. Prospère, animée, ensoleillée, Beyrouth est une ville douce et charmeuse, aimée des touristes mais aussi le centre financier de la diaspora et des autres pays de la région. Le Liban est encore regardé comme « la Suisse du Moyen-Orient ». Carlos Ghosn ne vivra jamais la guerre. Les troubles, provoqués par une forte présence palestinienne et les interférences d'encombrants voisins, Israël et Syrie, ne commenceront qu'en 1973. La guerre civile proprement dite, qui coupera Beyrouth en deux et ne laissera pratiquement pas une pierre debout dans les quartiers du centre, éclate en 1975.

« Ce qui s'est passé entre 1975 et le début des années 90 n'est pas quelque chose de singulier dans l'histoire du Liban. Il est vrai que Beyrouth a été détruite mais il y avait eu des massacres au XIXe siècle, dans les années 1850. Il y a un inconscient au Liban qui est fait d'incertitude et de risque. C'est l'histoire. La guerre m'a affecté parce que j'avais là-bas beaucoup de parents et d'amis et j'étais inquiet pour eux. J'avais vécu onze ans au Liban et cela me faisait mal de voir le pays se détruire dans un conflit qui était multiforme : Palestiniens contre Libanais, Chrétiens contre Musulmans, Israël contre Syrie. C'était un conflit obscur et dans lequel on pouvait être certain qu'il n'y aurait pas de vainqueur. Le tout était de savoir qui allait perdre le plus. »

Tout au long des années 60, la vie de Carlos Ghosn est rythmée par les visites régulières du père et les voyages en famille vers le Brésil.

« Commence alors une période très stable. Je vais faire toute ma scolarité dans le même collège. Les Jésuites, cela a été très important pour ma formation. Ils dispensent une éducation dans laquelle la discipline est très importante, mais également la compétition, le défi permanent, un système de classement qui incite les élèves à se dépasser. Mais en même temps, les Jésuites sont connus pour promouvoir une très grande liberté intellectuelle. »

Le recteur du collège Notre-Dame est un Suédois, le père Jean Dalmais. Mais la majorité des enseignants vient de France. Il y a aussi quelques Libanais ou Égyptiens.

« L'ordre des Jésuites, au fond, c'est la première multinationale au monde. »

Parmi ces hommes de foi et de haute culture, les personnages très marquants ne manquent pas.

« En classe de seconde, nous avions un professeur de littérature française, le père de Lagrovole. Il s'agissait d'un homme déjà assez âgé, très sévère, petit, costaud, pas vraiment sympathique, mais il avait une telle passion pour la littérature française que nous le respections beaucoup alors que nous étions des élèves très turbulents. Il chantait les poésies, pour essayer de nous faire entendre la musique. Il avait une passion pour La Fontaine. "Dame Belette, un beau matin, du palais d'un jeune lapin, s'empara." Il chantait puis nous demandait : quel instrument ce vers évoque-t-il pour vous ? Pour lui, c'était la trompette. "S'empara, s'empara." Il était extraordinaire, fascinant parce que passionné par ce qu'il racontait. Même s'il était un peu hautain, sa passion en faisait un modèle pour nous. »

Transmises par de tels maîtres, les leçons apprises à cet âge ne s'oublient jamais. Ainsi, de cet éloge de la simplicité dans l'expression des idées.

« Il nous disait : quand vous faites compliqué, c'est que vous n'avez rien compris. La simplicité est à la base de tout. Il avait une sagesse extraordinaire, comme souvent ces prêtres, détachés de leur famille, ayant quitté leurs amis et vivant pour une mission, qui était d'apprendre à des Libanais, ou à quiconque à l'autre bout du monde, la langue française. Il y avait en eux quelque chose qui fascinait : le dévouement, la sincérité, la simplicité, la culture. J'ai beaucoup appris. Quand j'ai quitté les Jésuites, j'avais un sens de la discipline, de l'organisation, de la compétition, et puis le goût du travail bien fait. »

De son propre aveu, l'élève Ghosn est brillant mais indiscipliné. Ce qui fait le désespoir de Zetta.

> « Ma mère, c'est le sens du devoir, la pondération, le pragmatisme, la discipline. Pour elle, c'est toujours l'autorité qui a raison. Quand j'étais chez les Jésuites, elle était très contente parce que j'avais de très bonnes notes, mais en même temps, elle était effondrée. Elle ne comprenait pas cette rébellion. Cela aurait tourné au drame si je n'avais pas été bon élève. »

Élitistes, les Jésuites sont impitoyables avec les élèves turbulents et médiocres. Mais beaucoup plus tolérants avec les sujets brillants, même s'ils sont rebelles.

> « J'étais toléré dans le système. J'étais très attiré par les langues, mais ma passion, c'était l'histoire-géographie. J'étais incollable. J'étais bon en maths ou en physique, mais ce que j'aimais, c'était l'histoire-géographie et les langues. »

Tout naturellement, l'enseignement de l'histoire est marqué par le contexte libanais. On étudie aussi bien l'histoire du Liban que celle de la France, la Révolution française et l'Empire Ottoman, l'épopée de la chrétienté comme celle de l'islam.

> « Il y avait un jeu que j'aimais beaucoup, qui s'appelait Le Risque. Il est toujours disponible aujourd'hui

et consiste en une vaste carte du monde, sur l
on apprend à connaître les différents pays. »

Et puis, il y a les langues. Le destin familial fait que le jeune Carlos reçoit dès l'enfance ce don si précieux pour apprendre à vivre dans un monde sans frontières : le contact avec plusieurs langues.

« La première langue que j'ai apprise est le portugais. Quand je suis arrivé au Liban, je parlais le portugais, un peu le français mais très peu l'arabe. Au collège Notre-Dame, les deux langues les plus importantes étaient le français et l'arabe. Le portugais, du "broken portuguese", était encore parlé un peu en famille, mais je n'ai jamais étudié en portugais. Quant à l'anglais, cela n'allait pas au-delà de "my taylor is rich". Mais l'apprentissage des langues est devenu une véritable passion. C'est à travers le langage que s'établit le lien avec l'histoire des peuples et des cultures. »

Les langues, compagnons de voyage d'une vie aux horizons divers.

« J'ai changé souvent de "première" langue. Ce fut d'abord le portugais, dans la prime enfance. Puis l'arabe et le français, quand j'étais au Liban. En France, le français naturellement. Quand je suis revenu au Brésil, le portugais a repris le dessus. Quand je suis parti aux États-Unis, c'est l'anglais qui est devenu dominant. L'anglais est sans doute mon premier outil de communication, même si la langue la plus familière reste le français. »

Aujourd'hui, les langues de travail quotidiennes de Carlos Ghosn sont le français et l'anglais, la « lingua franca » du monde des affaires en général et de l'Alliance Renault-Nissan en particulier. Mais dans une conversation familière, son français porte la marque d'un long séjour chez les étudiants du Quartier Latin : intelligent se dit « sioux », un « type » aux idées un peu curieuses est un « barjot », etc. Il parle encore l'arabe. Il a parlé le portugais aussi bien que le français mais ce n'est plus tout à fait le cas.

« Il est évident que ne le pratiquant pas, ayant quitté le Brésil depuis douze ans, le portugais n'est plus ma première langue. Mais quand je suis au Brésil, je me débrouille parfaitement même si on peut déceler un accent. »

Et puis, il y a le japonais, qu'il s'est astreint à apprendre depuis son arrivée chez Nissan mais qui demeure, de son propre aveu, la source de ses principales frustrations. Sur sa table de chevet, il y a toujours plusieurs livres en différentes langues.

« J'ai toujours eu à côté de moi un livre en français, un autre en anglais, en portugais ou en arabe. »

À 17 ans, Carlos Ghosn a achevé ses études secondaires. Il a passé à la fois le baccalauréat français, sésame indispensable pour entrer dans le système universitaire en France, et son équivalent libanais.

> « Quand s'est posée la question des études supérieures, je me suis dirigé tout naturellement vers la France. Il y aurait bien eu les États-Unis, mais le système n'était pas familier, les universités américaines étaient très chères. Le choix était entre le Liban et la France. »

En dehors de sa passion pour l'histoire-géographie, qui aurait pu conduire à une carrière d'enseignant, le bachelier Ghosn n'a pas de vocation très affirmée.

> « Quand je me suis posé la question de savoir ce que j'allais faire, je n'avais pas de référence autour de moi. Nous avions un cousin qui avait fait les Hautes Études Commerciales et travaillait dans une banque à Paris. Quand j'étais en terminale, je lui avais envoyé mon dossier en lui demandant de m'inscrire dans une école préparatoire pour faire HEC. »

Ce serait donc Paris. Et le moment d'un nouveau départ. À Beyrouth, Carlos Ghosn laisse sa mère et ses trois sœurs, les années heureuses de l'adolescence et des amis pour la vie.

> « Les véritables amis, ils me viennent de l'école secondaire. J'ai des amis d'enfance que je vois encore, certes pas de manière régulière ni fréquente, qui étaient avec moi chez les Jésuites. Certains sont à Paris, d'autres encore au Liban ou partis pour les États-Unis.

J'ai passé onze ans dans un même collège, souvent avec les mêmes personnes. Rien ne peut remplacer ces liens puisque vous connaissez les gens pour ce qu'ils sont, et non pas pour ce qu'ils sont devenus ou pour ce qu'ils possèdent. »

CHAPITRE DEUX

À Paris

« C'est à partir de cet âge-là que j'ai vécu seul. Je venais d'avoir 17 ans. »

En dépit de la parfaite maîtrise de la langue, de la familiarité avec la culture et le système éducatif, l'arrivée à Paris représente un choc.

« Une énorme ville. Je passais de Beyrouth, ensoleillée, agréable, au bord de la mer, à une ville qui est plutôt sombre, un peu pesante, même si elle est très belle. Les relations sont un peu impersonnelles, les gens sont plus durs à Paris. »

Pourtant, le dépaysement culturel n'est pas aussi brutal que pour ceux qui arriveraient en France venant d'autres pays.

« Je maîtrisais parfaitement la langue française, j'avais suivi une éducation qui était en grande partie française, j'avais passé mon bac en français et ma mère est francophile à plus de cent pour cent. Sur le plan culturel, j'étais tout à fait en phase. J'avais comme condisciples des élèves de différentes nationalités et je me sentais probablement plus en ligne que d'autres. Mais il est vrai que quand vous arrivez à Paris après avoir vécu à Beyrouth, c'est un choc. »

Sur dossier, Carlos Ghosn a été admis au lycée Saint-Louis, sur le boulevard Saint-Michel, qui forme avec Louis-le-Grand et Henri-IV (« H-IV » dans le jargon estudiantin) le trio de tête des grands établissements parisiens. Pour un élève des Jésuites, le choix naturel aurait été le collège Sainte-Geneviève, familièrement rebaptisé « Ginette ». Mais les bons pères de Beyrouth, échaudés par le passé turbulent du jeune Carlos, s'étaient montrés dissuasifs. Le nouvel arrivant est placé en internat au collège Stanislas, rue Notre-Dame-des-Champs, à la frontière du quartier de Montparnasse, où les élèves ont le privilège d'une chambre individuelle et échappent ainsi aux lugubres dortoirs collectifs.

Mais son « plan de carrière » a été modifié, sur intervention du proviseur du lycée Saint-Louis. Avec de telles notes en mathématiques, il estime que l'élève Ghosn gâcherait son talent à préparer HEC. La voie à suivre, c'est d'entrer en « taupe » pour se diriger vers l'École Polytechnique, eldorado des « matheux ».

En dépit de sa devise bien connue « Liberté, Égalité, Fraternité », la République française des années 70 est toujours cette méritocratie bureaucratique héritée de Napoléon Ier. Encore tout frais, les événements de mai 68, ce mélange de révolte estudiantine et de grève ouvrière qui a fait chanceler l'État gaulliste, n'ont pas vraiment affecté le système. L'accès à la fonction publique a toujours comme passage obligé le concours, qu'il s'agisse de devenir postier ou professeur d'université. Au sommet de la pyramide, on trouve les « grandes écoles », qu'il ne faut surtout pas confondre avec de vulgaires universités. On y entre au terme d'un processus de sélection féroce qui commence au sortir des études secondaires, avec l'ambition de décrocher le meilleur classement, sésame ouvrant les portes d'une carrière dans les grands corps de l'État.

On passe le concours de l'École Polytechnique, prestigieux établissement militaire fondé par Napoléon, à l'issue d'un parcours du combattant : la « taupe », le nom de ce petit animal fouisseur désignant dans la filière scientifique les deux années préparatoires aux concours d'entrée aux grandes écoles, autrement dit les mathématiques supérieures (« maths sup ») puis les mathématiques spéciales (« maths spé »). Sans doute parce que les étudiants ne mettent guère le nez dehors pendant cette préparation intensive. Et inutile de préciser qu'avec de telles définitions, l'excellence en mathématiques est le critère de sélection numéro un.

> « Quand mon cousin m'a appelé pour me dire qu'il avait une bonne surprise pour moi, que j'étais inscrit en taupe, j'étais sidéré. Mais le proviseur avait pris un engagement : si la taupe ne me plaisait pas, je pourrais

changer au bout de six mois puisque par définition, qui peut le plus, peut le moins. »

En taupe, le brillant élève des Jésuites du collège Notre-Dame tombe de haut.

« Le premier trimestre a été un désastre. Moi qui n'avais jamais eu de notes en dessous de la moyenne, j'ai eu des 4 sur 20 en mathématiques. Je me suis effondré, ce qui ne m'était jamais arrivé. J'étais complètement désespéré. Il y avait des ajustements à faire et en particulier l'enseignement des mathématiques en taupe à cette époque était quand même assez différent. Au Liban, nous faisions encore beaucoup de géométrie, peu d'algèbre et encore moins d'algèbre moderne. En France, c'était d'abord de l'algèbre et de la topologie. »

Dans ce qui apparaît au fond comme une première rencontre avec l'adversité, il décide de faire front.

« Au lieu de renoncer à la taupe, je me suis dit : il faut s'accrocher. C'est ce qui a fait que j'ai continué, parce que je voulais à tout prix démontrer que je valais beaucoup mieux que cela. À la fin de maths sup, je me suis retrouvé parmi les premiers de ma classe, ce qui m'a permis d'aller en préparation à Polytechnique. »

Dans ce système impitoyable, les dix meilleurs de chaque classe accèdent à la section M', la préparation à Polytechnique. Les dix suivants ont droit à M, qui prépare à d'autres écoles scientifiques, mais pas l'École Normale Supérieure, ni Polytechnique. En queue de peloton, vous essayez de trouver votre voie en physique, la section P.

> « Au dernier trimestre, je me suis retrouvé en tête de classe. Dès lors, le parcours à suivre était très clair. Maths Sup, Maths Spé, Polytechnique, l'École des Mines. »

Au sortir de Polytechnique, école « généraliste », le parcours idéal s'achève dans une école d'application, les plus prestigieuses, choisies par les meilleurs au classement de sortie, étant celles des Mines et des Ponts et Chaussées.

> « Je n'ai jamais pensé entrer à Normale Sup, parce que l'école conduisait à l'enseignement. J'aurais certainement été beaucoup intéressé par l'enseignement de l'histoire-géographie, mais pas celui des maths. J'ai découvert Polytechnique dans le milieu des taupins puisque pour eux c'est la Mecque. Polytechnique vous donnait une possibilité d'orienter votre carrière comme vous le vouliez. En sortant, on pouvait entrer dans l'enseignement ou rejoindre l'industrie. Je me suis dit : c'est un bon challenge et, en même temps, je reste libre de mon choix de carrière. On y poursuit sa formation tout en ayant le temps de réfléchir à ce que l'on veut faire plus tard, à l'inverse des écoles spécialisées qui vous mettent, prématurément à mon goût, sur des rails bien définis. »

Historiquement, parce que c'est beaucoup moins vrai aujourd'hui, la méritocratie à la française a fonctionné comme une puissante machine à intégrer. Quelle que soit son origine familiale ou nationale (puisque les grandes écoles attirent les meilleurs étudiants étrangers, surtout ceux qui viennent des anciennes possessions coloniales françaises), celui qui franchit les obstacles et réussi le sacro-saint concours voit s'ouvrir les portes de la réussite professionnelle et d'une ascension dans la hiérarchie sociale.

> « J'avais avec moi, à l'école, des copains dont le père était professeur de gymnastique ou instituteur, peu de fils d'ouvriers tout de même, aussi bien que des enfants de grands patrons de l'industrie, et tout le monde était dans le même moule. Il y avait très peu de "frime". En France, les gens ne se vantent pas trop de leurs origines. Ils essayent d'entrer dans le moule et d'être comme les autres, surtout dans le système universitaire. »

C'est un monde dans lequel Carlos Ghosn vit bien sa différence.

> « Au Liban, j'étais particulier puisque j'étais né au Brésil et que je parlais portugais. Je n'étais pas le Libanais "lambda", né là-bas, éduqué au Liban et qui allait y travailler. Quand je suis venu en France, j'étais encore très particulier. Né au Brésil, venant du Liban, cela faisait un mélange déroutant par rapport au "taupin" moyen, qui habite dans le Ve arrondissement et qui va

étudier à Saint-Louis. J'ai toujours été quelqu'un de différent. Je n'ai jamais vécu dans un endroit où je pouvais me dire que je faisais partie intégralement du groupe en étant comme tous les autres. »

Dans une vie d'adulte, cette différence est une richesse, elle devient souvent un atout.

« Par contre, quand on est enfant, on n'aime pas ça. On veut être comme les autres. Il y a eu des moments difficiles. Mais le fait que vous appreniez à les surmonter dans l'enfance, cela vous blinde pour l'avenir. Être différent quand on arrive à l'âge adulte ne pose plus de problèmes. Les défenses sont là. »

Avec ceux qui le méritent, la République française est plutôt accueillante.

« En France, il y a beaucoup d'attraction pour ce qui est différent, beaucoup de curiosité, d'interrogation. Mais en même temps, la culture est très vertébrée. C'est une culture à la fois très structurée et en même temps perméable. Elle n'est pas fermée. On perçoit une grande curiosité à l'égard du reste du monde, mais en même temps, une certaine fierté d'être français, d'avoir un mode de vie propre à la France. On ne cherche pas à ce que l'autre devienne identique mais on aime bien qu'il s'intègre. C'est à la fois difficile et facile. Cela vous permet d'être vous-mêmes tout en participant à la vie française. À l'École Polytechnique, je ne me suis jamais senti mis à l'écart. Mais je savais que j'étais différent, et les autres le savaient aussi. »

Pour les étudiants, ce Paris post-Mai 68 offre une qualité de vie exceptionnelle. Il flotte sur le Quartier Latin un air de liberté et d'insouciance, à peine troublé par une agitation politique qui laisse largement indifférente la grande majorité de la population étudiante. Les études sont longues car l'angoisse du chômage des diplômés, qui apparaîtra dans les années 80, n'existe pas. En dépit du premier choc pétrolier de 1973, la France continue sur la lancée des « Trente Glorieuses », ces décennies de croissance ininterrompue qui en ont fait la quatrième puissance industrielle du monde.

En dehors des salles de cours, trois lieux résument alors la vie de l'étudiant parisien au Quartier latin : les bibliothèques, notamment Sainte-Geneviève, face au Panthéon, le restaurant universitaire, autrement dit « restau U », et les cinémas. Paris est un paradis pour les cinéphiles, et du studio des Ursulines, proche de l'École Normale Supérieure de la rue d'Ulm, à celui de la rue Christine à Saint-Germain-des-Prés, les cinémas d'art et d'essai permettent de voir et de revoir une production cinématographique venue du monde entier. On y vénère Kurosawa, Ozu, Bergman, Fellini, mais aussi Fred Astaire, Marlène Dietrich ou Humphrey Bogart.

« J'étais un grand cinéphile. Pour un cinéphile, Paris était une ville extraordinaire. Mes goûts cinématographiques étaient très ouverts. Bergman était à la mode mais je voyais aussi des westerns ou des films policiers. Entrer dans un cinéma pour regarder un film de Bergman, c'était le dépaysement, la plongée dans un monde étrange. Il y avait des festivals de cinéma et on pouvait y voir les films les plus insolites. Plus c'était bizarre, plus cela attirait la faune du Quartier Latin. Aller au cinéma était une part importante de notre vie d'étudiant, avec les bibliothèques omniprésentes au Quartier Latin. Et évidemment, le restau U, qui est un monument de la vie étudiante. Le ticket pour un repas valait, je crois, 2,50 francs. Il fallait manger le plus possible pour tenir le coup pendant les longues journées d'étude. Parmi les restau U, il y avait des trois étoiles, enfin tout est relatif, et d'autres où il fallait se forcer pour manger. Mais nous n'étions pas très riches. Nous vivions de cours de maths quand nous étions à Polytechnique puis à l'École des Mines. La nourriture n'était pas notre principal budget. Il s'agissait avant tout de soutenir une grande dépense d'énergie. »

L'École Polytechnique, qui va bientôt « s'exiler » sur un campus à l'américaine dans la banlieue sud de Paris, occupe encore pour quelque temps ses locaux historiques, nichés à l'ombre du Panthéon, l'ancienne église Sainte-Geneviève.

« À Polytechnique, j'ai fait partie de l'avant-dernière promotion qui était à la montagne Sainte-Geneviève, avant qu'ils ne partent à Palaiseau. C'était quand même très sympathique. De 1971 à 1978, j'ai passé sept ans à Paris, sur un territoire qui va de la rue Notre-Dame-des-Champs, où se trouve Stanislas, à la montagne Sainte-Geneviève et l'École des Mines de Paris, sur le boulevard Saint-Michel. Je connais le quartier par cœur. Les bistros, les restaurants, les cinémas. Parce que, pendant sept ans, j'ai navigué dans ce petit périmètre. »

Les élèves de l'X, surnom de Polytechnique, sont des privilégiés. Ils perçoivent un salaire et les occasions d'arrondir les fins de mois ne manquent pas. Carlos Ghosn donne des cours de mathématiques.

« La vie d'étudiant dans une école prestigieuse était très agréable. J'ai fait des choses formidables. Je me souviens particulièrement d'un voyage entre copains aux États-Unis pour un séminaire sur la culture américaine. Nous avons passé un mois à sillonner l'Amérique avant d'achever notre périple sur le campus de l'université du Colorado, à Colorado Springs. Nous étions une quarantaine de polytechniciens et nous sommes tombés là à un moment où la formation de ballet de Martha Graham s'entraînait sur le campus. Les jeunes filles dansaient en plein air sur le gazon. Nous étions émerveillés. »

À l'X, Carlos Ghosn est d'ailleurs l'organisateur de la « table américaine ». Toujours le goût des langues.

« Nous invitions des étudiants américains qui vivaient à Paris. Nous dînions ensemble à l'X, deux fois par mois, pour pratiquer l'anglais. Après, nous terminions la soirée dans les bars et les boîtes de nuit du Quartier Latin, ce qui fait qu'il y avait plus d'étudiantes américaines qui venaient à la table américaine que d'étudiants. »

Dans la foulée de mai 68, Polytechnique vient au demeurant de connaître une sorte de révolution : les jeunes filles sont désormais admises à présenter le concours et à intégrer la prestigieuse école. Et d'entrée de jeu, elles frappent très fort.

« Anne Chopinet était avant moi. Elle était entrée à l'École en 1972. Ils ont ouvert la promotion aux filles pour la première fois et elle en est sortie major. En France, ce fut un véritable événement. »

Anne Chopinet fera une deuxième fois la une des journaux et magazines lorsqu'elle défile en tête du contingent de Polytechnique, le 14 juillet, sur les Champs-Élysées, pour la célébration annuelle de la prise de la Bastille en 1789. Ce défilé, où les matheux de l'X souffrent de la comparaison avec les Saint-Cyriens, les élèves-officiers de l'armée de terre qui les précèdent ou les suivent sur les pavés de « la plus belle avenue du monde », est une des rares manifestations publiques du statut militaire de l'école. Il y a belle lurette en effet qu'elle ne fournit plus guère de cadres aux armées.

« Dans ma promotion, sur 300 élèves, il y en a un ou deux qui sont entrés dans l'armée. Les autres les regardaient en se disant : ils sont un peu "barjots". »

Carlos Ghosn ne défilera pas sur les Champs-Élysées mais comme ses condisciples, filles et garçons, il portera l'uniforme et fera l'exercice dans la cour de l'école.

> « Nous étions internes et soumis à une discipline militaire. Alors, quand ils nous lâchaient le vendredi soir... Je suis parti en moto avec un copain à Wembley, pour assister à un concert d'Elton John. Nous avons roulé toute la nuit et dormi à Londres chez des amis. Et il fallait que nous soyons rentrés le dimanche soir, pour assister le lundi matin, en uniforme, à l'amphi de maths. »

La guerre civile, qui éclate au Liban en 1975, va provoquer un regroupement familial à Paris.

> « La guerre a éclaté au moment où je terminais l'École Polytechnique et allais rentrer à l'École des Mines. Ma sœur aînée Claudine m'avait déjà rejoint à Paris pour faire un 3e cycle d'ethnologie. Quand la guerre éclate, le reste de la famille vient en France. Évidemment, la guerre m'a affecté, mais moins que ceux qui vivaient là-bas. J'étais en France, j'avais un passeport brésilien, je n'étais pas prisonnier du Liban, je n'étais pas prisonnier de la guerre. Il y a eu une vague de Libanais qui sont venus s'installer à Paris et dans d'autres pays d'Europe ou qui sont partis aux États-Unis et dans d'autres pays arabes. Cette guerre a donné une fois encore le signal d'une vague d'émigration. »

À la sortie de Polytechnique, Carlos Ghosn est suffisamment bien classé pour intégrer l'École des Mines de Paris, la plus prestigieuse sans doute des écoles dites d'application. Avec le déclin irrésistible de l'activité minière en France, les ingénieurs qui en sortent ne descendent plus « au fond » des puits mais colonisent les postes de responsabilité dans les administrations techniques et les grandes entreprises.

> « Il y a deux systèmes : le corps de Mines, qui accueille les fonctionnaires de l'État, et puis les ingénieurs des Mines qui ne sont pas fonctionnaires et restent libres de faire ce qu'ils veulent à la sortie de l'école. Je ne faisais pas partie du corps des Mines. En sortant des Mines, je pensais faire un troisième cycle de Sciences-Éco en utilisant le système des équivalences qui m'avaient permis de passer un DEA de sciences économiques. »

Prêt pour la vie active ? Pas vraiment. Carlos Ghosn sait surtout ce qu'il ne veut pas être : fonctionnaire.

> « La vie des polytechniciens, c'était d'abord les mathématiques. On travaille dur pour rejoindre un grand corps de l'État. L'idéal, c'est de trouver un tremplin pour rejoindre un bon organisme public. Je ne participais pas du tout à ce jeu-là. Je n'ai jamais pensé à être fonctionnaire. Cela ne m'a jamais effleuré l'esprit, ni en France, ni au Brésil, ni nulle part ailleurs. »

C'est le paradoxe du système éducatif français de cette époque : une compétition féroce pendant les années d'études qui doit conduire, une fois le précieux diplôme en poche, à une carrière plus tranquille dans l'énorme sphère publique. L'économie française est encore hyper-réglementée, dominée par les grandes entreprises étatisées (une situation qui sera encore aggravée par la vague des nationalisations de 1982, consécutives à la victoire de la Gauche aux élections présidentielle et législatives de 1981). Le lien entre l'enseignement et le monde de l'entreprise est inexistant.

> « Le système français que j'ai suivi est basé sur la compétition, la sélection et sur la mise en valeur de l'intelligence. Le travail en équipe, connaît pas ! La communication, connaît pas ! Le modèle, c'est le gars le plus "sioux" qui va résoudre de la manière la plus facile le problème de maths le plus complexe. Plus c'est abstrait, plus c'est apprécié. »

Carlos Ghosn n'a pas oublié son premier cours de sciences économiques à l'École Polytechnique. Le professeur s'appelait Thierry de Montbrial (il préside aujourd'hui l'IFRI, un centre de recherche semi-public spécialisé dans les relations internationales) et le thème en était la rente.

> « Il a défini la rente comme étant une intégrale triple d'une fonction sur un espace déterminé. Après cela, pas un mot d'économie, uniquement des mathématiques. »

L'important, c'est d'exceller dans cette gymnastique intellectuelle qui a fait aussi bien la réputation de l'école mathématique française que celle des hauts fonctionnaires envoyés par Paris dans les grandes institutions multilatérales.

> « Il y a un certain panache intellectuel, une forme de réflexion pour la réflexion, une compétition très abstraite. Cela vous pousse à vous dépasser tout le temps, à essayer de comprendre des choses qui sont *a priori* incompréhensibles et qui finalement ne servent pas à grand-chose. C'est ce que je retiendrais avant tout, ce sens de la compétition, du classement, du travail individuel plutôt qu'en équipe. La leçon en fin de compte est que, quoi que vous sachiez, vous ne savez rien. Ce que vous apprenez ne vous servira peut-être pas à grand-chose mais il faut le maîtriser mieux que les autres. »

La nature de la compétition, avec en ligne de mire le classement final, conduit à un exercice assez solitaire.

> « La relation avec les professeurs a été beaucoup moins marquante que dans le secondaire. Je ressens aujourd'hui encore davantage l'impact de professeurs que j'ai connus dans le secondaire que ceux que j'ai pu avoir plus tard, aussi bien en taupe qu'à Polytechnique ou à l'École des Mines. Mais j'ai rencontré des personnes très intéressantes. J'ai eu comme professeurs Raymond Courbis, Jacques Attali, Thierry de Mont-

> brial, Laurent Schwartz. Des gens qui, d'une manière ou d'une autre, ne vous laissent pas indifférent. Mais comme les promotions sont de 300 élèves, l'opportunité de développer une relation personnelle avec les enseignants est très limitée. Et les cours s'étalent sur seulement quelques semaines. L'École des Mines est plus adaptée pour cela car elle est d'une dimension plus humaine. »

Dans le domaine de la communication, on n'est pas très loin de l'autisme. Sur ce plan, les « taupins » apparaissent gravement handicapés, surtout par rapport à leurs homologues américains, formés dès le plus jeune âge à l'expression publique et au débat.

> « Quand nous voyions débarquer des Américains qui étaient rompus à la pratique des exposés, nous étions sidérés. Nous étions complètement ignorants de toute une série de choses qui m'ont ensuite été très utiles mais que j'ai dû apprendre sur le tas. »

Mais tout n'est pas inutile, loin s'en faut, dans ce bagage intellectuel :

> « Il en reste des points forts, comme la capacité de passer très vite d'un dossier à l'autre, de faire une synthèse, l'exactitude, l'horreur de l'à-peu-près, la capacité à relever les défis intellectuels. Beaucoup de travail, beaucoup de discipline, beaucoup d'organisation, c'est cela qu'on apprend. »

Les temps ont changé. La France, dans la douleur, s'est convertie peu ou prou à l'économie de marché. La crème de la crème de ses étudiants choisit l'entreprise privée de préférence à l'administration ou au secteur public. Sous l'influence des « business schools » américaines, les grandes écoles se sont efforcées de suivre le mouvement, en s'ouvrant sur le monde en général et celui de l'entreprise en particulier.

> « La formation que j'ai reçue à l'époque a beaucoup évolué, évolutions que je perçois puisque j'ai été membre du conseil d'administration de l'École des Mines et que je suis sollicité de temps en temps pour aller parler à l'École Polytechnique qui est en train de s'ouvrir sur l'étranger. Mais en ce qui me concerne, quand j'ai entamé ma première expérience professionnelle, je n'ai rien retrouvé de ce que j'avais appris. Les grandes écoles nous préparaient peut-être à devenir des hauts fonctionnaires mais certainement pas à devenir de bons entrepreneurs. Il fallait tout apprendre à la base. Quand je suis entré chez Michelin, les gens savaient que j'étais polytechnicien et ingénieur des Mines. Cela permet de bénéficier d'un *a priori* favorable mais tout est à construire, tout est à apprendre. »

CHAPITRE TROIS

Chez Bibendum

> « Yé m'appelle Hidalgo, yé travaille chez Michelin, yé rencontré votre sœur à l'occasion d'une réception à Rio et elle m'a donné votre numéro de téléphone. »

La voix au bout du fil a un très fort accent espagnol. Il est huit heures et demie du matin, en ce jour du mois de mars 1978. Pour les élèves de l'École des Mines, qui étudient souvent jusqu'à une heure avancée de la nuit, c'est à peine l'aube.

> « Je n'y ai pas cru un instant. Je me suis dit, c'est un de ces farceurs qui me fait une blague à huit heures et demie du matin. Quand il m'a dit : "Nous voudrions bien vous voir, est-ce que vous pouvez venir à Clermont-Ferrand pour une entrevue ?", là j'étais pratiquement sûr que c'était un coup monté. »

À l'autre bout du fil, Hidalgo perçoit un certain scepticisme chez son interlocuteur mal réveillé.

> « Il m'a dit : "Je vous laisse mon numéro de téléphone, vous pouvez me rappeler à Clermont-Ferrand.

Vous pouvez aussi téléphoner à votre sœur pour vérifier. Je suis intéressé par vous parce que vous êtes brésilien, ingénieur, avec une formation française. Votre sœur m'a dit que vous aviez envie de rentrer un jour au Brésil. J'ai ce qu'il faut pour vous. Nous recherchons des ingénieurs connaissant le Brésil, parlant le portugais et de formation française parce que nous sommes en train de lancer un gros projet au Brésil. Si vous n'êtes pas vous-même intéressé, vous connaissez peut-être des gens qui pourraient nous aider.” »

Carlos Ghosn raccroche et rappelle aussitôt le numéro indiqué à Clermont-Ferrand.

« Il me dit : “Vous pouvez venir ici pour deux jours, quand cela vous arrange. Nous prenons tout en charge.” Je tombais des nues et j'ai demandé à réfléchir. »

Depuis Rio, Claudine lève les derniers doutes :

« Ils sont en train de monter quelque chose. Ce sont des types assez sérieux. »

Jusqu'à ce coup de téléphone en forme de blague de potaches, Carlos Ghosn n'a pas vraiment réfléchi à son avenir. La vie d'étudiant est agréable, la carrière peut attendre.

« Quand j'ai reçu le coup de téléphone de Michelin qui a tout fait basculer, je n'étais pas vraiment dans l'esprit de rentrer dans une grande entreprise. Je suis alors en dernière année à l'École des Mines, je fais mon DEA de sciences économiques et je pense à poursuivre en troisième cycle. J'ai 24 ans. Je gagne décemment ma vie. Je donne des cours en taupe. Je suis bien. La vie professionnelle, on verra après. Je suis célibataire et la vie d'étudiant à Paris est à tous égards unique. »

Mais Hidalgo a touché un point sensible : le très fort désir de rentrer, un jour, au Brésil et particulièrement à Rio.

« Pendant toutes ces années, le Brésil a toujours été présent, aussi bien pendant que j'étais au Liban qu'en France. Je me suis toujours dit que je ferais ma carrière au Brésil. J'ai étudié, je me suis préparé pour cela. C'était le pays des débouchés, celui où je reviendrais naturellement puisque j'avais la nationalité brésilienne. J'y avais passé mes cinq premières années. Il était présent dans les conversations, par la langue. Pour moi, le Brésil a toujours été le pays du futur. »

Pendant ces longues années d'éloignement, ponctuées par de rares visites, les images, les couleurs, les senteurs du pays natal ont accompagné l'enfant, l'adolescent et le jeune adulte.

« Le Brésil est un pays fascinant, beau, avec une nature généreuse, un melting-pot extraordinaire. J'aime le Brésil. »

Après bien des vicissitudes, Rio est devenue ou redevenue le foyer familial.

> « “Home”, c’est là où la famille se trouve et aujourd’hui, elle se trouve au Brésil, après un parcours accidenté. Aujourd’hui encore, je considère Rio comme la ville du monde où je me sens le plus à l’aise. J’y suis dans mon élément. Ma mère y habite toujours même après le décès de mon père en juin 2002, et aussi deux de mes sœurs. »

Revenir au Liban ? La question ne se pose même pas. Déchiré par la guerre civile, le pays est en train de s’autodétruire. Rester en France ?

> « Je ne me suis jamais dit que j’allais m’installer en France. Travaillant en France, je n’avais aucune particularité. En France, votre valeur est déterminée par vos diplômes. Au Brésil, je pouvais apporter beaucoup de choses sur le plan professionnel : une connaissance approfondie de la France, une formation française, dans un pays où les investissements étaient en train de se développer. Beaucoup d’entreprises françaises commençaient à s’y installer. Pour moi, le débouché naturel était de revenir au Brésil à la première occasion, avec une entreprise française. J’étais certain qu’avec le cursus que j’accomplissais, plus le fait que je connaisse et que j’aime le Brésil, j’allais trouver quelque chose d’intéressant et de motivant. »

C'était le discours de la raison mais la vraie motivation est ailleurs :

> « Il faut dire que j'ai rationalisé quelque chose qui était fondamentalement émotionnel. J'avais envie de renouer avec le Brésil, avec mon enfance. C'est ce qui explique que lorsque Michelin a appelé et qu'ils m'ont dit "projet brésilien", cela a fait tilt. Cela venait comme un coup du destin. C'était la seule chose qui était capable de m'arracher à mes études, à ma vie d'étudiant. Leur projet avait tous les avantages : une entrée dans l'industrie, une entreprise française à vocation mondiale, le retour à Rio, vers la famille. »

Deux semaines après, Carlos Ghosn est à Clermont-Ferrand où il rencontre un certain nombre de cadres du manufacturier.

> « Très vite, je me suis aperçu qu'ils pensaient que j'avais le profil qui convenait. Deux ou trois semaines plus tard, ils ont suivi avec un contrat qui était très attractif. Ils m'embauchaient à 30 % au-dessus de ce que *L'Expansion* indiquait comme salaire d'embauche pour un polytechnicien. »

Dans cette France des années 70 qui découvre lentement les réalités de l'économie moderne, les chasseurs de têtes n'existent pratiquement pas. On entre dans la vie professionnelle par relation ou par hasard. Pionnier de l'information économique, le bimensuel *L'Expansion,* fondé par Jean-Louis Servan-Schreiber et Jean Boissonnat, publie chaque année un numéro spécial sur « le salaire des cadres », qui lui assure son plus gros tirage.

> « C'était notre référence. Les gens de Michelin m'ont dit : "Au départ, il faut que nous vous formions, mais ensuite vous partirez au Brésil sur une position qui dépendra aussi de la manière dont vous aurez progressé en France." C'était très attractif. En plus, le projet était à Rio et pas à Saõ Paulo. C'était parfaitement ciblé pour moi et donnait du sens à tout ce que j'avais fait jusque-là. »

Entrer chez Michelin signifie quitter Paris, le Quartier latin, pour Clermont-Ferrand.

La capitale de l'Auvergne, au cœur du Massif Central, s'identifie avec le géant du caoutchouc, qui y est né à la fin du XIXe siècle. Les usines les plus anciennes sont encore au centre-ville. Michelin est de très loin le plus gros employeur de la région. On y entre de père en fils et la firme a une solide réputation de paternalisme. Selon la légende, elle accompagne ses employés « de la maternité au cimetière ». Pendant des générations, elle les héberge dans ses logements ouvriers, les éduque dans ses écoles, les forme dans ses centres d'apprentissage. On devient « Michelin » pour la vie. À l'instar des Auvergnats, la famille propriétaire est connue pour son mode de vie austère, d'une discrétion absolue : pour le patron, pas de voitures de luxe mais une humble 2 CV Citroën, le constructeur français dont

Michelin sera longtemps le principal actionnaire, des vêtements couleur de muraille, la messe du dimanche comme principale sortie. La firme a des locaux à Paris mais son cœur bat place des Carmes, dans des bâtiments hérités des fondateurs.

Bien entendu, comme toute image d'Épinal, ce portrait, on va le voir, est une caricature. Mais avec un fond de vérité.

> « Michelin avait une bonne réputation. Le seul point noir, c'était Clermont-Ferrand. Clermont-Ferrand, ce n'était quand même pas la joie mais je me suis dit que je n'y allais pas pour longtemps. Un an de formation et je partirais au Brésil. J'ai rejoint Michelin en septembre 1978. De fait, je suis resté en Europe de 1978 à 1985. Sept ans ! »

On ne devient pas « Michelin » du jour au lendemain.

> « L'entreprise utilise un système assez particulier et très efficace pour intégrer les jeunes diplômés. Il s'appelle SP Stage, pour "service du personnel stage". Tous les nouveaux embauchés se retrouvent dans un stage qui dure trois mois. Ils partagent la même vie, les mêmes locaux. Ils sont pris en main par des moniteurs et pendant ces trois mois, ils assistent à des conférences, données par les principaux dirigeants de l'entreprise, sur différents thèmes : production, commerce, finance, ventes, international, etc. Il

> s'agit de leur permettre de mieux connaître l'entreprise et ses principaux dirigeants, ses principaux acteurs. »

La méthode s'est révélée très efficace pour assurer la transition entre la vie d'étudiant et la vie active, et pour inculquer aux nouveaux venus la forte culture d'entreprise de Michelin. Et pour Carlos Ghosn, c'est un très bon souvenir.

> « J'y suis entré en septembre 1978. En général, les sessions de SP Stage du mois de septembre sont plutôt jeunes car elles reçoivent les nouveaux diplômés. Je me suis retrouvé dans une grosse session avec, de mémoire, une centaine d'embauchés. Ils venaient de tous les horizons, ingénieurs, commerciaux, des gens de marketing, des financiers, des hommes du personnel, etc. Il y avait une très bonne ambiance. Une solidarité se crée naturellement entre les nouveaux venus qui rentrent dans une entreprise et nous partagions nos expériences, les blagues, les problèmes, les difficultés. Des liens s'établissent entre des individus qui vont ensuite se disperser dans l'entreprise et contribuent à créer une sorte de réseau. L'atmosphère était très détendue, très sympathique. Rentrer dans une entreprise, c'est une rupture. Pour ces jeunes, pour la plupart venant des écoles à Paris, le premier contact avec le monde industriel, surtout un fabricant de pneumatiques, c'était un choc. Le fait qu'il soit absorbé avec des gens qui ont à peu près le même profil que vous le rend beaucoup plus supportable. »

Dans cette « promotion 1978 », Carlos Ghosn nouera des liens d'amitiés qui se maintiendront tout au long de sa carrière chez Michelin, et jusqu'à aujourd'hui.

> « Philippe Verneuil est entré chez Michelin le même jour que moi. C'est un centralien. Très vif, avec un sens de l'humour très développé. Il était mon compagnon de jeu, le partenaire des parties de tarot, un vrai copain. Il est toujours chez Michelin. Dans les gens de ma génération, j'ai toujours des relations d'amitié avec Bernard Vadeboncœur. Indépendamment de ses qualités professionnelles, c'est un homme d'une probité intellectuelle absolument exceptionnelle. C'est un MBA de Columbia, très performant. Il a été contrôleur de gestion de Michelin. Il siège au comité exécutif comme responsable de la ligne de produits poids lourds, qui est un élément important dans le groupe. Très grande intelligence, très grande profondeur mais surtout cette honnêteté intellectuelle qui caractérise souvent les cadres de Michelin. Je ne l'ai jamais entendu dire le contraire de ce qu'il pensait. Ce qui n'est pas si fréquent, surtout dans une entreprise familiale où il y a tout de même un culte du patron assez développé. »

Cette entrée par promotion n'a-t-elle pas une certaine saveur japonaise, une de ces similitudes entre la firme de Clermont-Ferrand et les grands groupes nippons ?

> « En tout cas, c'est très orienté sur le long terme puisque les relations que vous établissez à ce moment-là vont vous accompagner pratiquement pendant toute votre carrière. Les gens ne savent pas dans quelle direction vous allez partir, si vous allez réussir ou non, dans quelle branche votre carrière va évoluer. Ce fut un moment assez fort. Je m'y suis fait beaucoup d'amis, qui le sont restés jusqu'à aujourd'hui. »

À cette formation théorique, voire « culturelle », s'ajoute un travail pratique.

> « En même temps qu'ils suivent ces conférences, les stagiaires ont des problèmes à résoudre. Il s'agit de questions opérationnelles, qui se posent dans l'entreprise et qui sont transmises aux responsables de SP Stage. Il ne s'agit pas du tout de problèmes créés artificiellement pour l'occasion. »

Pour Michelin, c'est une manière intelligente de mettre à profit la matière grise des jeunes recrues sans attendre qu'elles soient opérationnelles. Pour les stagiaires, c'est la meilleure façon de faire connaissance de manière pratique, concrète, avec les réalités de l'entreprise.

> « Vous traitez un, deux ou trois problèmes, en fonction de la vitesse à laquelle vous pouvez avancer, ce qui vous permet d'apporter une solution tout en effectuant votre propre découverte de l'entreprise. Mais cela permet aussi à l'entreprise de vous découvrir car quand

un stagiaire arrive dans un atelier ou un service pour traiter un problème, il est lui-même analysé sous toutes les coutures. »

Pour le stagiaire Ghosn, comme il convient à un ingénieur, le premier cas est on ne peut plus concret.

« Il y avait un autoclave, une sorte de grande marmite de cuisson qui traînait dans un atelier et qui était sous-utilisé. On m'a demandé : faut-il l'arrêter ou au contraire investir pour le moderniser ? Je suis allé voir ce que les gens de cet atelier fabriquaient dans cet autoclave. Je suis allé voir les ateliers voisins pour étudier s'ils ne pouvaient pas eux aussi l'utiliser. J'ai ensuite rendu ma conclusion qui était de conserver l'autoclave et de l'utiliser de manière plus rationnelle. Cela m'a permis de faire connaissance avec un certain nombre d'ateliers à l'intérieur de l'usine de Clermont-Ferrand. »

Second contact, cette fois-ci avec la matière première, la plus noble dans le métier, le précieux latex, tiré de l'hévéa aux quatre coins du monde pour entrer dans la fabrication de la gomme.

« Il s'agissait d'une question liée à la sécurité. Le latex arrive à l'usine dans des citernes. Un ouvrier est chargé de grimper sur la citerne pour prélever un échantillon afin de vérifier que le latex correspond à la spécification de l'usine. On me demandait d'évaluer ce qui pouvait être fait pour améliorer les conditions de sécurité pour l'employé. Les problèmes à traiter ne relevaient pas de la grande stratégie. Nous étions mis en face de questions très concrètes, très ponctuelles mais qui nous amenaient à contacter des tas de gens pour essayer d'apporter des solutions pratiques. »

Il y aura encore un dossier mineur lié à la communication.

Michelin attache une telle importance à la formation de ses futurs cadres que les principaux dirigeants de l'entreprise s'y impliquent.

> « Le patron de SP Stage, quand j'y suis passé, était René Zingraff, qui allait devenir le troisième gérant de la compagnie. Il était en même temps mon propre moniteur. Au fur et à mesure que vous progressiez dans le stage, les rapports arrivaient d'un peu partout : "On a vu le petit Ghosn. Il n'est pas mal ou il est enquiquinant, il est sympa ou il se prend pour quelqu'un", etc. Toutes ces appréciations remontent au moniteur de SP Stage. »

À l'issue de ces trois mois, Michelin a sans doute sa petite idée de Carlos Ghosn, mais la réciproque est vraie. Et ce que le polytechnicien ingénieur des Mines a vu à Clermont-Ferrand ne lui déplaît pas. Michelin vaut mieux que sa réputation.

> « L'image de l'entreprise à l'extérieur était certainement décalée par rapport à la réalité, qui était plus moderne que ce que l'on pouvait croire, et c'est une dimension qui se confirmera en permanence plus tard. Le fait que je me sois retrouvé très, très jeune, avec

des responsabilités très élevées ; le fait que n'étant pas typiquement français, je puisse exercer des responsabilités en France comme n'importe quel autre ; le fait d'avoir des relations assez directes avec les dirigeants de l'entreprise, de pouvoir parler des problèmes de manière ouverte, que cela plaise ou non, comme nous étions encouragés à le faire : Michelin avait un côté très moderne, très avant-garde, que l'on ne retrouvait pas dans sa réputation. Il y avait un décalage entre l'image de Michelin dans le grand public et la réalité telle que je l'ai vécue. »

L'innovation technologique, la religion du produit, le respect de la qualité, font partie des gènes de l'entreprise. Connu du grand public pour Bibendum, le bonhomme Michelin, ses cartes routières couvrant une bonne partie de la planète et le *Guide Rouge* qui est la bible des gastronomes, Michelin est surtout le fabricant qui a révolutionné son secteur industriel en lançant, au sortir de la Seconde Guerre mondiale, le pneu à carcasse radiale. Après cette percée décisive, l'entreprise auvergnate s'efforcera de toujours faire en tête la course technologique et réussira si bien qu'elle fait aujourd'hui partie du trio des leaders mondiaux, avec le Japonais Bridgestone et l'Américain Goodyear, dans une industrie qui fut une des toutes premières à s'internationaliser et à se globaliser.

Quand Carlos Ghosn rejoint Michelin, le groupe familial clermontois est dirigé par François, représentant de la troisième génération de la famille fondatrice.

Dépositaire de l'héritage familial, François Michelin fera mieux que le préserver. Il va changer la dimension de l'entreprise tout en conservant à sa gestion une touche très personnelle, fortement imprégnée par la foi catholique.

> « Sa démarche n'avait pas été apprise dans les livres de management. Le fait de pouvoir accéder très jeune à des responsabilités, le fait que votre origine importait peu, l'attention aux faits plutôt qu'aux théories, tout cela était quand même très lié à la personnalité de François Michelin. »

De très grande taille, légèrement voûté, vêtu modestement, d'une extrême courtoisie mais ayant toute sa vie fui comme la peste journalistes et photographes, François Michelin a dirigé l'entreprise pendant plus de trois décennies. Une période charnière, décisive, qui verra cette firme essentiellement auvergnate devenir une authentique multinationale.

> « François Michelin est quelqu'un de très orienté sur les hommes. Les masses, les collectivités, ce n'était pas sa tasse de thé. Ce qui importe avant tout pour lui, ce sont les individus. Et aussi une grande attention apportée aux faits, aux réalités. On retrouvait cette marque à l'intérieur de l'entreprise. C'est en fin de compte une entreprise assez simple dans son fonctionnement, assez austère dans sa pratique, très orientée sur les hommes, sur le produit, sur la qualité. Et qui essaye dans toute la

mesure du possible de n'avoir ni tabou, ni *a priori* sur les défis auxquels elle doit faire face. »

Au sortir de SP Stage, la formation continue, en fonction de l'orientation choisie. Pour Carlos Ghosn, c'est le chemin de l'atelier. De l'uniforme du polytechnicien, il va passer au bleu de travail.

> « J'avais demandé dès le départ à entrer dans le monde de la fabrication. Quand ils m'avaient proposé un contrat, ils souhaitaient que je rejoigne la recherche. Je leur ai dit : "Il n'en est pas question. Je ne suis pas entré chez Michelin pour devenir un spécialiste du pneu mais pour apporter ma contribution dans le cadre de cette industrie et je pense que le meilleur secteur est celui de la production. C'est là que tout se passe. On connaît le produit, les hommes, le management." Ils ont fini par se rendre à mes arguments. »

Les informations remontées du stage avaient dû convaincre les responsables de Michelin.

> « Les trois mois de stage permettent de voir si vous avez le style maison, si vous passez bien dans l'atelier, avec les ouvriers, les chefs d'équipe, les techniciens. Ils ont dû avoir un "feed-back" leur disant que cela devrait marcher. On m'a dit : "vous allez entrer dans la phase de formation à la production". »

Première étape, le stage ouvrier, également pour un trimestre.

« Je ne fabriquais pas des pneus. J'étais dans un atelier de préparation, où l'on préparait la gomme qui allait servir pour la fabrication des pneus. Je découpais la gomme, je la roulais, la mettais dans des moules, je la transportais. J'ai fait cela pendant trois mois. Les stagiaires acceptaient cela avec plus ou moins de grâce. Pour moi, cela faisait partie des règles du jeu et j'ai bien aimé cette période. D'abord, je savais bien que c'était un moment unique, quelque chose vers quoi je ne reviendrais pas ensuite. Cela m'a permis de voir comment les ouvriers travaillaient, quelle était la relation avec le chef d'équipe, comment la technologie se transmettait au niveau des modes opératoires, comment la qualité était obtenue ou non. Ce fut une période très intéressante. Je suis passé par toutes les équipes. Pour celle du matin, je me levais à 4 heures du matin afin d'être à l'usine à 5 heures. L'équipe de l'après-midi commençait à 13 heures et j'ai aussi travaillé dans l'équipe de nuit puisque chez Michelin, on faisait les trois-huit rotatifs. »

Le travail est assez élémentaire. Il demande un peu de force mais rien d'exceptionnel pour un jeune homme en bonne condition physique.

« Une camaraderie réelle existait dans l'atelier. À partir du moment où les ouvriers voyaient que les stagiaires étaient ouverts, mangeaient avec eux, “tapaient” le carton – on jouait au tarot pendant les pauses –, il n'y avait pas de problème. Ce qu'ils ne supportaient pas, c'était celui qui restait dans son coin mais ce n'était pas mon cas. »

Dans cette aventure, les stagiaires ne sont pas laissés à eux-mêmes mais toujours encadrés par des moniteurs. Entre ces deux mondes, l'étudiant en grandes écoles et l'ouvrier, il se crée des liens fortuits.

> « J'avais un moniteur qui formait les équipes. À la fin de l'équipe, il m'accordait une heure de temps d'information complémentaire pour étudier les modes opératoires. Comme il souhaitait progresser dans l'entreprise, il avait demandé à passer des tests de mathématiques. Je l'ai aidé. L'heure de formation a été divisée en deux : une demi-heure pour moi, pendant l'autre demi-heure, nous traitions ses problèmes de maths. C'était très sympathique et permettait de créer des liens solides. »

Nous sommes à la fin des années 70 et il y a déjà longtemps que la machine industrielle française, même au cœur de l'Auvergne, a fait appel à l'immigration pour lui fournir des bras. Venus d'Afrique du Nord, d'Espagne ou du Portugal, d'Europe de l'Est et du Sud, des millions de travailleurs s'activent au fond des puits de mines, dans les usines, sur les chantiers. Clermont-Ferrand est la première ville « portugaise » de France.

> « À Clermont, il y avait beaucoup de Portugais et je parlais portugais avec eux. Il y avait aussi des

Yougoslaves, bien sûr des “bougnats”, il y avait de tout. C’était aussi assez syndiqué. C’était un monde qu’il fallait apprendre à connaître de l’intérieur. »

De simple ouvrier, Carlos Ghosn est ensuite promu chef d’équipe, à l’usine du Puy, où Michelin fabrique les pneumatiques de génie civil, certains hauts de deux fois la taille d’un homme, qui équipent les grands engins de chantier, « scrapers » et « dumpers ».

« J’avais mon équipe, je travaillais avec eux. J’étais souvent dans l’atelier. On regardait la productivité, l’organisation du travail. J’avais essayé d’améliorer les flux produits parce qu’il y avait des pratiques qui étaient déraisonnables sur le plan de l’organisation. C’est dans ces circonstances-là que vous percevez l’importance de la pédagogie, de la formation et de la communication à l’intérieur de l’atelier. Même les meilleures idées en matière d’organisation ne servent à rien, si elles ne sont pas relayées et épaulées par une très bonne communication et une explication très concrète du pourquoi et du comment. Je n’avais pas du tout été préparé à cela, mais c’était vraiment de simples questions de bon sens. Il n’y avait pas besoin de sortir de Polytechnique pour faire ce genre de choses ! »

Après six mois au Puy-en-Velay, départ vers l’Allemagne pour une formation de technicien qualité à l’usine Michelin de Karlsruhe. Le retour en France s’effectue par l’usine de Tours, où le jeune ingénieur effectue un stage d'organisation industrielle. Puis c'est le premier « vrai » job, comme chef de groupe de production, à l'usine de Cholet. Carlos Ghosn va y passer toute l'année 1980.

La vieille dame clermontoise est alors en pleine expansion, lancée à la conquête de nouveaux marchés. Il lui faut de nouveaux cadres et il les lui faut vite.

> « Le début des années 80 a été une période de forte croissance pour Michelin. Les postes de responsabilité se libéraient assez vite. On préparait le Brésil. Il y avait une opération en cours en Asie. Les États-Unis se développaient. Les cadres un peu plus expérimentés partaient et il fallait faire monter des jeunes. Pour peu qu'un jeune donne des signaux de vitalité et d'intérêt, il trouvait très vite des postes de responsabilité. »

Pour dégager des responsables à l'international, la direction opère un vaste mouvement sur les directeurs d'usine. Mais la petite dernière, l'usine du Puy, où Carlos a fait ses armes de chef d'équipe, a du mal à trouver chaussure à son pied.

> « Roger Porte, qui était le patron des usines en France, avait reçu tous les candidats. Il me dira ensuite que j'étais le dernier sur sa liste. Il avait écarté tous les autres et on lui avait dit : “Il y a Carlos Ghosn. C'est un jeune qui vient d'arriver mais il a l'air pas mal.” Il a demandé à me rencontrer et il m'a dit “banco ! Je vous prends comme patron d'usine”. Au

début de 1981, je me suis retrouvé directeur de l'usine du Puy-en-Velay. J'avais 27 ans. »

Très jeune patron pour une jeune usine. Elle emploie 600 personnes, dans la fabrication du pneu génie civil. Une belle usine aussi, la dernière-née dans la famille Michelin.

« J'avais une équipe assez jeune parce que l'usine du Puy était une usine récente. La plupart des ouvriers avaient à peu près mon âge. J'en garde un très bon souvenir. J'y suis resté deux ans et trois mois. »

Ce retour inattendu au Puy, au poste de numéro un, se passe bien même s'il crée quelques situations inédites.

« Les gens ont été surpris de me voir revenir comme patron après seulement un an et demi, mais agréablement surpris. Ils savaient que l'on pouvait discuter. Je bénéficiais d'un *a priori* favorable de la part des gens de l'atelier. Au niveau de l'équipe de direction, j'étais le plus jeune et cela faisait un peu désordre. Le chef du personnel avait 54 ans. Le chef de production avait été mon chef quand j'étais chef d'équipe. Au début, cela crée un certain malaise, mais que l'on surmonte assez vite à partir du moment où l'on comprend que vous êtes là pour que cela marche. »

À ce premier poste de commandement, Carlos Ghosn va beaucoup apprendre. Des leçons qui porteront leurs fruits plus tard.

« Quand vous arrivez, surtout si jeune, la première chose à faire est d'établir des liens. Il faut passer du temps avec l'ensemble des membres de l'équipe de direction pour vous présenter, faire connaissance, identifier les principaux problèmes qu'ils sont en train d'affronter, les solutions qu'ils y apportent. La première chose à faire, c'est de créer une équipe. »

Un directeur d'usine n'est pas comme le responsable d'un pays ou celui d'une ligne de produits. Sa marge de manœuvre est plus limitée.

« Il y avait des objectifs plus limités, sur la qualité, sur les pertes matières, sur la productivité. Tout était assez bordé par Clermont. Les grandes règles étaient édictées par la maison mère et il fallait essayer d'optimiser le résultat à l'intérieur de ces contraintes. »

Le problème numéro un du pneu génie civil, c'est le caractère hautement cyclique de son marché, où les dépressions succèdent aux phases de forte croissance.

« C'était une usine qui tournait bien mais qui connaissait de fréquents coups d'accordéon sur le plan de la production. C'est un marché qui est très cyclique. Vous êtes souvent soit en rupture d'approvisionnement, soit au contraire en chômage technique parce que vous avez fabriqué beaucoup plus que ce que le marché demande. Il était intéressant de voir comment on pouvait amortir

> les variations très importantes des marchés sur l'organisation dans l'usine sans casser le bon esprit qui y régnait. »

La solution passe par l'organisation du travail, aussi flexible que possible : comment organiser la production, comment gérer le chômage technique ou au contraire les heures supplémentaires ?

> « On ne s'en est pas trop mal sorti. C'était une usine non syndiquée. Elle était très jeune. Son premier patron, Camille Héaulmé, surnommé "Rackham le Rouge", avait réussi à créer une ambiance telle qu'il n'y avait pas besoin d'intermédiaires et je suis parvenu à conserver cet esprit. »

Au début de 1983, Carlos Ghosn est directeur de l'usine du Puy quand il est convoqué place des Carmes, à Clermont-Ferrand. Au cours des trois années et demie passées dans l'entreprise, il a déjà croisé François Michelin dans des réunions mais il s'agit là du premier tête-à-tête entre les deux hommes.

> « Dans l'entreprise, il y avait une légende François Michelin. Les ouvriers clermontois s'adressaient à lui en l'appelant "Monsieur François" mais pour tous les autres, il était simplement "le patron". Quand on prononçait ce mot, tout le monde savait de qui il s'agissait. Il y avait trois gérants, mais un seul patron. C'était très clair. »

Le bureau de la place des Carmes est à l'image de l'homme. Très simple, dépouillé, austère même, un peu ancien, mais tenu dans un ordre impeccable.

> « Il m'avait fait appeler pour me dire : “Monsieur Ghosn, nous avons un problème qui s'appelle Kléber. Nous ne pouvons pas laisser tomber Kléber mais nous ne pouvons pas non plus nous engager trop avant. Pourriez-vous faire le point de la situation et nous soumettre des propositions ?” »

Kléber-Colombes avait été un des nombreux concurrents de Michelin, avant que l'industrie du pneumatique connaisse, en France comme ailleurs, un puissant mouvement de concentration. Michelin avait fini par prendre le contrôle financier de Kléber tout en lui laissant poursuivre une existence assez indépendante. Mais Kléber n'allait pas bien et l'affaire devenait embarrassante pour le groupe de Clermont-Ferrand.

> « François Michelin est avant tout un homme curieux des hommes et vous le sentez tout de suite. Il se fiche éperdument des diplômes que vous avez obtenus ou de savoir d'où vous venez mais il est intéressé par qui vous êtes. Il sait vous mettre à l'aise très vite, en vous parlant de choses simples, votre famille, votre travail, l'entreprise. Il était informé. Mais ce n'était pas un homme de dossiers. C'était un homme de contacts. Ce qu'il savait de moi, il l'avait appris dans des discussions avec ses conseillers les plus écoutés. Ce n'était pas l'homme à demander un dossier

de 30 pages. Ce n'était pas du tout son style. En outre, ce qu'on avait pu lui dire d'une personne n'avait pas grande importance par rapport à l'image que lui-même s'en faisait. Il était très personnel dans son approche des autres. »

L'entretien va durer une heure ou une heure et demie.

> « Nous avons bavardé d'un peu tous les sujets. Il m'a demandé mes impressions sur la maison. Et très vite, il en est venu à Kléber, qui était manifestement un problème qui le préoccupait beaucoup. Il m'a dit : "Voilà le problème tel qu'il se pose et ce que nous ne pouvons pas faire, c'est-à-dire abandonner Kléber." C'était un stratège qui parlait, plus qu'un patron opérationnel. »

En sortant de ce premier entretien avec « le patron », Carlos sait avec qui il doit travailler et surtout qu'il faut aller vite. Et guère plus.

> « François Michelin avait toujours une approche très stratégique des problèmes. Il fallait respecter un certain nombre de grands paramètres, dont il était personnellement convaincu et à partir de là, il vous laissait complètement libre de formuler les propositions tactiques. »

En juin 1983, Carlos Ghosn quitte l'usine du Puy pour rejoindre le siège de Clermont-Ferrand, détaché auprès du directeur financier du groupe Behrouz Chahid-Nourai, afin d'analyser la situation de Kléber.

> « Kléber fabriquait des pneus pour voitures de tourisme et camionnettes ainsi que des pneus agricoles et j'ai procédé à une analyse complète de l'entreprise. J'ai remis mes conclusions au mois d'octobre.
>
> La plus importante était que Kléber était beaucoup mieux implanté que Michelin dans le pneu agricole. Cela représentait un atout important. Il fallait beaucoup mieux utiliser le savoir-faire de Kléber et ses usines pour y fabriquer également les pneus agricoles de Michelin. »

De cette première analyse stratégique, Carlos Ghosn tire une idée qui sera reprise dans bien d'autres expériences, ce qu'on appelle en anglais le « cross manufacturing », l'utilisation du même outil de production pour la fabrication de produits vendus sous deux ou plusieurs marques différentes.

Dans le pneu tourisme, il recommande une intégration de Kléber dans Michelin, avec une allocation de la production en fonction des marchés et le positionnement de Kléber comme seconde marque du groupe, moins chère et spécialisée sur certains segments.

> « Les recommandations ont été en grande partie suivies mais je n'ai pas pu poursuivre pour les mettre en application puisqu'ils m'ont proposé, au mois de novembre 1983, de prendre la responsabilité d'un groupe de recherche et de développement. Ils avaient

> cette idée en tête depuis mon entrée dans l'entreprise. J'ai pris la responsabilité du groupe génie civil et agricole et des pneus industriels dans le centre de recherche de Ladoux. »

Chez Michelin, on prend la recherche très au sérieux. Le pneumatique est un produit à la fois banal et sophistiqué. Depuis l'invention de la carcasse radiale, le manufacturier de Clermont-Ferrand s'est imposé comme un leader technologique. La recherche est un domaine sur lequel veille l'œil du maître.

> « Le produit et la recherche étaient le centre d'intérêt principal de François Michelin. La recherche était très puissante à l'intérieur de l'entreprise, avec des gros budgets. Les spécifications étaient indiscutables. La qualité, les relations avec les constructeurs, c'était véritablement l'affaire du "patron" et tout le monde le savait. »

La qualité d'un pneu, son endurance, son adhérence à la route, sa résistance aux chocs dépendent de son architecture mais surtout de la composition de la gomme, de sa cuisson et de sa découpe. Si cela ressemble à une recette de cuisine, c'est qu'il y entre autant d'art que de science.

> « Ce que l'on met dans la gomme, la proportion de caoutchouc naturel, de caoutchouc synthétique, des noirs de carbone, la quantité, la finesse : c'est très expérimental, un peu comme une recette de cuisine.

Les formules sont conservées de manière très secrète. Elles font partie du savoir-faire profond de l'entreprise. Même les patrons d'usine n'avaient jamais accès aux formules chimiques, qui venaient directement des laboratoires de Clermont-Ferrand et étaient jalousement gardées. »

C'est sur la protection de ses secrets industriels, qui sont le patrimoine le plus précieux de l'entreprise, que s'est établie cette réputation de mystère qui a longtemps entouré Michelin, illustrée par des épisodes devenus légendaires : Adolf Hitler qui se serait vu refuser l'accès à l'usine pendant l'Occupation allemande ou le général de Gaulle lui-même dont la visite sera tout juste tolérée dans le Saint des Saints de Clermont-Ferrand.

Carlos Ghosn ne va pas rester longtemps dans son laboratoire, tout juste l'année 1984.

> « Dès le mois de novembre 1984, les nouvelles venant du Brésil ne sont pas bonnes. À la suite de l'affaire Kléber, j'avais conservé des liens avec le patron financier du groupe, Behrouz Chahid-Nourai. Il me disait : “Cela ne va pas bien au Brésil. Nous avons investi lourdement mais les profits n'arrivent pas. Cela m'étonnerait que vous restiez très longtemps là où vous êtes car nous avons besoin de redresser la situation au Brésil, sinon cette affaire va tourner très mal.” »

Dans la formation de Carlos Ghosn, Behrouz Chahid-Nourai jouera un rôle important, transmettant au jeune ingénieur une approche originale de la finance moderne, qui commence alors à occuper une place de plus en plus significative dans le développement des entreprises multinationales. Loin de l'image du « bean counter » (littéralement celui qui compte les haricots) attachée au comptable d'entreprise, le directeur financier est un « créatif » qui doit en permanence optimiser les ressources de l'entreprise, sa trésorerie, les appels aux marchés de capitaux ou aux banques.

> « C'est un homme qui m'a beaucoup marqué. Il était venu de l'extérieur, mais en apportant une bouffée d'oxygène, de nouvelles idées, de nouveaux schémas, de nouvelles ambitions. Il m'a apporté des ouvertures sur la stratégie, la flexibilité, les montages financiers. C'est quelqu'un de très agile sur le plan intellectuel, qui m'a fait découvrir l'importance de la finance dans une entreprise. Mais c'est aussi quelqu'un de bon vivant, de très ouvert. Il apportait à Michelin la rigueur et l'innovation financière, tout en se comportant avec une grande bonhomie. Aujourd'hui, il a quitté le groupe. Il enseigne et je crois qu'il est aussi consultant. »

En janvier 1985, la direction de Michelin publie une note qui annonce la relève à court terme de la direction des opérations brésiliennes. Sept années après son entrée dans le groupe, Carlos Ghosn touche au port. La porte du pays natal s'ouvre enfin.

> « Ce n'était pas prévu comme cela. Mais je revenais au Brésil dans la position de numéro un, ce qui n'était

pas non plus prévu. Au départ, je pensais que j'y arriverais comme chef de fabrication. Je me disais que si j'allais vite j'aurais un job dans l'équipe brésilienne. Ils m'ont proposé une série de positions tout en me faisant bien comprendre que plus je démontrerais mes capacités, plus le point d'atterrissage au Brésil serait intéressant. Entre Clermont-Ferrand, Le Puy, Cholet, Tours, Karlsruhe en Allemagne et Valladolid en Espagne, j'ai été de toutes les batailles en Europe. Je n'étais pas dupe. Quand en 1981, deux ans et demi après mon entrée chez Michelin, ils m'ont proposé de devenir patron d'une usine en France, succédant à quelqu'un qui avait 55 ans alors que j'en avais 27, je comprenais ce que cela voulait dire. Le jour où j'irais au Brésil, je serais au moins patron d'usine, si ce n'est plus. L'attente en Europe n'a pas été particulièrement difficile parce que je savais que j'investissais dans un meilleur retour au Brésil. Mais cela s'est toujours fait dans l'idée du retour. »

Quelques mois de patience encore pendant lesquels Carlos Ghosn est associé à toutes les réunions consacrées au Brésil, tout en conservant ses responsabilités dans la recherche. Puis c'est l'adieu à Clermont-Ferrand.

« Je suis parti au Brésil fin juin 1985, dans une situation de crise. »

CHAPITRE QUATRE

Si tu vas à Rio...

À Rio, Carlos Ghosn ne revient pas seul mais au bras de Rita.

> « J'ai rencontré ma femme à Lyon, où elle faisait ses études de pharmacie, en septembre 1984. »

Rita vient du Liban. Alors, un mariage dans la tradition familiale, avec une fille venue du pays d'origine ?

> « Épouser une jeune fille qui venait du Liban n'était pas du tout inscrit dans les textes. J'ai eu beaucoup de relations féminines qui m'ont marqué. J'ai pensé à un certain moment à me marier avec une Américaine. J'ai passé beaucoup de temps avec elle. Mais en fin de compte, cela n'a pas marché. Puis, avec une Française mais cela n'a pas marché non plus. Et puis j'ai fini par épouser une Libanaise. Je ne m'étais jamais dit que je me marierais *a priori* avec une Libanaise. Pas du tout. Mais j'avais avec celle qui est devenue ma femme une affinité qui était très forte. »

À travers elle, le lien avec le Liban, quitté depuis plus de treize années, est renoué.

« Ses parents, frères et sœurs, cousins et cousines, son village sont au Liban. Elle y rentre plus souvent que moi, et de temps en temps, elle m'entraîne avec elle. Le lien avec le Liban s'est resserré après le mariage. »

Au début de 1985, les événements se précipitent.

« À ce moment-là, je commençais déjà à entendre venir de loin la musique brésilienne. Mon affectation au Brésil a été déterminante pour mon mariage. Il fallait que je me décide : ou je laissais Rita en France derrière moi ou bien je l'épousais et nous partions ensemble. Nous nous sommes mariés en juin à Clermont-Ferrand et nous sommes partis début juillet à Rio. »

Rita part le cœur léger.

« Partir au Brésil ne lui a jamais posé aucun problème. Elle venait d'un pays dévasté par la guerre. Elle avait 20 ans, j'en avais 31. Pour elle, c'était l'aventure. Le mariage, une nouvelle vie. Elle n'a jamais eu de problème à s'adapter dans tous les pays où nous avons vécu. »

Il faut dire qu'à Rio sa nouvelle famille accueille la jeune femme à bras ouverts.

« Évidemment, mes parents étaient très rassurés. Ils s'étaient montrés très inquiets quand ils avaient appris ma liaison sérieuse avec une Américaine. Ils me disaient : “Mon pauvre ami, aux États-Unis le divorce est une maladie, le sens de la famille n’est pas le même, etc.” Car pour eux, ce sont avant tout les valeurs familiales qui comptent. »

Au centre du noyau familial, il y a Jorge, le père de Carlos. Entré très jeune dans l’affaire familiale fondée par Bichara Ghosn, il n’a pas eu de successeur. D’ailleurs, l’entreprise, éclatée entre les huit enfants de Bichara, ne survivra pas à la deuxième génération. Retraité à Rio jusqu’à son décès en juin 2002, Jorge y menait une vie paisible, entouré par sa famille en grande partie réunie. Une des trois sœurs de Carlos, Nayla, est mariée en France, mais les deux autres l’avaient précédé dans ce retour au pays.

« Mon père était avant tout un bon vivant. En cela, il était très brésilien. Il avait fait des études secondaires puis était entré dans les affaires familiales, comme cela se faisait fréquemment à cette époque. Il n’a pas eu une vie facile, avec ces aller-retour entre le Brésil et le Liban, mais il s’y était plié avec beaucoup de sagesse. Il avait un sens très fort de la famille. Il adorait les enfants. Il émanait de lui une joie de vivre, une force vitale que j’ai toujours trouvées exceptionnelles. C’est aussi ce qui a fait que les enfants sont rentrés au Brésil. Quand vous avez un noyau qui est fort, qui vit bien ensemble, cela attire le reste de la famille. Ma mère vit toujours à Rio, entourée de deux de mes trois sœurs... »

Sur le plan professionnel, ce n'est pas une partie de plaisir qui attend Carlos Ghosn pour son retour au pays natal.

> « Ce n'était pas idéal, mais vous n'avez rien sans rien. C'est cette situation de crise chez Michelin qui a précipité mon arrivée au Brésil. Je ne pouvais pas m'en plaindre car sans elle je serais resté plus longtemps à Clermont-Ferrand. J'étais quand même très content. »

Éternel candidat à la grandeur et à la prospérité, le géant d'Amérique du Sud, avec des ressources naturelles pratiquement illimitées, a déçu autant qu'il a fasciné. Son histoire économique est scandée par les cycles des matières premières, qui font un temps la prospérité du pays, permettent l'édification de fortunes immenses, puis le plongent dans la crise quand le vent tourne : bois, caoutchouc, café, pétrole.

En dépit de sa taille, de sa démographie, des richesses enfouies dans son sous-sol, le Brésil ne parvient pas à s'imposer comme un acteur de premier plan sur une scène internationale qui reste dominée par les puissances établies du « premier monde », États-Unis, Europe, Japon. Instabilité politique, inégalités sociales criantes, crises financières à répétition, le pays souffre de la fragilité de ses institutions civiles et de l'intervention régulière de l'armée dans la vie politique.

Sur son pays natal, Carlos Ghosn porte un regard

à la fois critique et indulgent. En cela, il est très brésilien.

> « Les Brésiliens sont à la fois très nationalistes, très attachés au pays mais aussi très autocritiques. Ils ont beaucoup de mal à s'intégrer dans un autre pays. Ailleurs, ils ne sont pas heureux. Ils veulent toujours rentrer au Brésil. »

Ce qui a fait la richesse humaine du pays, c'est sa formidable capacité d'assimilation qui lui a permis d'absorber avec succès, sans drames majeurs et sans les discriminations connues ailleurs, notamment aux États-Unis, des vagues successives d'immigrants.

> « Polonais, Italiens, Allemands, "turcos", descendants des esclaves africains. Des Brésiliens d'origine, il n'y en a pas beaucoup. Il y a bien les "Portugais", ceux qui sont arrivés avant les autres, mais les Brésiliens s'en moquent aussi puisqu'ils se moquent de tout le monde. La culture brésilienne est faite d'assimilation et de dérision. Une culture très joyeuse, très facile mais qui sans doute à cause de cela ne s'est jamais dépassée, qui a du mal à se dépasser. C'est pourquoi le Brésil est à la fois fascinant et agaçant. »

Mais quand il revient à Rio, Carlos Ghosn a tout juste 31 ans et un monde à construire.

> « Pour un jeune, il y a le côté enthousiasmant d'un pays qui est en devenir même si ce devenir dure depuis

> trop longtemps. Mais quand vous êtes jeune, le devenir ne dure qu'une fois. Le pays a un énorme potentiel, la taille, les richesses, une nature exubérante. Et en même temps, on y éprouve une grande difficulté à faire avancer les choses. Cela provoque une certaine lassitude mais, en même temps, il est difficile de résister à l'attraction de ce pays. »

Au milieu des années 80, le Brésil est dans une phase de retour à la vie civile. L'armée est rentrée dans ses casernes et le pays est engagé dans cette vaste transition démocratique qui va changer, pour le meilleur, le visage de l'Amérique Latine dans les dernières années du XXe siècle. À Brasilia, la capitale fédérale, le système politique est dans une phase de transition entre le régime des militaires et la présidence civile de Tancredo Neves. Mais Neves meurt avant d'assumer ses fonctions et c'est José Sarney qui se retrouve à la tête de l'État alors qu'il avait été tout juste toléré par Neves au poste de vice-président.

> « Cela créait une situation insolite, où celui qui était attendu par le peuple n'était pas celui qui assumait la présidence. Sarney était vu comme étant très lié à l'ancien régime des militaires. »

Sur le plan économique, le pays est ravagé par l'hyper-inflation, qui distord le compte d'exploitation des entreprises. C'est à cette époque que les banques brésiliennes développent les systèmes de règlement les plus sophistiqués au monde pour tenter de suivre une monnaie qui file à la vitesse d'un cheval au galop.

> « J'ai connu l'inflation annuelle à plus de 1 000 %, avec des taux d'intérêt réels supérieurs à 35 %. Le coût nominal de l'argent est monté jusqu'à 1 350 % par an. »

Clermont-Ferrand, après l'apport initial en capital, avait souhaité que la filiale brésilienne finance ses propres investissements.

> « Cela ne s'est pas bien passé. Les pertes se sont transformées en endettement et quand l'inflation et les taux d'intérêt sont très élevés, le trou s'élargit très vite. »

La gestion sociale est un véritable casse-tête. C'est l'époque où de violentes émeutes soulèvent les grandes métropoles à chaque fois que le prix du ticket d'autobus est réajusté en fonction de l'inflation. Comme le dira bien plus tard le président Fernando Henrique Cardoso, l'inflation est un impôt sur les pauvres et le plus injuste qui soit. Pour arranger le tout, les entreprises sont aux prises avec l'interventionnisme de l'administration qui voit encore dans le contrôle des prix le remède à l'inflation.

> « Il fallait réajuster les salaires deux fois par mois. Nous avions un contrôle des prix sur le dos. Si on

> manquait d'un ou deux jours le réajustement des prix, la marge de l'entreprise s'effondrait. Vous n'aviez pas intérêt à vous tromper. C'était vraiment très spécial. »

C'est dans cette ambiance que le nouveau patron fait connaissance avec son domaine.

> « Il y avait l'usine de Campo Grande qui produisait des pneus poids lourds, celle de Resende qui fabriquait les câbles métalliques servant à la fabrication des carcasses radiales et deux plantations de caoutchouc naturel, une dans le Mato Grosso, et une autre dans l'État de Bahia. »

Les deux secteurs, industriel et planteur, n'ont pas grand-chose en commun.

> « Ce sont deux métiers complètement différents et qui d'ailleurs étaient complètement séparés sur le plan opérationnel. Planter des arbres, les traiter, récolter le latex, le préparer, cela n'a rien à voir avec la fabrication des pneus. Mais le caoutchouc naturel était une matière première tellement importante pour Michelin que n'avoir absolument aucun contrôle sur l'approvisionnement était inconcevable. Il y avait une deuxième idée, qui était de bien connaître la matière première pour en faire évoluer l'utilisation dans le produit final. »

De tous les manufacturiers, Michelin a la réputation d'être celui qui incorpore la plus forte proportion de caoutchouc naturel dans ses gommes. Longtemps, le latex est venu des possessions coloniales françaises. Michelin possédait aux portes de Saigon d'immenses plantations d'hévéas, transformées par la guerre du Vietnam en terrain d'affrontement entre forces ennemies et expropriées après la défaite du Sud. Dans les années 90, le gouvernement vietnamien avait approché discrètement l'entreprise de Clermont-Ferrand pour savoir si elle serait prête à récupérer, moyennant finance, l'usine et les plantations pour les rendre à leur prospérité d'antan. La réponse, dit-on, fut sèche : « Nous ne rachèterons pas ce qui nous appartient. »

L'Afrique, avec la Côte d'Ivoire et le Brésil, avait pris le relais.

Premier travail du nouveau patron du Brésil, établir un diagnostic.

> « La situation était très dégradée à cause de l'environnement économique du pays mais aussi en fonction de la compréhension que le management avait de cette situation. Ce n'est pas neutre. Il faut tenir compte de l'environnement du pays qui est un facteur exogène mais aussi de la compréhension que le management de l'entreprise en a, ainsi que du type d'actions nécessaires pour s'en protéger. Et cela, c'est endogène, c'est une affaire interne. Si les responsables n'ont jamais vécu dans une ambiance d'hyper-inflation, avec des contrôles étatiques très pointilleux, contrôle des prix, contrôle financier, des importations, subventions aux exportations, ils risquent de faire beaucoup de bêtises sans même le soupçonner. »

En outre, l'équipe locale était soumise à une forte pression du siège. À Clermont-Ferrand, la montée des pertes brésiliennes provoquait un certain affolement.

> « La solution a été essentiellement managériale. Il y avait des pratiques qu'il a fallu modifier. À commencer par mettre un terme aux interventions intempestives du groupe à l'intérieur des opérations brésiliennes de la part de personnes qui finalement ne comprenaient rien à la situation. Nous leur avons dit : "Nous assumons nos responsabilités, laissez-nous faire et vous jugerez aux résultats." À Clermont, il y avait des gens qui paniquaient et qui donnaient des conseils malheureux. Comme ceux qui étaient sur le terrain étaient assez disciplinés, ils appliquaient même quand ils pensaient que ce n'était pas la bonne solution. »

Seconde priorité, créer sur place une véritable équipe.

> « Les opérations brésiliennes comportaient un grand nombre de divisions séparées. Il y avait les producteurs, les commerçants, les financiers, les planteurs et chacun travaillait dans son coin. Les gens savaient que mon profil était très différent de celui de mon prédécesseur et surtout que j'arrivais dans une situation de crise qui pouvait avoir des conséquences dramatiques. Ils ont joué le jeu. Nous avons commencé à avoir des réunions de direction en faisant effectivement travailler ensemble les principaux responsables. »

La confrontation des expériences débouche sur des résultats surprenants.

> « Nous nous sommes aperçu que Michelin faisait des choses complètement insensées. Les commerciaux faisaient encore payer les pneus à deux mois de délai parce que c'était la pratique commune en Europe. Nous avions des stocks de matières premières dans les usines afin de nous protéger contre les difficultés d'approvisionnement. Mais avec l'inflation galopante, ils entraînaient des frais financiers très lourds. Michelin avait continué à investir en regardant les besoins à moyen et long terme alors qu'il fallait avant tout réduire les investissements au strict minimum permettant le maintien de l'exploitation en attendant de retrouver un "cash flow" adéquat. Le contrôle des prix était traité comme un facteur marginal alors qu'il était au cœur des facteurs de succès ou d'échec de l'entreprise. En réalité, il fallait que la responsabilité des autorisations d'augmenter les prix soit rattachée à la direction générale et suivie à la semaine. »

En bref, Michelin avait transféré des processus décisionnels qui étaient sans doute adaptés à un environnement européen ou américain mais totalement inadéquats dans le Brésil du milieu des années 80.

> « Par ailleurs, les relations avec Brasilia n'étaient pas bonnes. Nous n'avions pas mis en place des gens capables de communiquer avec les différentes admi-

nistrations pour leur faire comprendre le point de vue de Michelin. Et nos concurrents en place depuis plus longtemps comme Firestone, Goodyear ou Pirelli n'avaient pas été très contents de nous voir arriver et essayaient de dresser un maximum d'obstacles sur notre route. Mais les problèmes étaient surtout en interne. Et c'est cela que nous avions à traiter. »

La reprise en main va passer par l'établissement de processus décisionnels différents et de contrôle des éléments importants du compte d'exploitation beaucoup plus vigoureux qu'auparavant.

« Pour traiter la dette, il faut d'abord rétablir le "cash flow". Deuxièmement, il faut réduire au minimum les investissements nécessaires, réduire les stocks et les délais de paiement des clients, vendre tous les actifs qui ne paraissaient pas indispensables, terrains ou bâtiments qui avaient servi au démarrage mais n'étaient plus utilisés. Nous avons fait un gros travail de nettoyage. J'avais avec moi un très bon directeur financier, Philippe Biendel, un jeune HEC qui était très pointu et qui m'a beaucoup aidé. »

Sur le plan social, l'environnement brésilien n'est pas non plus des plus faciles. Après des années de répression sous la dictature militaire, le retour à la démocratie réveille un mouvement syndical très politisé. La principale centrale ouvrière, la CUT, est liée au PT, le Parti des Travailleurs, dont le leader charismatique, Luis Inacio da Silva, dit « Lula », est une figure du mouvement social des grandes banlieues industrielles de Saõ Paulo. Lula, qui sera finalement élu à la présidence de la République brésilienne en 2002, à la quatrième tentative, est aussi le dirigeant d'un parti qui va s'imposer durablement dans le paysage politique brésilien, en multipliant les victoires électorales dans les plus grandes villes du pays.

> « Nous avons eu notre part des problèmes sociaux, notamment une grève qui a duré trois semaines à l'établissement de Campo Grande. La CUT avait un programme de lutte en or dans un pays où l'inflation dévorait le pouvoir d'achat. Il y a eu une grève de plus de deux semaines pendant la négociation salariale sur le renouvellement du "convenio" (accord social annuel). Je me rappelle que pendant les deux premiers jours de la grève, qui avait démarré un vendredi, l'accès à l'usine était bloqué par le piquet de grève. Or, il fallait à tout prix que je me réunisse avec l'équipe industrielle pour prendre un certain nombre de mesures. Le dimanche matin, j'ai appelé le patron de l'usine pour lui dire : "Je viens." Il m'a dit : "Ne faites pas cela, ils ne vous laisseront pas entrer." J'ai pris ma voiture et je suis allé jusqu'à l'usine. En me voyant arriver, les grévistes ont eu un moment d'hésitation. Cela n'a pas dû durer plus d'une minute mais le temps m'a paru bien long. Sans doute pris de court, ils m'ont laissé passer. Nous avons eu une réunion de travail pour décider ce qu'il fallait faire. C'était une période où nous n'avions peur de rien. La grève s'est terminée par un compromis acceptable pour tout le monde. »

Le régime imposé par Carlos Ghosn aux opérations brésiliennes de Michelin ne tarde pas à porter ses fruits.

> « Nous avons passé une année 86 difficile, avec des résultats encore en perte. Nous sommes revenus en positif en 1987. Et en 1988, nous avons fait un très bon résultat. En 1989, le Brésil était devenu une des filiales les plus rentables de Michelin en pourcentage du chiffre d'affaires. »

Pendant ce temps, le pays passe d'un plan de stabilisation à l'autre, change de ministre des Finances, de monnaie nationale, sans réussir à éradiquer l'inflation. Il faudra attendre le milieu des années 90 et le plan réal du ministre des Finances et futur président de la République Fernando Henrique Cardoso pour que le Brésil retrouve une certaine stabilité monétaire et financière.

> « Le plan Funaro, le plan crusado, le plan ceci, le plan cela. À chaque fois, le gouvernement promettait la lune et quelques mois plus tard, tout était par terre. Et il fallait naviguer entre tous ces plans en préservant l'entreprise. Cela fut très sportif. »

L'équipe brésilienne a la confiance de Clermont-Ferrand qui prend son mal en patience. Chez Michelin, pas de gestion à court terme. En cas de difficultés, on serre les dents et on tient.

> « Je pense que quitter le Brésil n'a jamais été sérieusement envisagé, même si de temps en temps on nous

lançait, sous forme de boutade : "Si vous ne réussissez pas, nous serons amenés à fermer le Brésil." Mais j'avais 31 ans et l'idée que je pourrais échouer ne m'a jamais effleuré l'esprit. C'est un âge où on ne doute pas. On travaille jour et nuit s'il le faut. On réagit dès qu'il y a un problème. En 1988, j'ai annoncé l'expansion de l'usine de Campo Grande, avec un investissement qui augmentait de 60 % la capacité de production. »

C'est une période d'activité intense, qui laisse bien peu de temps libre pour profiter de la famille, des amis, du pays.

« Tout de même, nous avions de temps en temps un week-end, des vacances. Et puis la situation n'a pas été tout le temps tendue. Il y a eu un pic dans la tension, entre mi-85 et 86 mais en 1987 les choses commençaient déjà à s'améliorer et en 1988, c'était déjà bien meilleur. »

Mais Carlos Ghosn ne va pas profiter très longtemps de sa réussite brésilienne.

« En 1987, j'ai eu la visite de François Michelin, qui est venu au Brésil pour la première fois.

Il était accompagné de son épouse. Ce fut un moment assez particulier puisque, par-delà la relation professionnelle, cela m'a permis de mieux connaître l'homme. Nous avons voyagé ensemble pendant une dizaine de jours, pour visiter les usines de Campo Grande et de Resende et les plantations, dans le Mato

Grosso et dans l'État de Bahia. Auparavant, la relation avait été strictement professionnelle. »

Dans les entreprises géantes implantées aux quatre coins de la planète, ces tournées patronales ne sont pas un rituel agrémenté d'un déplacement touristique. Loin de représenter une perte de temps, elles permettent souvent d'en gagner beaucoup, dans la connaissance d'un marché et l'appréciation des hommes.

« François Michelin est un homme qui a beaucoup de respect pour la différence. Il était curieux du Brésil. Au-delà de la découverte de Michelin au Brésil, il voulait connaître le pays et le peuple brésilien. François Michelin est surtout passionné d'hommes. Il était surtout venu pour sentir le pays, sentir le peuple. Mais cette grande curiosité vis-à-vis de ce qui est différent était d'une certaine manière pudique. Ce n'est pas un voyeur. Sa curiosité était fondée sur le respect, sur l'intérêt porté aux gens, du haut en bas de l'échelle sociale, indépendamment de leur âge, de leur origine ou de leur position dans l'entreprise. Et ma propre carrière en porte témoignage d'une certaine manière. Quand il rencontrait une personne, toutes ses antennes étaient dehors. Il ne faisait pas semblant. Ce n'était pas une pose, comme cela peut être le cas de temps en temps chez certains patrons. »

Le séjour prend évidemment une dimension officielle, dans un pays où Michelin est devenu un important investisseur étranger. Visite à Brasilia, la capitale fédérale, pour rencontrer le président de la

République José Sarney et le ministre des Finances Nailson de Nobrega.

> « Nous nous sommes aperçu qu'ils connaissaient beaucoup mieux Michelin à travers le Guide Vert favori des touristes, qu'en raison de son activité de fabricant de pneumatiques. Nous avons passé plus de temps à parler du guide, qui pèse pourtant si peu dans le chiffre d'affaires du groupe, que de nos activités industrielles. »

Visite sur le terrain également, notamment dans les usines, où François Michelin aura passé un temps considérable tout au long de sa carrière de chef d'entreprise.

> « Quand nous avions visité l'usine de Campo Grande, nous étions passés à travers les ateliers, ce qu'il aimait beaucoup, pour discuter avec les ouvriers. C'était un ou deux mois avant la négociation du "convenio" avec les syndicats. Il régnait dans l'usine une ambiance un peu particulière. Nous sommes entrés dans une salle de pause, où se trouvaient une trentaine d'ouvriers, la maîtrise restant dehors. La discussion a porté sur les conditions salariales et cela avait chauffé. Il ne s'est pas mis à l'écart. Il se sentait bien sur le terrain, sans chercher à se protéger. »

Le week-end qui coupe en deux la visite se passera à Ouro Preto, le joyau de l'État du Minas Gerais, petite ville minière de la ruée vers l'or des XVIIe et XVIIIe siècles, où les Portugais ont laissé un extraordinaire patrimoine architectural, les églises surtout, aux nefs entièrement tapissées de bois doré.

> « Il y a chez François Michelin une capacité d'étonnement qui est assez exceptionnelle. Il n'avait pas ce côté blasé de ceux qui en ont tellement vu que leur capacité d'étonnement est érodée. Il pouvait s'arrêter au pied d'un arbre pour poser des questions sur son origine, l'ancienneté de sa présence au Brésil, etc. Le plus souvent, j'étais incapable de répondre et j'allais demander à droite et à gauche. Mais il ne jouait pas la comédie. Une telle capacité d'étonnement est très rare à ce niveau. Je n'ai jamais rencontré quelqu'un ayant dirigé aussi longtemps une grande entreprise et ayant conservé ce regard neuf sur les choses et les gens. Et cette fraîcheur venait vraiment du plus profond de lui-même. C'est un homme d'une grande sensibilité, ce qui explique son respect pour les gens, pour la différence, et cette curiosité. Mais c'est aussi un homme avec énormément d'expérience, d'habitude de l'exercice des responsabilités. Il ne faut pas prendre sa fraîcheur d'esprit pour de la naïveté. »

Les dix jours passés au Brésil par François Michelin se révéleront déterminants pour la suite de la carrière de Carlos Ghosn.

> « Ce voyage a été d'une certaine manière une révélation mutuelle. C'est là que je l'ai connu et c'est là qu'il m'a connu aussi. Le départ aux États-Unis s'est produit un peu plus d'un an après. Il avait dû se dire

qu'il me connaissait désormais suffisamment pour me confier cette responsabilité. »

Un départ, à nouveau. Mais le lien rétabli avec le Brésil est beaucoup plus solide, renforcé encore par l'arrivée des enfants.

« Quand nous avons quitté le Brésil, j'ai promis à mes parents que je viendrais les voir tous les ans et que je leur amènerais les enfants. En général, chaque année au moment de Noël et du Jour de l'An, je suis au Brésil avec toute la famille. De temps en temps, du vivant de mon père, ils sont venus nous voir, aux États-Unis, en France et au Japon. Avec ma mère, nous nous parlons au téléphone régulièrement. »

CHAPITRE CINQ

Au pays des Trois Grands

C'est un autre défi majeur qui attend Carlos Ghosn aux États-Unis. Par le rachat d'Uniroyal-Goodrich, le groupe de Clermont-Ferrand s'apprête tout simplement à doubler de taille sur le premier marché automobile du monde. Sur le plan stratégique, l'opération est superbe. Le moment choisi est par contre détestable. L'économie américaine s'apprête à plonger dans une récession qui va durer trois ans, de 1991 à 1993, et coûter sa réélection au président sortant George Bush face à un challenger démocrate, Bill Clinton, qui a placé la crise au cœur de sa campagne avec un cri de ralliement resté célèbre : « C'est l'économie, idiot ! »

> « J'arrive en février 1989, à un moment où la négociation avec le propriétaire du moment, la firme financière new-yorkaise Clayton, Dublier and Rice, était dans sa phase finale. Nous avons conclu début 1990 et commencé l'intégration pratiquement à la veille d'une récession. Mais cela, nous ne le savions pas. Le timing avait été horrible. Le marché a commencé à plonger

> quand nous commencions tout juste à travailler à l'intégration des deux entreprises. On ne sait jamais si on achète en haut de cycle. On ne le comprend qu'après. J'ai dû prendre en charge les opérations nord-américaines et la restructuration d'Uniroyal-Goodrich à un moment où le marché était en train de se dérober sous nos pieds. »

Avant l'opération de rachat d'Uniroyal-Goodrich, Michelin North America ne va pas mal. Mais pas vraiment bien non plus.

> « Il n'y avait pas de crise mais la maison mère attendait certainement de meilleurs résultats. Les profits n'étaient pas à la hauteur des espérances du siège. »

Surtout, Michelin n'a pas la taille critique face au géant Goodyear, en position dominante sur son marché intérieur. Le numéro un japonais Bridgestone, qui accompagne les constructeurs nippons dans leur conquête de l'Amérique, vient de sauter le pas de la globalisation en prenant le contrôle de Firestone, un nom qui appartient à l'histoire de l'industrie automobile aux États-Unis depuis le début du XXe siècle. Michelin fera d'ailleurs monter les enchères et contraindra habilement son rival japonais à payer le prix fort pour Firestone.

L'industrie du pneumatique a deux marchés : la « première monte », c'est-à-dire les pneus achetés par le constructeur pour équiper les voitures ou les camions qui sortent de ses chaînes d'assemblage, et le remplacement quand le moment est venu pour le propriétaire du véhicule de changer un train de pneus usés.

> « En Amérique du Nord, Michelin était plus fort en première monte que sur le marché du remplacement. Globalement, nous ne devions pas être très loin de 10 % du marché américain. Pour le chiffre d'affaires, Uniroyal-Goodrich avait à peu près la même taille que Michelin Amérique du Nord mais était à l'inverse beaucoup plus présent sur le marché du remplacement. »

Particularité du marché américain, Uniroyal-Goodrich vendait sous sa propre marque mais aussi sous des marques privées.

> « Ces marques étaient au nom des grands magasins et chaînes de distribution comme Sears Roebuck ou SAM's ou encore des concessionnaires gérant un réseau national. C'est ce qu'on appelait les "associate" ou "private brands". La mise en commun des deux entreprises nécessitait une nouvelle stratégie commerciale. Nous passions d'une entreprise mono-marque à une entreprise multi-marques. »

Comme celui de Firestone, l'outil industriel d'Uniroyal-Goodrich n'est pas au mieux de sa forme. Dans les années 70 et 80, la « vieille économie » américaine a payé un dollar trop fort, le choc d'une concurrence nouvelle, notamment celle d'un Japon agressif qui se voit déjà « numéro un », mais aussi la gestion à court terme et la complaisance de dirigeants qui n'ont pas compris que le monde changeait. Le réveil sera brutal et l'adaptation douloureuse jusqu'au retour en force des dernières années du XXe siècle.

> « L'outil industriel d'Uniroyal-Goodrich était un outil assez vieux dans lequel les derniers propriétaires avaient peu investi. Comme dans toutes les entreprises qui traversent des moments difficiles, en matière d'investissement, vous ne faites pas ce que vous devriez mais ce que pouvez faire. Il arrive un moment où on ne fait même plus le strict nécessaire. Il a fallu moderniser, réinvestir mais aussi concentrer. »

Carlos Ghosn décide de fermer trois vieilles usines Uniroyal-Goodrich aux États-Unis et au Canada.

Sans état d'âme. Le « cost killer », déjà ?

> « C'est une opération qui avait été très critiquée. Au lancement d'une opération difficile, vous êtes toujours critiqué. Ensuite, quand les résultats arrivent, les gens applaudissent en disant que c'était remarquable. C'est un refrain connu. Les efforts de réduction des coûts ont toujours été là. Aux États-Unis notamment, presque toutes les industries sont passées par cette phase, c'est vrai. Je ne vois pas comment on peut gérer une entreprise sans avoir un œil rivé sur les coûts. C'est du fantasme. Jack Welch (la légende vivante de General Electric), ils l'appelaient "Neutron Jack" et Jac Nasser (ex-directeur général de Ford) était surnommé "Jac the Knife". Parmi tous les patrons

d'industrie, il y en a très peu qui ont été "olé-olé". Nous avons une stratégie mais nous prêtons aussi une grande attention à la "bottom-line". Une entreprise ne se gère pas dans la fantaisie au niveau des coûts. Il faut être vraiment très net sur vos actifs et vos coûts. Cela demande une attention particulière et une action très énergique. Mais si vous ne faites que cela, vous n'allez pas très loin. »

Second défi, organiser une équipe de direction en prenant les meilleurs des deux entreprises.

« Il fallait intégrer deux entreprises de cultures très, très différentes. Michelin North America était une entreprise très française, très auvergnate même. Il y avait des cadres américains mais la dominante était française. Une entreprise familiale, regardant le long terme, raisonnant avant tout produit, qualité, investissement, stratégie. Uniroyal-Goodrich, propriété d'un Clayton Oubillier qui était un pur financier achetant et revendant des entreprises, était axée sur le marketing, le très court terme, le rendement financier. C'était aussi une entreprise très américaine alors que Michelin était implantée un peu partout dans le monde. Sur le plan culturel, on ne pouvait pas imaginer deux entreprises plus différentes. »

Entre les « Michelin » français, les « Michelin » américains sous influence européenne et les « Uniroyal-Goodrich » cent pour cent américains, l'alchimie est complexe.

« L'équipe de Michelin États-Unis est restée. Nous avons intégré une partie de l'équipe de direction d'Uniroyal-Goodrich mais l'entreprise avait acquis une surface beaucoup plus grande. Nous avons créé des "business units" qui ont permis de réutiliser une grande partie des talents qui étaient disponibles. Le patron d'Uniroyal-Goodrich est parti. Mais c'est un de ses lieutenants qui est devenu le responsable de la "business unit" en charge du marché remplacement pour les pneus destinés aux voitures de tourisme et camionnettes. Le directeur financier du groupe était un Michelin. Par contre, nous avons créé un ensemble de fonctions de support dirigées par un Uniroyal-Goodrich. Nous avons essayé de mélanger quelques éléments de l'ancienne équipe Uniroyal-Goodrich avec les meilleurs éléments de Michelin. Nous n'avons pas fait tomber le couperet. »

Le siège de la nouvelle entreprise sera à Greenville, en Caroline du Sud, dans les locaux de Michelin North America. Mais Akron, la capitale du caoutchouc aux États-Unis, n'est pas abandonnée pour autant. On y installe la « business unit » Uniroyal-Goodrich.

Les leçons apprises en Europe, dans le traitement du dossier Kléber puis au Brésil, à la tête d'une équipe de direction comprenant un éventail de nationalités, vont trouver un terrain d'application idéal : le « cross-manufacturing » bien sûr, avec la spécialisation des usines sur tel ou tel produit vendu sous les diverses marques ; la « cross fonctionnalité », qui consiste à mélanger les responsables de différents métiers, ingénierie, production, marketing, ventes, afin d'examiner un problème collectivement et sous tous les angles.

Un autre enseignement tiré de l'expérience du Brésil est l'importance de relations bien définies et transparentes avec Clermont-Ferrand.

> « L'Amérique du Nord était un enjeu beaucoup plus important pour la maison mère que ne l'était le Brésil. Elle pesait 35 à 40 % du chiffre d'affaires. Clermont-Ferrand était beaucoup plus présent à travers les patrons des grandes fonctions, les directeurs financier, juridique, commercial, fabrication, qui avaient des contacts directs avec leurs correspondants sur place. Ces relations fonctionnelles sont importantes. Mais il fallait respecter l'autonomie de l'équipe américaine. L'équilibre est assez délicat à établir. S'il n'y a pas d'autonomie, on ne peut plus rien contrôler puisqu'on ne sait plus qui est responsable de quoi. Les gens disent : "C'est Clermont qui nous a dit de faire ceci, donc nous l'avons fait. Les conséquences ne sont pas bonnes mais je n'en suis pas responsable." Vous arrivez à une déresponsabilisation totale du système. À l'inverse, si vous laissez à l'Amérique du Nord une trop grande autonomie, vous risquez de voir se développer à l'intérieur de Michelin un clone qui est tout à fait différent de la maison mère. Et de cela, la maison mère ne voulait pas. Il y avait une volonté de laisser une autonomie mais à condition que cela ne commence pas à ressembler à de l'indépendance. »

Aux États-Unis, l'environnement de l'entreprise se présente très différemment de la situation qu'affrontait Michelin au Brésil. Maintenant, c'est le marché qui compte et non la puissance publique.

> « Au Brésil, votre principal challenge, c'était l'État, ce n'était pas les concurrents. La politique du gouvernement avait plus d'impact sur votre compte d'exploitation que la concurrence, à travers le régime des importations de caoutchouc naturel et des autres matières premières, par le biais du contrôle des prix et des différentes réglementations financières. Nous passions plus de temps avec les autorités qu'à nous occuper de ce que faisaient nos concurrents, et c'était la même chose pour eux. Aux États-Unis à l'inverse, nous étions sur un marché extrêmement compétitif. Le "benchmarking" y est une règle de vie. Il faut tenir compte de l'importance du marketing, de la distribution. Les négociations sont difficiles avec des clients qui valorisent avant tout la qualité, les coûts et les délais. »

Dans les négociations commerciales, l'Amérique pratique plutôt un jeu dur mais correct.

> « Les relations avec les grands constructeurs américains sont ardues mais pas plus que ce que l'industrie connaît ailleurs. Nous sommes dans le jeu habituel de la relation entre les grands constructeurs et les grands fournisseurs. On discute : combien de pneus, quelle qualité, la technologie et surtout les prix. Si vous êtes

un fournisseur, il faut être particulièrement attentif à vos coûts et aux négociations de prix. »

Pour la nouvelle entreprise née de la fusion, il s'agit d'opérer une véritable révolution commerciale.

« Il faut s'imaginer le choc que cela représente pour une entreprise de passer d'une marque unique à une stratégie multi-marques, du jour au lendemain. Nous avons toujours fait très attention à ce que les solutions adoptées ne soient ni des solutions Michelin, ni des solutions Uniroyal-Goodrich mais le meilleur choix pour le bien de la nouvelle entité créée. »

Heureusement, les grands constructeurs, à commencer par le premier d'entre eux General Motors, ne seront pas choqués de voir un fleuron de leur industrie et un de leurs principaux fournisseurs passer sous contrôle étranger.

« L'apport d'Uniroyal-Goodrich a permis à Michelin de se rapprocher de Detroit pour une raison très simple : Uniroyal était le premier fournisseur de General Motors en première monte. Il y avait eu une relation historique très étroite entre les deux entreprises. GM a vu notre arrivée avec soulagement parce qu'un constructeur n'a jamais envie de dépendre d'un fournisseur en mauvaise situation financière. Le fait que Michelin vienne épauler la marque Uniroyal tout en s'engageant à la maintenir et à la développer a été reçu avec un grand soulagement. Au demeurant,

> l'opération ne se serait jamais faite si GM s'y était opposé. Leur accord faisait partie des conditions de base. »

Michelin ne souffre d'ailleurs pas de la comparaison avec ses concurrents : l'entreprise clermontoise jouit aux États-Unis aussi d'une solide réputation d'innovation technologique et de très haut niveau de qualité.

> « Le produit Michelin attirait le respect de la part des constructeurs. Ils avaient la vision d'une entreprise technique, privilégiant le long terme et qui avait des ressources. Cela faisait de nous un partenaire crédible. Je n'ai jamais senti un quelconque ostracisme, une quelconque volonté de marginalisation qui auraient eu pour motif l'origine non américaine du fournisseur. »

L'histoire de Michelin aux États-Unis est exemplaire de la manière dont les grandes industries se mondialisent pendant la dernière décennie du XXe siècle et du rôle central joué par le marché nord-américain dans cette aventure. Tout au long des années 90, les États-Unis se taillent la part du lion dans le flux global des investissements directs étrangers (IDE). Par centaines de milliards de dollars, l'argent entre aux États-Unis, venu principalement d'Europe mais aussi d'Asie orientale ou du Golfe. L'excédent d'épargne de ces régions prospères se déverse sur le marché américain. Il finance aisément le déficit massif des comptes courants des États-Unis mais en outre apporte sa pierre à la restructuration de l'industrie américaine, surtout celle qui est liée à la « vieille économie ».

Chimie, pharmacie, banque, ciment, pneumatique et finalement automobile elle-même : les grands noms de l'industrie européenne, solidement ancrés sur leur marché unique, veulent tous se faire une place au soleil de l'Amérique. Et l'Amérique, c'est sa vertu première, les accueille le plus souvent à bras ouverts.

Pour ceux qui se lancent ainsi au-delà de l'Atlantique, il y a cette idée simple qu'on ne peut pas jouer les premiers rôles dans son secteur si on n'est pas présent sur le premier marché du monde.

> « Ce qui avait guidé François Michelin vers les États-Unis, c'était une réflexion stratégique. Il ne s'est pas dit : je vais m'endetter et pendant les premières années je vais faire des mauvais résultats. Il s'est dit : si je ne suis pas aux États-Unis, je ne serai jamais un grand. Il fallait à tout prix que l'Amérique du Nord devienne un grand marché pour Michelin. Même chose quand il est parti en Asie. La réflexion stratégique guide l'homme. Il ne part pas des moyens qu'il a, des hommes dont il dispose pour déterminer la stratégie qu'il peut se permettre. C'est l'inverse. Il dit : voilà ce dont je suis convaincu, il faut donc que je m'équipe en conséquence pour l'appliquer. C'est en ce sens qu'il est un stratège, plus qu'un tacticien. »

Au départ en effet, l'affaire paraît bien mal engagée. La récession américaine, qui va d'ailleurs contaminer l'Europe en 1992, plonge les comptes de Michelin dans le rouge. Entre 1990 et 1993, le groupe accumule 1,8 milliard de dollars de perte. À tel point que certains commencent à spéculer sur ses chances de survie. Mais la direction de l'entreprise est protégée de la pression du court terme par l'actionnariat familial et l'organisation en commandite. Une rareté dans les grands groupes, cette structure juridique accorde un pouvoir quasi discrétionnaire aux gérants qui sont en retour responsables sur leurs biens propres.

> « Dans le cadre de l'organisation telle que je l'ai vécue, François Michelin et François Rollier, décédé depuis, étaient les cogérants. Rollier tenait le rôle du financier. Il coiffait tout le secteur juridique, financier, les relations avec les actionnaires, etc. Son travail était de tenir compte des contraintes financières ou légales pour appliquer la stratégie. Ce qui comptait, c'était le long terme. Il y avait la conviction profonde chez François Michelin, et dans l'entreprise, que la commandite était une force parce qu'elle permettait une stratégie de long terme. Vous n'êtes pas matraqués par l'obligation de sortir des résultats tous les trois mois. Cela permettait de faire patienter les actionnaires. »

Une patience qui sera récompensée. Michelin va gagner son pari américain.

> « Nous avons traversé une période difficile jusqu'en 1993-94. En 1995, cela commence à aller beaucoup mieux. 1996 et 1997 sont de bonnes années. Après une

période de souffrance, marquée par l'intégration et la restructuration de Uniroyal-Goodrich et par le fait qu'il y a eu un ralentissement de l'activité économique, nous entrons dans une phase où le marché se redresse et où les fruits de l'intégration, de la remise en cause d'un certain nombre d'habitudes liées à la culture de l'une ou l'autre des entreprises, le fait d'adopter les meilleures pratiques des uns et des autres commencent à payer. L'année où nous avons vraiment vu le jour a été 1995 et cela s'est amplifié au cours des années suivantes. »

Pour Carlos Ghosn, ce sont des années de réalisation mais aussi de formation, peut-être les plus importantes.

« Il s'agissait d'apprendre le métier de patron à l'américaine, qui est très différent de ce qui se pratique au Brésil, voire en Europe. C'est, pour la première fois, la confrontation directe avec la concurrence. L'expérience américaine a été extrêmement riche. Marché, concurrence, croisement des cultures, et le travail de restructuration de deux entreprises, pas uniquement au niveau des coûts mais aussi par la mise en place d'une nouvelle organisation commerciale. Plusieurs choses m'ont impressionné dans mon expérience américaine. L'Amérique est une très, très bonne école d'apprentissage du client, de tout ce qui concerne les outils de marketing, de communication. Une école de rigueur sur l'importance des coûts, de ce qu'on appelle "affordability", le fait que le produit soit vendu à un prix abordable afin que les gens puissent l'acheter. »

Et la position de grand fournisseur offre un point de vue privilégié sur le monde fascinant de l'industrie automobile américaine, sa légende industrielle, ses armées d'employés, ses patrons à la forte personnalité et à l'ego parfois surdimensionné. Mais c'est aussi un monde en crise récurrente, loin, très loin de la domination prospère des années 50 à 70, quand l'Amérique automobile était encore une grande île, isolée de la concurrence étrangère et réservée aux « gasguzlers » couverts de chromes. Detroit fait le plus souvent figure de forteresse assiégée cherchant à tenir à distance des envahisseurs de plus en plus audacieux qui viennent la narguer jusqu'aux portes de la citadelle.

> « J'ai pu observer de très près l'industrie automobile américaine mais pas seulement elle. Il y avait les Japonais, Toyota, Honda, Nissan, Mitsubishi, les Européens, les Coréens. Et pas uniquement ceux qui avaient des usines d'assemblage aux États-Unis ou Canada. Par exemple, les BMW et les Mercedes qui entraient aux États-Unis avaient des pneus Michelin développés souvent par Michelin North America, selon des spécifications différentes. Ils étaient ensuite montés en Allemagne et revenaient aux États-Unis. »

Le patron de Michelin North America est souvent sur la route ou dans les airs.

> « J'avais ainsi visité l'usine Nissan de Smyrna en tant que fournisseur comme celles de Honda, de Toyota ou de Ford. Je pouvais faire la différence entre les

usines mais surtout dans la relation du fournisseur avec chacune de ces entreprises. La relation entre le constructeur et le fournisseur est extrêmement importante pour la performance du constructeur. Nous n'étions pas soumis aux mêmes exigences selon qu'il s'agissait de GM, Ford, Chrysler ou Toyota, Honda ou Nissan. Chaque constructeur avait sa propre personnalité. Les Américains étaient typés et les Japonais aussi, mais entre eux, ils n'étaient pas du tout semblables. On ne travaille pas avec Honda comme on travaille avec Nissan ou Toyota. Trois mondes différents. Très techniques, tous les trois. Et ils s'intéressent aussi à votre outil. Ils ne vous laissent pas vous débrouiller tout seuls. Ils veulent savoir comment vous faites et quand vous avez un problème, quelle en est la cause. Ils sont très minutieux dans leur relation avec les fournisseurs. Mais par-delà cette approche commune, les cultures d'entreprise sont très différentes. Et c'est la même chose avec les Américains. Vous ne travaillez pas avec General Motors comme avec Ford ou avec Chrysler. On ne peut pas dire : il y a les Américains d'un côté et les Japonais de l'autre. Mais il y a tout de même plus de points communs entre les trois entreprises japonaises qu'entre les Japonais et les Américains. »

Pendant sa période américaine, Carlos Ghosn va trouver sur son chemin quelques personnalités légendaires.

« Alex Trottman, un Anglais, était à ce moment-là le patron des opérations nord-américaines de Ford,

> quand “Red” Pollins était le patron du groupe. Bob Lutz était le directeur général de Chrysler, au moment où Iaccoca était encore le président de l’entreprise. Du côté de General Motors, c’était une période assez perturbée car ils ont eu plusieurs patrons en quelques années. Au départ, Bob Smith puis Bob Stemple, un ingénieur qui n’est resté qu’un an, et ensuite Jack Smith. »

Chrysler est un cas d’étude particulièrement intéressant. Depuis sa création au milieu des années 20 par Walter P. Chrysler, la société a connu une histoire particulièrement mouvementée. À l’ascension fulgurante des années 30 qui lui permettra, malgré la Grande Dépression, de remplacer temporairement Ford au second rang de l’industrie derrière l’intouchable General Motors, succède après la Seconde Guerre mondiale un long déclin entrecoupé par d’éphémères rebonds. Au début des années 60, le « troisième grand » détient moins de 10 % du marché américain. Dans les années 70, le lancement de têtes de pont en Europe, avec le rachat de Simca en France, Rootes en Grande-Bretagne et Barreiros en Espagne, se soldera par une Bérésina financière. Au cours de la décennie suivante, le nom de l’entreprise devient indissociable de celui de son sauveur, Lee Iaccoca. Parvenu au sommet après une longue carrière chez Ford, ce flamboyant fils d’immigrés italiens est brutalement remercié en 1978 par Henry Ford II, héritier de la dynastie et dépositaire du pouvoir détenu par la famille fondatrice. Comme on le sait, c'est une histoire qui se répétera au début du siècle suivant. Iaccoca trouve chez Chrysler, au bord de la faillite, l'occasion d'une revanche professionnelle et personnelle. Fait rare dans les annales du capitalisme américain, il arrache au gouvernement des États-Unis une assistance financière, 1,5 milliard de dollars en garantie de crédit, votée par le Congrès et signée par le président Jimmy Carter.

Iaccoca coupe sauvagement dans les dépenses, lance (enfin !) des voitures moyennes capables de résister aux importations japonaises et européennes, met au service de l'entreprise son extraordinaire talent de vendeur. Le redressement de Chrysler devient une « success story » mondiale et Iaccoca une sorte de gourou dont le livre, modestement titré *Iaccoca*, s'arrache en des dizaines de langues. Jamais sans doute, depuis l'époque des fondateurs, l'image d'une grande entreprise et celle de son patron ne sont à ce point étroitement associées dans l'esprit du public.

> « Je suis arrivé aux États-Unis en 1989. Iaccoca était encore le patron de Chrysler. Mais c'était la fin de la période Iaccoca puisqu'il s'est retiré en 1991. Bob Lutz était le directeur général, François Castaing était le patron de l'ingénierie. Tom Stallkamp était le patron des achats. Toute l'équipe qui avait redressé Chrysler était en place. »

De ses rencontres avec les hommes de Chrysler, Carlos Ghosn va tirer quelques leçons de vie.

« Un jour, nous avions invité Bob Lutz à donner une conférence pour l'ensemble des cadres dirigeants de Michelin North America. Tous les ans, nous organisions une sorte de conférence annuelle et nous invitions des personnalités de l'industrie à y prendre la parole. J'avais été assez frappé par la façon dont Bob Lutz parlait des problèmes de Chrysler, de manière décontractée, directe, très accessible. Il nous avait dit : "Vous savez, quand nous étions au fond du trou, il était de bon ton de dire que le quotient intellectuel moyen des responsables de Chrysler était en dessous de 50. Depuis que cela marche mieux, on considère que notre QI est à plus de 150. Pourtant, ce sont les mêmes personnes. La différence, c'est bien sûr que nos produits se vendent mieux, qu'ils sont plus attractifs. Avant, nous étions même surpris qu'il y ait des clients pour Chrysler. Les gens achetaient parce que c'était un 'bon deal', pas parce que les voitures étaient excitantes." Cette approche très décontractée, très modeste, très humaine, très terre à terre m'avait beaucoup frappé. Cela ne sert à rien de mentir. Il faut dire les choses telles qu'elles sont et surtout les dire de manière très compréhensible pour tous ceux qui vous écoutent. »

Bob Lutz est une légende de Detroit, connu pour son sens inné du produit qui marche, de la voiture que les clients auront envie d'acheter. En 2001, à 70 ans passés, il sera tiré de sa semi-retraite par General Motors pour revitaliser les opérations nord-américaines du numéro un mondial et enrayer le déclin graduel de sa part de marché.

> « Un autre événement qui m'avait frappé, toujours par le biais de Bob Lutz, s'est produit lors d'une soirée à laquelle Chrysler avait invité tous ses fournisseurs dans le nouveau centre de recherche qu'ils venaient de faire construire à Detroit. L'occasion était en principe une réception pour les adieux de Iaccoca. François Michelin était installé à la table de Iaccoca et moi-même à celle de Lutz. Lutz a dit : "Cela doit bien être la sixième réception d'adieu de Iaccoca." Cela donnait une idée de l'ambiance. Pendant que Iaccoca faisait son discours, Lutz, qui avait un peu bu, somnolait sur sa chaise. Je me suis dit : "Il est parti trop tard." L'atmosphère était pesante. Il aurait dû partir deux ans plus tôt. Quand on rate sa sortie, c'est aussi triste que de ne pas réussir sa mission. C'est toujours triste de voir quelqu'un échouer mais c'est encore plus triste de voir celui qui a fait des choses importantes pour son entreprise rater sa sortie. Je me suis dit : "Le jour où on pense à partir, il faut bien choisir son moment, et partir au sommet. Pas au moment où on ne contrôle plus les événements, où on donne l'image d'un *has been*." Et c'était l'image que donnait Iaccoca au moment de son départ. »

Pendant le séjour de Carlos Ghosn aux États-Unis, l'industrie automobile mondiale va connaître un des épisodes les plus curieux de son histoire, l'affaire Lopez.

Venu d'Espagne via les opérations européennes de General Motors, José Ignacio Lopez de Arriortua était au début des années 90 le Torquemada de l'industrie automobile. Un grand inquisiteur qui ne faisait pas la chasse aux hérétiques mais s'était mis en tête de traquer le gaspillage et l'inefficacité dans la chaîne complexe de la production automobile. L'évangile de Lopez, chargé par GM de révolutionner les relations avec les fournisseurs, était résumé dans l'acronyme PICOS : Purchased Input Concept Optimization with Suppliers. En théorie, PICOS ambitionnait d'enrôler les fournisseurs dans un mouvement perpétuel d'amélioration de la qualité et de la productivité. En pratique, il consistait à écraser les prix payés par GM et Lopez fut bientôt surnommé « le pape du profit ».

> « Révolutionnaire, visionnaire ? Il a surtout effrayé l'industrie automobile. Ce que je retiens de sa tentative, c'est que c'était celle de Lopez, pas celle de GM. Mis à part sa garde rapprochée qui était espagnole, les gens autour de lui ne l'appuyaient pas. Lorsque nous visitions des usines de GM, la journée se terminait par un pot et un dîner. Les gens de GM se laissaient aller à des confidences. Ils nous disaient : "Lopez a encore fait une crise. Voilà sa dernière lubie. Qu'est-ce que c'est que cette ânerie ? PICOS, c'est du flan." Nous entendions cela de la bouche même des gens de GM et nous savions que cela ne marcherait pas. Les fournisseurs sont un peu comme les élèves dans une classe. Ils n'en pensent pas moins de leur professeur mais ils n'osent pas le dire. En outre, il y avait un très fort

ressentiment à l'intérieur de GM vis-à-vis de Lopez et de sa bande d'Espagnols. Lopez venait faire son show mais en fin de compte, le résultat sur le terrain était toujours un compromis très éloigné de ce qu'il avait annoncé. Il a quand même secoué GM, mais c'était Lopez, ce n'était pas GM. Quand il est parti, ils ont tout démonté parce qu'il avait trahi. »

En effet, déçu par la tiédeur de l'accueil réservé par la direction de GM à son rêve d'une usine automobile révolutionnaire, baptisé « concept fractal » ou « usine X », Lopez passe avec armes et bagages chez Volkswagen AG en 1992. Il s'ensuivra une retentissante affaire d'espionnage industriel, GM accusant Lopez d'être parti avec des caisses entières de documents secrets. Les Allemands de Wolfsburg finiront par céder à la pression de leurs puissants confrères de Detroit. Licencié par VW, Lopez, malade et toujours poursuivi par la justice américaine, vit dans l'obscurité en Espagne. Volkswagen construira effectivement au Brésil des usines de dimension moyenne inspirées du concept fractal mais qui constituent en fait une évolution de la « lean production » inventée par les Japonais, consistant à confier aux fournisseurs la fabrication de sous-ensembles en amont de la chaîne d'assemblage.

« Il est difficile de l'extérieur de mesurer à quel point il a marqué GM. À l'évidence, il a fallu que nous fassions très attention dans le cadre de nos négociations. Nous avons eu des affrontements assez sévères

> avec General Motors. Mais en tant que fournisseur, nous n'avons rien appris. Rien. L'épisode Lopez a surtout raidi les relations entre GM et ses fournisseurs. Si l'exercice consiste seulement à exiger plus du fournisseur sans modifier la relation que vous avez avec lui, cela ne peut pas aller très loin. »

C'est une leçon qui ne sera pas perdue pour Carlos Ghosn.

Pour Carlos et Rita, la période américaine est une époque heureuse.

> « J'ai beaucoup aimé vivre aux États-Unis. Quand vous arrivez du Brésil, et en particulier de Rio de Janeiro, une ville énorme, superbe mais violente, pas sûre, où les agressions physiques, les problèmes liés à la drogue, font partie de la vie quotidienne, un monde un peu sauvage, mais très coloré, très chaud, très exotique, et que vous vous installez dans une petite ville de la Caroline du Sud, au cœur de la "Bible Belt", c'est le jour et la nuit. Vous appréciez la sérénité de Greenville, les grandes avenues, les grandes maisons, les beaux jardins, le calme. »

À cette époque de l'histoire américaine, le « Vieux Sud » d'*Autant en emporte le vent* est en pleine renaissance. À la recherche du soleil, d'une meilleure qualité de vie et loin de l'emprise syndicale des vieilles régions industrielles du Nord-Est et des Grands Lacs, de nombreuses industries migrent vers le Sud. Les

Japonais et les Européens qui installent leurs nouvelles usines en plein champ accentuent cette migration.

> « Michelin avait été une des premières industries à s'installer dans le Sud. Les États du Sud avaient une profonde volonté de s'industrialiser, il n'y avait pas l'emprise syndicale existant au Nord, la main-d'œuvre était abondante. Michelin aime bien les régions dans lesquelles la main-d'œuvre industrielle a gardé des attaches terriennes assez profondes. Les ouvriers venaient travailler à l'usine mais ils avaient souvent leur lopin de terre. Michelin aimait cela parce que cela garantissait une stabilité de la main-d'œuvre. La Caroline du Sud offrait tous ces avantages, avec un port voisin à Charleston pour les exportations. »

Aux cadres de ces nouvelles implantations industrielles, le Vieux Sud n'offre pas seulement une qualité de vie exceptionnelle, avec la mer toute proche à Charleston et la neige en hiver sur les montagnes de Caroline du Nord, mais aussi la chaleur de son accueil. La société est à cheval sur ses principes, notamment la morale religieuse. Dans ce « pays de la Bible », on vit en sécurité, protégé, jusque dans le filtrage des programmes de télévision, des influences pernicieuses de la « modernité ». Mais c'est en même temps une société ouverte, bien structurée par les institutions sociales qui facilitent l'intégration des nouveaux arrivants.

> « Quand vous arrivez, vous êtes très vite entouré. La qualité de l'accueil à l'américaine est assez

remarquable, surtout dans une petite ville. La vie sociale se développe autour des institutions, l'église, l'école, le club de bridge, les activités des enfants, le country club. Les parents sont très sollicités pour appuyer les enfants, pas uniquement à l'école mais aussi dans les activités sportives. Pour établir des relations, il n'est pas nécessaire de prendre des initiatives personnelles. Les activités organisées donnent l'occasion de faire des rencontres. La société de Caroline du Sud était très amicale, très policée. Et c'est à vous de décider si vous souhaitez aller plus loin. En ce qui nous concerne, nous avons conservé de nombreux amis aux États-Unis. »

Dans cette ambiance sereine, la famille Ghosn va s'agrandir et s'épanouir.

« C'est pendant cette période que la famille s'est agrandie et j'arrive difficilement à détacher les États-Unis de cette période de la vie familiale particulièrement excitante. Quand nous sommes arrivés à Greenville, nous avions une fille qui était née au Brésil. Trois enfants vont naître aux États-Unis. Les enfants conservent jusqu'à aujourd'hui un souvenir très fort des États-Unis. Pour une jeune famille, l'"American way of life" est particulièrement bien adapté. C'est une époque qui fut un moment de bonheur. »

Sur le plan professionnel, tout va bien. Michelin North America fait des profits, porté par la plus longue période d'expansion que vont connaître les États-Unis jusqu'au tournant du prochain millénaire.

> « Professionnellement, j'étais très content. Ce que je faisais me passionnait. J'étais très pris mais je pouvais d'autant plus me donner que j'avais mon quartier réservé, avec ma femme et mes enfants.
>
> J'étais prêt à rester aux États-Unis pour encore un bon moment. J'y étais très bien. »

Les circonstances vont en décider autrement.

CHAPITRE SIX

L'adieu à Michelin

Dans le courant de l'année 1995, les gérants de Michelin lancent un vaste chantier de réorganisation du groupe.

> « C'est le grain de sable qui s'est introduit dans la machine. La structure de Michelin était jugée trop régionale. Ils avaient envie d'en faire une entreprise véritablement globale. Ils ont appelé à une réflexion au niveau des principaux dirigeants de l'entreprise, dont je faisais partie, sur la manière d'y parvenir. Comment faire jouer les synergies, comment avoir un management qui soit moins éclaté entre les grandes régions ? »

La nature de l'articulation entre les lignes de produits, les métiers et les régions est un défi que rencontrent toutes les grandes entreprises multinationales.

> « Michelin y répond avec une nouvelle organisation du groupe par lignes de produits : pneus tourisme et

camionnettes, poids lourds, agricole et génie civil, les cartes et guides, etc. L'étude a abouti fin 1995 et au début de 1996, la direction annonçait un découpage du groupe en lignes de produits mondiales. Les zones géographiques intervenaient en soutien des lignes de produits. Les fonctions et les métiers étaient censés venir alimenter les lignes de produits et s'exercer sur le plan géographique afin de renforcer la performance de l'entreprise. »

Carlos Ghosn se voit confier la ligne de produits la plus importante, les pneus pour véhicules de tourisme et camionnettes.

« C'est de là qu'est venu le problème. Il était entendu que je restais aux États-Unis mais qu'il s'agissait d'une tolérance. Je pouvais difficilement exercer à partir des États-Unis la direction d'une activité qui représentait 40 % du chiffre d'affaires du groupe. Les Michelin ont été très tolérants et très patients. Ils ne m'ont pas dit que c'était à prendre ou à laisser. Ils m'ont dit : "Restez le temps qu'il faudra mais sachez qu'à terme, il vous faudra rentrer à Clermont-Ferrand." »

Pour la famille heureuse de Greenville, ce changement provoque un choc et le début d'une interrogation sur l'avenir.

« Les grandes décisions commencent toujours par quelque chose de très pratique. Rita n'avait pas du tout envie de quitter les États-Unis et si nous devions partir, moins envie encore d'aller vivre à Clermont-Ferrand. "Clermont-Ferrand, me disait-elle, il va vraiment falloir me le faire accepter." »

Sur le plan professionnel, quitter la Caroline du Sud pour la capitale de l'Auvergne n'était pas non plus enthousiasmant.

« Le changement d'organisation du groupe me paraissait risqué mais jouable. Mais mon cas personnel me posait un problème. En tant que patron de l'Amérique du Nord, j'avais une autonomie qui me permettait vraiment de jouer un rôle tout en y apportant ma propre touche. Rentrer à Clermont-Ferrand soulevait une difficulté classique : vous préférez toujours être curé au village qu'évêque à Rome. »

À 42 ans, Carlos Ghosn est parvenu très jeune tout près du sommet. Le problème, il le sait bien, est que ce sommet lui-même restera inaccessible. Conformément à la tradition familiale, François Michelin a désigné son successeur et ce sera un Michelin, Édouard, le plus jeune de ses fils. Et le signe annonciateur était venu d'une certaine manière des États-Unis.

« Au début de 1993, François Michelin m'avait appelé : "J'aimerais bien qu'Édouard aille passer un peu de temps aux États-Unis pour travailler dans l'équipe nord-américaine." Depuis un certain temps,

> tout le monde savait à l'intérieur de l'entreprise que François Michelin, très légitimement, souhaitait voir un de ses fils prendre sa succession. Cela n'a créé aucune surprise. Les gens savaient qu'un jour ou l'autre un de ses fils commencerait à être préparé pour prendre sa succession. »

À Greenville, l'annonce de l'arrivée du fils du « patron » est bien accueillie.

> « Les gens se sont dit : au moins, le futur patron de l'entreprise connaîtra bien le marché américain et cela l'aidera beaucoup dans les décisions qu'il aura à prendre à l'avenir. Cette décision n'a pas été du tout contestée. »

Après discussion avec François Michelin, il est décidé de confier à Édouard une double responsabilité, industrielle et commerciale.

> « Il est arrivé à Greenville pour devenir le patron des usines américaines de Michelin et du secteur commercial des pneus poids lourds. Nous avions divisé l'Amérique du Nord en plusieurs "business units". Il en a pris une où il y avait un volet industriel, l'ensemble des usines Michelin, et un volet commercial, celui des pneus poids lourds. C'était évidement un très gros job. Cela représentait une proportion importante du chiffre d'affaires. »

Même si Michelin a démontré, et tout spécialement avec Carlos Ghosn, sa capacité à promouvoir les jeunes talents, Édouard Michelin, formé à l'École Centrale de Paris, une rivale dans l'ombre de Polytechnique, va gravir les échelons de l'entreprise familiale à une vitesse exceptionnelle.

> « Il est évident qu'il est allé quand même beaucoup plus vite que les autres jeunes cadres de Michelin.
>
> Dans les entreprises familiales, le raisonnement est un peu particulier. Il y a d'un côté la légitimité familiale et le nom, qui sont très importants, et puis la capacité à exercer des responsabilités opérationnelles. On essaye de marier les deux. On ne peut pas comparer quelqu'un de la famille à une personne qui n'est pas de la famille. La légitimité n'est pas la même. »

Pour François Michelin, le désir d'envoyer son fils et successeur présumé se frotter à l'Amérique n'est pas seulement dicté par le poids acquis par les opérations nord-américaines dans le groupe.

> « Il est certain que si François Michelin n'avait pas eu confiance en moi, il n'aurait pas envoyé son fils dans un gros job opérationnel à mes côtés. Cela ne faisait pas l'ombre d'un doute. Mais de la même manière, s'il n'avait pas eu confiance en moi, je n'aurais pas été placé à la tête du Brésil puis désigné pour diriger les opérations aux États-Unis. Il se disait qu'il trouverait avec moi quelqu'un qui aiderait Édouard à compléter le "warming up", le tour de chauffe, pour son futur métier de patron. »

Mais la relation qui s'établit entre les deux hommes n'est pas celle du maître et de l'élève.

> « J'avais bien compris qu'il fallait le préparer mais pas en lui faisant la leçon. Il n'y a jamais eu de séances d'enseignement. Le préparer consistait à l'associer à des décisions qui n'étaient pas strictement de son domaine de compétence, parce que nous étions conscients de participer à la formation du futur patron de l'entreprise. Tout lui était ouvert. D'ailleurs, il a parfaitement joué le jeu. Il a toujours tenu son rôle de responsable d'une "business unit". Il ne s'est jamais positionné autrement alors que tout le monde savait qu'à un moment déterminé il deviendrait le patron de l'entreprise. Cela s'est très bien passé. En deux ans, il n'y a jamais eu de conflit. »

Au début de 1995, Édouard Michelin est rentré à Clermont-Ferrand. Dès avant son départ pour les États-Unis, une étape importante du processus de succession avait été franchie avec sa désignation comme troisième cogérant de l'entreprise, au côté de François Michelin et de René Zingraff.

Pour Carlos Ghosn, commence la noria des aller et retour au-dessus de l'Atlantique, une situation qui inquiète beaucoup Rita.

> « Petit à petit, elle a commencé à poser différemment la question de notre avenir : "Qu'est-ce que tu veux faire ? Tu as 42 ans. Est-ce que tu vas être numéro deux toute ta vie ?" Elle faisait une analyse assez juste :

"Tu es l'homme de son père et quoi qu'il arrive, tu seras toujours l'homme de son père et un jour ou l'autre, la page sera tournée. C'est fini. Oublie Michelin." Elle constatait que l'intégration avait été réussie, que Michelin gagnait de l'argent aux États-Unis, que je n'avais plus rien à prouver. »

Pour s'en tenir à la seule industrie automobile, rares sont les groupes où la continuité familiale à la tête de l'entreprise n'a jamais été interrompue. Les uns après les autres, les Ford, les Peugeot, les Agnelli chez Fiat, les Toyoda chez Toyota ont passé la main à des managers professionnels recrutés hors du cercle familial, même si cette situation n'est pas sans retour. William Clay Ford, arrière-petit-fils du fondateur, a repris le pouvoir direct à l'automne 2001 chez le numéro deux américain.

« Personnellement, le fait de savoir que je ne deviendrais jamais le numéro un ne me préoccupait pas trop. Dans une entreprise familiale, c'est ainsi que la légitimité est vécue. Regardez ce qui s'est passé chez Ford. Quand vous entrez dans une entreprise familiale, ce n'est pas une surprise pour vous. Sinon, il ne faut pas y aller. Il y a suffisamment d'entreprises non familiales. Celui qui entre chez Peugeot peut très bien prendre le risque qu'un jour, il y ait un Peugeot considéré comme compétent par la famille qui prenne le contrôle. Ce sont les actionnaires qui décident. Les Ford avaient soi-disant passé le bâton il y a dix ans et il y a eu un retour de la famille. C'est un élément qui fait partie de

> l'équation. Évidemment, la probabilité que l'entreprise soit dirigée par un membre de la famille est plus ou moins forte. Disons que, dans le cadre de Michelin, cette probabilité est de cent pour cent. »

Entre Carlos et Rita, le débat va durer de longs mois. En 1978, c'était un coup de téléphone matinal qui avait orienté la carrière du jeune polytechnicien frais émoulu de l'École des Mines vers l'univers du pneumatique. En avril 1996, alors que la nouvelle organisation de Michelin est en place depuis quatre mois à peine, c'est un autre coup de téléphone qui va faire basculer le destin.

> « L'extraordinaire concours de circonstances, c'est le coup de téléphone du chasseur de têtes. Il appartenait à un grand cabinet international. Il faisait partie des associés mais basé en France. C'était un "X" (ancien de Polytechnique) et c'est en épluchant l'annuaire des anciens élèves de Polytechnique qu'il avait retrouvé ma trace. En 1994, il avait pris contact en me disant qu'il aimerait bien faire ma connaissance. »

Entre anciens élèves de l'X, le tutoiement est de rigueur.

> « "Tu as l'air de bien marcher chez Michelin aux États-Unis. Est-ce que nous pouvons dîner ensemble ?" Lorsque nous nous étions quittés après ce dîner, il avait dit : "Je t'appellerai un jour." »

Au bout du fil, le chasseur de têtes est peu disert. La confidentialité est une exigence catégorique du métier.

> « "L'automobile, est-ce que cela t'intéresse ?" J'ai répondu en riant : "*A priori*, oui !"
>
> J'ai cherché à en savoir plus parce que dans l'industrie automobile, les possibilités ne sont pas si nombreuses. Il n'a pas voulu répondre. "Il faut que je te voie." »

En France, les affaires importantes se traitent à table, une bonne table si possible. À l'occasion d'un dîner à Paris, la curiosité de Carlos Ghosn est satisfaite : « C'est Renault. »

> « Il m'a expliqué : "Louis Schweitzer cherche un numéro deux, potentiellement capable de lui succéder un jour. Il a un certain nombre de candidats mais je tiens beaucoup à ce qu'il fasse ta connaissance. Est-ce que je peux organiser une rencontre ?" »

Carlos Ghosn demande à réfléchir.

> « Je suis rentré aux États-Unis. J'en ai parlé avec mon épouse, qui m'a dit : "Tu n'as rien à perdre." J'ai rappelé le chasseur de têtes pour lui donner mon accord et il a organisé un premier rendez-vous avec Louis Schweitzer au mois de mai, à huit heures du matin dans son bureau, à Billancourt. Nous avons passé une heure et quart ensemble. Nous avons parlé de Renault.

Il m'a dit ce qu'il cherchait. Il m'a fait parler de moi. Puis, il me dit : "Je voudrais vous faire rencontrer quelqu'un", et il a fait entrer Philippe Gras, la personne que j'étais censé remplacer. Au bout d'un quart d'heure, nous nous sommes dit "Au revoir" et je suis parti. »

Deux jours plus tard, nouveau coup de téléphone. C'est le chasseur de têtes.

« "Il est très intéressé, c'est sérieux. Tu lui as plu et tu es en tête des candidats. Est-ce que nous pouvons passer à une phase un peu plus concrète ?" »

Les choses vont aller très vite.

« J'ai eu une deuxième réunion avec Louis Schweitzer pour parler du timing, des conditions. Il insistait beaucoup sur les délais. Je visais plutôt la fin de l'année 1996. Il m'a dit : "Non, il faut que vous veniez plus vite." Je lui ai donné un "oui" définitif en juillet et c'est en juillet également que j'ai informé les Michelin. »

Moment difficile, s'il en est. Tourner la dernière page d'une aventure de 18 années. Dire adieu à un homme qui vous a fait confiance dès votre plus jeune âge presque... comme à un fils.

« Fin juillet, nous avions un séminaire du CEG, le conseil exécutif du groupe Michelin, quelque part à la campagne. Je devais rappeler Louis Schweitzer à cette occasion pour lui donner ma réponse définitive. Il m'a dit O.K. À la fin du séminaire, j'ai demandé à rencontrer François Michelin. Il a été très maître de lui, très calme, évidemment surpris. Il m'a dit d'en parler à Édouard et en sortant, je suis allé m'entretenir avec Édouard en tête à tête. Il était beaucoup plus positif : “Je comprends. Dans le secteur automobile, c'est une offre qui ne se refuse pas, mais comment allons-nous faire pour vous remplacer ?” Avec François Michelin, il y avait évidemment une dose d'émotion plus forte. Il savait que si je venais le voir pour lui dire cela, c'est que c'était mûrement réfléchi. A-t-il compris, a-t-il admis ? Je ne sais pas. Mais je lui ai dit clairement que c'était mieux pour Michelin et probablement mieux pour moi de partir à ce moment précis. »

En quittant François Michelin, Carlos Ghosn emporte ses souvenirs et une expérience ô combien précieuse.

« Si Michelin est devenu une multinationale, c'est en grande partie dû à la personnalité de François Michelin. Il a profondément marqué l'entreprise. Ses priorités personnelles sont devenues celles du groupe. Elles en ont marqué la culture. Cet accent très fort sur l'attention aux hommes, l'importance de la qualité, du produit, la vision à long terme, la religion du client et notamment des grands constructeurs, tout cela, c'est François Michelin. Il a peut-être hérité de ces valeurs mais c'était lui qui les personnalisait. Il les vivait comme étant non pas des options mais des lignes de force fondamentales de l'entreprise. On ne pouvait pas être "Michelin" sans porter une très grande attention au client, sans être très technique, très poussé sur le produit. Son approche de l'innovation était philosophique : ce qui est singulier est important parce qu'on y trouve peut-être la clef de l'avenir. Et c'est vrai. L'élément qui ne cadre pas est source d'innovation. Toute l'innovation scientifique en découle. On fait un zoom sur une anomalie et on découvre un autre monde. Pour lui, ce qui comptait avant tout, c'était le long terme. Or, à cette époque, vous vous souvenez que c'était surtout les Japonais qui étaient orientés sur le long terme. Ils étaient capables de rentrer sur des marchés, d'y perdre de l'argent pendant des années jusqu'à y être vraiment implantés et c'est après seulement qu'ils optimisaient leurs résultats. François Michelin était persuadé que pour combattre les Japonais, il fallait une stratégie de long terme, fondée sur la qualité et les produits. Depuis que je le connais, depuis 1981, il avait toujours en vue que le concurrent le plus redoutable était Bridgestone. Dès le départ, il considérait que l'industrie japonaise était le véritable rival de Michelin. »

En septembre 1996, Carlos Ghosn fait ses adieux officiels à Michelin, à l'occasion d'une réunion du CEG.

« J'ai prononcé quelques mots, François Michelin aussi. C'était très sobre. Je l'ai revu beaucoup plus tard chez Renault où il était passé voir Louis Schweitzer. Il est entré dans mon bureau pour me demander comment cela allait. Et puis c'est tout. Je l'ai croisé par la suite en différentes occasions mais ce n'était plus la même chose. »

Sur le plan professionnel, la page Michelin se tourne. Mais on ne s'arrache pas si facilement à 18 années de vie commune. Avec les hommes de Michelin, avec la philosophie de l'entreprise, le lien restera très fort, la leçon de vie indélébile.

« J'ai eu beaucoup de collaborateurs chez Michelin puisque j'y suis resté 18 ans, et aussi beaucoup d'amis. J'ai conservé ces liens d'amitié même après mon départ. D'une manière générale, sur le plan des qualités humaines, ceux qui travaillent chez Michelin sont au-dessus de la moyenne. Soit parce qu'ils ont été sélectionnés dès le départ, soit parce que l'interaction avec la culture de l'entreprise en a fait des gens plutôt modestes, pas arrogants, assez ouverts, même si leur approche est souvent assez conservatrice, et qui sont aussi rompus au travail en équipe. D'une manière générale, la simplicité dans les relations humaines est une caractéristique de Michelin. Beaucoup de choses se passent de manière informelle. François Michelin avait horreur des organigrammes. Les gens pesaient beaucoup plus par leur capacité à se faire écouter par le patron que par leur classement dans la hiérarchie. Cette culture de la modestie, de l'humilité, fait partie de la maison et elle est évidemment symbolisée par François Michelin. »

Aux portes de Paris, Boulogne-Billancourt n'est pas

Clermont-Ferrand. Mais pour la famille Ghosn quitter Greenville est un déchirement.

> « Cela fut très difficile de quitter les États-Unis, surtout pour ma famille. Un moment de questionnement très important. »

Pour les trois plus jeunes des quatre enfants, cela veut dire abandonner le pays natal.

> « Le pays qui a le plus marqué nos enfants, ce sont les États-Unis. Trois d'entre eux y sont nés et tous les quatre y ont commencé leur scolarité. Ceux qui y sont nés ont la nationalité américaine. Ils y ont toujours des amis. Il s'agit pour eux, pour nous tous, d'un souvenir très fort. »

Un départ sans perspective de retour ?

> « Dans la vie, il ne faut jamais dire jamais mais je pense que le problème de retourner travailler aux États-Unis ne se pose plus. Le scénario le plus probable est que je n'y travaillerai plus, sauf peut-être à un âge beaucoup plus avancé, quand j'aurai abandonné mes activités professionnelles. Je reste en contact avec les États-Unis. J'y voyage souvent. C'est un marché important. J'y ai des amis. J'ai des affinités avec les valeurs américaines de liberté, d'esprit d'entreprise, de respect du client. Mais je ne suis pas américain. Le scénario le plus probable est que je vive le reste de ma carrière professionnelle en France et au Japon. »

CHAPITRE SEPT

L'auto

« Qu'est-ce qui m'attire chez Renault ? D'abord, l'auto. Quand vous avez travaillé "pour l'auto" toute votre vie, travailler "dans l'auto", c'est autre chose. Je comprends très bien l'attraction que provoque le produit pour tous les gens qui travaillent autour de lui. L'industrie automobile est fascinante parce que le produit n'est pas ordinaire. C'est un objet à la fois de raison et d'émotion. On choisit une voiture sur des critères qui sont bien sûr la qualité, le prix, la disponibilité mais aussi pour des notions d'image, de design, de sensation. C'est un achat qui est en même temps rationnel et émotionnel. »

Dans notre civilisation industrielle, peu de produits manufacturés suscitent autant de passion que l'automobile. Les salons qui lui sont dédiés aux quatre coins du monde, une presse spécialisée d'une rare abondance, les ventes aux enchères de voitures anciennes, les musées, la place de ces engins à quatre roues dans la littérature et au cinéma, tout cela témoigne d'une reconnaissance qui ne s'adresserait pas à un simple outil de locomotion. Même produite en grande série, l'automobile reste un objet complexe, dont la fabrication et la distribution mobilisent un nombre important de savoir-faire.

> « Les constructeurs automobiles sont d'abord des architectes. Ils travaillent avec des corps de métiers très nombreux. Il y a d'abord les ingénieurs et au sein même de l'ingénierie, vous avez les mécaniciens, les électroniciens, les chimistes, les spécialistes des matériaux, toute la palette des compétences. Il y a tous ceux qui habillent la voiture, qui lui donnent ses formes, ses couleurs, son allure. En aval, on trouve les hommes du marketing, les vendeurs, les gens de la finance. »

Parce que l'automobile fait partie de la vie quotidienne, en tout cas dans tous les pays avancés et dans un nombre croissant de nations en développement, l'industrie est plus ouverte sur le monde extérieur que bien d'autres grands secteurs de la production.

> « Il y a des interfaces avec le monde extérieur qui sont extrêmement développées. Et les effectifs sont très importants, des dizaines, voire des centaines de milliers de personnes chez chacun des principaux constructeurs. »

Longue d'un peu plus d'un siècle, le XXe pour l'essentiel, l'histoire de l'industrie automobile est jonchée de succès brillants et d'échecs spectaculaires. Pour quelques grands noms qui ont traversé ce siècle de l'automobile, combien de marques qui ont disparu ou sont devenues un simple label dans le catalogue des géants.

> « Les défis sont multiples. Et vous n'êtes jamais sûrs que vous avez atteint des niveaux suffisants de performance. Comme le choix du client a plusieurs dimensions, il faut prêter attention à l'image de marque, au design intérieur et extérieur, à tout ce qui est publicité, mais aussi à la qualité, à trois mois, à trois ans, à cinq ans et à la disponibilité de la voiture. Il faut calculer le prix au plus juste. Il y a cette multiplicité de défis, auxquels vous n'êtes jamais certain d'avoir répondu à un niveau approprié puisqu'il y aura toujours un concurrent qui viendra de l'arrière pour vous dépasser. Il faut être constamment en éveil, dans une situation d'incertitude permanente. »

C'est la complexité même de l'objet automobile qui a façonné son histoire industrielle.

> « Cette histoire est peuplée de retournements, de surprises, et je pense que c'est dû au fait que l'objet est un objet complexe. Si vous voulez vous assurer la prééminence sur ce marché, il faut que vous soyez bon partout. C'est une maîtrise que vous pouvez atteindre à un moment donné mais dont vous n'êtes jamais certain de garantir la pérennité. C'est pourquoi les changements de management sont très risqués tout en étant souvent indispensables. Nous avons des exemples de situation dans laquelle telle entreprise est au sommet et puis se retrouve en péril deux ans plus tard. C'est

ce qui fait le grand intérêt de cette industrie. Rien n'y est jamais joué, dans un sens ou dans l'autre. »

L'entreprise fondée par Louis Renault à la fin du XIXe siècle dans un modeste garage aux portes de Paris, à Boulogne-Billancourt, offre une parfaite illustration de ce destin tourmenté. Nationalisée à la fin de la Seconde Guerre mondiale, pour punir son fondateur d'avoir collaboré avec l'occupant allemand, la Régie Nationale des Usines Renault (RNUR) devient le symbole de cette irruption généralisée de l'État dans la sphère de la production qui sera la norme presque partout en Europe. Avec ses petites voitures matérialisant la démocratisation de l'automobile, elle s'impose sur le marché français et remporte quelques succès flatteurs hors de l'Hexagone. La 4 CV est fabriquée sous licence au Japon où elle peuple les flottes de taxis. La Dauphine fera une percée spectaculaire mais éphémère aux États-Unis tandis que la 4 L, un des « best-sellers » de l'automobile mondiale, séduit l'étudiant parisien comme le paysan du Larzac. La R 5, lancée par une campagne publicitaire particulièrement innovante, révolutionne le concept même de la voiture compacte. Mais l'État actionnaire se préoccupe moins de rentabilité financière que de paix sociale. En 1984, il doit faire un énorme chèque pour éponger les plus lourdes pertes – 12,5 milliards de francs – jamais subies par une entreprise française. Des managers à poigne appelés à la rescousse, Georges Besse puis Raymond Lévy, entreprennent au forceps de changer la culture de l'entreprise. Le redressement est notable puisqu'il autorise la privatisation partielle de l'entreprise, rebaptisée Renault SA. Mais il reste fragile. La qualité n'est pas toujours au rendez-vous, l'outil industriel souvent ancien, la main-d'œuvre vieillissante et insuffisamment qualifiée. En 1996, c'est la rechute.

> « Le challenge. C'était la deuxième raison pour entrer chez Renault. J'allais rejoindre une équipe qui affrontait des difficultés, dans laquelle il y avait une possibilité de contribuer et d'aider à faire la différence. Rentrer dans une période difficile, c'est autrement plus prometteur que lorsque vous arrivez dans une entreprise qui tourne bien. Vous acquérez votre légitimité par la contribution à une performance dont l'entreprise a besoin et pas seulement parce que vous avez été nommé par Monsieur X ou Monsieur Y. »

En outre, il y a la conviction que cette fois-ci la consécration peut être au bout de la performance, sans restriction due à la nature de l'actionnariat.

> « Je rentrais dans une entreprise où il n'y avait pas de limite. Il n'y avait pas de "glass ceiling" sur lequel j'irais buter. Pour moi, c'était nouveau puisque j'avais toujours vécu dans une entreprise où je m'étais fait à l'idée qu'il y avait une limite à mon évolution. Là, non seulement il n'y en avait pas mais il était clair, comme Louis Schweitzer l'avait indiqué lui-même, que si cela marchait bien, je lui succéderais. Il m'avait dit : "Si vous nous rejoignez et que tout se passe bien,

> vous êtes en bonne position pour me succéder.” À ce moment-là, il était le patron depuis 1992, un peu plus de trois ans, mais je n’avais pas les dents qui traînaient sur le parquet. J’avais 42 ans quand j’ai rejoint Renault. À cet âge-là, vous ne dites pas “je serai le patron dans deux ans”. Mon état d’esprit était de me former, d’apprendre plein de choses nouvelles. Mais la perspective était là et s’ouvrait devant moi, pour la première fois, dans une entreprise que j’allais rejoindre. »

Attrait supplémentaire, Renault, qui se remet à peine de l’échec douloureux représenté par la fusion avortée avec le suédois Volvo, a décidé de se tourner vers le grand large.

> « Renault était en train de s’engager en Amérique du Sud, au Brésil. Le premier chapitre du programme d’expansion internationale était le Mercosur, une région que je connais bien, où j’ai des attaches. C’était aussi quelque chose d’excitant. Tout cela faisait que l’offre était attirante. »

En outre, l’ancienne Régie avait parcouru une partie du chemin qui conduira inéluctablement à terme à la sortie de l’État français de son capital.

> « Je suis entré dans une entreprise qui avait été privatisée partiellement. Je n’aurais jamais rejoint une entreprise d’État. C’était hors de question. Je suis entré

dans une entreprise déjà privée et avec la perspective que l'on irait de plus en plus dans cette direction-là. »

Enfin, il y a l'alchimie entre les hommes. Successeur choisi par Raymond Lévy, qui avait d'abord fait de ce haut fonctionnaire, ancien élève de l'École Nationale d'Administration (ENA), le directeur financier du groupe, Louis Schweitzer était surtout connu pour avoir été de longues années le collaborateur le plus proche de Laurent Fabius, ministre du Budget et par la suite plus jeune Premier ministre de la longue histoire de la République française, par la volonté du président François Mitterrand. La promotion de Louis Schweitzer, pur produit de l'« énarchie », à la tête du premier groupe industriel français, avait provoqué les interrogations ou les sarcasmes habituels. Mais l'entreprise avait très vite adopté « ET » (surnom inspiré par le célèbre film de Steven Spielberg), sa rigueur morale et son humour subtil.

« Louis Schweitzer, en plus de sa réputation d'homme respectable, d'homme droit, m'avait donné l'impression de quelqu'un à qui je pouvais confier mon avenir. Quelqu'un qui fait ce qu'il dit. Il ne dit peut-être pas tout mais ce qu'il dit, il le fait. Cette confiance est très importante. Si vous avez l'impression d'être confronté à un margoulin, vous n'y allez pas. Savoir que l'on a en face de soi quelqu'un qui est droit, qui accorde de l'importance à sa parole, c'est crucial. »

Les greffes de management ne sont pas des opérations faciles et les cas de rejet sont fréquents, surtout quand l'entreprise est ancienne et dotée d'une très forte culture.

> « On m'avait averti que je prenais un risque parce que toutes les greffes ne prennent pas nécessairement chez Renault. Dans le passé, il y avait eu des rejets. De plus, je pouvais apparaître comme débarquant tout droit de la planète Mars. Je venais des États-Unis, de chez Michelin. Je ne connaissais que l'entreprise privée et je n'avais jamais travaillé à Paris lorsque j'étais en France. Or, Renault était une entreprise très centrée sur Paris, sortant à peine du giron de l'État et dont une bonne partie des cadres dirigeants étaient à l'origine des fonctionnaires. J'étais un peu le mouton noir. J'avais un passé multiculturel et une expérience sur plusieurs continents. Ce qui est assez extraordinaire chez Renault, c'est que j'ai été exceptionnellement bien accueilli. Et la qualité de l'accueil a été d'autant plus remarquable que l'on arrivait dans les couches profondes de l'entreprise. Cela m'a donné une image du potentiel de l'entreprise, de son exceptionnelle générosité. »

Entré chez Renault à la mi-octobre 1996, Carlos Ghosn va disposer de deux mois à peine pour en faire le tour et établir son diagnostic personnel.

> « Premièrement, l'entreprise était organisée en cheminées. À la tête des grandes fonctions, il y avait souvent des grands barons. Ce qui était un énorme

problème puisque l'essentiel du potentiel de redressement résidait dans la mise en œuvre de la transversalité. Qui dit transversalité, dit défi à certaines pratiques qui appartiennent à un certain nombre de fonctions. C'était le problème majeur. La transversalité était ma conviction de base et Louis Schweitzer m'a beaucoup appuyé. Il fallait casser ces grandes murailles, les traverser, faire en sorte que les gens travaillent ensemble sinon nous ne pensions pas pouvoir réussir. »

Deuxième difficulté, le moral des troupes.

« Nous avions affaire à une entreprise qui était très marquée par ses échecs récents à l'international. D'abord l'Amérique du Nord puis l'affaire Volvo. Il y avait eu l'échec aux États-Unis, le retrait décidé par Lévy, la vente d'AMC et de Jeep à Chrysler, et ensuite l'opération Volvo. »

Le marché américain a toujours fait rêver les constructeurs généralistes européens mais c'est un rêve qui a eu bien du mal à se concrétiser. Des succès commerciaux temporaires, oui. Mais une implantation durable, comme celle que réussiront les Japonais, jamais, à l'exception peut-être de Volkswagen.

Avec le rachat d'AMC, quatrième constructeur américain mais très loin derrière les Trois Grands, Renault et son patron de l'époque Bernard Hanon croyaient avoir trouvé la porte d'entrée aux États-Unis. Mais en dehors de la prestigieuse marque Jeep, ces engins rustiques qui avaient transporté les GI's sur tous les théâtres d'opération de la Seconde Guerre mondiale, AMC n'avait pas grand-chose à offrir. L'« américanisation » des berlines moyennes Renault conçues pour le marché européen tourne au fiasco commercial. Devant la montée irrésistible des pertes financières, Raymond Lévy décide de jeter l'éponge. Chrysler reprend AMC et surtout Jeep, dont les modèles Cherokee connaîtront par la suite un succès éclatant, pour une bouchée de pain. La retraite des Français est humiliante.

L'entreprise reprend espoir et élan avec le projet de fusion avec le suédois Volvo, dont le patron charismatique, Pehr Gyllenhammar, est convaincu que la division voitures particulières n'a plus la taille critique pour survivre. Sur le papier, ce mariage entre le sérieux scandinave et le charme latin, entre l'Europe du Nord et celle du Sud, entre grosses berlines rivales des belles allemandes et petites voitures nerveuses, a tout pour séduire. Mais les maladresses de part et d'autre, les susceptibilités nationales et surtout l'activisme déplacé du gouvernement français, encore actionnaire de Renault à plus de 80 %, vont faire échouer la belle construction.

> « L'entreprise avait essuyé deux revers, coup sur coup. Il y avait une sorte de cynisme, la conviction que Renault décidément ne savait pas faire ce genre de choses. Il fallait redonner confiance. Il fallait

convaincre que, même si nous avions échoué deux fois, le succès n'était pas interdit. »

Des nombreuses réunions avec les cadres de Renault, Carlos Ghosn ressort quelque peu perplexe. On est loin de l'austérité et de la précision clermontoise ou du pragmatisme américain.

« Renault est une entreprise dans laquelle on parle beaucoup. C'est un trait de caractère très latin. J'ai assisté à des réunions interminables, dans lesquelles on discute de tout et de rien, de petits détails, sans sens des priorités, de l'action à entreprendre. Une fois que l'on a débattu d'un problème, l'exécution, pourtant la partie la plus importante, est expédiée en quelques minutes. Il y a quelque part une prime à la belle parole, à la connaissance, par rapport à l'action et à la mise en œuvre. Or, dans notre industrie, tout est dans l'exécution. J'étais surpris de voir des gens qui avaient vécu dans le chaudron de l'industrie automobile et qui passaient à côté de choses qui me semblaient évidentes. Il y avait une culture de la parole qui progressait au fur et à mesure que l'on montait dans la hiérarchie. On semblait accorder une moindre importance à l'action qu'à l'échange d'idées et à la connaissance. On pourrait presque parler d'un snobisme de la connaissance. Savoir et faire savoir que telle matière fond à tel degré de température... une sorte de coquetterie à étaler ses connaissances et à engager des débats sans relation avec ce que l'on veut accomplir. Cela m'avait beaucoup frappé. Je venais des États-Unis et Michelin était une entreprise très pragmatique. Je me suis posé beaucoup de questions. »

Autre caractéristique bien française, une très grande centralisation.

« Renault est une entreprise très centralisée, dont le fonctionnement est dominé, à tous les échelons, par le pouvoir du "chef", même si par ailleurs les "Renault" sont assez rebelles. Dès lors que le chef a dit, on fait, même si l'on n'est pas vraiment d'accord. Les gens ne débattent pas suffisamment d'une décision avant qu'elle soit prise mais ils la contestent après, ce qui est très préjudiciable. Il y a un cloisonnement très important, une organisation en secteurs bien séparés, peuplés par des gens qui affirment qu'ils travaillent ensemble mais montrent les dents dès qu'on les met au défi de le faire dans la pratique quotidienne. Et enfin, j'ai été frappé par une énorme propension à trouver des excuses pour justifier le fait que les choses ne vont pas plutôt que de s'attacher à ce qu'il faut faire pour que cela marche. »

Dans ce panorama plutôt sombre, il y a évidemment des points forts, des rayons de soleil, qui expliquent que cette entreprise centenaire, à l'histoire mouvementée et qui s'est retrouvée à plusieurs reprises au bord du gouffre, appartienne toujours au peloton de tête des constructeurs automobiles et puisse surprendre agréablement.

« Renault est une entreprise qui est capable de se mobiliser très vite. C'est une très grande force. C'est

> une entreprise dont le fond est très généreux, la générosité du Français. Au fond, elle est très gauloise, à la fois cynique et généreuse. Bureaucratique mais capable de se passionner pour des grandes causes. Elle a besoin d'être tout le temps séduite, passionnée. Elle ne marche pas bien dans la routine quotidienne. Les grandes aventures, les "Renault" adorent ça. C'est une entreprise qui ose, qui a de l'audace, de la créativité, de l'innovation, qui est capable de faire preuve de passion, de partir à la conquête et qui l'a fait. Cela, ce sont les bons côtés, les anges qui veillent sur Renault. »

Venu de l'extérieur, non seulement d'une autre entreprise mais d'une autre culture managériale, Carlos Ghosn est aussi le premier « non-Français » à accéder chez Renault à des responsabilités aussi importantes. Directeur général adjoint, avec la responsabilité, outre le Mercosur, des achats, de la recherche-développement, de l'ingénierie, de la fabrication. Et, compte tenu de la passe difficile que traverse l'entreprise, pas vraiment la possibilité de prendre son temps pour trouver ses marques.

> « Le seul moyen de s'intégrer dans une entreprise comme Renault, qui a une forte personnalité, où il peut y avoir des rejets violents ou au contraire des attachements forts, c'est d'apporter très vite une contribution qui soit reconnue et mesurable par ceux qui sont autour de vous. J'ai pris officiellement mes fonctions en décembre 1996 et je suis entré tout de suite en action. »

La direction générale était consciente que Renault, tout en ayant fortement progressé sur le plan de la qualité des produits, souffrait d'un sérieux handicap en matière de coûts. « Nos voitures sont trop chères », avait lancé Louis Schweitzer au début de 1996. Quand il recrute Carlos Ghosn, Renault s'est déjà fixé pour objectif de réduire de 3 000 francs (environ 460 euros) en moyenne le prix de « sortie » de chaque véhicule fabriqué.

> « Quand je suis arrivé, le plan 3 000 francs était en préparation. Je l'ai adopté complètement mais j'ai proposé à Louis Schweitzer d'aller plus loin, sans pour autant compromettre les investissements dans la technologie ou la qualité. Le plan "20 milliards", que nous avons annoncé trois mois plus tard, en mars 1997, est né d'une amplification de ce projet initial. Ce plan de redressement de Renault avait un certain nombre de composants mais la principale était la réduction des coûts, qui m'était confiée. J'ai apporté ma contribution très vite, avec un rythme, avec des actions, des responsabilités, des échéances. Les gens se sont dit : "Le nouveau, il veut faire bouger les choses." »

Il ne faut pas être grand clerc pour comprendre que le choix de Louis Schweitzer aura froissé quelques sensibilités, ruiné quelques espérances. Mais il n'en apparaîtra rien publiquement.

> « À ma connaissance, il n'y a pas eu de conflits de personnes parce que par définition, je ne suis pas

un homme conflictuel. Je gère les contraintes que je trouve. Je ne fais pas d'esclandres, je n'agresse pas les gens. Je suis ferme mais pas conflictuel. Quand vous êtes parachuté à une telle position hiérarchique, en général il ne faut pas espérer beaucoup de sympathie ou de complaisance. Il faut s'attendre à ce que si jamais quelque chose ne va pas, vous aurez tout le monde sur le dos. Mais je n'ai pas tellement donné l'occasion de sortir les couteaux. Il a pu y avoir des crises dans mon dos mais je ne peux pas en témoigner. Il y avait des sympathies et des antipathies qui me paraissaient évidentes. Tout le monde n'a pas apprécié que le nouveau numéro deux ne connaisse pas l'auto, vienne de chez Michelin, des États-Unis, avec en plus une coloration assez multinationale. Je ne suis pas né de la dernière pluie. Je me rendais bien compte que cela agaçait pas mal de gens. Mais au départ, il y a eu le bénéfice du doute. On allait voir ce que le "nouveau" valait. Puis, au fur et à mesure que le plan progressait, que les résultats arrivaient, cela a fait taire les sceptiques. Les gens se sont dit : "Il apporte des résultats, nous sommes en train de réaliser quelque chose que nous n'avions pas réussi dans le passé." »

Chez Renault, Carlos Ghosn va appliquer les recettes expérimentées au Brésil et aux États-Unis : former une équipe, faire tomber les murailles internes, définir des objectifs chiffrés, un calendrier et s'y tenir.

« Pour constituer mon équipe, j'ai fait appel à des hommes et des femmes qui avaient une très grande expérience de Renault, qui connaissaient l'entreprise en profondeur. Certains sont partis depuis, comme Philippe Chauvel et Philippe Ventre, qui étaient les deux patrons de l'ingénierie. Mais il y avait aussi des cadres plus jeunes ainsi que des directeurs de produit. Ils avaient en commun d'être tous profondément attachés à l'entreprise, mais en même temps capables d'être très critiques à son encontre. Je pense notamment au patron des achats, Jean-Baptiste Duzan, subtil et efficace, ou encore à Yves Dubreil, un directeur de programme profond et plein d'humour. C'est au demeurant un trait de caractère bien français. L'équipe que j'avais rassemblée était composée de gens remarquables, qui ont fait le plan 20 milliards avec brio, qui ont remis en cause des habitudes et des traditions bien ancrées. Il y a eu des conflits mais jamais de casse. La première étape était simple : après la constitution de l'équipe, organiser une journée de rencontre mensuelle où nous passions en revue tous les problèmes, créer un esprit d'équipe, parler du plan, préparer sa mise en œuvre, avec un “brain storming” sur les résultats. Et comme je voyais bien que les gens avaient du mal à travailler ensemble, nous avons lancé les équipes transverses, qui étaient essentiellement assises sur mon domaine de compétence mais qui se sont étendues dans les autres secteurs. Au départ, la participation des autres divisions a été un peu timide, en raison de la méfiance des grandes baronnies. Le reste, la recherche, le développement, l'ingénierie, la fabrication, les achats, les directeurs de programme, relevait de ma responsabilité. Les autres secteurs avançaient plutôt sur la pointe des pieds et il a fallu déployer beaucoup de persuasion, avec l'appui de Louis Schweitzer. Il n'allait pas au conflit mais il appuyait jusqu'à la limite du possible. »

Louis Schweitzer procède à une réorganisation de l'état-major du groupe mais pour l'essentiel avec les mêmes hommes. Philippe Gras, directeur financier et ancien numéro deux, va partir en retraite très rapidement, remplacé par Shemaya Lévy, qui vient de Renault Véhicules Industriels. Patrick Faure part chez RVI et François Hinfray prend la direction des opérations commerciales. Le plan 20 milliards a été préparé pour l'essentiel par l'équipe réunie autour de Carlos Ghosn. Il restait à en faire l'objectif du groupe tout entier.

> « Au cours d'une réunion, j'avais estimé le potentiel du plan à 20 milliards de francs et je me souviens très bien que quelqu'un a dit : “Vous devez vous tromper de zéro, il doit s'agir de deux milliards, pas de vingt.” Le chiffre leur paraissait extravagant. Renault vendait alors 2,1 ou 2,2 millions de voitures. 20 milliards, cela signifiait une réduction des coûts de 9 000 à 10 000 francs par voiture, en trois ans.
>
> Certains se sont dit : “Il va se ‘planter’, il déraille, il ne sait pas qu'ici il faut présenter l'objectif le plus conservateur possible pour être certain de le réaliser.” Je leur répondais : “Vous aurez ce que vous demandez et si vous placez la barre très bas, vous obtiendrez une très basse performance. À condition de bien réfléchir, vous avez une chance d'obtenir un meilleur résultat en plaçant la barre plus haut.” Ils pensaient que je débarquais et que si j'échouais, je serais “carbonisé”. À tous les niveaux, il y avait pas mal de scepticisme.

> Même les gens très proches de moi se demandaient si c'était bien prudent. »

L'étape suivante consistait à « vendre » le plan au P-DG. Ce ne sera pas la plus difficile.

> « Quand je suis allé voir Louis Schweitzer, il m'a demandé si j'étais bien conscient de ce que je faisais. J'ai répondu : "Oui, et nous ferons les 20 milliards." Il m'a dit : "Il ne s'agit pas d'atteindre 80 % mais 100 %." J'ai répondu que telle était bien mon intention et il a dit : "Banco." »

Le plan portait sur une réduction des coûts dans pratiquement tous les domaines : achats, usines, recherche et développement, frais généraux et administratifs, informatique.

> « Nous avons tout passé au crible mais surtout les achats où se jouait la partie critique. Louis Schweitzer avait réparti les rôles. J'avais la partie coûts des achats, qui était plus urgente. Nous avons fait une convention des fournisseurs qui a eu lieu en avril 1997. Nous leur avons dit : "Voilà ce que nous allons faire de notre côté dans les usines, au niveau de l'ingénierie, de la recherche. Il n'y a pas qu'à vous que nous demandons des efforts." »

Pour Carlos Ghosn, venir de chez un fournisseur apportait évidemment beaucoup de crédibilité à son argumentation.

« Les gens se disaient : “Il a travaillé 18 ans comme fournisseur, il sait de quoi il parle dans la relation avec les fournisseurs.” Nous leur avons annoncé la simplification des spécifications, l'harmonisation des normes. Nous avons fait tout ce que nous pouvions pour aider les fournisseurs qui sont restés avec nous à faire face à cette baisse des coûts en engageant des actions qui allaient les aider à rester profitables et à bénéficier des augmentations de volume. Finalement, cela s'est bien passé. Il n'y a pas eu de crise avec les fournisseurs. Ils nous ont fait confiance. »

Il n'en sera pas de même avec l'opinion publique, française et européenne, qui va retenir surtout du « plan 20 milliards » la décision annoncée au mois de mars 1997 de fermer l'usine belge de Vilvorde, qui employait plus de 3 000 personnes.

« Nous avions fait une analyse des capacités de production de Renault qui montrait clairement qu'il y avait au moins une usine en trop. Je dis bien : au moins. En forçant la note, nous aurions pu sans difficulté en trouver plus qu'une. J'avais retrouvé dans les dossiers de Renault une analyse bien antérieure qui posait déjà le problème de Vilvorde. Nous avions organisé un séminaire de la direction de Renault dans lequel j'avais expliqué la nécessité de simplifier l'outil industriel, d'augmenter le taux d'utilisation des capacités existantes, d'aller vers un système d'utilisation intensive de l'outil avec deux ou trois équipes. Cela modifiait

> complètement la façon dont l'outil industriel était conçu dans l'entreprise, avec à la clef un certain nombre de réductions de coûts qui résultaient de cette rationalisation. Cette rationalisation avait deux dimensions. Un, diminution du nombre de sites avec augmentation des taux d'utilisation par site. Deux, limitation du nombre de plates-formes par usine. Tout passait donc par la fermeture de Vilvorde. Ce n'était pas le schéma le plus agressif. Il était raisonnable. La décision a été prise dans le cadre d'une logique industrielle qui consistait à améliorer la compétitivité de Renault en matière de coûts. »

Mais cette logique de la « destruction créatrice » qui consiste à couper les branches malades ou mortes pour assurer la croissance de l'ensemble est en fait toujours très mal comprise dans un pays comme la France. En dépit de démonstrations répétées, comme la lente agonie puis la mort de Moulinex, qui attestent que le refus de prendre à temps les décisions difficiles peut déboucher sur une issue fatale, la compréhension sociale du besoin d'anticiper reste faible. En Belgique, mais aussi en France, l'annonce de la fermeture de Vilvorde provoque une levée de boucliers, accompagnée de grèves et manifestations. L'affaire fait la « une » des journaux et provoque un torrent de réactions politiques et sociales.

> « Certains ont dit que la réaction avait été très forte sur Vilvorde parce que l'annonce n'avait pas été suffisamment préparée. La décision de fermer est arrivée

comme un coup de tonnerre dans un ciel bleu. Il est vrai que Renault n'avait pas trop parlé de ses problèmes auparavant. C'est à l'occasion de Vilvorde que l'on découvre tout d'un coup qu'il y a un "problème Renault". Mais si la nouvelle est sortie avant l'annonce du plan 20 milliards, c'est pour une raison très simple. Louis Schweitzer avait voulu y préparer le gouvernement belge en venant communiquer la décision au Premier ministre de Belgique. C'est lui qui a réagi en disant qu'il n'en était pas question et qui a rendu l'affaire publique. Il n'y avait pas eu de préparation sur le thème : "Renault va mal." Quand une affaire comme cela se produit dans une entreprise où les mauvaises nouvelles se succèdent, les gens sont amenés progressivement à reconnaître les faits. C'était le cas de Nissan. La grande différence entre Renault et Nissan, c'est que lorsque nous sommes arrivés avec le plan 20 milliards, il y a eu un effet de surprise. Renault avait fait des profits en 1995 et nous n'avions pas encore annoncé les lourdes pertes de 1996. Alors que chez Nissan, personne n'a été surpris parce que cela faisait dix ans que l'on voyait venir le coup. D'où l'extrême importance de la préparation du terrain, non pas pour manipuler l'information mais tout simplement pour mettre les faits sur la table. »

Mais la fermeture de Vilvorde frappait aussi au cœur d'un modèle social encore associé au nom de Renault, en dépit de la privatisation partielle et des profonds changements engagés depuis le milieu des années 80. Pour Carlos Ghosn, c'est une leçon de choses.

> « J'étais en France depuis cinq mois et dans mes nouvelles responsabilités depuis trois mois. J'observais ce qui se passait. Je découvrais l'entreprise. Je me suis dit : c'est intéressant, je vais découvrir un peu la réalité industrielle chez Renault et en France. Dans cette affaire, on constate la particularité de Renault, le fait que ce nom n'est pas un nom comme un autre dans l'industrie française. Que Renault ose faire une chose pareille était effectivement considéré par beaucoup comme une sorte de provocation. »

Pendant des décennies, la RNUR avait été regardée comme un laboratoire social bien plus que comme une entreprise industrielle dont la vocation première était de faire du profit. Des conflits sociaux violents de 1947 à la grève générale de 1968, la « forteresse ouvrière » de Billancourt occupait une place unique dans la mythologie sociale française. Cette histoire avait même pris une tournure tragique, avec l'assassinat en novembre 1986 par le groupuscule terroriste français Action directe de Georges Besse, le premier patron à avoir bousculé la tradition pour refaire de Renault une entreprise ordinaire.

Longtemps bastion du Parti Communiste Français et de son bras armé syndical, la CGT, Renault avait plus innové dans le domaine social, en introduisant successivement les troisième, quatrième et cinquième semaines de congés payés, que dans la technologie automobile. Et cela avait laissé une forte empreinte dans la culture de l'entreprise.

« Quand je suis entré chez Renault, la “forteresse ouvrière” avait vécu. Évidemment, les syndicats sont présents chez Renault mais la notion d'une entreprise fonctionnant sous diktat syndical n'existait plus. Néanmoins, il en restait quelque chose. J'avais visité presque toutes les usines du groupe et j'étais assez effaré de constater qu'un directeur d'usine connaissait tous les détails de l'ergonomie dans son établissement, les comptes rendus de tous les comités d'hygiène et de sécurité mais pouvait ignorer aussi bien le coût par unité fabriquée que la productivité par voiture. En fin de compte, les centres d'intérêt étaient beaucoup plus sur la gestion du social que sur la façon d'obtenir de l'usine une performance forte. Ce n'était pas parce que ces directeurs n'étaient pas compétents mais ils avaient l'impression que ce qui leur était demandé était de gérer la paix sociale plutôt que la performance de l'entreprise. Aujourd'hui, cela a beaucoup changé. »

Pour l'entreprise Renault, on peut légitimement penser que le plan 20 milliards, en dépit de ou grâce à l'épisode Vilvorde, aura marqué la fin d'une mutation engagée par Georges Besse puis Raymond Lévy dans les années 80. À cet égard, l'enjeu de la décision prise par Louis Schweitzer, et sur laquelle il refusera de revenir en dépit d'une pression politique intense, allait bien au-delà d'une simple fermeture d'usine. Elle complétait la conversion aux principes du capitalisme illustrée par le succès retentissant de la privatisation de l'entreprise auprès de ses propres salariés en 1996.

« L'outil industriel de Renault était peu productif, non parce qu'il n'en avait pas le potentiel mais parce qu'on ne s'était jamais vraiment préoccupé de productivité chez Renault. On avait le sentiment que dans l'esprit des gens, faire du social était incompatible avec la productivité. Alors que l'on peut très bien faire du social et en même temps être très productif. Les usines ont d'ailleurs très bien fonctionné dans la mise en œuvre du plan. Nous avions choisi comme lièvre l'usine Nissan de Sunderland. C'était, et cela reste aujourd'hui, le premier établissement européen en matière de productivité. Nous avions mesuré les écarts de productivité des usines automobiles européennes par rapport à Sunderland et nous avons travaillé avec chacune des usines Renault pour les aider à s'en rapprocher. Je suis très content de constater que les usines Renault sont celles qui ont le plus progressé en productivité. Collectivement, elles ont toutes nettement avancé. Si on regarde les résultats de 2000 par rapport à ceux de 1996, le résultat est frappant. Tout cela, sans grève particulière, sans drames sociaux. À partir du moment où les objectifs sont compris, quand les gens savent ce que l'on peut faire et comment, à condition d'éviter les solutions provocatrices comme de baisser les salaires, ils ne disent pas non. À Vilvorde, les choses se sont calmées, l'usine a été fermée et Renault s'en est bien sortie. Le problème social a été correctement traité, avec toute l'attention nécessaire. »

Accompagné par un fort plan social, le bilan de la fermeture de Vilvorde se révélera bien moins dramatique que ne l'avaient prédit les prophètes de malheur. Bien sûr, les chiffres ne disent pas le traumatisme social, les drames personnels qui accompagnent l'abandon d'une usine. Mais deux ans après la fermeture, moins de 200 des 3 200 salariés du site n'avaient pas retrouvé d'emploi.

Dans cette affaire, Carlos Ghosn avait gagné une notoriété, un surnom, le « cost killer », et une réputation, qui le précédera au Japon. Ce surnom et cette réputation sont d'ailleurs révélateurs de la manière dont l'opinion publique, influencée par une classe politique remarquablement étrangère à l'entreprise mais aussi par les médias, appréhende en France la question de l'emploi.

> « Il y a en Europe, et tout particulièrement en France, ce traumatisme de l'emploi. J'ai vécu depuis les États-Unis les années difficiles de l'Europe, de 1992 à 1994, où le chômage monopolisait les nouvelles à la télévision. Quand vous êtes soumis à un matraquage aussi intense sur le chômage, cela devient traumatisant. L'emploi devient une valeur en soi. Je ne dis pas que l'emploi n'est pas important mais il devrait y avoir un minimum de compréhension des conditions d'un emploi sain, qui ne sont pas toujours dans les esprits. La vie économique est faite de destruction et de création, de changements, de transferts. Cela fait partie du fonctionnement normal d'une économie. Considérer l'emploi comme un bien immuable est profondément contraire à la manière dont l'économie évolue. »

La place et la vocation de l'entreprise, généralement regardées comme allant de soi dans la grande majorité des pays industrialisés, font l'objet en France d'un débat récurrent, encombré d'*a priori* idéologiques, preuve s'il en faut que la question n'est toujours pas tranchée.

> « Il est vrai qu'il n'est pas facile d'être chef d'entreprise en France. Mais enfin, petit à petit, nous apprenons de nos propres erreurs. Dès que vous confiez un problème d'ordre économique à des politiques, vous n'aboutissez pas toujours aux résultats que vous espérez. J'ai souvent constaté que lorsqu'on parle de l'entreprise dans les médias, le critère n'est pas la rentabilité mais l'emploi, qui devient aussi important que la part de marché ou la rentabilité. On qualifie une entreprise en fonction du nombre d'emplois créés ou détruits. On prend un des attributs de l'entreprise, qui n'est qu'un élément de sa performance, et on en fait le critère absolu. Or, nous savons que cela ne marche pas. Quand vous essayez de préserver un emploi qui est condamné par l'évolution des marchés ou de la technologie, tout ce que vous faites, c'est de fragiliser l'entreprise. Mais je pense que cela évolue. La France en 2003 est quand même très différente de la France du milieu des années 90. L'évolution n'est sans doute pas aussi rapide et complète qu'on pourrait le souhaiter mais les choses bougent dans le bon sens. »

Le plan 20 milliards de Renault surprendra d'une autre manière : par la rapidité du retour de l'entreprise à une meilleure santé.

> « 1997 a été une année de retournement assez rapide et le phénomène s'est amplifié en 1998. L'entreprise

a fait encore mieux en 1999. Certes, cela était dû à des produits qui marchaient bien mais aussi à des coûts qui baissaient de manière sensible. J'avais gagné ma crédibilité, ma légitimité en tant que membre de la famille Renault. Par ma contribution au redressement de l'entreprise. »

CHAPITRE HUIT

En route vers l'Asie

« Tout est parti de l'opération DaimlerChrysler. »

Le 7 mai 1998 à Londres, le patron de Daimler Juergen Schrempp et son homologue de Chrysler Bob Eaton avaient annoncé à la presse internationale la « fusion entre égaux » qui donnait naissance à un nouveau colosse de l'industrie automobile : 440 000 salariés, 155 milliards de dollars de chiffre d'affaires, des usines dans 34 pays, un catalogue de marques allant de Mercedes à Jeep vendues sur les cinq continents, une capitalisation boursière voisine de 100 milliards de dollars, un ensemble qui s'installe d'emblée dans le trio de tête mondial, avec GM et Ford.

> « C'est la fusion Daimler-Chrysler qui a provoqué une réaction. Attention, il se passait quelque chose. L'opération s'est déroulée au printemps 1998 et cela a été un véritable choc. Si ces deux entreprises se mettaient ensemble, que devenions-nous ? »

Renault va mieux, beaucoup mieux, mais se sent tout à coup bien petit. DaimlerChrysler pèse deux fois plus lourd que Volkswagen, le numéro un européen. Les analystes, qui se sont pourtant si souvent trompés dans le passé, inventent un nouvel impératif catégorique pour l'industrie automobile : ne survivront sur ce marché global que les constructeurs généralistes capables de fabriquer au moins 4 millions de voitures par an.

> « Lors d'un séminaire du comité exécutif groupe, Louis Schweitzer a dit : il faut que nous pensions sérieusement à voir ce qui est possible en matière de mariage avec un autre constructeur. »

Classiquement, on commence par éliminer :

> « Il y a eu un premier écrémage des possibilités. Évidemment, les deux Américains restants étaient laissés de côté parce que cela n'aurait pas pu donner naissance à une alliance équilibrée dans le sens que nous souhaitions. “Automobile de France”, c'est-à-dire un rapprochement avec le rival national PSA, n'a effleuré l'esprit de personne car cela n'aurait pas eu beaucoup de sens. Certains disaient : “Pourquoi ne pas essayer de nouveau avec Volvo ?” Mais le cœur n'y était plus. L'Italien Fiat, ce n'était pas cela non plus. Rover était déjà tombé sous la coupe de BMW et cela ne se passait pas bien. Finalement, il restait soit un Japonais, Nissan ou Mitsubishi, soit un Coréen. »

L'équipe de Georges Douin, en charge des affaires internationales de Renault, est chargée d'affiner l'analyse des partenaires possibles en Extrême-Orient.

> « Ma position dès le départ avait été de dire qu'une alliance, quelles qu'en soient les modalités, est très coûteuse en efforts. Que le partenaire soit petit ou gros, la difficulté est du même ordre. Si nous faisions une alliance, il valait mieux viser gros et aller vers le partenaire le plus important. Pour moi, il était évident que c'était Nissan. »

En juillet 1998, au cours d'un séminaire du comité des directeurs de Renault, Louis Schweitzer présente les différentes options et les différentes approches.

> « J'avais dit à cette occasion qu'il serait peut-être utile de faire venir quelques professeurs de japonais pour que nous commencions à apprendre cette langue. Les gens ont ri. J'ai ajouté que la seule opération qui valait la peine était une alliance avec Nissan. Je n'avais jamais été convaincu du bien-fondé d'une option coréenne. J'avais eu une expérience peu encourageante avec les constructeurs coréens aux États-Unis. Ils semblaient toujours très sûrs d'eux, tirant des plans très ambitieux qui n'étaient pas réalisés. Alors que les Japonais m'étaient apparus comme beaucoup plus fiables. »

À la vérité, l'option coréenne n'en était pas vraiment une. Terriblement éprouvés par la crise asiatique de 1997-98, qui avait vu le Fonds Monétaire International et la communauté financière mondiale se porter au secours d'une Corée du Sud au bord du défaut de paiement, les deux principaux constructeurs coréens n'étaient néanmoins pas prêts à aliéner leur indépendance. Le leader Hyundai Motor se replie sur son bastion national, un marché intérieur férocement protégé de la concurrence étrangère, en absorbant Kia, le numéro trois. Quant à Daewoo Motor, il accompagnera dans sa chute ignominieuse le conglomérat criblé de dettes dont il était un des fleurons. Né juste avant la crise, Samsung Motors sera repris par Renault en l'an 2000.

Numéro deux japonais, Nissan s'était épuisé dans une course vaine pour garder le contact avec le leader Toyota. Comme pour l'économie nipponne dans son ensemble, les années 90 avaient été pour Nissan une « décennie perdue », les exercices déficitaires se succédant, à la seule exception de 1996. Nissan a besoin d'argent, et vite. La clôture de l'année fiscale 1998, le 31 mars 1999, pourrait mettre l'entreprise en cessation de paiement ou la contraindre à faire appel à l'aide publique. Courageusement, le président de Nissan, Yoshikazu Hanawa, avait fait le tour des places fortes de l'industrie automobile mondiale à la recherche d'un chevalier blanc. Ford avait décliné l'offre. Renault avait fait le premier pas et les contacts entamés au niveau tant des négociateurs que des techniciens depuis l'automne 1998 se déroulaient dans une bonne ambiance. Mais les Français n'étaient pas le premier choix.

« En janvier et février 1999, il y avait dans la course DaimlerChrysler et nous. Nous ne nous faisions pas beaucoup d'illusions sur le fait que si DaimlerChrysler voulait boucler le deal, ils étaient objectivement les favoris. Ils venaient de faire l'opération de fusion entre Daimler et Chrysler. La presse multipliait les articles très élogieux sur cette superbe stratégie qui avait bouleversé la configuration de la concurrence dans l'industrie automobile. Ils avaient des marques, une implantation internationale, de l'argent. Et personne n'ignore le prestige dont jouit Mercedes au Japon. Tout cela faisait que nous reconnaissions nous-mêmes que nous étions le "underdog", le challenger. Entre DaimlerChrysler et Renault, il était évident pour nous que les chances du premier de l'emporter, s'il le souhaitait, étaient bien plus élevées que les nôtres. C'était un sentiment partagé par tout le monde.

Mais nous persévérions parce qu'il y avait la perception de telles synergies, d'une telle complémentarité entre les deux entreprises. Les contacts avec les gens de Nissan avaient été suffisamment bons pour que nous disions que cela valait la peine de rester dans la course. »

Mais le 10 mars 1999, Juergen Schrempp se rendait à Tokyo pour la quatrième fois en un mois afin d'annoncer lui-même à Hanawa et aux autres dirigeants de Nissan que DaimlerChrysler avait décidé de ne pas donner suite. Au sein du conseil d'administration de DaimlerChrysler, si les Allemands, à commencer par Schrempp, sont plutôt partisans de saisir cette chance unique, les Américains se montrent farouchement hostiles. « Ils avaient peur que la reprise de la dette de Nissan pèse sur le titre DaimlerChrysler et menace la valeur de leurs stock-options », analysera plus tard un banquier d'affaires de la Deutsche Bank, premier actionnaire du groupe germano-américain. Petite cause, grands effets.

> « J'étais au salon de Genève au début du mois de mars 1999, quand un collègue de Renault est venu me chercher pendant la visite des stands pour me dire : "Nous venons d'apprendre que DaimlerChrysler s'est retiré." Là, ce fut le coup à l'estomac. Nous réalisions brutalement que nous restions seuls en lice. Ce qui était possible mais peu probable devenait tout d'un coup une réalité. Personnellement, et je suis convaincu que ce fut pareil pour beaucoup d'autres, j'ai mis un certain temps à réaliser. Nous avons conclu l'accord trois semaines plus tard. DaimlerChrysler n'avait donné aucun signe de relâchement avant que cette annonce ne tombe brutalement. Le fait que nous nous soyons considérés comme le challenger fait qu'il n'y a pas eu de véritable préparation psychologique puisque la probabilité d'un accord apparaissait comme assez faible. C'est entre le début mars et la signature de l'alliance qu'il a fallu se préparer psychologiquement à ce qui allait arriver. Avant cela, l'affaire avait suscité assez peu de réactions à l'intérieur de Renault. Il y avait pas mal de gens impliqués mais ils travaillaient sans oser vraiment y croire. Nous ne voulions pas être une

nouvelle fois déçus, après l'échec du mariage avec Volvo, après le retrait des États-Unis. »

La direction de Nissan avait eu la sagesse ou la prescience de garder les deux fers au feu, de ne jamais rompre le dialogue avec Billancourt même quand l'affaire paraissait en bonne voie avec Stuttgart. Même s'il n'est pas directement associé aux discussions entre les équipes de Renault et de Nissan, Carlos Ghosn va intervenir à deux reprises.

> « Quand j'ai vu que les choses étaient en train d'avancer, j'ai offert à Louis Schweitzer de donner un coup de main si besoin était. À cet égard, la présentation du "plan 20 milliards" de Renault à l'état-major de Nissan, en novembre 1998, a été certainement un moment important. »

Nous sommes le 11 novembre 1998, et Carlos Ghosn, devant un tableau noir, planche durant plus de trois heures devant Hanawa et les six principaux dirigeants opérationnels de Nissan. Hanawa affirmera plus tard que cette démonstration de l'art et la manière de redresser Renault l'avait convaincu de demander à Louis Schweitzer d'envoyer Carlos Ghosn au Japon, dans le cas où l'accord entre les deux groupes se ferait.

Entre Français et Japonais, le dialogue technique et stratégique, qui mobilise quelque 120 personnes de septembre à décembre 1998, avait été remarquablement fructueux, tant qu'il n'avait été question ni d'argent, ni de pouvoir. On parlait le même langage, celui de ceux qui ont en commun la passion de l'automobile. Les complémentarités de territoire, de compétence, de savoir-faire sautaient aux yeux. Il restait à définir les modalités du mariage.

> « Les négociateurs de Renault poussaient en faveur d'une solution de type filiale commune ou joint-venture et les Japonais ne voulaient pas en entendre parler. Je suis intervenu en proposant de mettre de côté les montages juridiques, de faire quelque chose de beaucoup plus informel en allant vers les "cross company teams", c'est-à-dire les équipes transverses. Je suis revenu à Tokyo en décembre 1998 pour expliquer l'esprit et les modalités de fonctionnement des CCT. Ce sont les deux interventions que j'ai pu accomplir pour faire avancer la négociation. »

Évidemment, le retrait de DaimlerChrysler simplifiait dramatiquement le choix des dirigeants de Nissan : c'était Renault ou le néant. Mais Louis Schweitzer refusera avec sagesse d'abuser de la situation en demandant une renégociation des conditions offertes par le groupe français : un apport de quelque 5 milliards de dollars en échange de 36,8 % du capital de Nissan, une alliance respectant l'identité et les marques des deux entreprises.

> « Tout de suite après l'annonce de DaimlerChrysler, Louis Schweitzer a demandé à me voir et c'est là qu'il a posé la question de confiance. "Vous vous rendez bien

compte que dans mon esprit, il n'y a qu'une personne qui peut aller au Japon pour ce travail, et c'est vous." Est-ce que cela m'a surpris ? Non. Compte tenu de mon cursus, cela paraissait logique. Je m'étais dit auparavant que si nous faisions l'opération, il faudrait évidemment que quelqu'un aille là-bas. Et objectivement, je me disais que si j'étais à la place de Louis Schweitzer, je choisirais Ghosn. Je n'enverrais pas dans une situation de cette nature une personne qui n'aurait jamais vécu à l'étranger, qui n'aurait jamais connu de restructuration, qui n'aurait pas démontré sa capacité à passer d'une culture à l'autre. J'avais le "background" idéal pour que la conclusion soit que je devais y aller. Mais j'y pensais sans vraiment y croire. Par contre, le jour où la nouvelle du retrait de DaimlerChrysler est tombée, je me suis dit que je partais pour Tokyo. D'une certaine manière, j'avais recherché cette décision, en étant dès le départ à fond pour le choix de Nissan, en faisant valoir les arguments en faveur de ce choix et en étant conscient du fait que j'étais probablement la personne la mieux préparée pour relever ce défi. Il fallait que je sois conséquent. Je pouvais difficilement défendre la conviction que Nissan était sans aucun doute la meilleure option et ne pas dire qu'il fallait y envoyer l'homme le mieux préparé pour le faire. »

Louis Schweitzer confiera plus tard qu'un refus de Carlos Ghosn de partir pour le Japon aurait condamné l'opération.

« Schweitzer avait été très clair, comme il l'a raconté par la suite : "Je n'ai qu'un candidat pour ce travail.

Ce qui veut dire que si vous n'y allez pas, je ne signe pas." Je lui ai dit que je comprenais mais qu'il s'agissait d'une décision personnelle mais aussi familiale. J'avais une femme et quatre enfants, rentrés des États-Unis depuis deux ans à peine. Partir pour un pays complètement inconnu n'allait pas de soi. Sur le plan professionnel, ma décision d'accepter était acquise. Je savais très bien que personne chez Renault n'était aussi bien préparé que moi pour cette tâche. Je ne fais pas preuve d'immodestie en disant cela. Au fond, j'avais même le sentiment que c'était pour cela que j'étais venu chez Renault. C'était le moment pour lequel j'avais été préparé pendant toute ma carrière. Pour moi, c'était évident mais il fallait que je convainque ma femme. Et ça s'est bien passé. Elle a compris qu'il s'agissait d'un défi hors du commun. Comme souvent chez les femmes, son intuition a parlé. Elle m'a dit : "C'est une carte extraordinaire et comme je suis certaine que tu vas réussir, cela t'ouvrira des perspectives comme tu ne pouvais même pas en rêver." Dès le départ, elle était sereine. Elle a dit : "Ce sera difficile mais c'est une telle carte sur le plan professionnel qu'il faut y aller." C'est moi qui ne me sentais pas très bien dans mes bottes parce que nous venions d'acheter une maison, de la restaurer. Cela faisait à peine trois mois que nous l'habitions et je lui annonçais que nous partions pour le Japon. C'était tout de même un peu dur. »

Pour Louis Schweitzer, le moment est venu de prendre la décision sans doute la plus lourde de conséquences de toute sa carrière.

« L'affaire Nissan, cela a été la décision de Louis Schweitzer. Franchement, s'il y avait eu des oppositions au sein de l'équipe dirigeante de Renault, cela n'aurait pas fait beaucoup de différence. Unanimité ou pas, c'était secondaire. Il n'y a pas eu de vote ou de tour de table. C'était en argumentant en faveur ou en défaveur que l'on montrait si l'on était d'accord ou pas. Il y a eu un moment où Schweitzer a tranché en disant : "C'est Nissan." Et nous savons tous comment il agit dans ces circonstances. Il a foncé de manière décisive. La décision de l'Alliance, c'est sa décision. Le risque, c'est lui qui l'a pris. Il a écouté les autres, il m'a écouté. Il comptait sur moi. Mais c'est lui qui a assumé le choix. »

Il restait à obtenir le feu vert du principal actionnaire de Renault, l'État français, qui détenait encore 44 % du capital. Du côté de la direction du Trésor, qui gère les participations de l'État dans ce qu'il reste d'entreprises publiques ou partiellement privatisées, on est partant pour l'aventure. Jean Lemière, alors directeur du Trésor, confiera plus tard à Philippe Riès : « Nous avons fait cela "au drapeau". Nous trouvions amusant qu'un "petit Français" s'offre le numéro deux de l'industrie automobile japonaise. » Toutefois, c'est au Premier ministre Lionel Jospin de trancher. Le fait que Louis Schweitzer ait un accès direct au bureau du chef du gouvernement va beaucoup aider. L'actionnaire public donnera son aval et restera dans la coulisse, ayant tiré les leçons de l'activisme maladroit qui avait précipité l'échec du rapprochement avec Volvo.

Ensuite, les choses iront très vite. Le 22 décembre 1998, Renault et Nissan avaient signé une lettre d'intention, qui ouvrait une période de « due diligence » de trois mois. On ouvre les livres de compte, on parle finances et structures. Mais même à ce stade, les discussions ne sont pas exclusives, Hanawa poursuivant encore un temps les contacts avec Ford et surtout DaimlerChrysler. Après le retrait des Allemands, les Français finaliseront leur offre à la mi-mars.

Lorsque Louis Schweitzer et Yoshikazu Hanawa dévoilent l'Alliance à la presse internationale, le 27 mars au siège du Keidanren à Tokyo, les réactions vont de la stupeur à l'hostilité en passant par tous les degrés du scepticisme et de l'ironie. Les journalistes japonais, et leurs confrères de la grande presse américaine, sont à la peine pour découvrir ce qui se cache derrière le nom de Renault. Un grand quotidien new-yorkais évoque ce « constructeur français qui perd de l'argent ». En réalité, au cours de la décennie écoulée, le groupe français n'avait perdu de l'argent que sur un seul exercice, celui de 1996. Ironie du sort, ce fut aussi la seule année bénéficiaire pour Nissan. Renault n'est pas riche, bien moins que DaimlerChrysler mais il n'a pas de dette. Néanmoins, l'opération apparaît dans la meilleure des hypothèses comme un saut dans l'inconnu.

« J'étais conscient que c'était risqué, que ce n'était pas gagné d'avance mais aussi qu'il s'agissait d'une telle opportunité pour Renault qu'il fallait y aller même si le succès n'était pas garanti. C'est vrai qu'il y avait pour Renault une dose de risque et *a posteriori*, il est toujours plus facile d'apprécier le risque. Mais l'opportunité était telle que la dose de risque paraissait négligeable, aussi bien en ce qui concerne Renault que sur un plan personnel. Un jour, Louis Schweitzer m'avait demandé combien de chances de réussite je m'accordais. Je lui avais répondu : "50/50." C'était au moment où il était en train de signer l'accord. Je lui ai demandé : "Et vous ?" Il ne m'a pas répondu en pourcentage mais il m'a dit : "Si je pensais que vous n'aviez que 50 pour cent de chances de réussite, je n'aurais pas fait l'alliance, je n'aurais pas joué Renault à 50/50." Il était plus optimiste que moi. »

Chez les pairs de Renault, dans l'industrie automobile mondiale, c'est le scepticisme qui domine. En résumé : « Ils sont fous, ces Français. » Même en France, au-delà du « cocorico » du coq gaulois qui salue sans surprise un « bon coup », l'accueil des gens du métier est plutôt froid. Jacques Calvet, l'ancien patron de PSA Peugeot Citroën, pourfendeur infatigable mais aussi excellent connaisseur de ses concurrents nippons, expliquera : « Je ne me serais jamais lancé dans une telle opération car les inconvénients, le risque financier, la juxtaposition de deux gammes plus concurrentes que complémentaires et surtout l'énorme difficulté à faire travailler des équipes culturellement à des années-lumière, l'emportent à mon avis sur les avantages. »

En mettant l'accent sur les différences culturelles, Jacques Calvet a le mérite de pointer du doigt ce qui sera le défi majeur : faire vivre et travailler ensemble deux cultures, deux identités, deux personnalités.

> « Tout le monde a dit que DaimlerChrysler avait raté une occasion mais je ne suis pas sûr qu'ils auraient réussi l'opération. Le management d'un tel croisement culturel, ce n'est pas évident. »

Même chez ceux, peu nombreux à cette époque, qui connaissaient et appréciaient Carlos Ghosn, la cause semblait entendue. Bob Lutz, connu pour ne pas avoir sa langue dans sa poche, avait estimé en 1999 que faire l'opération Nissan revenait à mettre 5 milliards de dollars dans un conteneur et à le couler au milieu de l'océan. Deux ans plus tard, quand des journalistes lui rappelaient ce jugement péremptoire alors que Nissan publiait des résultats records, Lutz répondra, selon *Automotive News* : « J'avais à ce moment-là compté sans Carlos Ghosn. »

> « Je comprends cet hommage comme la reconnaissance que cette opération était très spécifique. Il y a comme cela des personnes qui arrivent au bon moment, sur la bonne tâche et qui accomplissent quelque chose qui ne serait pas possible pour celui qui aurait une autre formation et une autre sensibilité. »

CHAPITRE NEUF

Au Japon

« Le Japon ? Je n'y étais venu qu'une seule fois, en 1984, chez Komatsu. J'y avais passé deux jours en tout et pour tout. »

L'entreprise japonaise, numéro deux mondial des engins de chantiers derrière l'Américain Caterpillar, était un client de Michelin, acheteur de ses énormes pneus de génie civil. En attente du départ vers le Brésil, Carlos Ghosn était alors responsable du département de recherche et de développement de Michelin pour cette catégorie de produits. 48 heures à Tokyo, c'est peu pour se faire une idée du Japon. Les autres visites, pendant la négociation puis au moment de la signature de l'Alliance entre Renault et Nissan, seront du même acabit. La première véritable prise de contact aura lieu en mai 1999, en famille. Tous les expatriés le savent : une mission réussie, dans un pays lointain, ô combien différent même s'il n'est pas hostile, dépend pour une part non négligeable de l'intégration familiale.

« Mon épouse avait dit : “Je ne peux partir comme cela. Je n'ai jamais mis les pieds en Asie. Il faut que nous allions voir les maisons, les écoles. Mais si tu es convaincu que c'est là que tu veux aller, je te suivrai." J'avais donc demandé à venir au Japon avec toute ma famille et nous sommes arrivés au mois de mai, en profitant de vacances scolaires en France. »

Le printemps n'est pas le plus mauvais moment pour faire connaissance avec l'immense métropole japonaise. Tokyo n'est pas seulement cet océan de béton aperçu du hublot de l'avion avant l'atterrissage à l'aéroport de Narita. Elle a beaucoup « verdi » au cours des deux dernières décennies, même si elle manque encore d'espaces verts en comparaison des autres grandes capitales mondiales. Mais ses habitants, qui ont la passion du jardinage, utilisent le moindre recoin pour y glisser un pot de fleur, une plante, un arbuste. On en trouve aux endroits les plus incongrus. Derrière les grandes avenues, surplombées par les autoroutes urbaines, se dissimulent les quartiers résidentiels, leurs maisons individuelles, leurs allées étroites, leurs jardinets bien tenus, leurs terrasses fleuries. Après les cerisiers, qui enchantent brièvement la ville au début du printemps, viennent les azalées, omniprésentes, moins fugitives, plus colorées. En mai, l'air est léger, la température douce, les soirées un peu plus longues.

« L'équipe de Renault a bien joué. Philippe Lecomte, l'homme du personnel, avait contacté Serge Airaudi, un spécialiste français du Japon dont l'ex-épouse est japonaise. C'est elle qui nous a fait faire le premier tour du pays. Pendant que je travaillais, les enfants circulaient partout. Ils ont été chouchoutés. Ce qui m'avait beaucoup frappé, c'est que pendant toute cette semaine les enfants étaient très contents. Cela a été ma première surprise. Venir au Japon était une aventure. Je ne savais pas comment ils allaient réagir. Mais pour ce premier contact avec le Japon, ils étaient ravis. »

Jusqu'au milieu des années 80, à Tokyo même et *a fortiori* dans le Japon profond, la vue d'un étranger était encore une curiosité. « Gaijin, gaijin » (contraction de « gaikokujin », littéralement les gens des pays du dehors) : ce cri lancé par des enfants découvrant la présence d'un Occidental dans le métro faisait partie du quotidien des expatriés. Ces temps sont maintenant révolus. Mais la vue d'un enfant étranger suscite toujours l'inévitable « kawai » (mignon).

« En 1999, mon fils avait cinq ans, mes filles était un peu plus âgées. Les Japonaises disaient toutes : "kawai". Les enfants avaient le sentiment d'exister aux yeux des adultes qui les entouraient. Ils ont commencé à apprendre quelques mots de japonais. À l'hôtel, tout le personnel était très gentil. Nous sommes partis passer le week-end dans une auberge. Ils avaient des repas particuliers pour les enfants. Ils ont ressenti la gentillesse et la politesse du peuple japonais. Les enfants sont très sensibles à cela et c'est ce qui a fait que le premier contact avec le Japon a été très bon. Évidemment, cela m'a beaucoup réconforté de savoir que les quatre enfants repartaient au bout d'une semaine en demandant : “Dis donc Papa, quand est-ce que nous revenons au Japon ?” Ce fut un réel soulagement. »

Pour Rita Ghosn, les choses ne sont pas aussi simples.

« Mon épouse était plus réticente parce qu'elle constatait qu'elle ne comprenait rien à ce qui était écrit, à ce que les gens disaient. Elle se demandait comment seraient la maison, l'école, comment elle pourrait conduire dans Tokyo. Elle se faisait du souci pour savoir comment la vie familiale allait s'organiser, combien de temps cela demanderait. Elle savait qu'elle ne pourrait pas trop compter sur moi puisque je serais très pris. Il y avait chez elle une inquiétude sur l'intégration et la rapidité avec laquelle nous allions pouvoir retrouver une vie familiale normale. Elle avait l'expérience de l'expatriation et elle était très ouverte. Mais les quelques maisons que nous avions vues à ce moment-là ne nous avaient pas plu et nous n'avions pas été très impressionnés par le contact avec l'école. »

Pour les visiteurs de passage comme pour les nouveaux arrivants, la visite d'un supermarché est un choc « culturel » garanti : Tokyo demeure aujourd'hui la ville la plus chère du monde et, convertis dans la monnaie du pays d'origine, le réflexe naturel mais fatal des novices du Japon, certains prix font dresser les cheveux sur la tête.

« L'autre chose qui préoccupe évidemment les épouses, c'est le choc des prix ! Quand vous avez vécu aux États-Unis et au Brésil et que vous débarquez à Tokyo pour vous apercevoir que la tomate est vendue à l'unité, que le melon peut valoir jusqu'à 50 dollars, cela fait un choc. Quand vous avez une famille de quatre enfants habitués à une alimentation occidentale, c'est assez troublant. Le problème n'était pas le montant de la dépense en soi parce qu'elle savait que les revenus seraient en fonction du coût de la vie. Mais payer un melon 50 dollars alors qu'au Brésil vous pouvez pratiquement en acheter une cargaison entière pour le même prix, c'est quand même choquant. Pendant cette semaine, elle avait voulu visiter les supermarchés et elle en ressortait complètement démoralisée. »

Contrairement à une croyance encore curieusement enracinée chez beaucoup d'étrangers, les Japonais parlent... le japonais, et très peu l'anglais. Métro, gares, noms de rues (quand ils existent), panneaux de circulation, Tokyo et les grandes villes du Japon ont fait un effort louable pour multiplier les informations en anglais mais dans les magasins, tout est écrit en japonais, avec un système d'écriture d'une effroyable complexité qui mélange les idéogrammes chinois et deux syllabaires autochtones. Sur un rayonnage, allez donc distinguer le détergent de l'adoucisseur et de l'eau de Javel !

« Il y avait aussi cette barrière de la langue, l'impossibilité de comprendre et de se faire comprendre. Nous nous replacions dans une situation de dépendance que

> nous n'avions connue ni au Brésil, ni aux États-Unis, ni en France, parce qu'à chaque fois nous parlions la langue du pays, nous savions comment nous déplacer, comment conduire, etc. Au départ au Japon, vous étouffez un peu parce que vous vous sentez dépendant pour tout. Pour parler, vous avez besoin d'une traductrice. Pour vous déplacer, vous avez besoin d'un chauffeur. La culture est différente. Les habitudes sont différentes. Vous retrouvez une forme de dépendance. C'est pourquoi les adultes éprouvent plus de difficultés que les enfants parce que les enfants sont habitués à cette dépendance. Eux voient la gentillesse, le sourire, la sûreté, alors que les adultes reviennent en arrière, se replacent dans une situation de dépendance qu'ils n'avaient pas connue depuis leur enfance. »

Avec le temps, chacun finira par trouver ses marques, par apprendre les quelques mots de japonais qui permettent de survivre. Tokyo reste encore une grande ville extraordinairement sûre, et propre. Son système de transport en commun est un des plus efficaces au monde. Voitures, cyclistes et piétons y coexistent dans une surprenante harmonie. Le Japonais de la rue est toujours prêt à aider, même si cette aide, barrière de la langue et complexité de la topographie obligent, n'est pas toujours d'une parfaite efficacité !

> « Aujourd'hui, mes enfants sont toujours très contents de vivre au Japon. Ils ont des amis. Ils apprécient aussi la sécurité. Ils se déplacent le soir. Mon épouse connaît des tas de gens, elle a trouvé ses

marques. Elle a son club de bridge. Elle donne des cours de bridge. Elle joue au tennis. Elle a des amies japonaises, françaises, américaines. Cela a pris du temps mais maintenant elle est très contente.

Si nous mettons de côté la langue qui est quand même très difficile, la culture reste très différente mais fait maintenant partie de nous. Le Japon nous a d'ores et déjà beaucoup marqués. Quand nous quittons Tokyo pour aller à l'étranger, nous trouvons les gens "rude", pour employer un terme anglais. Nos références ont changé. Nous trouvons que les rues sont sales, que les gens sont agressifs. Cela veut dire que notre référentiel est en train de changer. »

Tous les expatriés au Japon en font l'expérience, pour peu qu'ils séjournent dans l'archipel un peu trop longtemps, au retour le « contre-choc culturel » est garanti.

Dans son parcours professionnel, Carlos Ghosn avait bien sûr croisé le chemin des Japonais, surtout aux États-Unis où les principaux constructeurs nippons avaient commencé dans les années 80 à transférer une partie de leur production. L'implantation d'usines aux États-Unis, généralement dans les États du Sud libres de l'emprise syndicale de l'AFL-CIO, répondait à deux objectifs principaux : protéger la rentabilité de leurs produits contre l'appréciation irrésistible du yen face au dollar après l'accord du Plaza de septembre 1985 ; se mettre à l'abri des pulsions protectionnistes qui saisissaient régulièrement Washington sous la pression des Trois Grands constructeurs américains. En créant des emplois par milliers en Alabama, au Tennessee ou dans le Kentucky, Toyota, Nissan, Honda ou Mitsubishi Motor s'efforçaient de faire oublier qu'ils grignotaient inlassablement les parts de marché de leurs concurrents américains.

> « Je ne peux pas dire que je connaissais bien les Japonais avant de venir chez Nissan.
>
> Quand je travaillais pour Michelin aux États-Unis, j'avais Toyota, Honda, Nissan comme clients. Nous leur vendions des pneus en première monte et ce que je savais d'eux, fondé sur l'observation des réalités, c'était avant tout qu'il n'y avait pas les constructeurs japonais pris en bloc. Entre le style de Toyota, celui de Honda ou celui de Nissan, on pouvait distinguer trois entreprises très différentes. Cela ne voulait rien dire de caractériser une entreprise comme "japonaise". Je voyais bien que dans notre travail avec les uns et les autres, nous ne procédions pas du tout de la même manière. »

Honda, qui ira chercher aux États-Unis l'espace vital qui lui manquait sur le marché japonais (le tout-puissant MITI s'était même opposé à ce que ce fabricant de motocycles se lance dans la production automobile), n'était pas prisonnière des préjugés nippons.

> « Honda était une entreprise très technique, qui avait adopté très vite les pneus Michelin, qui représentaient l'essentiel de sa demande en première monte aux États-Unis. Dans le cas de Toyota, il a fallu dix ans pour

obtenir l'homologation d'un pneu Michelin. Honda nous apportait un prototype et il fallait identifier les pneus qui allaient lui convenir. Un débat s'instaurait entre les ingénieurs de Honda et ceux de Michelin. Honda faisait venir du Japon un essayiste et c'était lui qui arbitrait. Il conduisait le prototype avec différents types de pneus et sans même regarder, il disait : c'est ce train de pneus que je veux. La discussion était terminée. Pragmatisme, souci de la technicité, de l'expertise. Les gens de Honda manifestaient une très grande ouverture sur les marques et se montraient des négociateurs très durs en matière de prix. »

Toyota, c'est un autre monde. Toute-puissante au Japon, où elle occupe 40 % du marché intérieur, l'entreprise de Nagoya est dominatrice et sûre d'elle-même. Lente à se décider (elle se lancera hors de l'archipel bien après Nissan et Honda), elle avance comme un rouleau compresseur, assise sur une trésorerie surabondante, évaluée à 20 milliards de dollars en 2002, qui lui a valu le surnom de « banque Toyota ». Bien que la famille fondatrice détienne une part infinitésimale du capital (moins de 2 %), elle continue à tirer les ficelles et à fournir les principaux dirigeants. En cette fin de XXe siècle, son représentant était Shoichiro Toyoda, surnommé « l'Empereur ».

« Avec Toyota, nous avions affaire à des gens très distants. Ils dégageaient une impression de puissance. Il y a d'un côté leur système et de l'autre, le reste du monde. »

Et Nissan ? En matière d'expansion internationale, l'entreprise de Ginza avait joué un rôle de pionnier : première à vendre ses modestes mais robustes voitures, sous la marque Datsun, sur le marché américain ; première à implanter une usine d'assemblage aux États-Unis, à Smyrna, dans l'État du Tennessee ; première encore à venir fabriquer en Europe dans l'usine modèle de Sunderland, sur la côte nord-est de l'Angleterre.

> « Nissan, entre Honda et Toyota, avait une image un peu floue. C'était une entreprise capable de haute technicité. J'avais conduit la Cima aux États-Unis et la voiture m'avait fait une très forte impression. J'avais essayé la 300 ZX, qui était une superbe voiture. Mais à côté de cela, nous voyions débouler des "trucs" qui n'avaient ni queue ni tête. Nissan était une entreprise à la personnalité un peu confuse, qui donnait l'impression d'un amalgame d'éléments empilés les uns sur les autres, sans réflexion stratégique. Nous avions donc deux entreprises très typées et très différentes et une troisième à la personnalité confuse. Dans ces conditions, j'avais du mal à comprendre que l'on puisse parler de l'industrie japonaise comme d'un tout. »

Il y avait tout de même un trait commun : le goût de la technique, l'attention extrême portée à la maîtrise du processus industriel et une sensibilité extrême à la qualité.

> « Les Japonais sont des gens très minutieux. Dès qu'ils apprenaient que nous avions connu un incident

de fabrication, ils demandaient à voir sur quelle machine, dans quelles conditions. Beaucoup de souffle pour aller regarder dans le détail ce qui était en train de se passer. Aller regarder derrière une boudineuse comment vous tirez la gomme, à quelle température, pour savoir si telle était bien l'origine du problème, cela ne serait jamais venu à l'idée des représentants des constructeurs américains. »

Et de fait, ce sont bien les Japonais qui ont marqué d'une empreinte indélébile l'histoire de l'industrie automobile dans le dernier tiers du XXe siècle en repoussant les limites du taylorisme : mis au point par un ingénieur légendaire, Taichi Ohno, le Toyota Production System (TPS) était une démarche pragmatique, fondée sur l'observation du fonctionnement d'un supermarché aux États-Unis, et visant à l'élimination complète des gaspillages, en matières premières, en temps et en espace, qui caractérisaient la grande industrie. La « lean production » était née. Le système sera copié et adapté, avec plus ou moins de succès, par toute l'industrie automobile mondiale, à commencer par les concurrents de Toyota au Japon, avant d'être popularisé auprès du grand public dans le best-seller des chercheurs du MIT (Massachusetts Institute of Technology), *La machine qui a changé le monde*.

« Les Japonais l'ont fait et les chercheurs du MIT ont construit la théorie. Mais c'est en général ainsi que cela se passe. Les Japonais ne sont pas des champions de la théorie. Leur point fort, c'est de partir d'une observation pragmatiquc, simple et d'essayer de construire une solution. Je n'ai pas vu tellement d'essais très théoriques produits au Japon. »

En avril 1999, quand il franchit pour la première fois depuis la signature de l'Alliance la porte du siège de Nissan à Ginza, Carlos Ghosn est le parfait « outsider » : étranger au Japon, à ses réseaux, à ses convenances, à ses préjugés.

Entreprise très tokyoïte, proche du pouvoir politique par son histoire, Nissan est logée dans le bas de Ginza, entre la célèbre avenue commerçante, « Champs-Élysées » de Tokyo, et le marché au poisson de Tsukiji, autre haut lieu de la capitale nipponne. Le siège social de l'entreprise est installé dans deux immeubles à l'architecture banale et vieillissante, le plus récent, où travaille la direction générale, offrant la particularité d'héberger également une célèbre salle de théâtre kabuki.

« Pour ma première journée chez Nissan, j'avais envoyé un programme de ce que je souhaitais voir, des rendez-vous que je souhaitais prendre, et cela avait été organisé. Je suis arrivé tout seul le matin, venant de l'hôtel où le chauffeur était passé me prendre. Le bureau dans lequel je me trouve aujourd'hui était alors celui du président Hanawa. On m'avait installé au même étage dans une vaste de salle de réunion rafistolée en bureau. J'arrivais avec ma petite sacoche et il fallait tout reconstruire. »

Le décor est assez sinistre : un bureau en bois sombre perdu au milieu d'une pièce immense, un ordinateur, collés le long des parois les profonds fauteuils couverts des incontournables napperons de dentelle, quelques objets en céramique, onéreux sinon du meilleur goût, et sur les murs d'un beige un peu passé des toiles représentatives du style « nihonga ». En bref, le décor classique entourant les hommes (jamais de femmes !) plutôt âgés (très peu de jeunes !) qui gouvernent « Japan incorporated ».

> « La première personne rencontrée a dû être quelqu'un du secrétariat, pour régler les problèmes pratiques habituels : le badge, le numéro de téléphone, etc. J'ai eu la chance de me voir détachée assez vite celle qui fut longtemps mon assistante, Miyuki Takahashi, une fille très intelligente, très vive, très naturelle, connaissant bien Nissan, qui avait vécu en Europe, en Hollande, et qui travaillait ici dans la section nord-américaine. Elle n'avait jamais fait ce genre de travail, assistante d'un dirigeant, mais elle m'a beaucoup aidé. Le noyau autour de moi s'est constitué petit à petit mais le processus a été assez rapide et sans artifices. »

Une anecdote illustre parfaitement le fossé culturel que Carlos Ghosn devra franchir. Pour gagner leurs bureaux dans les étages supérieurs, les dirigeants de Nissan disposent d'un ascenseur particulier dont l'accès est soigneusement dissimulé par un repli du mur dans le hall d'entrée. Carlos Ghosn s'apprête à l'emprunter en compagnie de Miyuki mais s'aperçoit qu'elle s'est éclipsée juste avant que la porte ne se referme. L'ascenseur en question était interdit aux simples employés ! Autant pour l'égalitarisme qui régnerait au sein des entreprises nipponnes. Inutile de préciser que l'incident ne se renouvellera pas.

> « À mon arrivée, la réaction des membres du personnel était avant tout de la curiosité. Ils avaient déjà lu beaucoup d'articles dans les journaux. J'arrivais précédé par la réputation qui m'était faite par la presse qui n'en avait que pour le "cost killer". Mais si je devais résumer le sentiment qui m'entourait, c'était la curiosité. Qui est-ce ? Que peut-il nous apporter ? Comment cela va-t-il se passer ? Comment va-t-il s'y prendre ? »

Une fois encore, Carlos Ghosn est le « nouveau ». Mais sa ligne de conduite, dictée par l'expérience, est tracée.

> « J'avais la ferme intention de m'intégrer. J'avais vécu dans beaucoup de pays différents, le Liban, la France, le Brésil, les États-Unis. J'avais traversé des continents et des cultures très divers et dans chaque pays, indépendamment de ce que j'avais pu hériter de ma famille, j'avais toujours souhaité m'intégrer. Je n'ai jamais essayé de jouer au touriste ou au colon ou à l'émigré. Je vivais cette aventure japonaise en me disant qu'elle allait faire partie de ma vie. Le Japon allait faire partie de moi, Nissan allait faire partie de

moi. Mais s'intégrer ne veut pas dire perdre sa personnalité, son originalité. Je savais que dans tous les cas, je serais différent. J'essayais d'être moi-même mais sans provocation. J'essayais de m'intégrer mais sans artifices. Je n'ai pas fait de compromis mais je n'ai pas fait de provocation. Et ce positionnement, dans lequel je savais que j'étais différent mais où en même temps je tendais la main, a beaucoup aidé les Japonais à s'ouvrir. Ils se sont rendu compte que je n'étais pas multiple, que je ne venais pas avec trois programmes différents, que j'étais finalement assez lisible. Il y a eu des moments de pression, de tension, de fatigue, mais je ne me rappelle pas avoir jamais perdu le contrôle de moi-même ou explosé de colère bien qu'objectivement il y ait eu toutes les conditions pour cela. Ce côté affable, même si les gens ressentaient mon impatience, cette ouverture, cette volonté de savoir et de dialoguer, cela m'a aussi beaucoup aidé. »

L'environnement social japonais aidera beaucoup, lui aussi. Le Japon contemporain a une sainte horreur des conflits. Cela n'a pas toujours été le cas. L'histoire de l'archipel est parsemée d'épisodes violents, de guerres intestines. Mais depuis la fin des années 60, époque des derniers grands affrontements sociaux, le pays s'est distingué par une rare harmonie sociale. La forte croissance et la prospérité économique ont créé une vaste classe moyenne, à laquelle 90 % des Japonais ont la conviction d'appartenir. Les grèves sont exceptionnelles, les manifestations squelettiques. Rien n'illustre mieux cette aversion de la confrontation que le très faible nombre des avocats. Les foules urbaines japonaises se meuvent sans heurt, sans friction, même si la politesse légendaire s'arrête souvent à la porte des trains et des métros bondés où trouver une place assise relève de l'exploit. Bien entendu, le fameux « consensus à la japonaise » est trop beau pour être entièrement vrai et dans les entreprises comme dans la société, le Japon n'ignore pas les rapports de force. Le conformisme social, qui impose ces comportements non conflictuels dans la vie quotidienne, serait considéré comme insupportable dans les sociétés très individualistes de l'Occident. Après avoir fait la force du Japon de la seconde moitié du XXe siècle, il est regardé aujourd'hui par nombre d'analystes comme une barrière à la créativité et à l'esprit d'entreprise dont la deuxième économie mondiale aurait grand besoin pour retrouver son souffle. Mais globalement, en dépit de la stagnation économique, de la crise politique, de la montée du chômage et de certaines formes d'exclusion, le « wa », la recherche de l'harmonie, domine toujours la vie sociale japonaise.

> « Les Japonais sont des gens très polis, ils tiennent compte des sentiments des autres. Ils ne vous diront jamais des choses désagréables. Quand ils ne pensent pas de bien de vous, ils restent silencieux. Mais quand ils en pensent du bien, ils vous le disent. Ce côté très civilisé des Japonais fait que même si beaucoup d'entre eux pensaient que nous n'allions pas réussir, que je n'apporterais rien, ils ne l'ont jamais dit. Cela m'a évité plus d'aigreurs que ce que j'ai pu connaître

parce que je n'avais pas besoin des commentaires sur le thème "qu'est-ce que Renault est venu apprendre à Nissan et vous en particulier ?". Il y avait beaucoup de gens silencieux. J'interprétais ce silence comme étant au mieux de la neutralité, au pire une opinion négative. Des gens très positifs au départ, il n'y en avait pas beaucoup. Dans le meilleur des cas, nous étions confrontés à du scepticisme. J'ai vécu ces premiers mois épargné par la critique acerbe ou les commentaires négatifs. Cela m'a aidé. Je n'avais pas besoin que l'on charge encore la barque. Mais je savais que ce scepticisme existait et je trouvais cela normal. »

À l'extérieur de Nissan, ce scepticisme est largement partagé. Passé le premier choc, la presse japonaise, qui n'ignore rien de la situation critique du constructeur japonais, accordera le bénéfice du doute à la nouvelle Alliance. Sans évoquer même l'ignorance des grands journaux américains qui paraissent étonnés que Renault ait pu survivre à sa débâcle aux États-Unis, c'est le doute tout court qui l'emporte dans la presse internationale. Décrivant un « mariage dans l'urgence », l'équipe du *Financial Times* à Tokyo estime qu'« une telle hâte donne à toute cette affaire un air de désespoir et suggère que les dirigeants de Renault puissent avoir été aveuglés par le brio de leur vision ».

Du côté du pouvoir politique, et tout particulièrement du ministère du Commerce international et de l'Industrie (un MITI qui a perdu beaucoup de son lustre), le soulagement est discret mais perceptible.

Avec l'échéance du 31 mars 1999, clôture de l'exercice fiscal, se profilait ni plus ni moins la faillite d'un fleuron de l'industrie nipponne ou la nécessité pour le gouvernement de mettre lui-même la main à la poche.

> « Objectivement, je pense que le gouvernement japonais était en faveur de l'opération. Il y a des responsables qui me l'ont dit : "Nous sommes très contents de cette alliance, nous ferons tout pour qu'elle marche." Ils étaient ravis que quelqu'un leur enlève une sacrée épine du pied, mette de l'argent, envoie une équipe de management, pour tenter quelque chose. S'il n'y avait pas eu Renault, il n'y avait plus personne. Ils étaient soulagés et ils avaient objectivement envie que cela réussisse. »

Quant aux principaux concurrents japonais de Nissan, Toyota et Honda, ils jouent l'indifférence, même s'ils n'en pensent pas moins.

> « Le sentiment que j'en avais était qu'ils considéraient que ce n'était pas un fauve qui s'était introduit dans leur domaine, mais un moustique. Plutôt une nuisance qu'un véritable danger. Un moustique, c'est désagréable, cela fait du bruit mais finalement, cela n'ira pas plus loin qu'une petite morsure. Je pense que personne au départ n'a vraiment pris cela au sérieux. Un mélange d'indifférence, d'ennui, de désagrément, mais rien de très sérieux. Tous les commentaires qui m'ont été rapportés laissent à penser que l'on ne nous prenait pas au sérieux. Cela n'irait pas bien loin. Les Français allaient engloutir 5 milliards de dollars

à fonds perdus. Condescendants et ennuyés, tout au plus. Jusqu'à aujourd'hui, il y a des concurrents qui pensent que nous trafiquons les comptes. Des analystes me l'ont dit : certains de vos concurrents pensent que "you're cooking the books" (vous trafiquez les comptes). Alors, imaginez ce que cela pouvait être il y a trois ans. Il suffisait de considérer le différentiel de performance pour comprendre pourquoi nous étions perçus comme une nuisance mineure. »

Les offres de service ne manqueront pas, plus ou moins désintéressées. Dans la communauté d'affaires française du Japon, pour qui l'arrivée de Renault chez Nissan est presque un changement « systémique » (la France sera cette année-là le premier investisseur étranger au Japon, devançant même les États-Unis), le désir est très fort de voir Carlos Ghosn et son équipe réussir. C'est l'image auprès des Japonais du pays d'origine, celui de la mode, des produits de luxe et de la bonne table, qui en sera positivement et définitivement modifiée. Carlos Ghosn le racontera plus tard en recevant, dans la toute nouvelle galerie d'exposition au siège de Nissan, les membres de la Chambre de commerce et d'industrie française du Japon : « Quand nous sommes arrivés il y a deux ans, un grand nombre de membres de la Chambre sont venus me voir pour me dire : si vous réussissez avec l'équipe de Nissan à faire de cette alliance un succès, nous aurons tous fière allure. Mais si vous échouez, nous aurons piètre allure et vous pouvez être certain que vous aurez aussi piètre allure. »

Mais les conseils transmis par les vétérans du Japon reflètent parfois une perception du pays qui traduit une présence trop ancienne ou qui ne répond pas à la situation critique de Nissan.

> « J'ai eu des contacts qui étaient plus sollicités de l'extérieur que demandés par moi parce que j'étais tellement pris par l'intérieur que je n'avais pas forcément le temps ni l'envie d'aller voir dehors. Il y a des gens qui m'ont tendu la main en me disant que quand j'en aurais le temps, nous pourrions dîner ou prendre un verre ensemble. Quelques Japonais. Parmi les étrangers, il s'agissait plutôt de fournisseurs, de consultants, intéressés par ce que nous allions faire. J'ai reçu des conseils de l'extérieur, sur ce qu'on pouvait faire ou ne pas faire au Japon, la nécessaire patience. J'ai écouté mais je savais que sur le fond cela n'aurait pas tellement d'influence sur ce que je déciderais. L'entreprise était dans une situation tellement détériorée que c'était surtout en interne que j'allais devoir trouver les solutions. Avec mon équipe, j'allais me faire un certain nombre de convictions et les suivre. Ce que j'ai écouté était intéressant mais pas convaincant. Tout ce qui me poussait à prendre le temps, à la modération, au manque d'ambition, etc., cela glissait sur moi. Je savais intuitivement que ce n'était pas dans cette direction qu'il fallait aller. Chez Nissan, il fallait recréer de la passion, reconstruire une vision, retrouver un rythme, remettre les choses en phase, donner un élan et un projet à l'entreprise. Si je pouvais résumer, je dirais qu'il y avait besoin de flamme, d'intensité, de lumière. »

CHAPITRE DIX

Les « Renault »

> « Louis Schweitzer m'avait dit : "C'est vous qui choisirez votre équipe. C'est tellement important qu'il est indispensable que vous vous sentiez en confiance avec ceux et celles qui vous accompagneront. Je vous conseillerai mais la sélection vous reviendra et je ferai tout pour que ceux que vous aurez choisis soient dégagés de leur position actuelle." »

De fin mars à début juillet 1999, un gros trimestre, c'est tout le temps dont va disposer Renault pour sélectionner le petit groupe d'hommes et de femmes qui accompagneront Carlos Ghosn dans son aventure japonaise. Dix-sept noms sur la première liste, qui deviendront une trentaine au fil des mois. Trente hommes et femmes pour faire changer de cap à un colosse employant 140 000 personnes dans le monde. Il fallait aller vite, sans avoir le droit de se tromper.

Pourquoi trente ?

L'accord d'Alliance prévoyait que Nissan ferait place, dans un conseil d'administration soumis à une sévère cure d'amaigrissement, à trois représentants de son nouvel actionnaire français : un directeur opérationnel, un financier et un homme de la planification et des produits. Ce n'était pas la mise en œuvre d'une logique de pouvoir mais le résultat d'une analyse fonctionnelle, de la volonté de pallier très vite les défaillances les plus criantes dans le management de Nissan. Et aussi, dans une moindre mesure, de l'examen de ce que l'allié nippon pouvait apporter à son partenaire français.

> « Pendant le déroulement de la négociation, il y avait des dysfonctionnements qui étaient apparus très clairement. Entre fin mars et juin-juillet, il y a eu tout un travail d'analyse du terrain, d'examen des conclusions du travail commun entre Renault et Nissan afin d'identifier les positions qui réclamaient un apport de personnes venues de Renault chez Nissan et aussi de l'envoi d'un certain nombre de personnes de Nissan chez Renault. »

Outre Carlos Ghosn lui-même, qui occupera initialement un poste créé sur mesure de directeur général opérationnel (« chief operating officer ») n'existant pas habituellement dans l'organigramme des entreprises japonaises, la sélection des fonctions et des hommes ou femmes qui vont s'y investir répond au diagnostic sur les faiblesses les plus criantes de Nissan. C'est-à-dire presque tout à l'exception de l'ingénierie et de l'outil de production.

Dans un article publié par *Foreign Affairs* (mai-juin

1999), condensé des conclusions de leur ouvrage *Can Japan Compete ?*, l'Américain Michael Porter et le Japonais Hirotaka Takeuchi livrent un diagnostic qui s'applique parfaitement au Nissan dont héritent Carlos Ghosn et son équipe : « Les faiblesses relatives du Japon sont particulièrement évidentes dans les activités extérieures à la production, telles que la planification et le contrôle, les finances, la logistique, la distribution, la gestion des commandes, l'information des consommateurs et le service après-vente. » Au cours des années 90, la majorité (il y a des exceptions) des entreprises japonaises s'est reposée sur les lauriers acquis en matière d'efficience opérationnelle, alors que leurs concurrentes américaines et européennes se lançaient dans un vaste effort de rattrapage. Mais, notent Porter et Takeuchi, « l'efficacité opérationnelle n'est toutefois qu'une des deux voies par lesquelles une entreprise peut réaliser une performance de premier ordre. L'autre est à travers la stratégie – concourir en s'appuyant sur un produit ou un service unique ». Cependant, estiment le professeur de Harvard et son collègue de l'université Hitotsubashi, « bien que les entreprises japonaises excellent dans l'amélioration continue exigée pour être compétitif sur le plan opérationnel, la plupart ne se distinguent pas par une stratégie ambitieuse et innovante ». Or, affirment-ils, « Honda n'a pas gagné parce qu'il était meilleur dans le “kanban” ou le TQM (“total quality management”) ou parce qu'il a copié Toyota. Il a gagné parce que sa stratégie bien distincte a débouché sur des véhicules uniques et un marketing unique ».

D'emblée, l'objectif de l'Alliance est de mettre en pratique une fertilisation croisée avec Renault, réputée au contraire pour son excellence dans toutes les fonctions situées en amont et en aval de la fabrication proprement dite. C'est-à-dire les études de marché, les finances, la planification des produits, les ressources humaines et bien entendu les achats. Et d'autre part, le marketing, la publicité, la commercialisation. Au total, c'est un « commando » d'une petite trentaine de cadres qui partira pour le Japon.

> « Le premier nom que j'ai mis sur la liste était celui de Patrick Pelata. J'avais fait sa connaissance dans l'ingénierie. Je venais de le promouvoir au poste de responsable du développement de Renault, au moment de la grande réorganisation de l'ingénierie quelques mois auparavant. Il fallait quelqu'un qui ait une solide formation d'ingénieur pour qu'il soit crédible face à ses interlocuteurs japonais. Nissan avait la réputation d'une maison d'ingénierie. Nous avions besoin dans l'équipe d'un certain nombre de gens très solides sur le plan des connaissances techniques. C'était le cas de Pelata. Comme il avait le goût du produit, cela allait très bien. Il était jeune, ouvert, dynamique. C'était le profil adéquat. »

Une petite quarantaine, Patrick Pelata sera donc la jeune tête blonde du nouveau conseil d'administration de Nissan.

Pour l'énorme chantier financier, crucial dans un groupe asphyxié par son endettement, Carlos Ghosn choisit un spécialiste formé à une bonne école, la direction du Trésor français. Après le passage obligé par les cabinets ministériels, Thierry Moulonguet a été recruté par Louis Schweitzer pour rejoindre la très forte équipe financière de Renault. Investissements, achats, commerce des matières premières, gestion du « cash flow », couverture de changes, crédits à la consommation : l'industrie automobile manipule énormément d'argent et la différence entre une bonne et une mauvaise gestion de la trésorerie peut être décisive. Pour des raisons historiques et structurelles, la fonction financière était au contraire peu considérée dans les grandes entreprises japonaises. Au côté du directeur financier en titre, Thierry Moulonguet fera son entrée au conseil comme directeur financier adjoint, avant de prendre très vite le contrôle des opérations.

> « Il y avait sur les trente un nombre limité de gens qui étaient absolument cruciaux et indiscutables. Ils étaient tous importants mais il y avait quelques éléments clefs, certains que j'ai choisis et d'autres pour lesquels on m'a fait plusieurs propositions. Pelata et Moulonguet sont venus très, très vite. Des gens comme Philippe Klein, Bernard Long, Bernard Rey et Dominique Thormann étaient très importants. Les deux membres du conseil, l'un au produit et l'autre aux finances. Avec Klein, quelqu'un qui m'appuyait directement et avec Rey, l'œil sur les achats. Thormann

veillait sur la communication. Bernard Long prenait en charge les ressources humaines, leur dimension internationale, et la gestion des cadres supérieurs dont dépendrait largement le succès de l'entreprise. »

L'arrivée relativement récente de Carlos Ghosn aurait pu être un handicap. Entré chez Renault trois ans auparavant, il ne peut pas prétendre y connaître tout le monde. Mais l'entreprise centenaire se lance dans l'aventure avec enthousiasme.

« L'équipe s'est constituée petit à petit, en fonction des analyses que je faisais à Tokyo, du "feedback" venant des gens de Renault sur ce qu'ils découvraient, des volontaires. Nous avons constitué cette équipe entre mars et juillet. Cela a été très rapide et très efficace parce que Renault a complètement joué le jeu. Ce qui est extraordinaire dans cette entreprise, ce qui fait sa force, et la maison est assez critiquée par ailleurs pour que l'on reconnaisse ses points forts, c'est que dans une situation comme celle-là, tout Renault, sans exception, a vu l'énormité de l'opportunité offerte par Nissan. Il y a eu chez Renault un élan de solidarité, d'enthousiasme. J'avais le sentiment que les gens se disaient : "Nous retroussons nos manches parce qu'il faut aider Ghosn et son équipe." Je n'ai jamais senti une quelconque volonté de préserver son territoire ou des gens qui auraient dit : "Non. Je ne peux pas laisser partir tel ou tel parce qu'il est trop important pour Renault." D'abord, ils étaient convaincus qu'il fallait envoyer ceux dont j'avais besoin, quel que soit le sacrifice pour eux. Ensuite, Louis Schweitzer avait dit très clairement qu'il s'agissait de la priorité stratégique de l'entreprise. Ils ont accepté tout à la fois par conviction et par discipline. Ils savaient que nous pouvions tout perdre dans cette opération et ils ont tous parfaitement joué le jeu. Le mouvement a été unanime. Les propositions venaient de partout. C'est vrai, cela a constitué pour Renault une véritable saignée mais il est tellement évident que cela en valait la peine. »

Le processus de sélection sera double : un petit nombre choisi directement par Carlos Ghosn et les autres, proposés par leur direction ou qui tentent crânement leur chance.

« Il y a eu des candidats spontanés qui se sont enthousiasmés pour ce projet et qui sont venus me dire ou m'ont fait dire qu'ils étaient partants. C'était évidemment pour eux un énorme atout parce que je voulais que les gens partent avec enthousiasme. Je ne voulais pas qu'ils viennent sous la contrainte. Quand ils étaient hésitants, j'abandonnais tout de suite. Je savais que la tâche allait être difficile, que nous allions leur demander beaucoup. L'autre critère de choix était que je voulais des gens ouverts. Quelles que soient la compétence de la personne et sa motivation, si j'avais le moindre soupçon d'une fermeture d'esprit sur le plan culturel, du risque de voir le candidat se comporter en colon au Japon, il était écarté d'office. Je voulais des gens compétents, enthousiastes et ouverts. Capables d'engager un véritable dialogue. De tous ceux qui sont venus, aucun n'a été contraint, aucun n'a été imposé par qui que ce soit. Je les ai tous cooptés, à différents degrés. »

Autre critère : venir de Renault. Il n'y aura aucun recrutement externe. L'entreprise puise dans un vivier de cadres, qui heureusement a été considérablement rajeuni et renforcé au cours de la décennie précédente.

> « Il était indispensable que les gens qui venaient chez Nissan connaissent bien Renault. Établir une première liaison entre les deux entreprises en faisant appel à des personnes qui ne connaissaient pas Renault aurait été voué à l'échec. Cette vingtaine de cadres, qui sont devenus trente au bout du compte, il me paraissait évident qu'ils devaient être des Renault à part entière, connaissant bien l'entreprise, reconnus par Renault comme compétents, ouverts et enthousiastes et voulant vraiment venir au Japon. Je n'ai jamais envisagé d'embaucher quelqu'un de l'extérieur. Jamais. »

Problème familier pour les entreprises à la recherche de volontaires pour l'expatriation : un certain nombre de candidats de valeur resteront sur le quai pour des motifs familiaux.

> « Nous avons eu pas mal de problèmes avec des épouses qui ne voulaient pas quitter la France. Beaucoup de cadres qui auraient été partants ont dû refuser parce que leur conjoint ne pouvait pas abandonner son travail. »

Une fois la liste arrêtée, la direction de Renault va s'efforcer tant bien que mal de préparer l'équipe à ce qui est pour la grande majorité d'entre eux un saut dans l'inconnu. On fait appel, évidemment, au quatuor de ceux qui ont une connaissance du Japon et de sa langue. Il y a là Nathalie Gigandet, qui dirige depuis cinq ans le bureau de représentation de Renault au Japon, et son prédécesseur à ce poste Claude Contet, Philippe Klein et Alain Lehmann. Et le temps presse. Un séminaire de 48 heures, c'est tout ce dont disposeront les néophytes pour se faire une idée de ce pays si lointain, si différent et souvent présenté à l'Ouest comme un mystère impénétrable.

> « Nous avons passé deux jours ensemble à Paris pour souder l'équipe. Nous avions fait venir Serge Airaudi, pour nous parler du Japon. Airaudi nous a décrit le Japon tel qu'il le voyait. Il n'a pas eu la prétention de nous dire ce qu'il fallait faire. Il a partagé une expérience, ce qui était beaucoup plus intéressant et nous a été très utile. Il ne s'est pas comporté en donneur de leçons. Il y en a d'autres qui ont été donneurs de leçons, qui m'ont dit quand je suis arrivé que je devrais faire ceci ou cela. J'étais un peu plus sceptique. »

Le séminaire prend un peu l'allure du dernier briefing d'avant-match dans les vestiaires.

> « À ceux qui sont venus, j'avais indiqué dès le départ qu'il fallait être très motivé parce que cela n'allait pas être une partie de plaisir. Le message était : première-

> ment, aucun d'entre vous ne part au Japon par hasard ; deuxièmement, il faut être motivé à plus de 100 % parce que cela va être dur. Je ne veux pas de colons, je ne veux pas de professeurs, je veux des coachs, des gens qui aident, des "problem solvers" et pas des gens qui posent des problèmes parce que nous n'en avons pas le temps. »

Les départs vers le Japon seront échelonnés tout au long de l'été 1999.

> « Je suis venu le premier, en commençant à faire des aller-retour dès la signature de l'accord. J'étais encore directeur général adjoint de Renault. Pierre-Alain De Smedt (recruté chez SEAT pour remplacer Carlos Ghosn) n'arrivera qu'en septembre 1999. Jusqu'à ma nomination en juin comme directeur général opérationnel de Nissan, je passais une semaine à Tokyo, je rentrais en France, je revenais. Dès que j'ai été nommé, je me suis complètement investi dans Nissan. Il n'y a jamais eu de passage de témoin avec De Smedt. Nous nous sommes vus, nous nous sommes parlé au téléphone mais il n'y a pas eu de période en double commande. La majorité des autres expatriés n'est arrivée au Japon que fin août, début septembre. »

Côté vie quotidienne, Nissan, puisque ces salariés d'un nouveau genre appartiennent désormais à l'entreprise japonaise, fera bien les choses. Les ex-Renault occupent des appartements destinés habituellement à la clientèle internationale des expatriés, vastes et confortables, situés le plus souvent dans le quartier résidentiel d'Ichigaya, non loin du lycée franco-japonais, un établissement déjà bondé où l'arrivée d'une vague importante et inattendue d'élèves nouveaux pose d'ailleurs quelques problèmes d'accueil.

Sur le plan professionnel, l'adaptation est plus difficile. Les entreprises japonaises ne soignent pas particulièrement le cadre de vie des employés qui travaillent dans leurs bureaux. Nissan, qui perd de l'argent depuis des années, a rogné sur les dépenses d'entretien d'un siège social triste et vieillot. Venus d'installations parfois futuristes comme le techno-centre de Guyancourt, à l'ouest de Paris, les « Renault » se retrouvent un peu perdus dans ces vastes bureaux collectifs, au mobilier hors d'âge et où règne le désordre qu'affectionnent manifestement les employés japonais. Nathalie Gigandet abandonne les locaux lumineux de Renault à Kojimachi, d'où la vue embrasse les jardins du Palais impérial, pour une vaste salle partagée avec des dizaines de collègues.

> « Ils ont parfaitement joué le jeu et cela n'a pas été facile parce qu'il n'est pas évident de se retrouver tout d'un coup immergé dans une organisation japonaise, peu lisible, n'ayant pas de bureau particulier, ne parlant pas la langue, ayant perdu toutes vos références, plus ou moins bien accepté. C'est un choc. Je savais que cela serait dur et je suis conscient, aujourd'hui encore, qu'ils en bavent. Mais jamais je n'ai senti de tentation de renoncer. Je savais aussi que cela prendrait du temps avant que les contacts avec l'organisation japonaise

s'établissent. Certains ont réussi mieux que d'autres. Mais de manière générale, l'esprit dans lequel cela s'est passé fut absolument impeccable. Ils ont souffert en silence. Puis petit à petit, avec un coup de main par-ci par-là, ils ont trouvé leurs marques. »

Pourtant, il y aura des états d'âme. D'autant plus que la consigne donnée est stricte : pas question de créer à l'intérieur de Nissan une organisation horizontale qui distinguerait les ex-Renault des autres salariés. Mais pour soutenir le moral des troupes, Carlos Ghosn les réunit de temps en temps, dans un endroit discret, par exemple l'Institut Franco-Japonais, sur la colline d'Ichigaya.

« Ces réunions sont rares, une ou deux fois par an. Je n'ai jamais voulu que nous donnions l'impression d'être le clan des Français. Si le patron de l'entreprise est perçu comme étant quelqu'un qui fait partie d'un clan, il perd beaucoup de sa crédibilité. Je reconnais que cette équipe a fait un travail remarquable et il est normal que de temps en temps je l'appuie. Mais je l'appuie dans le cadre de la performance de l'entreprise. Je reconnais leur mérite, leurs efforts, le fait qu'ils en aient bavé et que cela continue. Je donne beaucoup de crédit à l'équipe Nissan pour avoir remonté l'entreprise mais je dois avouer que sans ce petit noyau d'expatriés, rien n'aurait été possible. Ils ont fait un travail considérable de connexion, d'attention, de doute quand il le fallait, de proposition de solutions. Ils ont essaimé dans l'entreprise, en accomplissant un travail absolument remarquable, globalement. Sans cette petite équipe de gens compétents, ouverts et enthousiastes, je pense qu'une très grande partie de ce que nous avons réalisé n'aurait pas pu se faire. »

Dans ces réunions, il s'agit de laisser parler les cœurs, d'écouter les impatiences. Mais le message est toujours le même. C'est Nissan qui sauvera Nissan. Les gens de Renault sont là pour aider cette entreprise à se retrouver.

« Il aurait été irréaliste de vouloir changer brutalement la culture de Nissan. C'est profondément contraire à la nature humaine. Les gens qui essayent de plaquer un système sur un autre système n'aboutissent qu'à le détruire. Cela peut être une stratégie de détruire l'autre et d'occuper le terrain. C'est la bombe à neutrons. Vous gardez le hardware mais vous détruisez le software. Cela n'a jamais été notre stratégie. Pour faire cela, on aurait pu choisir n'importe qui mais pas moi. Je suis profondément convaincu du contraire. Il faut changer Nissan de l'intérieur. Il faut faire évoluer le système de l'intérieur. Et quand on est Français et que l'on vient au Japon, on n'a aucune chance, zéro, de réussir à bouger le système. Chez moi, il s'agit d'une conviction profonde. Une conviction humaine, doublée d'une conviction professionnelle, confortée par l'expérience d'avoir vécu sur plusieurs continents. Et je le leur avais dit très clairement dès le départ : vous n'êtes pas des missionnaires, vous n'êtes pas venus pour changer le Japon mais pour redresser Nissan, avec les hommes et les femmes de Nissan. C'est à nous de nous intégrer et pas à eux de s'adapter à nous. Ce sont les gens de Nissan qui vont faire la renaissance de l'entreprise et nous, nous sommes là pour les aider. Et tout s'est déroulé selon cette stratégie. Il est évident que certains voudraient que nous allions plus vite, que nous imposions un certain nombre de choses, mais ce serait l'erreur absolue, la faute suprême, le carton rouge. Il y a eu des gens pour penser que nous aurions dû plus souvent taper du poing sur la table. Mais cela n'a jamais résolu aucun problème. J'espère que les résultats montreront que ce qui a été fait n'était pas très loin d'être la seule approche possible. Une approche de construction de ponts, fondée sur la rationalité et en même temps sur l'émotion, essentiellement tournée vers la performance objective et le redéploiement de l'entreprise. Nous ne faisons pas telle ou telle chose pour contenter Renault ou tel ou tel. Nous le faisons parce qu'objectivement, cette entreprise créera plus de richesses dans le cadre de l'alliance avec Renault. C'est une approche de long terme, dans laquelle vous conduisez une entreprise à sa renaissance, vous créez de la richesse, vous valorisez les gens qui contribuent à ce chantier. C'est tellement plus humain. »

Carlos Ghosn, l'ancien élève des Jésuites, de Polytechnique et de l'École des Mines de Paris, porte sur la France et les Français un regard à la fois attentionné et sans complaisance.

> « Il y a dans ce pays beaucoup de générosité, des élans qui sont grandioses. Cela donne ces Jésuites qui partaient en Afrique ou en Asie enseigner le français, laissant derrière eux leur pays, leurs amis, leur famille. La France, c'est ce contraste entre d'un côté le cynisme et l'égoïsme et de l'autre, des élans remarquables, des gens très innovateurs. Nous avons essayé de laisser tout le côté un peu égocentrique ou cynique et de mettre les gens en condition de se dépasser. Et ils l'ont fait. »

Avec le temps, avec surtout l'arrivée des premiers résultats positifs, les difficultés vont s'estomper. Français et Japonais apprennent à communiquer, généralement en anglais, même si les quiproquos et les malentendus ne manquent pas. « Mon nouveau chef est un Français, mon langage corporel ne fonctionne plus », résumera quelques mois plus tard une chanson populaire japonaise. Entre les Français, habitués à serrer chaleureusement les mains et à se donner des tapes sur le dos, et les Japonais, pratiquant la « courbette » en guise de salut, l'ajustement demandera quelque temps. Mais cette alchimie entre les hommes est certainement une des clefs, peut-être la plus importante, du succès de l'Alliance entre Renault et Nissan.

> « Ceux qui sont venus de chez Renault sont de vrais produits de l'Alliance parce qu'ils connaissent aussi bien Nissan que Renault, de même que les Japonais qui sont partis chez Renault font partie des enfants de l'Alliance. Et tous seront très précieux pour l'avenir. »

CHAPITRE ONZE

Auscultation et diagnostic

« Est-ce que je pouvais quantifier la situation de Nissan ? Non. Je connaissais le bilan financier d'après ce que l'on m'avait rapporté de l'examen des chiffres. Mais je n'ai jamais accordé beaucoup d'importance à des chiffres lus dans un document déconnecté des réalités. Je savais que la situation de l'entreprise était grave mais je voulais découvrir de l'intérieur ce qui se cachait derrière ces chiffres. »

Avant de casser sa tirelire pour prendre le contrôle de Nissan, Renault avait procédé aux examens habituels : les comptes avaient été passés au crible dans une opération de « due diligence » pour vérifier, autant que faire se peut, qu'ils ne contenaient ni mauvaises surprises, ni bombes à retardement. Et pendant les quelque huit mois de contacts et d'échanges, les « Renault » ont accumulé collectivement une connaissance empirique de Nissan.

« En mars 1999, je sais que l'entreprise a une performance qui est très mauvaise. J'ai regardé les comptes, les résultats passés et présents, le résultat opérationnel, après impôts, ceux des différentes filiales, les parts de marché. Le panorama qui en ressort est peu reluisant. Par ailleurs, dès lors qu'il y a négociation, vous avez à droite et à gauche des gens qui participent à des discussions avec les Japonais et qui en tirent un certain nombre d'impressions. Mais d'une manière générale, cela relève plutôt d'une somme d'impressions que d'une analyse factuelle et construite. Cela repose sur des faits divers, des anecdotes et le tableau qui en ressort est très confus. Je n'y accorde pas grand crédit. À ce stade, je n'accorde d'importance qu'aux chiffres et aux résultats parce qu'ils traduisent la réalité de l'entreprise, tout en sachant que, vis-à-vis des données qui nous été présentées, il y avait une certaine distanciation, un certain scepticisme. Nous nous demandions si nous n'allions pas trouver encore pire, si ces résultats traduisaient vraiment la situation de Nissan. Mon image de Nissan était plutôt floue. La dégradation saute aux yeux mais ce qui est vraiment à l'origine de cette dégradation, je l'ignore. L'impression qui ressort est très décousue. Je soupçonne des problèmes de management, de stratégie, de précision dans l'action, mais sans plus. »

Sur le papier, Nissan est dans un état critique. Sa part de marché au Japon décline sans interruption depuis 27 ans. Jadis au coude à coude avec le leader Toyota, Nissan vend désormais dans l'archipel deux fois moins de voitures que son rival de Nagoya. Les résultats commerciaux de 1999 vont inspirer un jeu de mots à la presse nipponne : Nissan chute de « ni » (deux) à « san » (trois), déboulonné par Honda du rang de deuxième constructeur automobile japonais. Les usines japonaises du groupe tournent à la moitié de leurs capacités de production. Au cours des huit derniers exercices financiers, l'entreprise s'est retrouvée sept fois dans le rouge. Résultat : la dette opérationnelle (hors financement du crédit accordé aux clients) atteint 2 100 milliards de yens, soit quelque 20 milliards d'euros. Nissan conserve une forte réputation d'ingénierie sérieuse mais ses produits au design insipide sont boudés par les acheteurs. Un seul de ses modèles figure dans le « top ten » des ventes au Japon.

Pour comprendre comment l'entreprise en est arrivée là, Carlos Ghosn va consacrer l'essentiel du printemps 1999 à ausculter Nissan sous toutes les coutures, au Japon, hors du Japon, dans les bureaux, les usines, les centres techniques, les concessions, chez les fournisseurs, auprès des clients. C'est au cours de ces premiers mois que celui qui n'est pas encore le directeur général va hériter d'un nouveau surnom, « Seven Eleven ». Comme dans cette chaîne de supérettes présentes à travers tout l'archipel, ses journées de travail commencent à l'aube et s'achèvent longtemps après le coucher du soleil.

> « Les journées "Seven Eleven" avaient commencé dès le mois d'avril 1999. Cette période a été une période de travail intensif, d'analyse et de synthèse pour définir les grandes lignes du Plan de Renaissance de Nissan. Je

ssais mon temps à rencontrer des gens, à inspecter des usines, à visiter des fournisseurs, au Japon mais aussi au Mexique, aux États-Unis, en Europe, en Thaïlande et dans d'autres pays d'Asie du Sud-Est. J'étais en mission de reconnaissance, avec des passages chez Renault. Ce fut une période d'échauffement. Le programme était bien organisé et me permettait de rencontrer des membres du personnel à différents niveaux de responsabilité. Je me faisais expliquer la situation de l'entreprise : ce qui ne va pas bien, ce qui va bien et que suggérez-vous pour que cela aille mieux ? Je cherchais à obtenir une analyse de la situation qui ne soit pas statique mais qui identifie ce qui pourrait être mieux fait pour améliorer les résultats de l'entreprise. Ce fut une période d'écoute intense, pas passive mais active. Je prenais des notes, j'emportais des documents, avec des chiffrages très précis des différentes situations auxquelles nous avions à faire face et je rédigeais des synthèses personnelles. J'ai dû rencontrer plus d'un millier de personnes au cours de ces trois mois. J'ai le souvenir d'un processus dans lequel, sur la base de centaines d'entrevues et de rencontres, je me suis forgé par petites touches ma propre image de l'entreprise. Et même si je continue à la corriger en permanence, cette première image n'était pas très éloignée de ce que Nissan était. C'est la performance à moyen et long terme qui justifiera cette analyse mais progressivement, je m'aperçois que cette image initiale n'était pas décentrée par rapport à la réalité de l'entreprise. »

Lui-même ancien fournisseur de l'industrie automobile, Carlos Ghosn est convaincu que le regard porté par ces partenaires essentiels sur leur client est souvent le plus perçant : ils sont suffisamment proches pour connaître la réalité, suffisamment distants pour dire les choses telles qu'elles sont pour peu qu'on les y encourage.

> « Tous les fournisseurs que j'ai rencontrés étaient très ouverts. Cela m'a beaucoup frappé. Ils avaient envie de parler à quelqu'un. De parler de leurs relations avec Nissan. Parce qu'ils étaient foncièrement inquiets de la situation de l'entreprise. Ils avaient tout intérêt à ce qu'elle se redresse. Et ils en avaient tellement gros sur le cœur à propos de leur relation avec Nissan que je n'ai eu aucun problème, à tous les niveaux, avec les dirigeants comme avec les gens du terrain. Au Mexique, j'ai eu des réunions avec les antennes locales des fournisseurs installés aux portes de notre usine. Ils m'ont fait une description extrêmement factuelle de ce qui était en train de se passer. Ils ont attiré mon attention sur la fragmentation des fournitures, sur le fait que nos prévisions étaient farfelues. Pour une usine qui fabriquait 200 000 voitures par an, il y avait six fournisseurs de pneumatiques ! Ils ne comprenaient pas notre vision, ne connaissaient pas notre stratégie, nos priorités. Ils se plaignaient du fait que quand Nissan fixait un objectif, il était modifié trois mois plus tard. Ils m'ont fait une description très factuelle et très crue de tous les dysfonctionnements qui se manifestaient dans cette entreprise. Leur discours signifiait : “Vous avez vous-mêmes, chez Nissan, construit votre manque de performance. Compte tenu de la fragmentation des

volumes, du fait que vous n'écoutez pas nos suggestions, que vous voulez souvent imposer vos propres standards au lieu d'accepter ceux de l'industrie même quand ce n'est pas justifié par des impératifs de qualité, dans la mesure où le Japon achète d'un côté, les États-Unis de l'autre, l'Europe du sien, vous vous êtes construit un système inefficace. Et d'une certaine manière, vous avez les fournisseurs que vous méritez." Et ces fournisseurs étaient généralement japonais, nombre d'entre eux filiales de Nissan. Le degré de frustration était tel que je n'ai eu aucun problème à mener un dialogue franc et ouvert, une fois brisé le formalisme des premiers moments. »

Au Japon, la réception d'un visiteur suit un rituel très codifié. Il y a toujours une salle prévue pour cela, y compris dans les usines. Aménagement et décoration immuables, reproduits à l'infini à travers l'archipel : les gros fauteuils et leurs napperons de dentelle, la table basse, l'« œru » (de l'anglais « office lady ») en uniforme qui apporte le thé vert et s'éclipse en silence.

« Ils m'accueillaient comme le directeur opérationnel, en servant le thé et en parlant de la pluie et du beau temps. C'est moi qui brisais la glace en leur disant : "Vous êtes très aimables. Maintenant, parlons des dysfonctionnements. Cette maison a des problèmes." Quand ils ont compris que j'étais réellement ouvert, que je voulais comprendre ce qui n'allait pas, ils se sont mis à parler. J'ai eu des heures de discussions extrêmement intéressantes. J'attribue cette ouverture au fait qu'ils étaient profondément préoccupés par la situation de l'entreprise. Ils redoutaient sans doute un peu les conséquences de tout cela mais ils ont joué parfaitement le jeu. »

Mais c'est au syndicat de Nissan que Carlos Ghosn doit une de ses rencontres les plus marquantes pendant cette phase d'exploration. Comme toutes les grandes entreprises japonaises, Nissan est dotée d'un syndicat « maison », structuré par corps de métier, auquel adhèrent obligatoirement tous les salariés permanents. Le climat social de l'entreprise n'a pas toujours été de tout repos. En 1953, alors que le Japon émerge à peine de l'Occupation américaine qui s'était traduite par une répression antisyndicale et anticommuniste féroce, Nissan est le théâtre d'une grève très dure. Elle durera cinq mois, mobilisera tout le patronat nippon derrière la direction de l'entreprise et se terminera par la défaite des syndicalistes aux sympathies d'extrême gauche. Mais la nouvelle organisation syndicale obtient un pouvoir de cogestion de fait, illustré longtemps par la toute-puissance dans l'entreprise de Ichiro Shioji, le « boss » du syndicat pendant un quart de siècle.

« En juillet, les syndicats ont demandé à me voir. C'était tout de suite après ma nomination en tant que directeur général opérationnel et membre du conseil d'administration de Nissan. Toute l'équipe syndicale de Nissan est venue me voir. Nous avons eu un échange qui s'est très bien déroulé. On m'avait fait du syndicat de Nissan une description préoccupante. Je suis sorti de cet entretien avec une très, très bonne impression parce que nous avons parlé très franchement. L'un d'entre eux m'a dit à la fin de la réunion : "Nous en avons assez des plans, surtout de ceux qui ne réussissent pas, c'est-à-dire tous ceux qui nous ont été présentés jusqu'à maintenant. Cette entreprise saigne. Les salariés sont inquiets. Il faut sortir Nissan du trou. Tant que nous considérerons que vous agissez dans un esprit constructif en tenant compte de nos remarques, de nos observations, nous ne ferons rien pour gêner le processus de renaissance." Ce premier contact avec les syndicalistes m'avait beaucoup réconforté. Ils jouaient leur rôle de syndicat. Ce n'était pas complaisant mais très constructif sur le fond. Cela m'avait beaucoup rassuré, revigoré. Je savais qu'il fallait gagner leur confiance mais qu'ils étaient prêts à l'accorder. Je n'étais pas en face de gens qui m'attendaient au tournant. Ils étaient foncièrement préoccupés par leur entreprise et leur message était que si je démontrais un engagement sérieux à faire renaître Nissan, il n'y aurait pas de leur part de mauvaise surprise. C'était très différent des contacts avec les syndicats dans les autres pays, et cela m'a agréablement surpris. Je n'ai jamais pris à la légère les contacts avec les syndicats. Le syndicat, quand il existe, est important. Il faut l'écouter, expliquer ce que l'on fait, très honnêtement. Mais compte tenu de la description que l'on m'avait faite, ce contact a été pour moi une bouffée d'oxygène. Je me suis dit que nous allions pouvoir travailler avec eux. »

Pendant ces premiers mois, Carlos Ghosn passera en fait beaucoup plus de temps à la base de l'entreprise que dans ses sommets, au quinzième étage du siège de Ginza. En dépit de l'urgence, le calendrier légal de la vie de l'entreprise n'a pas été bouleversé. Il faudra attendre l'assemblée générale des actionnaires, à la fin du mois de juin, pour que Carlos Ghosn, Thierry Moulonguet et Patrick Pelata soient effectivement admis à siéger dans un conseil d'administration renouvelé. Jusqu'à cette date, le futur directeur général opérationnel évolue dans une sorte de vide juridique.

> « Quand je suis arrivé en avril, il y avait encore l'ancien conseil d'administration et l'ancien comité exécutif de Nissan. Je ne participais à aucune des réunions puisque je n'avais aucune fonction officielle. J'avais un contact avec Yoshikazu Hanawa de temps en temps. Il m'avait expliqué qu'il était déjà tombé d'accord avec Louis Schweitzer pour changer le conseil d'administration. Il me consultait sur la composition du futur conseil et du comité exécutif. Mais je n'ai choisi aucune personne dans la nouvelle équipe pour une raison très simple : je ne les connaissais pas. J'avais dit à Hanawa-san que je lui faisais confiance. »

De fait, une des premières conséquences de l'Alliance sera d'imposer au conseil d'administration de Nissan un sévère régime minceur. Le 28 avril 1999, Nissan présente une nouvelle structure de direction. L'effectif du conseil d'administration est divisé par quatre, tombant de 37 à 10 membres. Les conseils d'administration pléthoriques illustraient jusqu'à la caricature tous les travers du management à la japonaise : le conseil ne représente pas les actionnaires, il est l'émanation de la haute bureaucratie de l'entreprise ; on y accède à l'ancienneté, comme on reçoit son bâton de maréchal, pas en fonction de sa capacité à élaborer la stratégie de la société ; l'effectif pléthorique sert de paravent à la toute-puissance du directeur général et du petit noyau qui l'entoure. Toutefois, à la fin des années 90, les notions de gouvernement d'entreprise venues des États-Unis commencent à être prises en compte au Japon et les firmes les plus avancées, comme Sony, ont montré l'exemple en se dotant d'un conseil à effectif restreint.

> « Collectivement, il était difficile de se faire une idée du management de Nissan. Il y avait la barrière de la langue puisque peu d'entre eux maîtrisaient parfaitement l'anglais. Nous découvrions une culture managériale très différente. Pour nous, cela relevait du mystère. Mais je partais du principe que face à une entreprise qui perd des parts de marché depuis plus de vingt ans, qui a accumulé une dette très importante, qui a du mal à dégager des profits, identifier la nature des problèmes ne devait pas être sorcier. »

C'est sur la structure du comité exécutif, le véritable gouvernement de l'entreprise, sinon sur sa composition que Carlos Ghosn va insister.

« J'étais intervenu sur la définition des responsabilités des uns et des autres, pour procéder à des ajustements importants. Notamment, je voulais un vice-président exécutif en charge des achats, qui occuperait une fonction complètement distincte. En étudiant l'itinéraire des uns et des autres, j'ai insisté pour que ce soit Itaru Koeda, sans le connaître personnellement mais en fonction de son profil. Le comité exécutif qui allait devenir mon équipe, ce n'est pas moi qui l'ai choisi. C'est Yoshikazu Hanawa qui l'a composé. Il a tenu compte de mes observations en matière d'organisation mais je n'avais aucun moyen de me faire une opinion sur les personnes. Et en fin de compte, je n'ai changé par la suite que deux membres du comité exécutif. Deux sur neuf, ce n'est pas une hécatombe. Les autres choix étaient très adéquats. »

À la fin du mois de juin 1999, la phase d'auscultation est achevée pour l'essentiel, même si les visites sur le terrain vont se poursuivre tout au long de l'été.

« À l'issue de ces tournées, l'image qui ressort de Nissan est celle de la désarticulation et de la confusion. J'avais senti une grande confusion dans les esprits. Les gens ne comprenaient pas ce qui se passait. Chacun tirait de son côté. Pas de vision, pas de stratégie, pas de priorités, pas d'instruments de mesure. Des territoires, des baronnies. Un corps désarticulé. Manque de cohérence, manque de mise en phase. Les ingénieurs connaissaient le produit, maîtrisaient la technique. Mais cela ne suffit pas. Pour être efficaces, il faut que les compétences s'appuient sur une vision du métier de l'automobile. Cette vision était primaire. Il fallait la reconstituer. Quelles sont les priorités ? Qui fait quoi ? Tout cela était très flou, très vague. Je me suis dit qu'il fallait que je mette de la lumière partout ou qu'il y ait autour de moi des gens qui passent leur temps à mettre de l'éclairage sur les problèmes, afin que chacun y voie clair sur ce qu'il y avait à faire. »

Après l'auscultation, le diagnostic.

Comment un des fleurons de l'industrie nipponne, une entreprise réputée pour ses capacités technologiques, qui avait su faire preuve dans le passé d'une grande créativité, notamment en matière d'innovation technique et de design, avait-elle pu en arriver là ? La réponse ne pouvait pas se trouver dans des généralités sur le déclin économique du Japon après l'explosion de la bulle spéculative des années 80 puisque Toyota et Honda, exerçant le même métier dans le même pays, tiraient très bien leur épingle du jeu. Elle se trouvait sans doute dans l'histoire de Nissan mais l'équipe envoyée par Renault n'était pas là pour faire un travail d'archéologue. Et à l'évidence, il ne fallait pas trop attendre sur ce point du management qui avait présidé au déclin de l'entreprise.

« Honnêtement, je n'ai jamais rencontré dans l'entreprise quelqu'un qui puisse me faire une analyse exhaustive de ce qui s'est passé chez Nissan. Il n'y avait pas un seul endroit où quelqu'un pouvait parler de l'entreprise de manière articulée. Personne ne pouvait me présenter un classement des problèmes par ordre d'importance. Il régnait le chaos le plus évident en matière de management. C'était la cause première des difficultés et dès que vous percevez cela dans une entreprise, vous savez que si les résultats ne sont pas déjà dégradés, cela ne va pas tarder. »

Or, il fallait comprendre et comprendre vite. Louis Schweitzer l'avait dit : « Nous sommes pressés parce que nous sommes petits et que nous ne sommes pas très riches. »

« Qu'est-ce qui a fait que cette entreprise était arrivée à un tel point de décrépitude ? Quelles étaient selon moi les raisons majeures ? En premier lieu, le fait que Nissan n'était pas orientée sur la recherche du profit se voyait comme le nez au milieu de la figure. Le management ne connaissait pas les chiffres, ne connaissait pas les résultats, n'avait pas d'objectifs précisément quantifiés. On vendait des voitures sans savoir si elles faisaient des pertes ou dégageaient des profits. Il n'y avait que quelques personnes qui le savaient au niveau central mais sur la base de données très approximatives. Même si on parlait de rentabilité, ce n'était pas en fonction de cela que l'entreprise était gérée. Quand le profit n'est pas un élément moteur, il ne peut pas être simplement le résultat du hasard. Si vous ne le placez pas au centre de vos préoccupations, vous n'allez pas l'obtenir comme par enchantement. »

Plus tard, quand une analyse précise des coûts sera réalisée, elle donnera des résultats effarants : sur les 43 modèles que Nissan commercialisait en 1999, 4 seulement gagnaient de l'argent ! Sur la March, modèle d'entrée de gamme crucial en matière de volume et de part de marché, la marge négative était supérieure à 15 %.

> « Deuxième raison : on parle du client mais il n'est pas présent dans l'entreprise. Quand nous posions la question de savoir à quelle clientèle était destiné tel ou tel produit, pourquoi le client achèterait une Nissan de préférence à un modèle de la concurrence, toutes ces questions de base dans le métier de constructeur automobile, nous n'obtenions pas de réponse. Il n'y avait pas de processus plan produits qui amenait à réfléchir sur le client, sur le marché. La tendance était de répéter des modèles déjà existants ou de copier ce que faisaient les concurrents. »

À ce jeu, qui consiste à marquer la concurrence « à la culotte », à dupliquer sans vergogne les formules à succès, à multiplier à l'infini les plates-formes et les moteurs, à sortir un nouveau modèle par mois pour alimenter cinq réseaux de distribution, quitte à le retirer très vite de la vente s'il fait un « flop », Toyota est passé maître. En essayant de suivre, Nissan s'est brûlé les ailes.

> « Troisième facteur, l'absence d'un sentiment d'urgence. Quand nous avons commencé à évoquer les

délais, les gens avançaient des temps de réponse qui étaient parfois dix fois supérieurs à ce que j'avais en tête. Nous n'avions pas du tout l'impression d'être dans une maison qui était en feu. La notion de temps n'existait pas. Chaque fois que je posais la question d'un délai, on me répondait un an pour quelque chose qui aurait dû prendre une semaine, trois ans pour quelque chose qui devait se faire dans les trois mois. Le premier choc a été de recaler en interne une notion du temps qui était complètement décalée par rapport à celle que moi-même et l'équipe Renault avions en tête compte tenu de nos expériences précédentes. »

Ici, on ne peut s'empêcher d'établir un parallèle avec le Japon dans son ensemble, en tout cas sa réaction ou plutôt son absence de réaction aux conséquences de l'explosion de la bulle spéculative des années 80. La « décennie perdue » qui s'en est suivie pour l'économie japonaise, dix années de stagnation et de turbulences financières, sanctionnait une incapacité à regarder la réalité en face. Les explications ne manquent pas : la richesse accumulée par le pays qui lui autorise le luxe d'attendre, la paralysie du système politique, la résistance farouche de puissants groupes d'intérêts que le changement de la donne condamnerait. Sans doute aussi, une question de psychologie et de comportement.

« Les Japonais ont la réputation de ne jamais vouloir perdre la face. Admettre que les choses ne vont pas, c'est une sorte de honte. Or, il est impossible de remonter une entreprise sans commencer par établir un diagnostic et par le faire partager au sein de l'entreprise. S'il y a une réticence à faire connaître ce diagnostic, le sens de l'urgence ne peut pas exister. Si vous ne criez pas “Au feu”, mais si vous vous contentez de dire : “Tiens, il fait très chaud et peut-être y a-t-il des flammes quelque part”, cela ne peut pas marcher. Il faut identifier le problème, partager le diagnostic. Quand nous avons évoqué publiquement le fait que certains produits de Nissan n'étaient pas forcément très attractifs, nous avons été critiqués. Les gens ont dit : “Vous ne pouvez pas critiquer vos propres produits.” Pourtant, c'est bien parce que nous avons admis que nous avions une ligne de produits dont certains n'étaient pas attractifs, même si cela a pu avoir un effet négatif à court terme, que nous avons réussi à redresser la barre. Il arrive un moment où vous devez dire : “Je suis malade, je ne suis pas en bonne santé, j'en ai honte, mais je ne pourrai pas guérir si je ne l'admets pas.” Il est impossible de demander aux gens autour de soi de comprendre ce que nous sommes en train de faire s'il y a un refus de partager avec eux cette réalité. Elle est douloureuse mais c'est le seul moyen de pouvoir prendre des antidotes suffisamment forts pour que la maladie soit traitée. On peut débattre sur la manière de procéder mais de manière générale, le fait de ne pas regarder la réalité en face était fatal. »

Enfin, surprise, Carlos Ghosn constate que Nissan a des points communs avec Renault. Malheureusement, ce ne sont pas les bons points.

« Quatrième facteur, un cloisonnement invraisemblable de l'entreprise. Cela ne m'avait pas beaucoup choqué parce que j'avais rencontré le même phénomène chez Renault. Mais dans le cas de Nissan, cela m'avait laissé particulièrement perplexe parce qu'on est toujours frappé par la qualité du travail en équipe qui règne au Japon. Bien que le cloisonnement entre les fonctions soit un problème commun dans l'industrie en général, et dans celle de l'automobile en particulier, je tombais un peu des nues parce que je m'attendais à ce que le Japon sache aussi travailler en équipe de manière transversale. Le cloisonnement et la territorialité ne sont pas plus importants au Japon qu'en France, pas du tout. Mais en France, le travail en équipe n'est vraiment pas la tendance naturelle. Par contre au Japon, il y a une grande aisance à travailler en équipe. Observer chez Nissan cet écart entre la qualité du travail en équipe et la médiocrité du travail transversal était beaucoup plus surprenant qu'en France. »

Ce cloisonnement, cette bureaucratisation de Nissan étaient plus ou moins connus à l'extérieur. On a évoqué l'histoire de l'entreprise, sa naissance sous les auspices de l'État japonais, sa proximité avec le pouvoir, le recrutement de ses dirigeants dans le vivier de l'Université de Tokyo, point commun avec la haute bureaucratie d'État. Des anciens de Nissan ont mentionné le rôle sans doute déterminant de l'ancien directeur général puis président du conseil d'administration Takahashi dans la transformation de l'entreprise en un univers courtelinesque où la paperasserie régnait sans partage. Quoi qu'il en fût des causes, le résultat était désastreux.

> « Nous avions le sentiment que chacun protégeait son territoire, cachait la copie à son voisin. Ce manque de "fonctionnalité croisée" est extrêmement dangereux car lorsque vous êtes dans une entreprise qui ne travaille pas de manière transversale, tout le monde peut être satisfait de sa propre performance, en pensant que les mauvais résultats de l'entreprise incombent aux autres. Les résultats des commerciaux sont catastrophiques mais ils peuvent se dire : "Si seulement on nous fournissait des voitures attractives, on verrait ce qu'on verrait." Les gens du plan produits disent : "Qu'est-ce que vous voulez que nous fassions compte tenu des informations que nous recevons des commerciaux, ces gars-là ne savent pas vendre des voitures ?" Chacun est en droit de se dire que l'entreprise n'en serait pas là si le voisin faisait mieux son travail. »
>
> Enfin, un des aspects les plus déterminants, il n'y avait pas de stratégie. Quand on demandait aux gens ce que serait Nissan dans cinq ans, dans dix ans, ce que la marque Nissan signifiait pour eux, il y avait une absence totale de vision. Il régnait dans l'entreprise un grand sentiment de précarité et un très grand désarroi de voir un grand nom en train de se déliter sans savoir que faire pour renverser ce processus. »

CHAPITRE DOUZE

Sur la planche à dessin

« D'une certaine manière, un plan de reconstruction d'une entreprise est un travail d'ingénieur. C'est comme la construction d'une maison. Il y a des priorités, des étapes, des seuils, des spécifications. On commence par les fondations. Il faut établir un calendrier et un budget. Et bien sûr, il faut des engagements fermes sur les prix et les délais. »

Pour construire ce qui deviendra le Nissan Revival Plan (NRP), le Plan de Renaissance de Nissan, c'est à ce travail que Carlos Ghosn va s'atteler au début de l'été 1999.

« En juin 1999, je me suis retrouvé avec une image beaucoup plus claire que celle que j'avais en mars mais elle n'était pas encore suffisamment précise pour passer à l'action. Pour pouvoir passer à l'action, il me fallait quelque chose de beaucoup plus construit et c'est ce que je vais m'efforcer d'élaborer à partir de fin juin, quand je suis nommé directeur général opérationnel de Nissan. La première réunion du comité exécutif à laquelle j'ai participé s'est tenue au début du mois de juillet et c'est à ce moment-là que nous avons lancé les équipes transverses. »

Les équipes transverses, ou CFT, en anglais encore (« cross functional team »), sont au cœur de la « méthode Ghosn ». Elles sont le produit des années d'expérience accumulées dans le redressement des activités de Michelin au Brésil, dans l'intégration de Michelin et de Uniroyal-Goodrich aux États-Unis, dans l'élaboration du « plan 20 milliards » chez Renault. Beaucoup plus que l'instrument d'élaboration du Plan de Renaissance dans ses moindres détails, les équipes transverses sont aussi la clef de son succès. Parce qu'elles impliquent l'engagement dès le processus d'élaboration de ceux qui seront chargés de le mettre en œuvre.

« Je savais que si j'essayais d'imposer le changement à partir du sommet, j'échouerais. C'est pourquoi j'ai décidé de mettre au centre de l'effort de redressement une batterie d'équipes transverses. J'avais utilisé les CFT dans mes travaux de redressement antérieurs et j'avais constaté qu'elles constituaient un instrument très puissant pour conduire les cadres à regarder au-delà des frontières fonctionnelles ou géographiques qui bornaient leurs responsabilités directes. »

Casser les murs, visibles et surtout invisibles qui font de la collectivité de l'entreprise un assemblage de chapelles, de bastions, de tribus, avec leur propre langage, leurs valeurs, leurs intérêts. Ouvrir en grand portes et fenêtres. Forcer les gens à se parler et à s'écouter, à échanger ce précieux savoir qui est aussi l'essence de leur pouvoir. Plus facile à dire qu'à faire. D'autant plus que Nissan n'en était pas à son premier plan de redressement. Il y avait eu la « Politique de restructuration globale », en juin 1995. Suivie par le « Plan de réforme global de l'activité », en mai 1998.

> « Les plans qui avaient été élaborés auparavant par Nissan étaient essentiellement qualitatifs et j'ai eu moi-même du mal à comprendre ce que l'on voulait faire. Il n'y avait pas de priorités, pas de réglage dans le temps. On n'avait pas mis un nom ou une équipe en face de chaque objectif. Il n'y avait pas eu de communication interne ni de bouclage financier. Il ne suffit pas de proclamer "Je veux faire un produit de qualité" et d'en rester là. Si vous ne définissez pas la qualité, son niveau actuel, l'objectif recherché et le calendrier pour l'améliorer, les organismes qui y travailleront, si le plan n'est pas articulé, divisé en séquences que les acteurs au sein de l'entreprise peuvent s'approprier, il ne se passe rien ou en tout cas pas grand-chose. »

Pour être bien certain que cette fois-ci, il se passera quelque chose, Carlos Ghosn va mettre en place neuf équipes transverses qui vont couvrir tout le champ de la réforme.

> « Équipe numéro un, la croissance, c'est-à-dire nouveaux produits, nouveaux services, nouveaux marchés.

Deux, les achats, qui représentent 60 % des coûts d'un constructeur. Trois, l'outil de production et la logistique. Quatre, la recherche et le développement. Cinq, le commerce et le marketing. Six, les services généraux, qui sont quand même très importants chez Nissan. Sept, les finances. Huit, tout ce qui concerne l'arrivée en fin de vie d'un produit, d'un équipement, d'un service. Neuf, l'organisation et la valeur ajoutée. »

Chaque équipe est structurée de manière comparable. À sa tête, deux leaders, membres du comité exécutif de Nissan (avec rang de directeur général adjoint, DGA, ou EVP, « executive vice-president ») représentant les principales fonctions concernées par le chantier attribué à l'équipe. Ainsi, le DGA chargé des achats se retrouve-t-il en charge non seulement de son domaine propre mais aussi de la recherche-développement, en tandem avec le DGA responsable de l'ingénierie. Autre exemple, le directeur financier et son adjoint conduisent les équipes finances bien sûr mais aussi celles qui se penchent sur les services généraux et l'organisation.

« Pourquoi deux responsables au lieu d'un seul ? Pour éviter que le CFT ait une vision trop limitée de son domaine. C'est ainsi que nous avions décidé que Nobuo Okubo, le DGA en charge de la recherche et développement, et Itaru Koeda, le patron des achats, conduiraient en commun le CFT sur les achats. »

Chaque équipe est dotée d'un pilote, du niveau chef de département compétent dans la fonction la plus directement liée à l'objectif défini : un responsable des achats pour les achats, un responsable de la fabrication quand il s'agit de production et de logistique, etc.

Afin d'éviter que l'échange d'idées soit « écrasé » par la présence des membres du comité exécutif, c'est le pilote qui est responsable du plan de marche et de l'animation des débats. C'est lui la véritable cheville ouvrière de l'équipe transverse.

> « En général, les pilotes étaient des cadres à haut potentiel qui exerçaient des responsabilités sur le terrain et avaient une forte crédibilité à la base. Je me suis impliqué personnellement dans le choix des pilotes parce que j'y voyais une occasion de repérer les futurs dirigeants de Nissan. »

Ensemble, leaders et pilotes vont sélectionner les membres de leur équipe. Les fonctions représentées dans chaque équipe transverse varient entre deux et six. Le CFT « Organisation » réunit ainsi les fonctions plan produits, commercial et marketing, fabrication, ingénierie, finances et achats.

Les équipes sont dotées d'un ou de plusieurs objectifs sur lesquels elles doivent concentrer leurs efforts. L'équipe transverse numéro un a la charge de la « croissance rentable », une notion directement importée de Renault, des opportunités de nouveaux produits, de l'identité de marque et des temps de développement des nouveaux modèles, paramètre essentiel dans l'industrie automobile.

> « Les équipes comprenaient en moyenne dix personnes, des cadres intermédiaires exerçant des responsabilités directes. Dix membres, c'était la condition pour aller vite. Mais pas suffisant pour aller dans le détail de tous les thèmes. C'est pourquoi chaque CFT s'est appuyé sur des cellules, de dix membres également, chargées de se concentrer sur un sujet bien précis. Ainsi, l'équipe transverse dédiée à la fabrication a-t-elle créé quatre cellules qui ont passé en revue les capacités, la productivité, les coûts fixes et les investissements. »

Au total, quelque 500 personnes seront mobilisées par ce travail estival, de juillet à septembre 1999.

> « Pendant les trois mois d'été, je ne suis pas entré en retraite pour essayer de construire le plan. J'ai continué à recevoir un certain nombre de visites. J'ai essayé de mener deux activités de front : l'élaboration du plan avec les réunions des équipes transverses et du management, en traitant également certaines questions en tête à tête de manière à être certain que tout le potentiel de l'entreprise était mobilisé ; et en même temps, j'ai poursuivi plusieurs visites sur le terrain. »

Au sommet de cette pyramide, le directeur général opérationnel se charge personnellement de la synthèse. Il ne s'agit pas d'un exercice scientifique, la simple agrégation de chiffres et d'objectifs. C'est aussi une affaire d'expérience, d'intuition, de « feeling ».

« Je n'ai pas effectué de notation activité par activité, A, B, C, D, E, pas du tout. J'ai commencé par quelque chose qui est très qualitatif et qui est assez subjectif, à savoir l'écoute des gens, ce qui allait bien ou pas bien pour l'entreprise et ce qui pouvait être fait pour qu'elle aille mieux. J'ai essayé de regarder non pas la valeur absolue de la performance de chaque fonction mais quelles étaient les opportunités que chaque fonction avait identifiées pour elle-même ou qui avaient été mentionnées par les autres secteurs. »

Dans ce processus, l'alliance avec Renault va se révéler précieuse. Non seulement parce que le petit groupe d'expatriés français représente un cumul de compétences nouvelles. Mais parce que le partenaire de Billancourt offre dans certains domaines une référence, étalon de mesure, un « benchmark » d'une grande précision.

« Il y a eu quelques mesures objectives, par exemple sur les achats. Nous avons fait une analyse des prix payés pour les pièces par Nissan au Japon et en Europe par rapport à ce que payait Renault, pour des voitures comparables. Un pneu, c'est un pneu. Quand il est de la même dimension, combien coûte-t-il au Japon et en Europe quand il est acheté par Nissan et combien quand l'acheteur est Renault ? Même chose pour une plaquette de frein, la batterie, etc. C'est là que nous nous sommes aperçus qu'il y avait des écarts de 20 à 25 % sur des voitures qui étaient comparables. Il y avait là une mesure objective de la contre-performance. Il fallait ensuite essayer de comprendre pourquoi. Nissan recherchait-il une qualité ou des spécifications supérieures à celles de Renault ? Non. Il n'y avait pas de relation avec l'image de marque ou la performance. En fait, Nissan avait de trop nombreux fournisseurs, chacun recevant des volumes de commandes trop petits pour que les économies d'échelle puissent jouer en leur faveur. L'ingénierie imposait des spécifications qui ne tenaient pas compte des standards en vigueur dans l'industrie et ne répondaient pas nécessairement à une attente spécifique du client. Elle n'écoutait pas ce que disaient les fournisseurs quand ils demandaient si telle ou telle contrainte était bien nécessaire en expliquant que si elle était abandonnée, le coût baisserait sans que la qualité en soit affectée, comme c'était le cas pour tel ou tel concurrent. Tout cela démontrait qu'il n'y avait pas de vision du métier. »

Pour Carlos Ghosn, les équipes transverses ne sont pas seulement des laboratoires d'idées, permettant de mobiliser l'expérience et les compétences des meilleurs éléments de l'entreprise en cassant les barrières structurelles et hiérarchiques. Elles ont un autre mérite : tester la capacité d'acceptation par l'entreprise de bouleversements souvent radicaux des pratiques du passé ou d'objectifs très exigeants en matière de performance.

« Pour le choix des objectifs du NRP, il y avait des éléments qui étaient évidents. Dans le cadre des achats, nous savions que nous avions un différentiel de prix de 20 à 25 % avec Renault et que cela ne se réglerait pas en six mois. Nous avons conduit l'équipe à rehausser de plus en plus l'objectif mais quand nous sommes arrivés à une réduction de 20 % en trois ans, je sentais bien que nous étions à la limite entre la rupture et le réalisme. Ce n'était pas une conclusion scientifique. Cela tenait à l'expérience, au vécu, aux contacts avec les membres de l'équipe pour tenter d'apprécier ce en quoi ils pourraient croire. Il arrive un moment où il faut savoir s'arrêter. J'avais envie d'obtenir au moins 20 % en réduction des coûts des achats. Cela représentait déjà un très bel effort et nous en sommes restés là. »

Le dossier achats illustre parfaitement la logique qui préside à la création des équipes transverses. Dans ce domaine, les décisions finales sont largement déterminées par les choix faits très en amont lors de la conception d'un modèle, dans la définition des milliers de pièces qui entreront dans sa fabrication. C'est pourquoi le patron de l'ingénierie devait être un des deux leaders du CFT achats.

« J'avais suggéré qu'un tiers des économies puisse être obtenu en modifiant les spécifications de l'ingénierie, dont beaucoup étaient plus exigeantes chez Nissan que chez ses concurrents. Au début, les ingénieurs n'en croyaient pas un mot. Mais par le travail de l'équipe transverse, ils se sont prouvé à eux-mêmes qu'ils avaient tort. En fait, ils identifieront eux-mêmes

> une quantité innombrable de modifications qui conduiront à des économies plus substantielles encore que ce que nous avions envisagé. »

La contribution de l'ingénierie au NRP fera d'ailleurs l'objet d'un plan particulier, baptisé « Nissan 333 ». Autre domaine extrêmement sensible, la réduction des capacités de production, c'est-à-dire la fermeture des usines. Dans l'industrie, où que ce soit, ce n'est jamais une décision facile à prendre. Une usine ne se réduit pas aux machines alignées dans des halls de fabrication. C'est avant tout une collectivité humaine, une histoire, un élément essentiel de la communauté qui vit par et autour de l'usine, un lieu autour duquel des quartiers, des villes entières ont été organisés. On l'avait vu à Vilvorde : fermer une usine procédait de la chirurgie lourde, une atteinte, même si c'est pour la bonne cause, à l'intégrité physique d'une entreprise. Dans le Japon de la seconde moitié du XXe siècle, sans doute le modèle le plus achevé de la société industrielle, fermer une usine était pratiquement tabou. Nissan l'avait déjà fait, en 1995, en arrêtant l'assemblage dans le vaste établissement de Zama, à l'ouest de Tokyo. Une décision différée jusqu'à la limite du possible. Un véritable traumatisme. De son côté, Toyota évoquait depuis des années la fermeture d'une usine d'assemblage. Sans passer à l'acte.

> « Dans les usines, nous étions à 50 % d'utilisation des capacités. Remonter à 75 % était un minimum. Diluer la production sur les usines existantes n'était

pas une solution. Il fallait fermer des sites. Nous avons abouti à la fermeture de cinq usines parce que cela créait la structure industrielle qui nous paraissait la plus rationnelle. Pourquoi avons-nous décidé de fermer 10 % des points de vente au Japon, et pas 15 ou 20 % ? Nous avons demandé à l'équipe transverse de nous exposer les situations les plus évidentes en matière de chevauchement géographique et de guerre des prix au sein du réseau. Les premières réponses étaient très timides. Quand nous sommes arrivés à 10 % de fermetures, je me rendais compte que nous commencions à perdre l'adhésion des gens. »

Faire la part du possible et de ce qui ne l'est pas, savoir jusqu'où ne pas aller trop loin. Comme pour une médication, c'était sur la qualité du dosage que reposerait largement le succès du plan.

« La fixation des objectifs tenait compte de plusieurs éléments : des données objectives, du point jusqu'où l'équipe transverse était prête à aller, de la limite entre l'ambition et le réalisme. Si l'objectif est ambitieux mais considéré comme vraiment irréalisable, on détruit la motivation au lieu de la créer. À l'inverse, si les objectifs sont trop conservateurs, il n'y a pas de motivation puisque tout le monde se dit qu'ils seront atteints sans difficulté. Nul besoin de se remettre en cause. C'est très mauvais. Si vous fixez des objectifs auxquels les gens ne croient plus, c'est également mauvais car ils se disent que la cause est perdue, qu'ils n'y arriveront jamais. Il faut être entre les deux mais cela se travaille, de réunion en réunion. Au terme de ce pro-

> cessus de trois mois, nous étions parvenus à dégager des objectifs qui étaient très tendus mais en même temps réalistes. »

Autre dimension essentielle pour la réussite du projet, l'équilibre entre l'apurement du passé et la préparation de l'avenir. Trop d'entreprises malades ont décliné de plan de redressement en plan de redressement, autant d'étapes dans ce qui n'était pas l'amorce d'un renouveau mais une lente agonie. Les salariés de Nissan en avaient fait l'expérience avec des plans successifs dont aucun n'avait réussi à s'attaquer au cœur du problème, la non-compétitivité de l'entreprise, tout en démoralisant le personnel par des mesures dérisoires comme le nettoyage des bureaux une seule fois par mois ou la demande faite à chacun d'acheter ses propres fournitures. Comme si le redressement d'un géant de l'automobile était une affaire de gommes et de crayons !

> « Dès le départ, je savais qu'il y aurait une importante composante réduction des coûts, une composante vente d'actifs ne relevant pas du cœur de métier, mais il fallait à tout prix faire passer de manière sérieuse le message sur la reconstruction des lignes de produits, le réinvestissement dans la technologie, la saisie des opportunités existant sur le marché et que Nissan n'avait pas pu saisir en raison de l'énormité de sa dette. Le plan était axé sur le redéploiement de l'entreprise et les moyens d'y parvenir. Mais au moment de la présentation du plan, ce qui retiendra le plus l'atten-

tion, ce sera le volet réduction des coûts et vente d'actifs. Beaucoup moins tout ce qui concernait l'investissement dans la marque Nissan, le renouvellement du plan produits, la relance technologique et la recherche des opportunités existant sur le marché. Les observateurs savaient bien que cela prendrait du temps et que les résultats ne seraient pas visibles pendant le NRP mais probablement après. Ils sentaient aussi que le dossier le plus épineux concernerait la réduction des coûts et les ventes d'actifs. Parce qu'il s'agissait de remettre en cause le management de l'entreprise et les relations établies avec ses partenaires. C'est bien pourquoi le plan est apparu comme un plan de restructuration plutôt que comme un programme de redéploiement. Ce n'est qu'avec le temps que l'on appréhendera le plan dans toute sa dimension, qui visait le redéploiement de l'entreprise et pas uniquement l'amélioration des résultats sur le court terme. »

C'est le démantèlement du « keiretsu » Nissan, davantage même que les fermetures d'usines, qui va choquer le monde des affaires japonais, la presse et l'opinion publique. Jusqu'à la crise des années 90, le keiretsu était considéré comme un des piliers du modèle économique japonais, au même titre que l'emploi à vie (dans les grandes entreprises). Il insère, enferme d'une certaine manière mais aussi protège l'entreprise au sein d'un réseau de relations d'affaires, financières et humaines stables et permanentes. Ce mode d'organisation n'est pas limité aux très grands noms de l'industrie nipponne, les Mitsubishi, Sumitomo et Mitsui, héritiers directs des « zaibatsu », les conglomérats géants qui incarnaient la puissance industrielle et militaire du Japon jusqu'à la fin de la Seconde Guerre mondiale. Toute entreprise un peu importante est au centre d'un « keiretsu », qui réunit ses banques, notamment la « banque principale », ses filiales, ses fournisseurs, ses clients. Les participations croisées au capital des uns et des autres, les échanges d'information et de personnel, les ventes liées tissent une véritable toile d'araignée qui tient à l'écart concurrents et prédateurs éventuels. Dans le cas de Nissan, pas moins de 1 400 sociétés, pour s'en tenir aux seules participations financières détenues par le constructeur automobile.

> « En ce qui concerne le démantèlement du "keiretsu" Nissan, nous avions annoncé la couleur dès le départ et il n'y avait pas eu de panique. À partir du moment où nous gardions les relations de clientèle, les gens étaient rassurés. Nous avons vendu de manière propre, pas dans n'importe quelles conditions. Nous avons veillé à ce que les nouveaux actionnaires soient des gens qui comprennent la raison d'être des entreprises que nous mettions en vente, qu'ils soient prêts à jouer le jeu. Nous n'avons pas fait de braderie. Ce que nous avons vendu est impressionnant. En milliards de yens, nous avons atteint notre objectif, qui était de 500 milliards de yens. J'avais averti que je ne ferais rien qui nuise au redressement de l'entreprise. Sur ce point, il n'y aurait pas de concession. J'étais prêt à discuter de tout mais je n'accepterais rien qui remettrait en cause ce redressement. Les cartes étaient sur la table

> dès le départ. Les gens se sont aperçu très certaines causes étaient perdues d'avance et que cela ne valait pas le coup d'aller se battre. Le fait qu'il n'y ait pas eu de résistance à l'intérieur de l'entreprise a beaucoup aidé. »

La méthode d'élaboration du plan devait être le gage de son futur succès : ni imposé d'en haut, le « top down » des patrons de droit divin, ni concocté à la base, le « bottom up » qui se traduit souvent par un plus petit dénominateur commun. Mais un mélange des deux approches. Une direction tracée d'une main ferme, mais un débat ouvert sur les moyens d'avancer. Et surtout l'impératif d'aller vite, de ne pas se laisser piéger dans les sables mouvants du « consensus à la japonaise ». Cette idée que l'on ne peut pas avancer tant que tout le monde n'est pas d'accord relève d'ailleurs largement du mythe. Les grandes réussites industrielles du Japon ont été le fait de très fortes personnalités, de patrons ou de cadres qui ne s'embarrassaient guère des conventions, exerçaient souvent un pouvoir autoritaire et savaient parfaitement jouer des rapports de force. Le consensus n'était souvent qu'un habillage. Pour ne pas quitter le secteur de l'automobile, Taiichi Ohno, le véritable inventeur du Toyota Production System, apparaît comme un véritable tyran, génial et colérique, qui terrorisait et parfois même brutalisait ses collaborateurs, dans la description qu'en fait Edwin Reingold, « un maître d'école dictatorial, dur, autoritaire comme on en rencontrait souvent au Japon à cette époque-là ». Progressivement, avec la sclérose progressive et la bureaucratisation de bon nombre d'entreprises japonaises, le consensus est devenu l'excuse permettant à des directions faibles ou incertaines de ne pas décider. Ce n'était évidemment pas la vision que Carlos Ghosn avait du consensus.

> « Dans la vitesse, ce qui est important ce n'est pas tant la vitesse de décision que la vitesse d'exécution. Il faut mesurer la vitesse entre le moment où le problème a été détecté jusqu'au moment où il a été effectivement résolu, non pas celui où la décision d'agir est prise. Quand on sait que les Japonais sont très forts dans la partie exécution et que cette efficacité dépend de la manière dont ils sont convaincus de l'objectif et de la manière de l'atteindre, il faut faire l'effort nécessaire dans la période entre la détection du problème et la décision afin d'aller vite lors de l'exécution. Je n'ai jamais été partisan du consensus mou ou du consensus passif. On se réunit, quelqu'un n'est pas d'accord et on s'arrête là. Je suis partisan ce que j'appelle le consensus actif. Si quelqu'un n'est pas d'accord, on arrête la réunion et on appelle celui qui n'est pas d'accord. Il faut d'abord vérifier qu'il n'y a pas de divergence sur les objectifs, ce qui est en général le cas. Il doit alors offrir une alternative, que je mesure par rapport à l'hypothèse que nous avons avancée. Nous discutons jusqu'à ce que l'un des deux reconnaisse la supériorité de l'approche de l'autre. On ne remet jamais en question les objectifs, jamais. En pratiquant cette méthode, vous cumulez les avantages : consensus actif et garantie de la bonne

décision. Quand quelqu'un n'est pas d'accord, cela vaut la peine d'y consacrer un peu de temps parce que cela peut conduire soit à changer de position, ce qui m'est arrivé, soit à enrichir la décision initiale. La vitesse est fondée sur le consensus actif. Le consensus passif tue la vitesse mais une décision précipitée aussi puisque l'exécution va être très difficile. Le consensus actif permet d'optimiser la prise de décision et l'exécution. Cela demande beaucoup d'intensité, d'engagement. Parce qu'il faut que chacun sache qu'il sera écouté et qu'il a la capacité d'enrichir une décision. »

L'élaboration du NRP répondra à cette méthode et l'absence de résistance manifeste au sein de Nissan fera même l'étonnement des observateurs, pour qui c'était trop beau pour être vrai.

« Cette absence de résistance tenait essentiellement à la démarche du plan. Je n'ai jamais dit : "Ce sera comme ça !" Je me suis assuré qu'il n'y avait pas de contestation sur les objectifs à atteindre et je dois avouer qu'il était difficile d'être contre la réduction de moitié de la dette, le retour aux bénéfices, l'augmentation des investissements ou le renouvellement de la gamme. Par contre, j'étais très ouvert dans le débat sur le comment. Autant les objectifs et le calendrier n'étaient pas discutables, autant la mise en œuvre était très ouverte. Le débat devait avoir lieu avant la prise de décision et ceux qui avaient de bonnes idées étaient priés de les partager avec nous. Avant la décision, tout était possible. Mais il fallait que les idées soient appuyées par des arguments forts. Parce que nos objectifs signifiaient des résultats, pas des intentions. Une fois que les décisions sont prises, c'est terminé. Il peut y avoir des ajustements mais plus de remise en cause. Cela a permis à beaucoup de gens de s'exprimer. À ceux qui s'opposaient aux fermetures d'usine, j'ai demandé comment nous pouvions faire. Je leur ai dit que je ne le ferais pas si on m'offrait une meilleure solution. Le fait qu'il y ait eu une grande ouverture sur les solutions a fait qu'après l'annonce, les gens se sont dit qu'ils n'avaient guère le choix. »

Et sur certains dossiers, il y aura débat. Vigoureux. Certains des équipementiers étaient considérés par les ingénieurs de Nissan comme des actifs stratégiques de l'entreprise : pas de simples fournisseurs mais les détenteurs d'un savoir-faire ou de gisements technologiques essentiels pour l'avenir. C'était notamment le cas de JATCO, un fabricant de transmission dont Nissan était à la fois le premier client et le principal actionnaire et qui avait mis au point une vraie merveille, le CVT, la boîte de vitesses automatique de l'avenir.

« Il y a eu des séances intéressantes au cours desquelles certains ont défendu les intérêts que Nissan avait dans certaines entreprises comme JATCO ou d'autres, et je les ai écoutés. À condition qu'il y ait un plan de redéploiement de JATCO, que l'entreprise réduise ses coûts, reprenne le chemin de la croissance et s'ouvre à d'autres constructeurs, j'étais prêt à ce que nous gardions notre participation. Mais si cela n'était pas fait, nous vendrions. Je ne me suis pas entêté sur des réalisations. Mais j'ai dit que je ne ferais pas de compromis sur les objectifs de retour à la rentabilité, de désendettement, de reconquête des parts de marché. Sur le comment, j'étais prêt à discuter : "Voici mon plan mais si vous m'en présentez un meilleur, je suis partant." La détermination et l'entêtement ne sont pas la même chose. »

En fin de compte, JATCO ne sera pas vendue mais profondément restructurée jusqu'au rapprochement en 2001 avec l'activité transmission de Mitsubishi Motor pour former un des leaders mondiaux du secteur. Il y aura toutefois des moments de grande tension, sur des dossiers particulièrement sensibles, où l'on pouvait toucher du doigt la contre-performance de Nissan.

« Là où il y a eu le plus de résistance, c'est sur le dossier de la réorganisation du réseau commercial au Japon. Nous avons fait des changements considérables mais aujourd'hui encore, je ne considère pas que cela soit un point fort de l'entreprise. Manque de compétence, bureaucratie, poids des liens traditionnels, absence de transparence, de stratégie, pas d'approche analytique, objective. C'était un des secteurs qui étaient les plus sinistrés. »

Un de ceux également où le changement demanderait le plus de temps.

Dossier par dossier, tout au long de l'été 1999, les propositions des équipes transverses remontent vers le comité exécutif, qui se confond désormais avec le conseil d'administration de Nissan, pour être validées.

> « Il y a eu beaucoup de débats mais jamais de discussions après les décisions. Cela, c'est la force du Japon. On peut débattre beaucoup avant mais une fois que la direction est fixée, on avance. La différence entre le Japonais et le Français, c'est que le Français vous dira les choses en face. Au Japon, cela ne se passe pas comme cela. C'est beaucoup plus nuancé. Mais il faut se souvenir que le nombre des administrateurs avait été fortement réduit et le comité exécutif profondément renouvelé. Je me suis retrouvé avec une équipe qui était toute neuve. Les caciques étaient partis. Et cette équipe avait envie que nous réussissions. »

Nous sommes à la fin de l'été. Le Japon baigne encore dans la chaleur humide qui l'enveloppe depuis la fin de la saison des pluies, dans les premières semaines de juillet. C'est un moment poignant, marqué par la fin prochaine des cigales dont le chant strident remplit l'atmosphère. Pour Carlos Ghosn et les dirigeants de Nissan, l'heure des décisions approche.

> « Fin septembre, je me suis construit une image beaucoup plus claire des forces et des faiblesses de l'entreprise, de son potentiel, et je suis prêt à prendre les décisions. En fait, toutes les décisions amenant à la définition du Plan de Renaissance de Nissan ont été prises au cours d'une période relativement courte, une semaine, à la fin de cette période de trois mois. Les

décisions ont été arrêtées fin septembre et il nous a fallu deux semaines pour mettre le paquet en forme, élaborer la communication, préparer le déploiement des objectifs à l'intérieur de l'entreprise, jusqu'à ce fameux jour du 18 octobre 1999, où j'ai annoncé le NRP en disant que nous démarrions le 1er avril 2000. Entre octobre et le 1er avril, nous allions nous préparer, déployer le plan et le top chrono serait donné le 1er avril. »

L'élaboration du plan n'aura pas seulement permis d'ausculter sous toutes les coutures l'entreprise Nissan, d'en éclairer les points faibles, d'en mettre en évidence les points forts. Elle conforte Carlos Ghosn dans la conviction que pour pouvoir, il faut d'abord savoir.

« Aujourd'hui, on se demande pourquoi nombre de patrons japonais sont paralysés devant la nécessité d'agir. Je ne pense pas que c'est parce qu'ils ne veulent pas agir. C'est parce qu'ils ne savent pas comment faire. C'est aussi simple que cela. Cette absence d'une vision stratégique, pas sur un plan théorique, vaporeux, mais ramenée à des choses claires, simples, dotées de priorités, sur lesquelles on se met d'accord ; la manière dont on élabore une vision, comment on transforme une stratégie en plan d'action, comment le plan d'action est divisé en contributions apportées par des milliers de personnes à l'intérieur de l'entreprise, tout cela exige un savoir-faire. Cela ne s'invente pas *ex abrupto*. Quand j'ai procédé au diagnostic, il y a beaucoup de gens dans l'entreprise qui ont été choqués. Cela veut dire qu'ils n'étaient pas vraiment au courant de la situation. Ainsi, quand j'ai indiqué que nous allions réduire le nombre des fournisseurs, ils découvraient un monde tout à fait différent. Cela n'avait jamais été envisagé. Nous entrions dans le détail de mesures à prendre, des perspectives à tracer. Pour prendre une comparaison, le management traditionnel de Nissan était un peu comme un sorcier de tribu indienne qui utilisait une décoction de plantes pour guérir une dysenterie, face à un médecin avec son arsenal de médicaments, d'antibiotiques et une méthodologie scientifique. Nous arrivions avec une boîte à outils complète mais nous avions en face de nous des gens qui ne savaient pas quoi en faire. Ce n'était pas une affaire de résistance au changement. La meilleure preuve en est que lorsque nous avons commencé à utiliser ces outils, c'est parti tout seul. Et je soupçonne que c'est une situation que l'on retrouve dans beaucoup d'entreprises japonaises en difficulté. Et dans le pays lui-même. Certains ne savent pas comment faire. Comme ils ne veulent pas perdre la face, ils se braquent. Cela conduit à cet immobilisme. Il s'agit d'un manque de compétence, de savoir-faire et aussi d'engagement. Mais les choses sont liées. Il est difficile de s'engager sans avoir un minimum de confiance en soi, sans être conscient de ce que l'on recherche. »

Ce qui était en cause, ce n'était pas tant la qualité des hommes que l'environnement dans lequel les plaçait un système de management dont la date limite de validité était dépassée depuis longtemps.

« Je ne dirais pas que le recrutement des cadres de Nissan est en cause dans cette affaire parce que je pense qu'il y a chez Nissan des gens très brillants et très intelligents. Si un avantage compétitif était reconnu à Nissan, il venait du fait qu'étant basée à Tokyo, l'entreprise pouvait attirer les meilleurs cerveaux issus des meilleures universités du pays. Le problème est ce qu'on en fait quand ils rentrent dans l'entreprise. La meilleure personne, avec le plus fort potentiel, ne fera rien si elle n'est pas sollicitée, si on n'est pas exigeant vis-à-vis d'elle, si on ne lui assigne pas des objectifs tendus. Elle va s'étioler progressivement. La plus belle musculature, si elle ne travaille pas, finira par s'atrophier. Nous avons plein de gens talentueux mais qui n'ont jamais été sollicités sur de véritables projets d'entreprise. Quand ils prenaient des initiatives, ils n'intéressaient personne. J'ai rencontré plein de gens qui m'ont dit : “Nous avions déjà évoqué ce problème il y a cinq ou dix ans mais sans obtenir aucune réponse du management, sans que nos idées soient transformées en plan d'action.” Quand il n'y a pas de stratégie forte, partagée, l'entreprise est désarticulée, sans âme, les gens étant laissés à eux-mêmes. »

Tout le pari du renouveau de Nissan tenait en cela : rendre une âme à cette entreprise, faire admettre à cet organisme gravement affaibli qu'il était sérieusement atteint mais néanmoins intrinsèquement assez robuste pour absorber une médecine de cheval et se relever. Le temps des incantations était révolu. Il fallait agir, vite, fort, longtemps, sans que le bras tremble.

> « Prendre conscience du fait que vous avez un problème, ce n'est rien. Établir le diagnostic et le faire partager, c'est très important. Établir un plan qui réponde à cette analyse, c'est encore plus important et puis lorsque vous aurez fait tout cela, vous n'aurez accompli que 5 % du travail. Les 95 % restants sont devant vous, et il s'agit d'exécution. Si on jette un coup d'œil sur les plans antérieurs de Nissan, on en était resté à ces quelques pour cent initiaux. Et en fonction de l'énormité des problèmes auxquels Nissan avait à faire face, ce n'était rien. Et c'est pour cela qu'il n'y a jamais eu de résultats. On administrait une petite piqûre pour soigner une maladie qui était très grave. »

CHAPITRE TREIZE

Thérapie de choc

« Ce sont les faits et les chiffres clefs qui le disent : Nissan va mal. »

18 octobre 1999 : les journalistes de la presse mondiale, ceux de la presse automobile spécialisée et les autres, venus au Japon pour couvrir le Tokyo Motor Show, ont été conviés par Nissan à une avant-première d'un genre un peu particulier. Sur le podium, pas de « concept car » rutilant ou d'hôtesses en minijupe. Ni champagne, ni petits fours. Mais des chiffres, durs ; un diagnostic, sévère, et des engagements, contraignants.

La présentation par Carlos Ghosn du Plan de Renaissance de Nissan inaugure un style de communication tout à fait inhabituel au Japon et qui deviendra un modèle : une salle de réception dans un grand hôtel, de vastes écrans où défileront les « slides » en anglais et en japonais, avec chiffres, courbes et graphiques, l'entrée en scène du directeur général, costume et cravate sombre. Grâce au prompteur qui fait défiler le texte sur deux petits écrans transparents installés face à l'orateur, le débit de la voix est régulier, le ton ferme. Contrairement aux patrons japonais traditionnels qui viennent présenter leurs excuses et essuyer quelques larmes pour annoncer que leur entreprise est à l'article de la mort, l'exercice doit inspirer confiance, transmettre à l'audience la détermination qui anime la nouvelle direction de Nissan. En introduisant Carlos Ghosn, le président de Nissan Yoshikazu Hanawa a affirmé qu'il « n'est pas excessif de dire que cette journée est d'une importance sans précédent pour l'avenir de Nissan ». Et il ne s'agit pas d'une figure de rhétorique !

Pour le bilan, Carlos Ghosn a retenu trois chiffres.

> « Nissan a perdu des parts du marché global de manière continue depuis 1991 : nous détenions 6,6 % du marché mondial à cette date et nous en sommes aujourd'hui à 4,9 %. Notre production annuelle a chuté de 600 000 voitures au cours de cette période. »

En volume, c'est la disparition d'un constructeur spécialiste proche de la taille de Volvo ou de Mercedes.

> « Nissan a du mal depuis 1991 à maintenir sa rentabilité. Sur sept des huit dernières années, y compris nos prévisions pour 1999, nous avons perdu de l'argent. »

En fait, l'année fiscale 1999, qui s'achève le 31 mars 2000, affichera une perte record de 684 milliards de yens (soit plus de 6 milliards de dollars), accentuée par le passage des comptes à la paille de fer par la nouvelle équipe dirigeante. Selon une formule consacrée, on solde le passé pour préparer l'avenir.

> « Nissan a été et demeure une société lourdement endettée. La dette automobile nette, sans compter le financement du crédit à la clientèle, représentait quelque 2 100 milliards de yens à la fin de l'exercice 1998. Au taux de 110 yens pour un dollar, cela fait approximativement 19,4 milliards de dollars. »

Même après l'injection de capital par Renault, qui était intervenue au printemps 1999, le fardeau de la dette reste considérable : 1 400 milliards de yens, 12,6 milliards de dollars, plus de deux fois les fonds propres de Nissan.

En quelques phrases, Carlos Ghosn résume le diagnostic : manque d'attention portée au profit, négligence à l'égard du client, faiblesse du travail transversal dans l'entreprise, absence d'un sentiment d'urgence, pas de vision commune à long terme.

Mais il rappelle aussi les atouts de Nissan.

> « Nissan a établi une présence internationale significative et un déploiement global. Nissan a développé un système de production de classe mondiale ; Nissan est à la pointe de la technologie dans des domaines cruciaux ; Nissan a formé une alliance avec Renault. »

Après avoir expliqué la méthode d'élaboration du plan, le travail des équipes transverses, Carlos Ghosn annonce les projets de Nissan en matière de nouveaux modèles. Une approche résumée dans une sentence :

> « Comme vous le savez, dans une entreprise automobile, il n'y a pas de problème qui ne puisse être résolu par des bons produits. »

22 nouveaux produits seront mis sur le marché sur les 3 années du plan.

Le directeur général passe ensuite en revue l'image de marque, si déficiente qu'elle contraint Nissan à vendre des produits comparables moins cher que ses concurrents, le design, « qui n'a pas toujours été un atout », les temps de développement de nouveaux produits qui devront être réduits de manière significative. Il énumère ensuite les opportunités ouvertes par l'Alliance avec Renault : distribution en Europe, présence en Amérique du Sud.

Honnêtement, ce n'était pas ce que la presse internationale attendait du « cost killer » envoyé par Renault pour redresser Nissan. Où était le sang, où étaient les larmes ? Les voici.

> « Notre objectif est de réduire nos coûts d'achat de 20 % en trois ans. Nous avons trop de fournisseurs. Nous estimons que pour les pièces et matériaux, nous travaillons avec 1 145 groupes. Ils ne seront plus que 600 en 2002. Pour les équipements et les services, le chiffre est de 6 900 fournisseurs. Ils ne seront pas plus de 3 400 en 2002. »

C'est crucial. Les achats pèsent pour 60 % des coûts d'un constructeur automobile. Ils seront traités sur une base mondiale et non plus régionale ou locale. Le plan « Nissan 333 » associera l'ingénierie et la direction des achats de Nissan avec ses fournisseurs pour systématiser les réductions de coûts, revoir les spécifications, généraliser les « meilleures pratiques ».

> « Nos fournisseurs ont une fonction vitale dans notre succès. »

Ceux qui resteront dans le cercle auront davantage de travail, des parts de marché plus importantes, une visibilité à long terme.

> « Nous aiderons ceux qui vont nous aider. »

Deuxième chapitre, les usines. Celles de Nissan sont parmi les meilleures au monde.

> « L'usine de Sunderland (en Angleterre) était ma référence quand j'étais chez Renault. Celle de Smyrna est au sommet en Amérique du Nord. »

Le problème, c'est que Nissan a trop d'usines, surtout au Japon. Dans des conditions normales d'utilisation, les usines japonaises peuvent fabriquer 2 400 000 véhicules par an. En 1999, Nissan n'en produira que 1 280 000. Résultat : le taux d'utilisation des capacités, élément clef de la rentabilité dans une industrie où les investissements sont si gourmands en capital, est de 53 %.

> « Nous avons décidé de réduire de 30 % la capacité actuelle pour la ramener à 1,65 million de véhicules. Avec une prévision prudente d'augmentation de la production au Japon de 5,5 %, soit 1,35 million en 2002, nous serons à un taux d'utilisation de 82 %. Par conséquent, nous allons mettre en œuvre les fermetures d'usine suivantes : pour l'assemblage, l'usine de Murayama, celle de Nissan Shatai à Kyoto, celle de Aichi Kikai à Minato fermeront en mars 2001 ; pour les trains moteurs, les usines de Kurihama et de Kyushu seront fermées en mars 2002. »

Moins d'usines, plus simples. Nissan, qui travaillait au Japon avec 24 plates-formes dans sept usines, n'aura plus que quatre usines utilisant 12 plates-formes en 2004. Pour les trains moteurs (moteur associé à la transmission), le nombre des combinaisons sera réduit d'un tiers en trois ans.

Comme les ouvriers de Nissan, les employés seront mis à contribution.

> « Notre objectif est de réduire de 20 % nos frais généraux, de commercialisation et administratifs, qui sont très élevés comparés à ceux des meilleurs dans l'industrie automobile. »

Autre cible, le réseau commercial au Japon. Les principaux objectifs ?

> « Réduire de 20 % le nombre de nos filiales afin d'insuffler un plus fort esprit d'entreprise dans notre

réseau de distribution. Fermer 10 % de nos points de vente pour réduire les chevauchements territoriaux et la concurrence entre points de vente de Nissan. »

Et maintenant, le bois dur, le « keiretsu » de Nissan.

> « Aujourd'hui, Nissan détient des participations dans 1 394 sociétés, participations supérieures à 20 % dans plus de la moitié d'entre elles. À l'exception de quatre sociétés, aucune de ces participations n'est considérée comme indispensable à notre avenir. »

Le temps des liens historiques, sentimentaux, personnels entre Nissan et ses affiliés est révolu. Point final.

> « Cela signifie que nous allons dénouer la plupart de ces participations strictement en fonction d'une analyse coût/bénéfice. Notre objectif est de libérer le capital investi dans ces actifs non stratégiques pour le consacrer à notre cœur de métier et en même temps réduire notre endettement de manière significative. »

Il faut savoir que Carlos Ghosn avait été indigné, scandalisé n'est pas un mot trop fort, de découvrir que la participation dormante détenue par Nissan dans son concurrent japonais Fuji Heavy Industries, constructeur des voitures Subaru, représentait à peu près l'investissement qui avait manqué pour renouveler en temps voulu la March, modèle d'entrée de gamme critique pour la part de marché et qui restera inchangé pendant plus d'une décennie !

Enfin, la facture sociale, le prix à payer de la gestion antérieure. Nissan, en tenant compte des nouvelles méthodes de consolidation comptables incluant les filiales à plus de 40 %, avait 148 000 salariés dans le monde au moment de la conclusion de l'Alliance avec Renault.

> « Notre prévision d'emploi pour l'année fiscale 2002 est de 127 000 salariés à temps plein. Cela signifie une réduction de 21 000 emplois, soit 14 % de l'effectif total. »

Le couperet tombera sur la fabrication, 4 000 suppressions, le réseau commercial japonais, 6 500 départs, les services généraux et administratifs, 6 000 emplois perdus. 5 000 salariés quitteront Nissan à la faveur de cessions d'actifs. Une exception : la recherche/développement qui va gagner 500 emplois.

Les chiffres sont lourds mais la méthode sera douce, promet Carlos Ghosn. En principe, pas de licenciement sec.

> « La réduction des effectifs se fera par départs naturels, augmentation du temps partiel, diversions d'entreprises et retraites anticipées. Nous procéderons de manière souple, en particulier dans le secteur de la fabrication au Japon. »

En contrepartie de cet effort intense, sans précédent, imposé à un ténor de l'industrie japonaise, Carlos Ghosn prend trois engagements, chiffrés, indexés dans le temps, irrévocables. Ils étalonneront la réussite ou l'échec du Plan de Renaissance de Nissan.

> « Le retour à la rentabilité pour l'exercice 2000. Une marge de profit supérieure à 4,5 % du chiffre d'affaires en 2002. Une réduction de 50 % de la dette par rapport au niveau actuel. »

Tout est dit ou presque. Le ton se fait plus personnel, plus grave.

> « Je sais et je mesure quel effort, quel sacrifice, quelle douleur nous devrons subir pour le succès du Plan de Renaissance de Nissan. Mais croyez-moi, nous n'avons pas le choix et cela en vaudra la peine. Nous avons partagé un rêve : celui d'une entreprise reconstruite et revivifiée, le rêve d'un Nissan inspiré et audacieux en chemin vers une croissance rentable dans une alliance équilibrée avec Renault pour créer un acteur majeur de l'industrie automobile mondiale. Ce rêve est devenu vision avec le Plan de Renaissance de Nissan. Cette vision deviendra une réalité pour autant que chaque employé de Nissan la partage avec nous. »

Le choc de l'annonce faisait partie de la thérapie. Il s'agissait de faire comprendre et admettre, à l'opinion publique externe et surtout interne, que Nissan avait atteint un point de non-retour. La dimension « surprise » était par conséquent un élément essentiel de l'annonce. Sur ce point, les nouveaux dirigeants de Nissan pouvaient être satisfaits.

> « Je sais que la publication du plan a représenté une sorte de tremblement de terre. »

Tout au long de la négociation qui devait conduire à l'Alliance avec Renault, les Français avaient été surpris de constater que les informations et les rumeurs alimentaient un feuilleton quotidien dans les journaux japonais. La confidentialité, pourtant de rigueur dans des opérations de ce type, semblait battue en brèche de manière systématique par des sources à l'intérieur même de Nissan, et manifestement au plus haut niveau. Cela tenait pour une bonne part à la manière dont fonctionnent au Japon les relations entre les autres institutions et la grande presse. Par le biais des « kisha clubs », le gouvernement, le Parlement, les partis politiques, les régions et principales municipalités, les administrations mais aussi les grandes entreprises sont « couverts » par un groupe de correspondants particuliers. En dépit de modestes efforts d'ouverture, ces clubs restent très exclusifs, réservés aux grands médias traditionnels et constituent une barrière à l'accès à l'information pour tous ceux qui n'en sont pas membres, les correspondants étrangers bien sûr mais aussi les tabloïds et les périodiques japonais. Le kisha club est logé à demeure par l'institution qui lui donne sa raison d'être et ses journalistes, qui y passent leurs journées et souvent leurs nuits, entretiennent une relation très étroite avec leur source. Les nombreux adversaires de ce système voient dans ces relations incestueuses entre les pouvoirs de toute sorte et leurs clubs de presse respectifs la racine du conformisme des grands médias japonais. Carlos Ghosn, dûment averti dès son arrivée au Japon, avait décidé que Nissan ne jouerait pas ce jeu-là.

> « La raison pour laquelle il n'y a eu aucune fuite sur le contenu du plan avant sa présentation le 18 octobre 1999, c'est qu'il n'est pas sorti du comité exécutif jusqu'au jour de l'annonce. J'avais fait un effort très particulier dès le mois de septembre pour demander à l'entreprise le silence le plus total sur le plan. Le gouvernement japonais a été informé juste avant la présentation. Même chose pour les syndicats. En temps voulu mais pas avant. Les fuites viennent généralement par tous les contacts que vous devez prendre en avance. Et je voulais à tout prix qu'il n'y ait pas de fuites. Et il n'y en a pas eu. Pourquoi pas de fuites ? Parce que vous ne pouvez pas comprendre le plan si vous ne le voyez pas dans sa totalité. Si le plan avait été diffusé par petits morceaux, "ils vont fermer trois usines, on va réduire de moitié le nombre des fournisseurs, on va vendre des actifs", cela aurait été un désastre. De telles bribes d'information auraient eu pour seul résultat d'effrayer les gens. Pour être rassuré, il fallait voir l'ensemble du paysage. Il fallait à tout prix que la présentation du plan soit faite en une seule fois et qu'elle soit complète, pour donner la

possibilité aux médias, à notre communication interne, à nos partenaires, d'en avoir une vision complète. C'est pourquoi j'avais insisté très fortement sur un strict respect de la confidentialité. Pour l'essentiel, seul le comité exécutif de Nissan connaissait le plan dans sa totalité. »

Les gros titres du 19 octobre, dans la presse mondiale, prouveront que l'effet recherché avait été atteint. La conférence de presse elle-même en avait donné un avant-goût.

« Les médias étrangers ont accordé beaucoup d'attention à ce plan parce que pour la première fois un programme de cette envergure, avec autant de précision, d'engagement, était mis en œuvre au Japon. Quand j'ai annoncé le NRP le 18 octobre 1999, il y a eu des applaudissements dans la salle à la fin de la présentation. J'ai été surpris parce qu'on n'applaudit jamais dans une conférence de presse. Sans doute parce que certains se sont dit que quelqu'un avait le courage de faire tomber toute une série de tabous sur lesquels les entreprises japonaises agonisaient depuis des années. Très vite, j'ai senti que la presse américaine en particulier voulait que le plan réussisse, probablement parce qu'elle y voyait une sorte de “wake-up call”, d'électrochoc, pour le Japon tout entier. Ces journalistes étaient manifestement très contents que cela se produise dans une entreprise aussi exemplaire que Nissan. »

Mais la bataille cruciale pour la réussite du plan était à l'évidence celle de l'opinion publique interne, la plus consciente des problèmes de Nissan mais aussi la plus troublée par des années de promesses de redressement non tenues. Pour frapper les esprits, Carlos Ghosn avait pris un engagement très clair : si l'un quelconque des trois objectifs majeurs, retour à l'équilibre financier, marge d'exploitation ou réduction de la dette, n'était pas atteint à l'heure dite et au niveau fixé, il partirait. Et avec lui, tous les autres membres du comité exécutif.

> « En interne, ce qui a beaucoup marqué les esprits est le fait que je me sois engagé sur les résultats, et avec moi les membres du comité exécutif. En aucun cas, je ne pouvais être directement ou indirectement jugé responsable de l'état de cette entreprise ou complice de la situation antérieure à l'Alliance. Cependant, je mettais mon "job" et mon avenir en ligne au cas où je ne remplirais pas l'un quelconque des trois engagements pris dans le plan. Cela a marqué les esprits. Les gens se sont dit qu'il y avait de la détermination et que comme il s'agissait d'un engagement public, nous ne pourrions pas biaiser. Cela a créé un certain émoi : si en 2000, nous n'étions pas revenus en positif d'une manière claire, je partais et avec moi tous les membres du comité exécutif et quelqu'un d'autre aurait en charge l'avenir de Nissan. Cela a beaucoup marqué les esprits parce que les gens se sont dit : c'est sérieux, il n'y a pas de place pour diluer les mesures, retarder l'application ou ne viser que 80 %

> des objectifs. Il n'y avait pas débat, il fallait que nous réalisions tout ce que nous avions annoncé. »

Autre élément décisif, le chiffrage précis, détaillé, analytique de mesures à prendre et des objectifs à atteindre, qui marquait une vraie rupture avec les pratiques antérieures.

> « Le deuxième facteur important fut que ce plan était, par rapport à toutes les références japonaises antérieures, extrêmement précis, très factuel, quantifié, non seulement pour le niveau de performance visé mais aussi sur les délais. La marge d'interprétation était très limitée. On ne pouvait pas diluer le message. Quand vous annoncez que vous allez fermer cinq usines, avec un calendrier de fermeture, ou 20 % de réduction des coûts d'achat dont 33 % venant de la collaboration avec l'ingénierie, quand tout est quantifié, il n'y a pas de choix : si vous n'êtes pas d'accord, il faut partir. »

Enfin, le personnel de Nissan savait désormais de quoi demain allait être fait. L'horizon était sombre, mais au moins, il y avait un horizon, une ligne vers où avancer.

> « Avant l'annonce du plan, l'inquiétude était partout. Si je prends l'exemple des usines, quand je les avais visitées pendant l'été, l'inquiétude était partout. Les gens voyaient bien que les ateliers ne tournaient pas à pleine capacité, qu'il y avait d'énormes

capacités disponibles, beaucoup de chômage technique. Ils savaient que quelque chose allait se passer. Ils étaient inquiets et priaient pour ne pas faire partie de ceux qui seraient touchés. Quand j'ai annoncé les fermetures d'usine, cela a précisé le risque sur certaines et libéré les autres usines. Cela a nettoyé la mauvaise ambiance qui existait dans l'entreprise. Ceux qui avaient des doutes ont eu des certitudes. Pour certains, malheureusement, la certitude que l'usine fermerait, et pour les autres, la confirmation qu'elle resterait à l'avenir un pôle de production. »

À la lumière des événements de Vilvorde, on imagine ce qu'une annonce équivalente aurait provoqué en Europe : manifestations avec drapeaux rouges, grèves avec occupation, opérations ville morte, montée au créneau des plateaux de télévision de responsables politiques de tous horizons. Rien de tel au Japon. Quand un syndicat minoritaire à direction communiste appellera quelques semaines plus tard à une manifestation dans les rues de Tokyo jusqu'au siège de Ginza, il ne trouvera pratiquement aucun écho dans l'entreprise. Sur les quelques milliers de manifestants, seule une poignée appartenait au personnel de Nissan, au grand dépit des quelques syndicalistes de Renault qui avaient fait le voyage pour témoigner de leur solidarité.

Certes, les autorités japonaises n'ont pas applaudi l'annonce du plan. Dans la classe politique, des voix se feront entendre, sur un ton mesuré, pour s'inquiéter légitimement du sort des travailleurs dont les emplois allaient disparaître. Mais guère plus. Fatalisme, comme on le dit souvent, ou conscience que la réalité ne le cède pas aux discours ?

> « Il n'y a pas eu non plus d'interférence, sous une forme ou sous une autre, de la part de l'administration japonaise. Elle a été d'une grande neutralité et une des raisons pour cela est qu'ils avaient reconnu qu'il y avait une tentative sérieuse pour sortir Nissan du fond du trou. Ils étaient très inquiets de l'impact que la chute de Nissan aurait eu sur l'économie japonaise, sur les communautés locales, sur les fournisseurs, les concessionnaires. »

Les autorités nipponnes, au niveau local comme national, feront savoir qu'elles se tenaient prêtes à aider les familles ou les communautés qui seraient affectées par le plan.

Dans les milieux d'affaires, confrontés souvent aux mêmes difficultés que Nissan, la réponse ira du soutien mesuré à la critique discrète.

Au sein de l'entreprise, même esprit de responsabilité et de discipline. Le débat avait eu lieu. Les décisions avaient été prises.

> « Après l'annonce du plan, il n'y a pas eu de grand débat au sein de Nissan. Il n'y a pas eu d'appel à la résistance ou de tentative de remettre en cause certains éléments. À l'intérieur de Nissan, je ne pense pas que l'on puisse distinguer entre générations, en disant que les jeunes étaient excités et les anciens réservés. Il n'y

a pas eu de résistance parce qu'il n'y avait pas d'alternative. Certains ont estimé que le NRP était tout au plus un résumé des plans précédents mais avec une exécution plus sérieuse. Ce n'est pas vrai. Dans les plans antérieurs, il n'y avait pas un volet digne de ce nom concernant les achats. Pas de stratégie dans la fabrication. Pas de volet produits. Aucune tentative visible de réinvestir dans l'entreprise. Le NRP était complètement différent de ce qui avait précédé. C'était tout à fait nouveau. J'ai eu en face de moi une population, sans doute très limitée au départ, qui était favorable mais qui s'est dit qu'il fallait se retrousser les manches, saisir cette chance de faire revivre Nissan. Et la plus grande partie du personnel qui était sceptique. Mais pas vraiment de résistance frontale. Tout le management du NRP a consisté à réduire cette population sceptique pour qu'elle rejoigne ceux qui étaient enthousiastes, positifs, constructifs. C'est venu avec le temps. Les gens ont basculé petit à petit, en se disant que les résultats arrivaient et qu'ils devaient donner un coup de main. C'est ainsi que l'on entre dans un cercle vertueux. »

En commençant la présentation du plan, Carlos Ghosn avait précisé que l'annonce était faite au même moment aux 148 000 salariés de Nissan, dans les bureaux, les usines, les centres de recherche, les concessions.

« Les membres du comité exécutif vont relayer mon message et diffuser l'information à l'intérieur de

> Nissan, ce qui explique leur absence dans cette salle aujourd'hui. »

Cet engagement, et celui de tout l'encadrement associé à la préparation du NRP, était décisif pour le déploiement du plan dans l'entreprise. Une des décisions les plus importantes avait été de maintenir en place les équipes transverses, dont le nombre était porté de neuf à dix, et la durée de vie prolongée indéfiniment.

> « Il a fallu passer beaucoup de temps à s'assurer que le plan était bien déployé dans l'entreprise. L'annonce a été faite en octobre 1999 mais l'exécution a commencé effectivement le 1er avril 2000. Nous avons évidemment anticipé dans la mise en œuvre mais la date du 1er avril nous laissait le temps de déployer le plan et de nous assurer qu'un maximum de personnes dans l'entreprise connaissaient la contribution qu'ils devaient fournir, leur responsabilité individuelle. Pour ma part, je me suis essentiellement concentré sur le Japon parce que la partie la plus difficile du plan concernait ce pays. Aux États-Unis, il y a eu des réductions d'effectifs dans les services administratifs, le marketing et les ventes. Nous avons fermé les bureaux de New York et de Washington, mais c'était peu de chose en somme. L'essentiel des mesures sévères portait sur le Japon. »

Les critiques les plus virulentes viendront de certains fournisseurs. La réduction de leur nombre de moitié allait mettre en danger un certain nombre d'entreprises, de toute taille. Ainsi, la décision de réduire de cinq à trois seulement le nombre des sidérurgistes japonais travaillant pour Nissan sera-t-elle publiquement mise en cause par l'une des victimes. « Toyota n'agirait jamais d'une telle manière », laissera tomber le directeur général de NKK Yoichi Shimogaichi, conservé parmi les fournisseurs de Nissan mais avec un quota de livraisons réduit de moitié. Il faut toutefois mentionner que la sidérurgie, jadis fleuron de l'industrie nipponne, avait donné jusqu'à présent l'exemple d'un secteur ayant le plus grand mal à s'adapter à un monde nouveau. À la fin du XXe siècle, les hauts-fourneaux nippons étaient toujours théoriquement capables de fabriquer 140 millions de tonnes d'acier alors que la production effective dépassait à peine 80 millions. La prise de conscience viendra tardivement, avec une série de fusions et de rapprochements, au contenu plus ou moins convaincant, annoncés après le changement de millénaire.

> « Initialement, nous avons essuyé des critiques, notamment de la part de certains fournisseurs. Et aussi venant de la presse et des analystes qui estimaient à juste titre qu'un constructeur automobile ne pouvait pas s'aliéner ces partenaires essentiels. Les questions étaient : vont-ils vraiment réaliser ce qu'ils annoncent, dans les délais prévus ? Est-ce qu'ils ne vont pas démoraliser l'entreprise, s'aliéner leurs fournisseurs, avoir des problèmes de qualité ? Pourtant, le choix n'avait jamais été de jouer Nissan contre les fournisseurs mais de définir le système Nissan qui avait des chances de

survie. Nous avons mis sur la table des propositions. Nous leur avons dit : “Nous comprenons que certains d’entre vous ne puissiez pas suivre mais ceux qui nous suivront, ce sera pour le long terme. Nous nous rappellerons que dans les moments difficiles, ils ont su retrousser leurs manches et participer au NRP.” »

Il n’y a guère de doute que le Plan de Renaissance de Nissan représentait pour l’économie japonaise une authentique révolution. Pas dans sa mise en œuvre sociale, qui sera au contraire aussi modérée que possible. Mais par la mise en cause directe de normes établies depuis des décennies et associées, à tort ou à raison, au succès du modèle économique nippon. De tous les tabous enfreints, certains diraient de tous les mythes désacralisés, le plus significatif était sans doute cette idée qu’il ne doit y avoir ni vainqueur, ni vaincu. L’avancement à l’ancienneté, le soutien public illimité aux secteurs ou aux entreprises non compétitifs, une apparence d’égalitarisme dans les relations sociales, tout cela reposait sur l’idée que la performance du Japon était avant tout collective, qu’il ne fallait laisser personne sur le bord du chemin. Carlos Ghosn, au sein même de Nissan, chez ses fournisseurs, ses partenaires, allait désigner des vainqueurs et des vaincus, parce que la survie de l’entreprise était à ce prix.

« Bien sûr, il s’agissait d’une rupture avec cette idée japonaise qu’il ne doit pas y avoir de gagnants et de perdants, que l’entreprise est chargée de la protection sociale. C'était une rupture due au fait que nous étions dans un cul-de-sac. Nissan était en train de sombrer et d'emporter avec lui tous ses fournisseurs. Les dommages auraient été infiniment supérieurs s'il n'y avait pas eu de plan ou s'il n'avait pas réussi. Le groupe allait droit à la catastrophe et le nombre d'emplois menacés aurait été dix fois supérieur, aussi bien en interne qu'à l'extérieur. Nous avons fait des choix. J'ai pris mes responsabilités. On ne peut pas dire qu'il y avait un choix entre le statu quo et le NRP. C'est faux. C'est tromper les gens. Il n'y avait pas de statu quo possible pour Nissan. Le groupe était dans une impasse. Nous étions au bout du rouleau. Il ne faut pas oublier que cette entreprise, avec sa taille, son nom, son histoire, avait été jugée perdue par deux grands constructeurs mondiaux, DaimlerChrysler et Ford. Jac Nasser, le patron de Ford, avait dit : “Nous ne voulons pas gaspiller de l'argent gagné dans la douleur pour payer des dettes souscrites dans l'insouciance.” Les évaluations avaient été faites par des concurrents très sérieux et particulièrement gourmands à cette période, puisque Ford était en train de racheter Volvo et que Daimler venait de reprendre Chrysler avant d'entrer chez Mitsubishi. Ils ont jeté l'éponge, ils ont considéré qu'ils ne pouvaient pas assumer le risque d'une telle opération. »

En mars 1999, comme Carlos Ghosn le répétera plusieurs fois publiquement, « Nissan était à l'article de la mort ». Dans le meilleur des cas, l'entreprise, qui avait déjà dû tirer sur une ligne de crédits publics de 100 milliards de yens accordés par la Japan

Development Bank, aurait été contrainte d'appeler le gouvernement à la rescousse. Comme Chrysler autrefois aux États-Unis. Mais le processus de décision politique au Japon est particulièrement mal armé pour faire face à de telles crises. La faillite des grands magasins Sogo en apportera la démonstration quelques mois plus tard. Et cette défaillance sera suivie par bien d'autres, dans la distribution, l'assurance-vie ou le BTP.

> « Je ne vais pas passer mon temps à spéculer sur ce qui se serait passé à supposer que Schweitzer et Hanawa n'aient pas signé l'accord d'Alliance en mars 1999. Mais imaginez Nissan ensuite. L'appel à l'État, en mars 1999 ? Regardons ce qui s'est passé par la suite pour un certain nombre de grandes entreprises japonaises. Le 31 mars 1999, le statu quo était mort. C'était le succès ou l'échec du NRP. Point final. La suite a montré que Renault était le bon partenaire, que c'était la bonne carte à jouer, le bon plan, parce que les résultats sont venus. Sur le plan social, le fait que Nissan réembauche, réinvestisse, augmente les salaires, démontre qu'il ne s'agissait pas de destruction mais de création. Mais la création passe par la prise en compte de la réalité. »

CHAPITRE QUATORZE

Il faut COM-MU-NI-QUER !

> « Quand je suis arrivé chez Nissan, j'avais à faire face à un manque de crédibilité total. Manque de crédibilité de la marque, manque de crédibilité de l'entreprise et soyons sérieux, manque de crédibilité de l'Alliance. Je crois que c'est Ferdinand Piech, l'ancien patron de Volkswagen, qui avait dit que deux mulets ne font pas un cheval de course. »

Pour le public japonais, Carlos Ghosn, tel que le portrait en avait été dressé par la presse internationale et japonaise, était le « cost killer » (en franglais dans le texte, si l'on ose écrire). Une sorte d'épouvantail, de coupeur de têtes, l'homme de la fermeture de l'usine de Vilvorde. Une réincarnation de l'amiral américain Perry, dont les « bateaux noirs » étaient entrés, au milieu du XIXe siècle, dans l'histoire et la mythologie du pays en le contraignant à ouvrir ses frontières et en précipitant la fin du shogunat.

Le rapprochement avec Renault, comme l'écrira l'éditorialiste du grand quotidien *Asahi Shimbun*, « ne peut s'empêcher de donner l'impression que deux entreprises faibles forment une alliance ». La notoriété de Renault, qui ne vendait pas 3 000 voitures par an dans l'archipel, était au plus bas, le souvenir des exploits de la marque en Formule Un s'étant dissipé depuis longtemps, sauf dans un petit cercle d'initiés.

Néanmoins, le grand public et la presse nipponne avaient réagi avec une surprenante tolérance à l'annonce qu'un fleuron de l'industrie nationale, une entreprise symbole de « Japan incorporated », allait passer sous le contrôle d'un modeste constructeur européen. Il suffit pour l'apprécier de comparer avec le déchaînement de passion chauvine qui avait accueilli en France en 1996 l'offre de reprise par le géant sud-coréen de l'électronique Daewoo du groupe Thomson, pourtant au bord de la faillite. Que la crise asiatique ait ensuite mis Daewoo à genoux et que Thomson Multimédia se soit remarquablement redressé n'enlève rien à la démonstration. Néanmoins, Carlos Ghosn était bien conscient que le mélange de curiosité et de neutralité bienveillante ne durerait qu'un temps, jusqu'à ce que sonne l'heure des décisions douloureuses.

> « La crédibilité, elle repose sur deux piliers. D'abord, la performance. Si vous n'êtes pas performant, vous n'êtes pas crédible. Deuxièmement, la transparence. Même quand vous n'êtes pas performant, la transparence peut parfois vous aider. Côté performance, nous n'avions rien. Une table rase, une page blanche. Nous ne pouvions pas trop compter là-dessus.

La seule chose qui nous restait, c'était de jouer la carte de la transparence. Je me souvenais de l'affaire Perrier. Ils avaient reconnu très vite qu'ils avaient un problème. J'ai un problème, je le traite. Vous avez fait une bêtise, dites-le et opérez vite ! »

Dans les années 90, la célèbre petite bouteille verte d'eau minérale naturelle gazeuse avait été le sujet d'une des premières affaires globales de sécurité alimentaire. À la suite d'une erreur de manipulation dans l'usine de Vergèze, Perrier avait découvert que certains lots contenaient des traces d'un produit légèrement toxique, du benzène. En 48 heures, la firme avait identifié l'origine du problème, communiqué toutes les informations et ordonné le rappel de tous les lots en circulation. Une opération financièrement très coûteuse mais qui aura sans doute sauvé la marque d'un désastre bien plus grave, la perte de confiance des consommateurs. Depuis, l'affaire Perrier est un cas d'école pour l'étude de la communication de crise.

> « Comme il s'agit de quelque chose dont je suis convaincu, j'ai dit dès le départ que nous serions d'une transparence totale. Nous allons parler de nos problèmes et de nos résultats. S'ils sont bons, nous le dirons mais quand ils ne seront pas bons, nous le dirons aussi. Et NRP a été relativement transparent. Nous avons dit ce qui allait mal, ce que nous allions traiter. Il fallait à tout prix rétablir la crédibilité. Il fallait communiquer. »

Pas n'importe comment. Dans les premières semaines suivant la conclusion de l'Alliance, Carlos Ghosn lance une série de rencontres avec la presse. Des briefings, décontractés, par petits groupes, correspondants à Tokyo de la presse internationale d'un côté, journalistes locaux de l'autre. On tombe la veste, le dialogue, en anglais, est ouvert et le plus souvent « on the record ». Pour le dirigeant d'une grande entreprise japonaise, c'est tout à fait hors normes. Le « koho », service de communication de Nissan, a du mal à suivre. Il s'oppose un temps au passage de Carlos Ghosn en direct dans le journal de 10 heures du soir de TV Asahi, animé par Hiroshi Kume, le présentateur le moins conventionnel et le plus populaire du Japon. Motif : il faut donner la priorité à la respectable chaîne publique NHK. Pour la presse magazine, de *Business Week* à *Paris Match* en passant par de nombreuses publications japonaises, le nouveau patron de Nissan ouvrira les portes de son intimité professionnelle et même personnelle. La journée type de Carlos Ghosn, les visites en usine, le petit déjeuner en famille. Certains estiment qu'il en fait peut-être un peu trop. C'est délibéré.

> « Dans une situation de crise, il faut que la communication soit concentrée. On ne peut pas avoir quinze personnes qui parlent en même temps, parce que les tonalités ne sont pas les mêmes. Dès le départ, il était évident qu'il fallait que le capitaine communique et qu'il communique beaucoup sur ce qu'il avait planifié, ce qu'il était en train de faire. Et ça, c'est au capitaine

de le faire. Cela a été un choix, fait pour rétablir la crédibilité de l'entreprise. Certains parlent d'un culte de la personnalité, de mégalomanie. Moi, je répondrais que je suis dans l'activité professionnelle depuis 1978 et que quand j'étais chez Michelin, je ne faisais pas la une des journaux. Ce n'était pas vraiment le style de la maison. Quand j'étais chez Renault, j'étais un peu plus visible mais plus parce que j'avais un profil différent qu'en raison d'une volonté de me mettre en avant. Pour Nissan, je l'ai fait par nécessité. »

La communication ne se limite évidemment pas au côté « people ». Tous les six mois, pour la publication des résultats semestriels et annuels, le « show » Nissan est un modèle de transparence, avec présentation en japonais et en anglais, affichage des courbes et graphiques sur grand écran, présence systématique de Carlos Ghosn. L'entreprise va anticiper ou accompagner toutes les modifications légales ou réglementaires qui interviennent pendant cette période où le Japon se met progressivement aux normes du gouvernement d'entreprise à l'occidentale. Nissan sera ainsi une des toutes premières sociétés cotées à la Bourse de Tokyo à présenter des comptes consolidés, et non pas ceux de la seule maison mère, une méthode utilisée traditionnellement par les groupes nippons pour dissimuler les pertes dans les bilans de leurs innombrables filiales. En octobre, à la date anniversaire de l'annonce du NRP, Carlos Ghosn réunit la presse pour un rapport d'étape. Les bonnes nouvelles, notamment le redressement financier plus rapide que prévu, comme les mauvaises, la poursuite du déclin de la part de marché au Japon, sont mises sur la table. Les formules, celles dont on espère qu'elles feront les titres des journaux du lendemain, sont travaillées. Au « Nissan va mal » d'octobre 1999, succédera le « Nissan est de retour » d'octobre 2000, quand le bilan financier du premier semestre fiscal (avril-septembre 2000) affiche un retournement spectaculaire par rapport aux pertes records de l'exercice précédent. Mais le public professionnel, journalistes, analystes, milieux d'affaires, ne se rend pas facilement à ce travail de communication. En octobre 2000, Carlos Ghosn indique que sa plus mauvaise surprise depuis la publication du NRP a été de constater « à quel point il y avait du scepticisme à l'extérieur de l'entreprise, en dépit de l'évidence du changement ».

À ce stade, la communication sur le personnage de Carlos Ghosn passe indéniablement mieux que le message sur le renouveau de Nissan. Le Japon, qui est coutumier de ces phénomènes d'engouement pour des personnalités en vue (de la princesse Diana lors de sa visite en 1987 au footballeur anglais David Beckham pendant la Coupe du Monde 2002), succombe à la « Ghosn-mania ». « Ghosn-san » fait la une des magazines, devient un « role model » pour un pays en mal de leadership. Père ou mari idéal dans les sondages de la presse féminine, donné en exemple à une classe politique incapable de sortir le pays du marasme économique, Carlos Ghosn atteint la consécration suprême avec la publication d'un « manga » dont il est le héros.

Finalement, c'est à la maison que Carlos Ghosn a le public le plus difficile.

> « Les enfants s'en moquent. Ils disent : "Tiens, Papa est encore à la télé" ou "On a vu ta photo dans le métro". Quand le livre *Renaissance* a été publié au Japon, ils ont demandé à avoir le poster grandeur nature édité pour la promotion, afin de le montrer à leurs amis. Deux jours après, il était à la poubelle. L'aînée a seize ans, donc elle réalise. Pour les autres, qui sont plus jeunes, c'est un jeu. Ils ne réalisent pas vraiment ce qui est en train de se passer. Dans le cas de mon épouse, c'est différent. Elle doit se dire qu'il y a une certaine justice : que j'avais quitté la France et pris un risque important sur le plan de ma carrière. »

Pour l'entreprise, la problématique était évidente. Pourquoi se priver de la notoriété liée à la présence de ce patron inhabituel pour le Japon ? Comment transférer progressivement ce capital à la marque ?

> « Il y a deux communications : celle de Ghosn et celle de Nissan. D'un côté, le personnage, l'histoire, l'individu un peu différent, le livre, le manga, les interviews, le fait que j'aie une façon originale de voir les choses, et bien sûr les résultats. Si vous êtes différent mais que vous n'avez pas de résultats, vous passez pour un "charlot". D'autre part, on ne peut pas dire que je sois impopulaire au sein de l'entreprise. Tout cela crée une familiarité. Le fait que beaucoup de managers à l'extérieur de Nissan retrouvent leurs

préoccupations dans ce que vous êtes en train de dire, le fait que beaucoup de gens établissent un lien entre ce qu'ils vivent et ce que vous vivez, cela crée une familiarité. Nous parlons de choses qui résonnent chez les autres. Je ne suis pas dans un monde à part. Je n'ai pas choisi cette période de l'histoire du Japon. J'y arrive en 1999 et je découvre que nous sommes à un moment où le Japon s'interroge. Tant mieux pour moi. Le Japon ne se serait pas remis en question, j'aurais dû m'y prendre différemment. Cela ne rendait pas la mission impossible mais différente. Il faut adapter sa stratégie aux circonstances. »

Appuyée sur l'amélioration rapide des résultats financiers, la stratégie de communication est payante. Carlos Ghosn et Nissan font la couverture des magazines dans le monde entier, et tout particulièrement aux États-Unis, où les signes que quelque chose finalement change au Japon sont toujours guettés avec avidité. Deux années de suite, en 2000 et 2001, Carlos Ghosn est placé en tête de la « dream team » de l'industrie automobile mondiale par la « bible » de l'industrie, *Automotive News*. Le message de la renaissance de Nissan est porté aux quatre coins de la planète. Dans tous les principaux salons de l'automobile, Detroit, Genève, Tokyo et Paris. Chaque présentation d'un nouveau modèle, et elles vont se succéder à un rythme de plus en plus soutenu à partir du Tokyo Motor Show d'octobre 2001, est une occasion d'enfoncer le clou et d'affirmer la nouvelle identité de marque de Nissan.

Au salon de Tokyo, la mise en scène de la présentation du prototype de la nouvelle génération de la Skyline GT-R, « super car » qui arrivera sur le marché au plus tôt en 2005, semble sortie d'un film de James Bond.

Shiro Nakamura et l'équipe du design ne se limitent pas à dessiner des voitures. Tout le « visuel » de la marque est rénové, des plus petits éléments, bloc-notes ou stylo, aux plus importants, les galeries d'exposition du carrefour de Ginza ou au rez-de-chaussée du siège. Le médaillon Nissan, que les années de crise avaient réduit à la taille minimale, comme si l'entreprise avait eu honte d'être elle-même, revient en force sur les calandres et les capots : costaud, surdimensionné, brillant de tout son chrome.

> « Certains me reprochent de prendre goût à cette occupation du devant de la scène. Le fait est que vous prenez goût à ce que vous avez le sentiment de bien faire. Comme je vois des résultats qui sont positifs, je me dis que c'est bien comme cela. Je le fais parce que j'ai un certain nombre d'objectifs à atteindre et que je m'aperçois qu'ils sont en train de l'être, non pas grâce à, mais avec l'appui d'une communication forte. Avec l'amélioration des résultats de l'entreprise, il est évident que l'intensité de notre communication va être modulée. Mais maintenant que la performance est en train de revenir, je trouverais excellent que nous continuions à être à la fois performants et transparents. »

Pour Carlos Ghosn, l'exercice de communication n'a pas toujours été facile, ni sans risque. Il fallait éviter de tomber dans les pièges tendus par un environnement japonais différent et méconnu. L'épreuve la plus intéressante aura peut-être été la première assemblée générale des actionnaires de Nissan où la nouvelle direction avait à rendre des comptes, au mois de juin 2000. Il n'y a pas qu'au Japon où l'assemblée générale des actionnaires tient beaucoup du rituel. Des personnes souvent âgées, qui ne détiennent de toute façon qu'une très faible minorité des droits de vote, viennent faire leur devoir d'actionnaire... et chercher leur petit cadeau. Mais dans le cas des entreprises nipponnes, l'exercice a longtemps tourné à la caricature en raison du rôle joué par des maîtres chanteurs professionnels, les « sokaiyas ». Jouant du manque de transparence du management japonais, ces groupes, souvent liés à la pègre, se faisaient rétribuer pour étouffer les interrogations des vrais actionnaires ou au contraire, perturbaient l'assemblée si l'entreprise n'avait pas cédé à leur chantage. Tardivement, la rigueur de la loi a dissuadé les dirigeants de céder à ces pressions et pour rendre plus difficile l'intervention des sokaiyas, la quasi-totalité des assemblées générales se tiennent le même jour du mois de juin, sous la protection de la police. Une situation d'ailleurs loin d'être idéale si l'objectif est d'obtenir une meilleure participation des actionnaires à la vie des entreprises.

> « Pour la première assemblée générale d'actionnaires, j'avais été averti qu'il risquait d'y avoir des perturbateurs qui poseraient des questions foncière-

ment provocantes et souvent injustes. On m'avait dit : "Attention à ne pas tomber dans le piège parce que ce qu'ils recherchent, c'est une réaction de votre part. Les questions qu'ils posent ou leur attitude ne feront jamais la une des journaux, mais si vous réagissez d'une manière un peu extrême, il y aura des gros titres." »

Sans surprise, un individu à l'apparence et au langage caractéristiques commencera par reprocher aux trois administrateurs français de ne pas s'être inclinés assez profondément en prenant la place à la tribune. Il monopolisera ensuite la parole pendant près d'une heure, sans que le président de séance, Yoshikazu Hanawa, puisse l'interrompre. Sur le podium, Carlos Ghosn donnait des signes croissants d'impatience.

« Il est vrai que j'étais un peu impatient mais il s'agissait pour moi d'une première. J'ai vu ce qui marchait et ce qui ne marchait pas et nous avons introduit des changements l'année suivante. Yoshikazu Hanawa fait l'introduction et la conclusion et je me charge du bilan et des questions-réponses. Les questions ne sont jamais un problème. Ce qui compte, c'est la manière dont on y répond. En 2001, nous avons changé. Ils ont posé beaucoup de questions provocantes mais nous avions compris le système et nous avons essayé de répondre de la manière la plus constructive possible, même aux provocations. Mais nous avons aussi imposé une limitation des temps d'intervention parce que nous avons reçu des plaintes d'actionnaires qui n'avaient pas pu s'exprimer.

En 2001, j'ai coupé la parole à un intervenant. La salle commençait à s'échauffer. Il s'est d'ailleurs calmé tout de suite et nous sommes passés à autre chose. Il faut dire aussi que les résultats financiers étaient bien meilleurs et que cela facilitait notre travail. »

L'essentiel est cependant ailleurs, dans la communication permanente avec les actionnaires japonais pour les convaincre, eux aussi, de reprendre foi en Nissan.

« Il y a de notre part un effort délibéré d'améliorer la communication, surtout en direction des actionnaires japonais. Cela se fait de différentes manières. D'abord par la transparence, en parlant aux analystes, japonais et étrangers, pour leur expliquer ce que nous sommes en train de faire. Nous utilisons les réseaux de communication de sociétés comme Nomura Securities ou Daiwa. Nous avons une politique très construite de relations avec l'actionnaire de Nissan ou l'actionnaire potentiel. Nous désirons attirer beaucoup plus d'actionnaires japonais. Nous voulons que le titre Nissan soit beaucoup plus populaire au Japon qu'il ne l'est aujourd'hui. Il n'y a pas de raison de se méfier de Nissan. »

Évidemment, la démonstration la plus convaincante vient des chiffres. À cet égard, le parcours boursier du titre Nissan depuis la conclusion de l'Alliance a été un très bon indicateur de l'état de l'opinion publique.

« L'action a baissé après l'annonce du plan. Quand l'Alliance a été signée, l'action était aux environs de

400 yens. Elle est ensuite montée à 550-580, et nous sommes redescendus à 360 après l'annonce du NRP. Pourquoi ? Non pas parce que les analystes contestaient le plan mais parce qu'ils pensaient que nous ne le réaliserions pas, que nous n'atteindrions pas les objectifs dans les délais prévus. Comme j'avais annoncé que je partirais si les engagements n'étaient pas tenus, ils se sont dit que ce n'était pas le moment de se porter sur Nissan. Comme nous avions également dit que nous allions dénouer les participations croisées, c'est-à-dire vendre les actions que nous possédions dans d'autres entreprises, les analystes se sont dit que ces sociétés allaient à leur tour céder leurs actions Nissan et que cela déprimerait le titre. Le 1er avril 2000, nous étions à 410. Mi-2003, nous avons dépassé 1 200 yens sur un marché qui dans le même temps a baissé de 50 %. Il n'y a rien qui résiste à la performance. C'est ce qui fait la vie des entreprises. »

Cependant, pour rétablir durablement la confiance dans une marque et une entreprise éprouvées par des années de déclin, il est tout à fait essentiel de continuer à fournir des repères précis, des engagements chiffrés, des objectifs datés, à l'opinion « interne » comme au grand public. Les deux dimensions sont inséparables. Un des principes élémentaires de la communication d'entreprise consiste à se souvenir que les salariés sont aussi des citoyens, des lecteurs de journaux, des téléspectateurs. Autrement dit, la construction de l'image publique de l'entreprise est une dimension de la mobilisation interne. Et l'image que s'en fait le grand public est aussi le reflet de son évolution interne. Dans une société ouverte, il n'y a pas de barrière infranchissable, de muraille de Chine entre le « dedans » et le « dehors ».

> « Le fil conducteur de tout ce que j'ai fait est la motivation du personnel. Et on retrouve cela dans toutes les actions qui ont été menées. Comment faire fructifier le capital humain dans Nissan et comment faire croître la motivation, en partant d'un point bas qui est l'annonce du NRP le 18 octobre 1999 ? À partir de là, comment remonter la pente ? Le redressement de l'entreprise passe par la motivation du personnel et donc, observer de près, mesurer autant que possible tout ce qui renforce cette motivation était une priorité. Il y a eu les incitations financières, il y a eu les distinctions, les promotions, les négociations avec les syndicats. Mais il y a eu surtout la présentation d'une vision de l'entreprise qui était tout à fait différente. Voilà ce que nous serons dans deux ans, dans cinq ans, si nous atteignons nos objectifs. »

Pour Carlos Ghosn, il ne faut toutefois jamais perdre de vue que c'est le public qui détient la réponse à la question : qu'est-ce que Nissan ?

> « En général, la perception d'une entreprise, seul le public peut la donner. L'entreprise peut définir un cap, indiquer ce qu'elle veut devenir. Il s'agit d'un modèle, d'un absolu, dont je sais que je ne l'atteindrai jamais mais vers quoi je vais tendre. Il ne s'agit pas de l'image de l'entreprise mais de votre propre idée de ce qu'elle

devrait être idéalement. Les gens regardent l'entreprise de l'extérieur et vous regardent. Ils ne connaissent pas votre vision. Ils observent vos produits, votre personnalité et ils répondent : "Nissan, c'est ceci" ou "Honda, c'est cela". Le rétablissement de l'image de la marque et de l'entreprise consiste en plusieurs choses : d'abord définir un idéal, orienter l'entreprise de façon que toutes les décisions prises aillent dans ce sens. Une fois que cela a été fait, le public ou les clients qui observent l'entreprise, regardent ses publicités, écoutent ses messages, utilisent ses services, rencontrent ses commerciaux, achètent ses produits, vous renvoient l'image de votre idéal tel qu'ils le perçoivent. C'est pourquoi il est absurde d'affirmer : "Nissan, nous sommes cela." Tout ce que vous pouvez dire est : "Voilà ce que je veux être." C'est exactement ce qui est en train de se passer aujourd'hui. Nous n'avons jamais dit que nous voulions être perçus de telle ou telle manière. Nous travaillons dans cette direction, mais c'est le public qui décide et nous observons l'évolution de notre image de marque aux yeux du public, et plus particulièrement du public japonais. »

Et cette évolution a reflété fidèlement, progressivement, le redressement financier de Nissan, la sortie de nouveaux modèles de plus en plus représentatifs de la nouvelle personnalité de la marque, le retour des investissements et des embauches, la stabilisation puis la remontée de la part de marché, tout cela souligné par des campagnes d'image et de publicité percutantes. Les enquêtes d'opinion au Japon témoignent du rapprochement entre l'idéal poursuivi par l'entreprise et l'image que s'en fait désormais le grand public. Le numéro de janvier 2002 de *Nikkei Business*, publication périodique du grand quotidien de l'économie, publie l'enquête annuelle qui pose à 900 chefs d'entreprise la question de savoir quelle est leur image du leader du Japon. Carlos Ghosn arrivait largement en tête, avec 450 votes, suivi à bonne distance par le patron de Sony, avec 250. Hiroshi Okuda, le président de Toyota et aujourd'hui « patron des patrons » japonais, n'arrivait qu'en quatrième ou cinquième position. Dans le numéro de février, l'enquête portait sur l'image des entreprises elles-mêmes et celle de Nissan affichait la plus forte progression au cours de l'année 2001, selon toute une série de critères : capacité à se transformer, écoute des clients, rentabilité, etc. En septembre 2002, le gouvernement japonais se ralliera officiellement à ce verdict populaire en faisant de Carlos Ghosn le premier lauréat d'un nouveau prix récompensant la restructuration d'une entreprise, une action désormais identifiée comme vitale pour l'avenir du pays.

CHAPITRE QUINZE

Dessiner, développer, financer, vendre

« J'ai annoncé le choix de Shiro Nakamura le 18 octobre 1999, au moment de la présentation du plan, et il a rejoint l'entreprise le lendemain. »

Dans l'aventure du redressement de Nissan, Shiro Nakamura est l'exception qui confirme la règle. La règle était que le renouveau de Nissan serait l'œuvre des hommes et des femmes de Nissan, avec l'aide des « Renault ». Mais le design posait un problème particulier. L'Alliance n'était pas une fusion. Son succès dépendrait de manière critique de la capacité de Renault et de Nissan à préserver et renforcer leurs identités de marque respectives. Et dans l'automobile, plus que dans toute autre industrie, à l'exception du luxe, l'image de la marque est fonction du design de ses produits. Celui de Nissan ne pouvait pas, ne devait pas devenir ou être perçu comme un décalque de ce que faisait Renault. D'autant plus que, sous l'influence de son directeur Patrick Le Quément, le design de Renault s'était doté d'une personnalité exceptionnellement forte. Et pourtant, il suffisait de fréquenter les show-rooms de Nissan, de chercher à identifier ses modèles dans la rue pour comprendre que, dans ce domaine, rien de moins qu'une révolution s'imposait.

> « Nous nous sommes aperçu très vite, dès les premières semaines, qu'il fallait apporter du sang neuf au niveau du design. Dans ce domaine, Nissan avait deux problèmes. Premièrement, le design dépendait du patron de l'ingénierie. C'était une absurdité. Il fallait couper le cordon ombilical. C'était un problème d'organisation : le design a été détaché de l'ingénierie et ramené sous la houlette de Patrick Pelata, responsable de la planification des produits. Nous aurions pu embaucher les créatifs les plus talentueux mais s'ils restaient sous la coupe des techniciens, je ne suis pas certain que nous aurions vu autant d'imagination et d'audace au niveau du design. Deux, il fallait trouver quelqu'un qui symbolise le renouveau, qui ait travaillé à l'extérieur de l'entreprise et qui ait suffisamment confiance en lui-même, qui ait une vision internationale. Il fallait qu'il soit capable de redonner confiance aux équipes et qu'il ne soit pas marqué par ce passé d'inféodation à l'ingénierie. Nous en avions parlé avec Patrick Le Quément et il avait participé à la recherche par l'intermédiaire d'un chasseur de têtes basé aux États-Unis. Cette recherche s'est accélérée en juillet-août 1999, alors que nous avions déjà démarré la construction du plan. Le chasseur de têtes avait sélectionné un certain nombre de candidats. J'avais laissé Pelata, Le Quément et d'autres collaborateurs faire la présélection et ils étaient revenus avec deux

noms, deux Japonais, dont celui de Nakamura. Je les ai vus tous les deux et j'ai opté pour Nakamura. »

Fines lunettes cerclées, moustache et barbiche, immanquablement vêtu de noir, la couleur préférée des designers... et des Japonais, Shiro Nakamura travaillait pour Isuzu Motors, un constructeur japonais passé sous l'aile de General Motors. Isuzu est un spécialiste des véhicules tout-terrain et Shiro Nakamura s'était fait remarquer par un style viril, musculeux. Qui en tous les cas ne laissait pas indifférent. Pour les 400 designers de Nissan, l'arrivée de cet « outsider » japonais, venu d'un modeste constructeur comme Isuzu, fut un choc. Presque une humiliation.

« Ils auraient peut-être mieux accepté un Américain ou un Français mais avec l'inconvénient que cette personne se serait vu reprocher de ne pas comprendre le Japon, de ne pas pouvoir communiquer. Pour ce poste un outsider japonais c'était le meilleur choix. C'est aussi vrai pour d'autres fonctions, y compris la mienne. Pour conduire le changement que j'ai engagé, la meilleure solution aurait été d'avoir un outsider japonais qui aurait eu une bonne expérience industrielle, une bonne ouverture d'esprit et qui aurait travaillé dans plusieurs pays. Mais si on ne pouvait pas avoir un outsider japonais, il valait mieux un étranger. »

« On me demande toujours si le fait d'être un étranger est un avantage. Pas du tout. Le fait d'être japonais aurait été un atout. Mais un Japonais avec une

> vision globale et qui ait une très bonne expérience de l'industrie. Le facteur le plus important, c'est d'être un outsider. De venir de l'extérieur, de ne pas avoir été "mouillé" dans tout ce qui a pu se passer dans l'entreprise, d'avoir une crédibilité que quelqu'un de l'intérieur aurait pu difficilement avoir. »

En arrivant au Japon, une des premières intuitions de Carlos Ghosn avait été de faire revivre la « Z ». La Datsun 240-Z n'était pas une voiture, c'était une légende. Surnommée « la Jaguar-E du pauvre », ce coupé sportif, nerveux et économique, avait fait un triomphe, notamment aux États-Unis. Elle sera vendue à plus d'un million d'exemplaires, un record du monde pour une voiture de sport. Mais la Z, désormais Nissan 300-ZX, avait vieilli sans grâce : trop lourde, trop chère, trop sophistiquée. Elle méritait si mal son nom au Japon de « Fairlady » (la belle dame) qu'en 1996 Nissan à court d'argent mettait fin à une aventure lancée dans les années 60. Aucune décision peut-être n'illustrait mieux le déclin du constructeur japonais. Pour Carlos Ghosn, une nouvelle Z devait symboliser le « come-back » de Nissan. Aux États-Unis, il avait pu mesurer l'attachement et la nostalgie des nombreux « fan clubs » pour la 240-Z, un capital émotionnel ô combien précieux pour une marque dévaluée. C'est Patrick Le Quément qui rappelle que le design de Nissan avait été jadis un des plus innovants au monde, imposant par exemple le pavillon en arc de cercle qui allait devenir la signature des modèles Audi. Recréer la Z, c'était retrouver la signature génétique de Nissan, son ADN.

Dans l'automobile, la tradition et le bon sens veulent que la décision finale sur le choix d'un design soit demandée au patron de l'entreprise. Tout simplement parce qu'aucun choix ne pèse aussi lourd dans le succès ou l'échec commercial d'un véhicule. Et qu'aucun constructeur ne peut résister à un échec répété de ses produits.

> « Dans le cas de Nissan, celui qui faisait le choix final du design d'un modèle était, dans le meilleur des cas, le patron de l'ingénierie. Maintenant, c'est moi. J'ai été la première personne à établir des réunions du comité exécutif sur les pistes d'essai pour tester les voitures des concurrents. Avant cela, les membres du comité exécutif ne conduisaient pas les voitures des concurrents. Il était évident qu'il n'y avait pas de culture du produit au sommet de l'entreprise. »

Ce n'était pas tant la formation des hommes qui était en cause, même si on peut rêver mieux que l'Université de Tokyo, pépinière de la haute administration japonaise, pour former des « créateurs d'automobiles ». Dans toute entreprise, le chemin qui conduit au sommet dépend de l'histoire, de la tradition, de la personnalité de l'entreprise. Chez Honda, pas d'erreur possible, ce sont les ingénieurs qui dirigent. Au Japon, étant donné le faible poids de l'actionnaire dans les principales sociétés cotées, le management est sélectionné par cooptation. Au côté de l'ancienneté, la vie politique interne, le jeu des réseaux et des allégeances, les services rendus comptent souvent plus que la connaissance du produit ou la contribution à la performance de l'entreprise.

> « Les patrons de Nissan sont souvent venus du service du personnel. Connaître les hommes, gérer les positions et les influences, je veux bien que ce soit important. Mais si vous ne connaissez pas la motorisation, si vous ne savez pas comment on construit une voiture, quels en sont les caractéristiques techniques, les temps de développement, l'ordre des priorités, cela ne peut pas marcher et certainement pas en période de crise. »

Le design n'était pas le seul domaine où Nissan avait besoin d'une révolution culturelle. Comme on l'imagine facilement d'une entreprise au bord de la faillite, la gestion financière laissait beaucoup à désirer.

> « Il n'y avait pas de directeur financier chez Nissan jusqu'en 1996. Et quand il a été nommé, il n'avait pas l'expérience nécessaire ou même les informations indispensables, mais c'est à lui néanmoins que revenait la définition du budget et des objectifs. Il devait faire un travail qui revient au patron de l'entreprise mais sans avoir la connaissance ou le pouvoir nécessaires. »

Cette indifférence à la fonction financière peut sembler paradoxale. L'automobile est extraordinairement gourmande en capital. Une unité d'assemblage de dimension optimale, capable de produire 250 000 véhicules par an, coûte plus d'un milliard de dollars. Le développement d'un modèle entièrement nouveau, plusieurs centaines de millions de dollars. Mais dans le modèle de croissance du Japon entre 1950 et 1990, le coût de l'argent était une variable mineure. Toute l'énorme épargne du pays était canalisée vers les entreprises par les banques, à des taux généralement très bas. La discipline des marchés de capitaux, imposant une certaine rentabilité du capital investi, faisait défaut. Tant que la croissance était là, le système pouvait se perpétuer.

> « Il est vrai que les gens ne se comportaient pas du tout vis-à-vis de l'argent comme s'il s'agissait d'une ressource rare et coûteuse. L'argent n'avait jamais manqué et ne coûtait rien, parce que les taux d'intérêt étaient très bas. Comment voulez-vous provoquer au sein de l'entreprise une préoccupation quelconque vis-à-vis de l'argent à partir du moment où ce n'était pas une ressource rare ? Si j'avais besoin d'argent, j'allais m'approvisionner auprès de ma banque qui de plus était mon principal actionnaire. C'est à partir du moment où l'octroi des crédits a commencé à être resserré qu'il a fallu se poser des questions. Il n'y avait plus de crédit alors que l'entreprise ne pouvait pas s'en passer pour fonctionner. Ce n'est pas le coût de l'argent qui a marqué les limites du système. C'est le fait que l'argent, à n'importe quel coût, n'était plus disponible.

Tout d'un coup, on a réalisé qu'il y avait une limite à cette ressource, d'où une situation de panique. »

Assainir les finances de Nissan était par conséquent une priorité. L'injection de capital fournie par Renault et la cession sans compromis de tous les actifs non stratégiques en étaient les dimensions les plus visibles. Mais il fallait aussi doter l'entreprise d'une structure financière adaptée à son nouvel environnement : le démantèlement du « keiretsu », la remise en cause des liens historiques avec les banques du groupe, IBJ et Fuji, l'appel aux marchés. Ce sera le travail de Thierry Moulonguet, promu très rapidement directeur financier, et de son équipe. La première décision consistera à centraliser à Tokyo toutes les fonctions financières qui avaient été déléguées aux régions, avec des conséquences parfois dramatiques.

« Ce qui coûtait le plus cher à Nissan n'était pas la dette souscrite au Japon, où encore une fois les taux d'intérêt étaient très bas, mais l'endettement contracté aux États-Unis, au Mexique, en Europe, en Asie du Sud-Est, où l'entreprise payait des agios significatifs. Parmi les objectifs que j'avais assignés aux financiers dès le départ, il y avait le rapatriement de toute la dette au Japon. Aujourd'hui, il n'y a plus que l'Europe qui a encore quelques dettes liées à des emprunts à long terme, mais les États-Unis, le Mexique, l'Afrique du Sud, toute l'Asie et les autres opérations sont déjà à zéro dette. Quand je suis arrivé, il y avait un endettement au Mexique. S'il y avait un pays où il ne fallait pas s'endetter, c'était bien le Mexique, avec des taux d'intérêt très élevés et des évolutions du peso par rapport au dollar qui vous faisaient prendre un bouillon à chaque fluctuation. »

En fait, Nissan apportait une nouvelle fois la démonstration que dans une entreprise désarticulée, bureaucratie et anarchie peuvent faire bon ménage. L'absence de contrôle du siège de Tokyo sur le fonctionnement des finances s'était traduite en Amérique du Nord par une politique de financement du crédit aux clients absolument ruineuse. Bilan : plus d'un milliard de dollars de pertes. Et le problème ne se limitait pas aux conséquences financières.

« Les États-Unis étaient pour Nissan le marché le plus important hors Japon et j'y étais assez présent dès le départ. Je me suis aperçu très vite que le fait d'avoir un président Amérique était plus un obstacle qu'un atout. Et c'était pareil en Europe. Il s'agissait de positions qui ralentissaient le changement dans l'entreprise au lieu de l'accélérer. Dans une entreprise sur le déclin, il y a toujours des endroits qui sont plus atteints que d'autres. Dans le gris, il y a plusieurs nuances. Le Japon était l'endroit où la crise était la plus importante, avec les résultats les plus dégradés. Notre organisation européenne était aussi très dégradée. Et puis, il y avait les États-Unis, qui étaient plutôt meilleurs. Mais ils enregistraient quand même des résultats très médiocres, compte tenu de ce qu'était le potentiel. Le premier objectif a été de dire aux Américains : "Ne vous comparez ni aux Européens, ni aux Japonais mais par rapport à votre potentiel." Vous êtes très loin du potentiel. En conséquence, une de mes toutes premières décisions a été de supprimer les deux présidences régionales. Elles ont été remplacées par une équipe régionale de quatre personnes, formée par le patron du commerce, celui de la recherche et du développement, le responsable de la fabrication, des achats et de la qualité et enfin le directeur administratif et financier. Ils sont en charge du management et ils sont coiffés par un président non résident, qui est membre du comité exécutif de Nissan à Tokyo. Et nous avons finalement rationalisé l'organisation pour les autres pays du monde. J'ai essayé de faire sauter tout ce qui représentait un mur, tout ce qui pouvait ralentir les changements. Tous les trois mois, je préside les comités de management régionaux. Chaque trimestre, nous faisons le point de la situation. Tokyo ne demande pas un reporting exhaustif. Nous leur avons dit qu'ils étaient en charge, responsables de la situation, et que nous ferions en sorte que le siège soit pour eux un appui et non un handicap. Mais la contrepartie de la responsabilité, c'est la transparence. Ils savent que nous voulons tout savoir sur les sujets les plus importants. Le principe est : "Si vous n'êtes pas transparents, vous aurez moins de responsabilités. Nous ne voulons pas de surprise. Si vous avez des difficultés, nous pouvons en parler. Nous pouvons vous aider. Si tout va bien, dites-le-nous aussi et nous vous laisserons tranquilles parce que nous avons suffisamment à faire par ailleurs." Cet esprit de responsabilité et de transparence a bien pris. Aujourd'hui, il y a dans l'entreprise une vision beaucoup plus claire des responsabilités des régions par rapport à celles du siège. Le siège est responsable de finaliser la stratégie et de la décider, de la politique en matière de produits, de marque, du choix des principaux dirigeants. Mais une fois que les budgets sont fixés, ils sont responsables. Je ne pratique pas le micro-management. Mais je réagis tout de suite s'il y a dérive dans les résultats. Nous demandons : qu'est-ce que vous faites, comment et quand réagissez-vous ? Nous veillons au grain mais ils sont responsables. Et cela marche bien. »

Bons ingénieurs, mauvais vendeurs. Cette description de Nissan était devenue un lieu commun parmi les spécialistes de l'industrie automobile au Japon. Sur le plan des caractéristiques et des performances, les voitures Nissan n'avaient rien à envier à celles de ses principaux concurrents japonais. Mais quand il s'agissait de vendre, c'était une tout autre affaire.

« Nissan a une ingénierie qui est forte. C'est à l'évidence l'un des joyaux, avec la production, mais c'est un monde qui est très à part. Quand on observe les déficiences sur le plan commercial et marketing et que l'on compare au niveau de l'ingénierie, on ne peut pas imaginer un instant que les deux secteurs travaillent dans la même entreprise. »

La relation entre l'entreprise et son réseau commercial au Japon était structurellement déficiente. Ce qui faisait et fait encore la force de Toyota, c'est que l'essentiel de ses concessionnaires sont des indépendants. Ils se sentent engagés sur tous les plans dans la vente des voitures du géant de Nagoya. Dans le cas de Nissan, la situation était exactement inverse. Le réseau était et reste encore dominé par des filiales appartenant à Nissan. Non seulement les dirigeants, souvent venus du siège pour y achever leur carrière, s'y comportent comme des salariés, pas comme des entrepreneurs. Mais en plus, ils n'ont pas toujours un profil commercial.

> « Dans le réseau commercial du Japon, le type de relations que nous entretenions étaient des plus médiocres. Nous ne comprenions pas leurs problèmes et eux ne comprenaient pas Nissan. Nous étions dans le déclin le plus total. Une grande partie du management venait de Nissan mais je ne suis pas certain qu'ils concevaient vraiment leur rôle comme celui de leaders en charge d'une équipe et d'une entreprise, responsables de faire progresser la part de marché et de faire des profits. Ils avaient une conception plus sociale que véritablement opérationnelle de leur rôle. Cela a beaucoup évolué au cours des trois dernières années, notamment à travers des changements du management, et en essayant d'établir une communication plus directe avec le réseau. Mais je ne pense pas que l'on puisse modifier profondément cette relation sans être présent sur le terrain, sans donner des exemples très précis de ce qui doit être fait, être à l'écoute des problèmes et des propositions, sans apporter des corrections de manière rapide et visible. Il y a un secteur où la modification aura été

la plus importante, et elle n'est pas encore achevée, ce sera le réseau de distribution au Japon. C'était le secteur sans aucun doute le plus négativement traditionnel et le plus inefficace de l'entreprise. »

Pour mettre fin aux chevauchements anarchiques, facteur de concurrence absurde entre concessionnaires de la même marque, plus de 300 points de vente, sur un total de 3 000, seront fermés. Le nombre des filiales revient, dans une première étape, de plus d'une centaine à 80. Cela s'est fait en vendant un certain nombre de concessions à des indépendants, soit en encourageant le management à racheter l'opération, soit en les consolidant.

« L'objectif est d'avoir un réseau dans lequel règne un esprit d'entrepreneur. Cependant, passer d'une filiale à un indépendant ne résout pas le problème en soi, parce que si l'indépendant n'est pas bon, la situation peut être pire. La question est de passer de concessionnaires filialisés à de bons indépendants, à de bons entrepreneurs. Or, en 1999 ou 2000, il n'y avait pas beaucoup d'entrepreneurs qui étaient prêts à investir dans le réseau Nissan. Et cela se comprend. Si vous êtes capitaliste et que vous avez envie d'acheter une concession automobile, Nissan n'était pas vraiment la cible idéale. Mais il fallait à tout prix redynamiser le réseau. Ce qui voulait d'abord dire élever la barre en matière de performance et d'efficacité au niveau des filiales, qui représentent quelque 50 % de notre réseau au Japon. Les recettes, c'était avant tout du bon sens, le recentrage sur la rentabilité et l'image de marque, traiter les problèmes non résolus, créer un sens de la réactivité. Il fallait sortir du dialogue de sourds dans lequel le réseau se plaint de ne pas avoir de bons produits mais où ni l'organisation commerciale, ni le réseau ne sont capables de suggérer à l'entreprise les produits qui devraient être lancés sur le marché. Il y avait une litanie de plaintes réciproques dans un climat d'effondrement généralisé. Je pars du principe qu'un constructeur a le réseau qu'il mérite et c'était le cas pour Nissan. Nous sommes en train de remonter la pente de manière tenace, ferme, et j'espère que dans les deux années à venir, nous verrons se manifester un réseau en bien meilleure forme que celui dont nous avions hérité en 1999. Nous mesurons cela par la remontée de la part de marché, le redressement de la rentabilité du réseau, mais aussi par l'indice de satisfaction du consommateur et par les intentions d'achat. Il faut que quelqu'un qui entre chez un concessionnaire ressente une impression de qualité et de professionnalisme. Tout cela se mesure et permettra de montrer la différence entre avant, maintenant et demain. »

Dans ce domaine commercial, chaque pays a ses pratiques, difficilement transposables. Au Japon, la vente repose beaucoup sur la relation personnelle entre le vendeur et le client, entretenue au fil des ans par les visites à domicile, le service après-vente, un contact ininterrompu entre la marque et le client. Calculée en unités vendues par mois, la productivité d'un vendeur automobile japonais est faible, comparée à celle d'un Européen ou d'un Américain. Mais le système n'a pas que des inconvénients. La fidélité des clients à la marque est très forte, et c'est bien pourquoi le déclin continu de Nissan était le signe d'un profond malaise. Il fallait redonner aux vendeurs de Nissan l'envie de vendre.

Et la clef de tout, bien sûr, c'était la sortie de nouveaux produits. Le plan produits du NRP annonçait douze modèles nouveaux, mais avec une accélération en fin de période. Les années 2000 et 2001 allaient être difficiles. Avant même de penser à la reconquête, le premier objectif était de stopper l'érosion de la part de marché au Japon. Il était atteint en 2001, Nissan détenant alors un peu moins de 18 % du marché des voitures particulières, hors mini-cars. Le véritable tournant devait intervenir en mars 2002, avec le lancement de la nouvelle March, symbolique à bien des égards. D'abord, il s'agissait de la première Nissan fabriquée sur une plate-forme commune avec l'allié Renault. Ensuite, contrairement aux modèles renouvelés depuis 1999 (les berlines Cima, Skyline, Primera), il s'agissait d'un modèle d'entrée de gamme, à un moment où les difficultés économiques du Japon tiraient le « mix » du marché automobile vers le bas. Enfin, la nouvelle petite Nissan allait se frotter aux best-sellers de ses deux principaux concurrents, la Vitz de Toyota et la Fit de Honda. Trois mois après le lancement, le pari semblait en passe d'être gagné, Nissan devant même porter la capacité de production à 17 500 unités par mois, très au-delà de l'objectif initial de 8 000 ventes mensuelles. Pour l'année 2002, la March se plaçait en troisième position sur la liste des voitures les plus vendues au Japon. L'autre changement majeur fut la décision d'entrer enfin sur le segment spécifique au Japon du marché des mini-voitures, dotées de moteurs de moins de 650 cm^3 de cylindrée et qui représentent un tiers des ventes de véhicules particuliers dans l'archipel. La Mocco, fabriquée par Suzuki Motor pour le compte de Nissan, ouvrait une nouvelle page dans l'histoire du constructeur.

> « Ce que veulent les concessionnaires, c'est travailler pour une marque dont les produits sont recherchés. Avec la March/Micra, nous faisons beaucoup de conquête. Mocco, nous avons initialement vendu, en une semaine, la production du mois. Les “dealers” connaissaient les produits qui arrivaient. Lorsqu'ils ont vu la nouvelle Z, ils étaient très excités parce qu'ils savaient qu'avec un tel modèle dans le show-room, ils allaient attirer beaucoup de jeunes, de fanatiques de l'automobile, qui seraient des clients potentiels pour d'autres produits. Les événements produits arrivent, ils sont articulés, ciblés, soutenus par une bonne promotion, une bonne communication. C'est ce que veulent les vendeurs. Un projet, une stratégie, un plan produits qui soient logiques. »

Pour le réseau américain, Carlos Ghosn s'était investi personnellement. Ici, pas de problème structurel. Le marché automobile aux États-Unis est entre les mains de puissants « dealers » indépendants, qui couvrent une ville, un comté, voire un ou plusieurs États. Ils ont souvent plusieurs marques en portefeuille et leur fidélité à un constructeur est fonction avant tout de la « bottom line ». Le réseau américain de Nissan avait beaucoup souffert du manque de produits attractifs et de la décote, évaluée à 1 000 dollars par voiture vendue par rapport à un modèle équivalent de la concurrence, imposée par le déclin de la marque.

« Aux États-Unis, il y a un système et il faut jouer avec. Mon expérience américaine m'a été extrêmement précieuse pour définir les priorités, savoir ce qui se faisait ou pas, ce qui était acceptable ou ne l'était pas. Je participe souvent à des réunions de concessionnaires, aux États-Unis. Quand le Plan de Renaissance a été annoncé, les "dealers" de Nissan aux États-Unis étaient sceptiques. Mais maintenant, ils sont très motivés. Parce que tout a été mis sur la table et ils en voient la réalisation. Le retour aux bénéfices, le réinvestissement dans la technologie, dans les capacités de production aux États-Unis, les nouveaux produits qui arrivent. L'Altima est un "hit". Nous en fabriquons 20 000 par mois et nous vendons tout ce que nous produisons et pratiquement sans incitations. La nouvelle Maxima est arrivée fin 2002. Nous entrons sur de nouveaux segments de marché, les SUV, les crossover, les gros pick-up. La nouvelle usine établie au Mississippi a été achevée au printemps 2003. Les "dealers" américains, chez Nissan et aussi chez Infiniti, sont remontés à bloc. Ils voient les ventes se redresser, l'augmentation des marges bénéficiaires, une entreprise qui investit. Ils voient que nous travaillons la marque, l'identité visuelle. Et puis, ils sont sensibles à l'amélioration de l'image de l'entreprise. Aujourd'hui, quand on parle de Nissan, ce n'est pas comme d'une société en difficulté. On se demande au contraire jusqu'où va aller Nissan. C'est tout à fait différent. »

CHAPITRE SEIZE

Une nouvelle culture

« Même si l'intention initiale n'était pas de changer la culture de Nissan, le fait est que la culture de l'entreprise évolue. Il n'y a pas de doute. »

Le changement ! Dès lors qu'il s'agit du Japon, le thème est inépuisable. Le Japon peut-il, doit-il changer, dès lors que son modèle de croissance de l'après-guerre est semble-t-il à bout de souffle ? S'il doit changer, le pays peut-il le faire sans sacrifier ses valeurs, son équilibre social, la capacité de ses 125 millions d'habitants à vivre ensemble dans une certaine harmonie ? *Volens nolens,* l'Alliance Renault-Nissan et l'arrivée à la tête d'une des plus grandes entreprises nipponnes d'un management d'origine étrangère allaient apporter une contribution originale, pratique, mesurable, à un débat souvent trop académique.

« Il y avait de notre part la volonté de ne pas faire de changement pour le changement mais pour la performance. Dans notre démarche, nous avons été très soucieux de ne pas faire de changements qui ne soient pas strictement motivés par des avantages ou des progressions en matière de performance de l'entreprise. Nous ne sommes pas venus en missionnaires. Nous ne sommes pas là pour changer le Japon mais pour remettre Nissan sur une pente de performance plus à la mesure de son potentiel. Quand nous observons certains éléments de culture, même si nous ne sommes pas d'accord, même si cela ne nous plaît pas, s'ils nous sont antipathiques, nous n'y touchons que si nous le jugeons indispensable pour améliorer la performance de l'entreprise. Le minimum de changements nécessaires pour obtenir un maximum de performance possible. Nous avons accepté la culture de Nissan et les pratiques en vigueur telles qu'elles étaient. Nous opérons de manière très pragmatique. Nous ne changeons que les éléments liés aux problèmes de Nissan et n'opérons que sur des choses raisonnables. »

Le rituel de l'employé de bureau japonais va bien souvent mettre à mal la patience des expatriés de Renault, même s'ils essayent bravement de n'en rien laisser paraître. De l'usage quasi généralisé des pantoufles (et de la démarche qui va avec) jusqu'à l'incapacité de quitter l'entreprise avant une heure très tardive en passant par l'invraisemblable capharnaüm qui règne le plus souvent sur les bureaux, l'*homo bureaucraticus* nippon a développé un mode de vie bien à lui, avec lequel il se sent manifestement à l'aise mais qui demande un sérieux effort d'adaptation pour le nouveau venu, surtout quand il est étranger.

« L'approche de départ a été très modeste même si, en amplitude, les changements allaient être très importants. Nous devions respecter une sorte d'obligation de réserve par rapport au pays dans lequel nous allions opérer. Ce qui était important n'était pas de résoudre tous les dysfonctionnements de l'entreprise mais de détecter les plus importants et de ne traiter que ceux-là. Il ne fallait pas se disperser. Cela contraint à une très grande discipline personnelle, une grande maîtrise de soi. C'est une discipline que je me suis imposée et que j'ai demandée à mon équipe. Il y a des choses irritantes mais qui sont d'une importance mineure par rapport à l'objectif. Il faut savoir ne pas y toucher. »

Et comme Carlos Ghosn l'avait observé, il n'y a pas une culture d'entreprise japonaise, mais des modèles bien distincts et aux résultats extrêmement contrastés.

« Sur la période 1990-2000, quand je regarde d'un côté Toyota et Honda et de l'autre Nissan, il est évident qu'il y a des gagnants et des perdants. Prétendre l'inverse, c'est une sottise. En parts de marché et en rentabilité, il y a des gagnants et des perdants. Ensuite, il faut en expliquer les raisons. Mais quand une entreprise est gagnante sur le long terme, ce n'est pas l'effet de la chance. C'est le résultat d'une stratégie et d'une certaine qualité dans le management. Mais si le perdant ne reconnaît pas sa situation, il ne peut pas se redresser. La base du redressement, c'est la reconnaissance par l'entreprise qu'elle a commis des erreurs, que le

> produit, le design, la technologie ne sont pas au bon niveau. Que le management n'est pas à la hauteur ! »

Dans le cas de Nissan, le déclin, la crise à venir, s'étaient inscrits dans les résultats, mois après mois, année après année, et le management de l'entreprise avait été incapable de réagir, sauf en toute dernière extrémité.

> « Nous nous sommes attaqués à la dilution des responsabilités parce que nous en attendions des résultats positifs. Pourquoi cette organisation manifestait-elle une si grande incapacité à accepter les responsabilités ? Nissan avait développé progressivement une culture du "ce n'est pas moi, c'est l'autre". Si l'entreprise allait mal, c'était toujours la faute des autres. Les vendeurs se plaignaient de la planification des produits qui renvoyait la balle sur les ingénieurs. L'ingénierie s'en prenait à la finance. L'Europe accusait Tokyo et réciproquement. La racine du problème était que les domaines de responsabilité cadres étaient flous. »

Dans une démarche typiquement bureaucratique, Nissan avait même organisé la dilution des responsabilités en créant tout un corps de « conseillers » et de « coordinateurs », sans fonctions opérationnelles directes mais placés à côté des hommes du terrain, comme la statue du Commandeur. À l'origine, ces conseillers opéraient dans les filiales étrangères des grands groupes japonais pour faciliter la dissémination des meilleures pratiques japonaises en termes de management ou de processus de production.

> « La familiarité croissante avec ces pratiques avait rendu cette fonction inutile, mais les conseillers étaient restés, avec comme seul résultat de saper l'autorité des responsables opérationnels. Nous avons éliminé cette fonction et remis tous ceux qui l'exerçaient sur le terrain, avec des responsabilités directes. »

Ce rôle des « conseillers » dans les grandes entreprises japonaises est révélateur de l'ossification progressive de principes ou de valeurs qui en elles-mêmes pouvaient être positives. Le respect dû aux « anciens » dans les sociétés confucéennes, le rôle du maître, le « sensei », dans la transmission de l'expérience et du savoir, la volonté de ne pas brutalement « secouer le cocotier » quand quelqu'un arrive en fin de carrière sont des notions respectables, peut-être même utiles. Mais qui conduisent à des abus. Combien d'entreprises japonaises supportent-elles encore le fardeau, notamment financier, de ces « conseillers seniors », ancien directeur général et président, avec bureau et secrétaire, voiture et chauffeur, avantages en nature divers, composant un réseau de têtes chenues qui a transformé peu à peu le monde des affaires nippon en une vénérable gérontocratie.

> « Autre exemple des pratiques qui nuisaient à la performance, le système d'avancement à l'ancienneté. Il était évident que nous ne pouvions pas demander à

> l'ensemble du management des contributions fortes au développement de la performance de l'entreprise si nous ne fondions pas notre jugement sur les hommes essentiellement en fonction de ce critère. Nous ne pouvions pas maintenir la promotion à l'ancienneté tout en voulant réaliser un saut qualitatif, un changement d'asymptote très rapide sur le plan de la performance. Il fallait être logique. Nous allions juger les gens sur leur contribution au NRP comme au plan Nissan 180. Elle serait décisive pour fixer les rémunérations et aussi pour décider de l'évolution professionnelle. Dans une carrière, l'âge ou l'ancienneté ne seraient plus déterminants mais des éléments à prendre en compte après avoir examiné la performance. Là, nous avons opéré un changement très fort. »

L'abandon de l'avancement à l'ancienneté a des implications majeures sur le fonctionnement des entreprises japonaises. Dans le modèle traditionnel, le jeune diplômé est recruté à la sortie de l'université, souvent par le biais d'anciens issus de la même « alma mater ». Il est équipé d'un savoir excessivement général, mais cela n'a guère d'importance car c'est l'entreprise qui va achever sa formation, garantie qu'il se coulera dans le moule. Le salaire d'embauche est faible, précisément parce que la promotion à l'ancienneté lui garantit des augmentations qui tomberont avec une régularité de métronome, jusqu'à l'âge de la retraite. Le lien entre performance et promotion est de fait pratiquement inexistant. Le système décourage l'initiative, nourrit la subordination hiérarchique aveugle, favorise les jeux de clan et les intrigues de couloir dans l'octroi des responsabilités.

Pour Carlos Ghosn, une responsabilité primordiale de tout chef d'entreprise consiste à former les futurs dirigeants, à préparer la relève, à commencer par la sienne propre. Cela paraît aller de soi et c'est pourtant loin d'être la règle. Et pas seulement au Japon.

> « Je ne distinguerais pas particulièrement le Japon dans ce domaine. Nous avons vu des tas d'entreprises en Europe ou aux États-Unis, où il s'est avéré que le dirigeant s'intéressait plus à sa permanence à la tête de la maison qu'à l'avenir de son entreprise. Et cela ne se passe pas comme cela uniquement dans le monde des affaires. Mais il y a aussi des gens qui sont foncièrement conscients de l'intérêt de leur entreprise. C'est à ceux-là que je m'adresse. Je ne vais pas perdre mon temps avec celui qui n'est préoccupé que par son intérêt personnel. Quand on considère l'expérience Nissan, on se dit qu'il y a moyen de mériter ses responsabilités et en même temps d'aider l'entreprise à se redresser, et cela consiste à sélectionner les gens capables d'ouvrir les portes sur l'avenir. »

Et il n'y a pour cela qu'une seule recette : leur permettre de faire leurs preuves.

> « Cela nous ramène à une question qui est souvent posée : y a-t-il des leaders-nés ? Je ne le crois pas. Il y a des gens qui ont des aptitudes au leadership et ils sont très nombreux, plus nombreux qu'on ne le pense.

Le tri se fait sur les opportunités qui leur permettront d'être placés en condition d'exercer et de développer cette aptitude. Ils relèvent un premier défi, ils gagnent. Un second, ils gagnent encore. Ils vont encore prendre confiance en eux-mêmes, et c'est comme cela que vous formez des leaders. Il est vrai qu'il y aura des pertes au feu, des personnes qui échoueront, qui vont s'écrouler. Mais si c'est fait à une échelle suffisante, vous dégagerez suffisamment de gens capables d'assurer un leadership très vigoureux à votre entreprise. Le cas de General Electric est assez intéressant. Il y a eu beaucoup de gens qui y ont échoué mais GE a généré beaucoup de leaders. Non pas parce qu'ils ont choisi les meilleurs talents mais parce qu'ils les ont développés. Ils les ont mis en condition d'oser. Ils ont accepté l'échec comme ils ont promu le succès. Et ils ont fini par aboutir. Jack Welch a pu s'offrir le luxe d'avoir plusieurs successeurs possibles. Ce n'est pas parce qu'il était chanceux mais parce qu'il a tout fait pour être dans cette situation au moment où il devait se retirer. Tout chef d'entreprise a cette possibilité. »

Mais, dans la pratique, bien peu l'exploitent. Dans le gouvernement d'entreprise « à la japonaise » classique, où l'actionnaire n'a pas voix au chapitre, où le haut management, avec le soutien tacite de ses banques, a la complète maîtrise de son propre destin, il faut parfois en arriver à la crise terminale pour que la relève se fasse. Mais cela passe aussi par une modification de l'actionnariat, ce que le système des participations croisées avait pour but d'empêcher.

« À terme, aucun pouvoir ne résiste au manque de performance. Un jour ou l'autre, vous en payez le prix. Autant tirer les conséquences de cette leçon en amont. Quand la performance n'est pas là, cela doit sonner l'alarme au sein de l'entreprise, au moins pour les dirigeants qui sont décidés à ce qu'elle ne sombre pas. Il y en a qui privilégient leur propre pouvoir par rapport à l'avenir de l'entreprise. Ce sont des cas désespérés. Fréquents au Japon mais pas uniquement au Japon. »

Chez Nissan, la profondeur de la crise et l'arrivée d'un nouvel actionnaire changeront complètement la règle du jeu. Sans drame, en douceur, mais néanmoins sans compromis, une génération entière de dirigeants, usée par les années de déclin, a été progressivement écartée. Et la chance sera offerte à une nouvelle génération d'assumer le destin de l'entreprise.

« Les managers de demain, il faut les former. On ne les forme pas en les laissant au siège à s'occuper des ressources humaines ou du travail administratif. On les forme en les envoyant sur les fronts les plus difficiles. Un certain nombre d'entre eux échoueront mais ceux qui vont émerger constitueront le vivier du leadership de demain. Les leaders de demain se forment sur les défis d'aujourd'hui. Ceux qui ont le plus de potentiel, il faut les envoyer sur les fronts chauds. C'est faire coup double : régler votre problème et récupérer quelqu'un qui sera grandi par son expérience. Un leader, cela se forme "au charbon". Ce n'est pas à ces jeunes de faire sauter la chape de plomb. C'est au leader de l'entreprise de prendre conscience qu'il a atteint ses limites et qu'il n'y a pas d'autres solutions que de préparer une nouvelle génération en l'envoyant au front. Il faut essayer de limiter la casse en formant les gens, en les pilotant, en les poussant en avant mais sans excès. Et sélectionner parmi ceux qui ont réussi, les futurs dirigeants, qui auront pris confiance en eux, non parce qu'ils étaient le chouchou de tel ou tel mais parce qu'ils ont réalisé par eux-mêmes quelque chose de difficile. Toutes les promotions opérées récemment chez Nissan concernent des gens que nous avons découverts, à qui nous avons fait prendre des risques, qui ont réussi et prennent maintenant des responsabilités. Il n'y a aujourd'hui rien qui fasse obstacle à ce processus. »

Dans les tables de la loi de la gestion des ressources humaines « à la japonaise », l'autre pilier, considéré généralement comme indissociable de l'avancement à l'ancienneté, c'est l'emploi à vie.

« En ce qui concerne une autre pratique très japonaise et très chère à Nissan, l'emploi à vie, je ne considère pas qu'elle soit critiquable en tant que telle. L'emploi à vie n'est pas un mal en soi. C'est un objectif. Une entreprise qui a besoin de la loyauté des gens qui y travaillent doit aussi démontrer un minimum de loyauté vis-à-vis d'eux. Toutefois, l'emploi à vie ne peut pas être une garantie. C'est une recherche continuelle mais qui est essentiellement dépendante de la capacité de l'entreprise à le soutenir. Les seules entreprises qui, même au Japon, sont capables d'as-

> surer l'emploi à vie sont celles qui sont très performantes. »

Avec la fin des années de la forte croissance, les entreprises japonaises ont d'ailleurs appris à ruser avec la promotion à l'ancienneté et l'emploi à vie. Entreprise malade, Nissan avait eu recours à ces artifices. Le NRP avait ainsi annoncé le rappel chez Nissan d'un millier d'employés « extradés » chez les concessionnaires qui ne savaient qu'en faire.

> « Une entreprise dont la situation se dégrade arrive très vite à un moment où on commence à louvoyer autour de l'emploi à vie en envoyant des gens travailler chez des fournisseurs, puis chez des concessionnaires, puis dans d'autres entreprises, en réduisant les salaires au passage. On fait semblant de maintenir l'emploi à vie, mais c'est une fiction. Dans notre approche, il est impossible de placer l'emploi à vie au même niveau que l'avancement à l'ancienneté. L'avancement à l'ancienneté, je considère que c'est contre-performant. Par contre, la loyauté manifestée par l'entreprise à l'égard des gens qui la composent, c'est très bon même s'il n'est pas réaliste de l'ériger en dogme. Nous y tendons, nous travaillons pour cela, nous ne traitons pas le problème à la légère tout en reconnaissant qu'il s'agit d'un objectif très difficile à atteindre. »

Inévitablement, mettre fin à l'avancement à l'ancienneté a des implications majeures pour la politique salariale de l'entreprise.

> « L'abandon de l'avancement à l'ancienneté veut dire en effet que nous embauchons les nouveaux entrants à des salaires plus élevés, que les évolutions salariales sont beaucoup plus fortes. Mais ce n'est pas la partie fixe qui évolue plus fortement, c'est la partie variable. Or, cette partie variable est liée à la performance de l'entreprise. On ne rajoute pas des coûts fixes puisque si la performance de l'entreprise est bonne, en fin de compte les salariés en bénéficient. Mais si elle est mauvaise, la partie variable du salaire est réduite à la portion congrue. Une partie des salaires, en tout cas pour le management, est liée à la performance de l'entreprise. Pour les cadres dirigeants de Nissan, la partie variable, à l'exclusion des stock-options, peut représenter jusqu'à 40 % du salaire. »

Cependant, un tel bouleversement dans la gestion des hommes est directement dépendant du changement dans le management de l'entreprise elle-même. La performance des individus ne peut être raisonnablement mesurée que si les objectifs, les responsabilités, les engagements, la stratégie pour les tenir, sont précisément définis. Sinon, c'est la voie ouverte à l'arbitraire, à l'impressionnisme et le résultat ne serait pas meilleur que dans le système traditionnel, peut-être pire.

> « En ce qui concerne l'établissement de la part variable de la rémunération, il y a deux systèmes possibles : la récompense ou l'incitation. Dans le premier cas, vous travaillez et en fin d'année, le chef donne

son appréciation et annonce l'augmentation. On ne sait pas vraiment sur quelle base cette augmentation est quantifiée, ni sur quels critères précis. C'est entièrement entre les mains du chef. Nous ne pratiquons pas de cette façon. Nous avons un système d'incitation, qui est très simple. Au début de l'année fiscale, nous distribuons les incitations pour l'exercice qui commence le 1er avril. Avant que l'année commence, les managers savent sur quels critères ils seront jugés et ce qu'ils obtiendront en fonction de la réalisation de tel ou tel objectif. Il y a beaucoup de critères qui sont quantitatifs, affichés et d'autres, le moins possible, qui sont qualitatifs. Il y a des domaines dans lesquels vous ne pouvez pas avoir uniquement des critères quantitatifs. En fin d'année, tout ce que le management doit faire, ce sont les comptes. Les objectifs ont-ils été atteints, oui ou non ? Le débat peut porter sur le fait de savoir si les conditions de marché, le taux de change, le travail des autres secteurs ont aidé ou pas. Mais on ne peut pas discuter sur la réalisation ou non de l'objectif. Cela réduit le champ de la discussion. C'est pourquoi je préfère de loin le système des incitations à celui des récompenses. Cela diminue la zone d'évaluation subjective de la contribution. À quelqu'un qui a atteint tous ses objectifs, vous pouvez difficilement dire qu'il n'aura pas le maximum. Pour celui qui n'a pas réalisé tous ses objectifs, il faut essayer de comprendre pourquoi et on peut nuancer le jugement. Mais je fais tout de même très attention à ce que l'on ne finisse pas par tout justifier. Ce qui rend le système plus acceptable, c'est que les règles sont connues par avance. Je voulais

> que le système soit le plus transparent possible, pour qu'il soit acceptable. »

D'autre part, comme lorsqu'il s'est agi de fermer des usines, la nouvelle direction de Nissan a tenu compte du contexte japonais. L'expression « licenciement sec » ne fait certainement pas encore partie du vocabulaire quotidien d'un chef d'entreprise. Le corps social du Japon est prêt à accepter certains changements, pas à embrasser le capitalisme pur et dur.

> « Au Japon, la notion d'équité est très importante. Mais je ne détruis pas cette notion. Je la transpose. Je respecte l'équité mais elle doit être liée à la contribution, pas aux personnes. Mais on ne peut pas dire que l'on est équitable en traitant plus ou moins de la même façon celui qui apporte une contribution très forte, celui dont elle est moyenne et la personne qui n'apporte qu'une faible contribution. Je ne considère pas cela comme équitable. Ce ne l'est certainement pas vis-à-vis des clients de l'entreprise, de ses actionnaires ou des autres employés. Nous avons fait glisser la notion d'équité vers la contribution. Mais il y a autre chose : nous sommes passés de la notion d'effort à celle de résultat. »

Une véritable révolution pour le coup ! Les entreprises japonaises, surtout pour les employés de bureau, ont développé progressivement une culture de la « présence ». Les salariés passent dans l'entreprise des journées interminables qui, jusqu'à ce que la crise économique vienne rogner les budgets des notes de frais, se terminaient parfois dans les bars de Ginza ou des quartiers équivalents à travers le Japon. Les vacances légales japonaises sont tout à fait décentes mais « l'entreprise » (difficile de dire qui se cache en l'occurrence derrière cet anonymat) attend de ses fidèles employés qu'ils y renoncent volontairement. Le temps excessif passé au bureau est le prix à payer pour la très mauvaise productivité des employés japonais, liée souvent aux modes de fonctionnement et de décision. Poussées par la dureté des temps, les entreprises japonaises se sont résolues tout récemment à mettre un peu d'ordre dans les « vraies-fausses » heures supplémentaires catastrophiques pour leur budget... et la vie de famille de leurs salariés !

> « Le fait que quelqu'un travaille beaucoup est moins important que le fait qu'il obtienne des résultats. Il y a des gens qui travaillent beaucoup sans obtenir de résultats. Dans mon cas, tout le monde se moque de savoir si je travaille 16 heures par jour. Je ne suis pas payé en fonction du nombre d'heures passées au bureau mais en fonction du résultat pour l'entreprise. Ce qui est important, c'est la notion de résultat, surtout au niveau du management. Nous sommes en train de passer d'une culture de la présence à une culture de l'efficacité. Cela oblige les gens à s'appuyer sur l'équipe parce que les résultats viennent généralement de la qualité du travail collectif, alors que la notion d'effort est beaucoup plus individuelle. »

Chez Nissan, l'acceptation du changement procédait de trois éléments clefs : la prise de conscience que l'entreprise n'avait pas le choix, le retour rapide à de meilleurs résultats, et enfin le fait que le Japon lui-même soit prêt pour une telle révolution même si elle n'a pas été menée partout avec autant d'audace. À partir de la fin des années 90, les principales entreprises japonaises, y compris les plus traditionnelles comme Matsushita, ont remis en cause l'avancement à l'ancienneté, le paiement automatique de bonus semestriels non liés à la performance, et même le caractère intouchable de l'augmentation mécanique du salaire de base. Sous la pression de la déflation, qui enlève toute justification à la progression indéfinie des salaires, et de la concurrence des pays producteurs à bas coûts de production, principalement la Chine, employeurs et syndicats se sont résolus, souvent dans la douleur, à renoncer à leurs dogmes. Les syndicats ont changé de priorité en mettant en avant la défense de l'emploi, allant même jusqu'à explorer les pistes « européennes » du partage du travail pour éviter les licenciements.

> « Dans le cas de Nissan, les syndicats ont accepté cette révolution mais c'est évidemment plus facile dans une situation de redressement de l'entreprise puisqu'on ne voit que la partie variable qui augmente. Le test viendra le jour où la performance de l'entreprise sera moins bonne et où la partie variable diminuera. Mais, dans l'absolu, les avantages de ce système l'emportent

de loin sur ses inconvénients. Les gens ont un intérêt très immédiat, très concret à ce que l'entreprise soit performante. »

Le redressement spectaculaire des comptes de l'entreprise permettra même à Nissan de faire une sorte de pied de nez, involontaire, à l'establishment industriel japonais lors des négociations salariales du « shunto » (l'offensive syndicale de printemps sur les salaires, une tradition d'ailleurs manifestement condamnée). Alors que la quasi-totalité des grandes entreprises, y compris le tout-puissant Toyota dont les bénéfices d'exploitation allaient pourtant excéder les 1 000 milliards de yens, gelaient les salaires de base ou limitaient l'augmentation au strict minimum, Carlos Ghosn décidait d'accepter l'intégralité des revendications des syndicats de Nissan.

« Le Plan de Renaissance était en train de réussir. J'avais indiqué dès l'origine qu'il n'était pas fait uniquement pour nos clients, pour nos actionnaires mais aussi pour nos employés. La parole est facile mais quand vous pouvez donner un signal très clair pour la confirmer par des actes, il faut le faire. Je n'ai pas décidé d'accepter l'intégralité des revendications salariales pour 2002 par provocation. Je me suis retrouvé dans une situation dans laquelle j'étais convaincu qu'il fallait tout donner. Quand nous en avons débattu, j'ai dit à mon équipe que je ne voyais pas comment nous pouvions dire non. C'est vrai que cela se passait dans un contexte économique plutôt difficile pour le

Japon, mais les revendications étaient raisonnables. Ce n'était pas un problème financier. Il s'agissait de dire à l'ensemble de nos employés : "Vous avez soutenu le plan, vous avez joué le jeu, vous avez participé à une phase critique de la vie de l'entreprise, et l'entreprise ne peut que vous accorder ce que vous demandez." D'ailleurs, la justification qui a été donnée par (Hiroshi) Okuda-san, président du conseil d'administration de Toyota et du Nikkeiren, a été de dire que Nissan était un cas particulier. En gros, ils n'avaient pas augmenté les salaires quand tout le monde le faisait, mais maintenant, ils avaient de meilleurs résultats. Il s'agissait donc d'un cas à part. J'étais très content d'être un cas à part mais je ne l'ai pas fait par provocation, mais par conviction. Simplement, comme nous avons été les seuls à agir ainsi, cela s'est vu comme le nez au milieu de la figure. »

Penser que ces bouleversements sont facilement compris et acceptés par l'opinion publique japonaise serait aller un peu vite en besogne. Lors de l'assemblée générale des actionnaires de Nissan en juin 2002, un petit actionnaire, habitué des interventions belliqueuses, s'en était pris à la décision du conseil de proposer une augmentation de 50 % de l'intéressement des directeurs, alors que le dividende n'augmentait, lui, que de 14 %. Il disait avoir demandé aux salariés si leurs salaires avaient été augmentés et s'être entendu répondre : « Pas beaucoup. » En l'absence de Carlos Ghosn, absent pour raisons familiales, c'est à Yoshikazu Hanawa qu'il revient de justifier une gratification récompensant le redressement spectaculaire de Nissan, donnée mourante trois ans plus tôt, dont les actionnaires avaient d'ailleurs bénéficié à travers le doublement du cours de l'action. De même, le système d'attribution d'options d'achat de titres, encore une relative rareté dans le monde des entreprises nipponnes, n'a pas toujours été compris ou approuvé par les médias japonais. Pour Carlos Ghosn, les stock-options font pourtant partie intégrante d'un ensemble de mesures tendues vers l'amélioration de la performance.

> « Je pense que l'idée que certains pourront s'enrichir, du moins relativement, s'ils réussissent, commence à être acceptée dans l'entreprise. Les gens sont très contents quand ils reçoivent des options. Certains en ont plus que d'autres, en fonction des responsabilités qu'ils exercent et des risques qu'ils sont en train de prendre. Les options sont un appoint. Ce ne sont pas elles qui créent la motivation mais elles la renforcent.
>
> Dans le cas du Japon, il y a un deuxième aspect. Les systèmes de retraite sont aujourd'hui dans une situation très difficile. On ne peut pas dire aux gens qu'ils vont passer au service de l'entreprise les années les plus productives de leur vie tout en sachant que leur système de retraite est dans une situation qui deviendra critique à terme. Les options leur permettront de faire face à une partie de leurs besoins en matière de retraite. C'est fondamentalement sain. Au lieu de s'en remettre à la société, ils peuvent s'appuyer sur leur travail, celui de leur équipe, sur leurs résultats pour essayer de répondre

à des besoins tout à fait légitimes. Il faut savoir que chez Nissan, des cadres ont passé des années dans l'entreprise en subissant des réductions de salaires, sans pouvoir épargner ou très peu. Par contre, le système des stock-options, qui consiste à leur dire qu'ils gagneront beaucoup d'argent s'ils contribuent fortement au redressement de l'entreprise et que cela leur permettra notamment de résoudre le problème de la retraite, c'est très sain. 700 personnes en ont bénéficié au cours de l'année 2001. C'est peut-être une goutte d'eau par rapport aux 125 000 employés de Nissan mais ce sont ces 700 personnes qui exercent les responsabilités les plus élevées. »

L'équipe dirigeante de Nissan s'est souciée très tôt d'associer le personnel et les épargnants japonais à la renaissance de l'entreprise. Mais la tâche est ardue. Échaudés par l'effondrement de la Bourse après l'éclatement de la bulle spéculative au début des années 90, les investisseurs individuels ont déserté la Bourse pour mettre leur bas de laine sur des dépôts postaux ou bancaires. Et les banques japonaises, traditionnellement actionnaires significatifs des grandes entreprises, se sont engagées, pour des raisons à la fois légales et financières (le provisionnement d'un Himalaya de mauvaises créances héritées de la bulle), dans une cession de leurs participations industrielles. Résultat, en 2002, plus des deux tiers des actions Nissan étaient entre les mains de non-Japonais. Outre les 44,4 % détenus par Renault, un autre quart du capital était dans les mains de fonds de placement ou de retraite étrangers, surtout américains. La participation des banques nipponnes était tombée à zéro. Les petits actionnaires japonais détenaient quelque 6 % du capital, le solde étant entre les mains d'institutions financières, principalement les compagnies d'assurances.

> « Pour faciliter l'acquisition d'actions par les salariés, nous avons fait voter par l'assemblée générale des actionnaires la proposition d'abaisser le seuil du nombre minimal d'actions à acheter de mille à cent. Il faut encourager non seulement les membres du personnel mais l'investisseur à acheter par petits paquets des actions Nissan. Auparavant, pour mille actions Nissan, il fallait débourser un million de yens, soit 9 000 euros. À 900 euros, cela devient beaucoup plus accessible. »

CHAPITRE DIX-SEPT

Faire vivre l'Alliance

> « La notion d'entreprise nationale, honnêtement, elle appartient au XXe siècle. Ce n'est pas le XXIe siècle. »

Parfois pour le meilleur, mais le plus souvent pour le pire, le XXe siècle a vu le triomphe de l'État-nation. Dans le cas de l'Europe, la cause est entendue. Le nationalisme exacerbé du siècle passé a engendré à travers le Vieux Continent un cortège de tragédies et de destructions, plongeant dans la barbarie et le déclin le foyer de la civilisation occidentale. Pour le Japon aussi, l'aventure nationaliste commencée dans les années 30 s'est achevée dans le sang et les larmes, avec l'horreur sans précédent du feu nucléaire. Lorsque la « guerre économique » entre nations avancées s'est heureusement substituée aux conflits armés, c'est bien souvent l'entreprise qui a été chargée de porter les aspirations du pays à la grandeur et à l'indépendance. La France étatiste de l'après-guerre a inventé la notion de « champion national ». Au Japon, le « triangle de fer » liant la bureaucratie, la classe politique et le monde des affaires ont fait de « Japan incorporated » le vecteur du redressement du pays. Les États-Unis, puissance dominante de la moitié du monde échappant à l'emprise de l'Empire soviétique, ont inventé la « multinationale » : une entreprise foncièrement américaine mais opérant à travers les pays et les continents. Européens et Japonais ont adopté le même modèle lorsque leurs capacités économiques reconstruites leur ont permis à leur tour de regarder au-delà des frontières.

> « Nous entrons dans un siècle qui sera marqué par la globalisation, que l'on aime cela ou pas. C'est un fait. Les frontières tombent, les échanges se multiplient, économiques, financiers, culturels, humains. Cela correspond à une volonté profonde. Les gens ne veulent plus être murés dans une société close. Ils veulent échanger, visiter, voyager, considérer le monde comme leur domaine naturel et pas uniquement leur pays, leur ville ou leur village. Et cela va aller en s'accélérant. Il suffit d'observer la jeune génération qui est beaucoup plus "mondialiste" que celle de leurs parents. Mais, dans cette globalisation, il y a aussi la volonté de maintenir une identité. Elle se manifeste partout, de manière positive ou de manière négative. Pour moi, il est évident que la globalisation doit aller de pair avec le respect des identités. Dans l'identité, il y a le pays d'origine, la culture d'origine, l'histoire, la langue. Opposer l'identité à la globalisation n'a pas de sens. Les deux vont de pair. »

Ce qui vaut pour les individus s'applique *a fortiori* aux entreprises. Qu'elles s'en félicitent ou le déplorent, leur marché, chaque jour davantage, c'est le monde. Sous l'égide du GATT puis de l'OMC, le protectionnisme n'a cessé de céder du terrain. La croissance des échanges mondiaux a été le principal moteur du développement. La fin de la guerre froide, l'ouverture de géants autrefois reclus comme la Chine et l'Inde, font que la quasi-totalité de la planète participe maintenant à la division internationale du travail. Si une entreprise ne va pas au-devant de ce nouveau monde, c'est lui qui viendra tôt ou tard la débusquer.

> « Dire qu'une entreprise a un héritage culturel, une histoire liés à telle ou telle nationalité, je suis d'accord. Mais il n'y a que les entreprises à vocation régionale ou locale qui pourront se définir en termes de nationalité. Allez dire : “Je suis une entreprise japonaise, ou française, et fière de l'être”, je pense que cela fera de moins en moins partie de l'avenir. Chez Nissan, il y a une culture japonaise, une histoire japonaise, l'essentiel des cadres sont japonais, c'est une réalité. Mais l'avenir est quand même aux entreprises globalisées, qui ont essayé d'adopter les meilleures pratiques et de s'ouvrir au monde tout en tentant de préserver leur identité. Je ne pense pas que l'on puisse s'ouvrir au monde en étant profondément nationaliste. Il me paraît évident qu'il faut changer de problématique. Il faut conserver son identité mais il s'agira d'une identité d'entreprise. Ce n'est plus une identité nationale. Il est vrai que l'identité nationale

> pèse encore beaucoup sur celle de l'entreprise. Mais si vous vous limitez à cela, vous vous condamnez à ne pas progresser. »

Cependant, il suffit d'observer le développement d'un mouvement hostile à la mondialisation pour constater que les responsables du « village global », ceux par exemple qui se réunissent chaque année dans la station suisse de Davos sous l'égide du World Economic Forum, sont loin d'avoir trouvé le modèle d'organisation politique ou sociale qui respecte l'équilibre entre globalisation et identité. La réponse n'est évidemment pas dans un impossible retour en arrière mais dans la définition et la construction d'institutions nouvelles, de nouvelles régulations, qui permettent à chacun de trouver progressivement sa place dans ce monde nouveau. C'est un exercice inévitablement complexe, chaotique, où l'humanité, comme toujours, apprendra de ses erreurs, de ses échecs, comme de ses succès. À cet égard, l'Alliance conclue en mars 1999 entre Renault et Nissan pourrait bien apparaître rétrospectivement comme un repère. Sa « constitution » ne procédait pas d'une volonté philosophique de définir l'entreprise du XXIe siècle. Il fallait trouver des réponses pragmatiques à des problèmes concrets : le niveau de consolidation de la dette de Nissan, la capacité d'investissement de Renault, les ressources humaines à sa disposition. Mais il y avait aussi assurément, du côté français, la volonté de tirer les leçons de l'échec de la fusion avec Volvo. Exemple de ce pragmatisme : la décision de faire de l'anglais la langue de travail de l'Alliance.

« Aujourd'hui, toutes les réunions du comité exécutif de Nissan se déroulent en anglais. Dans les autres réunions, nous avons évidemment des traducteurs mais il y a beaucoup de gens qui utilisent l'anglais. Imposer l'usage de l'anglais a été pour moi d'autant plus facile que je ne suis pas d'extraction, ni de culture anglo-saxonne. D'origine libanaise, né au Brésil, éduqué en France, ayant travaillé pour des entreprises françaises, je n'avais pas d'*a priori* culturel en faveur de l'anglais. J'ai fait toutes mes études en France et la langue que je maîtrise le mieux aujourd'hui encore, c'est le français. Mais nous avons choisi l'anglais parce qu'il faut reconnaître objectivement que quand un Chinois rencontre un Allemand, un Français, un Américain et un Japonais, il y a peu de chance qu'ils utilisent le français ou le chinois. Ils vont parler anglais. L'apprentissage de l'anglais n'est pas une notion culturelle. C'est comme l'achat d'un logiciel de gestion du courrier électronique. Vous le chargez dans votre ordinateur parce que sans lui, vous ne pouvez pas communiquer. Nous avons banalisé l'anglais. C'est une décision de management, qui consiste à se doter d'un outil pour pouvoir communiquer avec des personnes qui travaillent dans la même entreprise mais qui ont des cultures différentes. Nissan a beaucoup progressé. Il y a évidemment de nombreux secteurs où les gens ne parlent pas un mot d'anglais mais c'est parce qu'ils n'en ont pas besoin. Celui qui travaille chez un concessionnaire au Japon se moque de l'anglais. Mais ceux qui sont

> au siège, en particulier les hauts responsables, ils sentent qu'ils ont besoin de l'anglais. Ils apprennent la langue et commencent à participer. Ce n'est pas perçu comme une contrainte et cela n'est pas un effet de mode. »

L'anglais s'est imposé parce qu'il fallait trouver très vite un langage commun à des Français et à des Japonais dont l'aptitude aux langues étrangères n'a jamais été le point fort. Mais ce manque d'aisance des uns et des autres, dû en bonne partie à la défaillance des systèmes d'enseignement français comme japonais dans ce domaine, s'est révélé être un atout.

> « Ce qui a rendu les choses beaucoup plus faciles ici, c'est que les Japonais se sont aperçus qu'il était aussi difficile d'apprendre l'anglais pour les Français que pour eux-mêmes. Ils se rendent compte dans les conversations que les Français ne sont pas forcément plus doués qu'eux quand il s'agit de parler l'anglais. Ils utilisent des gallicismes, ils ont un accent. Ce qui fait qu'il n'y a pas eu de complexe de part et d'autre. Ce n'est pas une situation de confort qui aurait vu les Renault imposer l'anglais parce qu'ils le maîtrisaient mieux que les Japonais. La situation aurait été différente entre Anglais ou Américains et Japonais. »

Les deux entreprises ont d'ailleurs mis en place des programmes de formation à l'anglais, avec des incitations. Pour des cadres déjà expérimentés, retourner sur les bancs de l'école n'a pas toujours été facile, à Tokyo comme à Billancourt. Mais en quelques années, les progrès ont été spectaculaires.

> « Il n'y a pas eu de rejet. Il y a eu le soupçon que ceux qui parlaient anglais seraient mieux valorisés que ceux qui ne le parlaient pas. Mais c'est un fait indéniable : parler l'anglais est un atout. Mais nous faisons très attention à ne pas ignorer ceux qui ne parlent pas l'anglais pour ce seul motif. Mais il est évident que vous vous valorisez mieux quand vous pouvez communiquer avec aisance. C'est un avantage pour les Japonais comme pour les Français. »

La vérité est que l'Alliance a permis à Nissan d'opérer un saut qualitatif vers l'entreprise du XXIe siècle en faisant sauter le carcan de l'isolement linguistique et culturel, une faiblesse majeure des grandes entreprises nipponnes.

> « C'est l'Alliance qui a provoqué ce changement mais il aurait été nécessaire indépendamment de l'Alliance. Parce que Nissan est une entreprise globale, présente dans 192 pays, avec des opérations en Amérique du Nord, en Europe, en Asie, au Moyen-Orient, etc. Le premier problème soulevé par ceux qui travaillent pour Nissan hors du Japon, c'était le faible nombre de personnes parlant anglais à Tokyo. Quand il fallait discuter avec eux, c'était très difficile. On ne pouvait pas passer un coup de téléphone ou envoyer un courrier électronique. C'est un problème qui affecte la globalité de l'entreprise, sa vitesse de réaction. Cela réduit le

> travail transversal. L'anglais est un outil. Il est réduit à sa véritable dimension d'outil de la globalisation, de la communication, de la transversalité. Et les gens doivent s'y mettre pour cela, comme on apprend les maths ou la physique. »

Apprendre à communiquer est une chose. Apprendre à vivre ensemble est plus difficile, c'est un travail de tous les jours, qui exige, comme dans un couple, une définition claire de la règle du jeu, une grande attention à l'autre mais aussi le respect de soi.

> « L'Alliance progresse parce qu'il y a respect des identités. Le respect des identités ne se fait pas de manière passive. C'est une action délibérée. Comment améliorer la performance dans le cadre de l'Alliance tout en respectant les identités ? Comment faire tomber les murs, lancer des passerelles, construire des ponts, tout en préservant les identités ? Chacun d'entre nous est soucieux de son identité mais a envie de plus d'échanges : deux choses qui sont apparemment contradictoires. Préserver l'identité suppose une certaine affirmation de soi par rapport aux autres mais échanger avec les autres veut dire se mélanger. Et nous sommes mus par les deux notions. Dans le cadre des entreprises comme au niveau de l'économie globale, il faudra respecter les deux. C'est flagrant en ce qui concerne l'Alliance. Nous travaillons mieux ensemble à partir du moment où nous nous respectons mutuellement. Nous acceptons d'autant mieux la globalisation que nous avons des identités qui sont bien affirmées. »

Il est aussi tout à fait possible que les histoires des deux entreprises, leurs cultures respectives, jusqu'à leur identité nationale, aient joué en faveur de ce mariage.

« Je ne peux pas juger de manière absolue si Français et Japonais, si Renault et Nissan, étaient faits pour s'entendre. Mais il est évident que la culture française est une culture qui tout en étant forte, avec un grand sens de son identité, est aussi perméable. On y apprend dès le plus jeune âge à s'intéresser à des cultures différentes. Il y a une curiosité à l'égard de ce qui est singulier, différent. Je ne veux pas dire que quelqu'un qui vient d'une culture moins perméable est condamné à l'échec, parce qu'en fin de compte, tout revient à l'individu. La culture, la formation, aident, supportent, façonnent. Mais ce sont les êtres humains qui font les entreprises, leurs succès ou leurs échecs. La culture française, de par sa perméabilité, est une culture qui facilite le rapprochement. Quant au Japon, il me semble que c'est un pays à la fois ouvert et fermé. Je discutais avec Shiro Nakamura, le patron du design, et nous étions en train de parler de ce qui faisait l'essence de Nissan. Nous parlions de la culture japonaise. Il m'a montré des exemples très simples à la fois d'ouverture et de fermeture. Dans le système d'écriture, il y a les *kanji*, les *iragana* et les *katakana*, venus de différents horizons. Ce n'est pas un symbole de fermeture. Il m'a montré des exemples d'architecture très simple, très aérée, et à côté de cela, des photos de Shinjuku, où la scène est bariolée, pleine de couleurs, très compliquée. Les deux font partie du Japon. Si vous observez le Japon sous l'angle de la fermeture, vous le verrez fermé. Mais vous allez trouver beaucoup d'ouverture si vous l'abordez par son côté ouvert. Et sans être naïf, j'essaye de toujours regarder le Japon sous l'angle de l'ouverture. Et je n'ai jamais été déçu. »

La responsabilité quotidienne du management, chez les deux partenaires, est de veiller à ce que les tendances naturelles à établir des rapports de force ne l'emportent jamais.

« À l'intérieur de toute entreprise, il y a des tendances, positives ou négatives. Et il y a au sein de l'Alliance des tendances qui sont à mon avis destructrices de l'Alliance, et cela des deux côtés. Des gens qui pensent que l'on peut brusquer les choses. On pourrait les qualifier d'impérialistes. Pour moi, de telles orientations sont destructrices de valeur. Or, nous sommes des créateurs de valeur. Le succès de l'Alliance est fondé sur le fait que nous faisons attention à toujours contrôler toutes les tendances, d'un côté comme de l'autre, qui pourraient être destructrices de valeur. »

Lorsque Nissan était à l'article de la mort, le risque de voir ces tendances l'emporter se situait plutôt du côté de Renault. Mais la direction du groupe français a su résister à la tentation de jouer d'un rapport de force. Cette attitude mérite d'autant plus d'être soulignée qu'elle est plutôt exceptionnelle dans « l'univers impitoyable » des affaires. Le comportement d'un Louis Schweitzer est diamétralement opposé à celui de

Juergen Schrempp qui reconnaîtra plus tard que l'offre d'une « fusion entre égaux » faite à Chrysler n'était qu'un artifice, l'objectif ayant été dès l'origine de transformer le troisième constructeur américain en une simple division du groupe de Stuttgart. À l'opposé, la générosité de Renault s'est révélée être un investissement judicieux dans ce capital inestimable : la confiance.

> « Il y a des faits qui ne seront pas oubliés de sitôt. Renault est intervenu à un moment critique dans l'histoire de Nissan. C'est indéniable. Et Renault n'a jamais abusé de Nissan. De son côté, Nissan s'est montré à la hauteur de tous les espoirs de Renault, et même au-delà. C'est un fait, c'est inscrit dans l'histoire. »

Sur le plan des échanges humains également, l'Alliance apparaissait comme déséquilibrée. Les cadres de Nissan détachés chez Renault ne pouvaient pas, et c'est encore le cas à l'heure actuelle, être comparés, en termes de responsabilité, à Carlos Ghosn et à son équipe venue de Paris.

> « Il y a un échange de pratiques qui dans un premier temps était plutôt à sens unique, de Renault vers Nissan, et qui est en train de s'équilibrer avec un retour de Nissan vers Renault, dans des domaines comme la fabrication, la qualité, l'ingénierie. Ceux qui sont venus de France chez Nissan ne vont pas y rester à vie. Il y aura un mouvement de retour qui va beaucoup enrichir Renault, celui de gens qui ont vécu une

expérience unique, dans des circonstances dramatiques. Il y aura une deuxième, une troisième vague de cadres de Renault qui viendront travailler chez Nissan et des gens de Nissan qui partiront chez Renault. Il y aura un mouvement continuel. C'est très enrichissant. Compte tenu de la nature de l'Alliance et de l'avenir qui se profile, les gens de Renault qui ont l'expérience de Nissan et ceux de Nissan qui ont l'expérience de Renault sont très précieux. Comme nous développons des synergies dans tous les domaines, avoir à sa disposition quelqu'un qui connaît bien l'autre entreprise, c'est un atout. Il faut élargir cet échange, tout en le faisant de manière mesurée. »

Ainsi, dans le cadre de l'énorme programme X 84 lancé par Renault pour le remplacement de la Mégane, premier modèle de l'Alliance construit sur la plateforme C, la mise en place de la fabrication des ouvrants (portes et capots) a été confiée à Nissan, dans les usines françaises de Douai et espagnole de Palencia, sous la responsabilité directe d'ingénieurs venus du Japon. D'autre part, toutes les usines Renault se mettent aujourd'hui à l'heure des « écoles de dextérité » inspirées par les méthodes de formation de Nissan, avec l'aide de formateurs détachés par le partenaire japonais.

« À l'origine, il était normal que les échanges de personnel aient eu lieu dans le sens Renault vers Nissan. Il était difficile de demander à Renault d'accueillir parmi ses cadres des dirigeants des représentants d'une entreprise qui s'effondrait. Mais il y a eu tout de suite des échanges au niveau des experts. Nissan avait besoin d'un renouveau en matière de management et dans l'autre sens, il y a eu l'envoi d'experts. Il ne s'agissait pas de faire de la symétrie pour le plaisir. Avec le temps, les échanges devraient être plus équilibrés. Il y aura probablement des gens qui commenceront leur carrière chez Renault, passeront ensuite chez Nissan, reviendront chez Renault. Et cela se manifestera aussi dans l'autre sens. Kazumasa Katoh, le patron de l'ingénierie moteur chez Renault, est un très bon professionnel. Et il n'est pas venu dans la première vague. C'est un échange qui était voulu par Renault et j'ai veillé à leur envoyer un très bon élément. Et il y en aura d'autres. Nous parlons d'abord des besoins. Quels sont les domaines où le partenaire a besoin de telle ou telle expertise ? Et ensuite, nous identifions ceux qui peuvent l'apporter. Il peut y avoir aussi des échanges qui prennent en compte certaines personnes, mais c'est alors dans un but de formation pour l'avenir, afin de préparer pour l'Alliance un encadrement supérieur qui soit aussi à l'aise dans une entreprise que dans l'autre. À terme, le comité exécutif de Nissan restera à forte coloration japonaise et celui de Renault très teinté France. Mais chacun accueillera probablement diverses nationalités. La volonté ne sera pas de sélectionner les gens en fonction de leur nationalité, mais de choisir les meilleurs pour chacune des entreprises. Et il y a moins de candidats qu'on ne le pense. Pour ces postes de responsabilité, il y a rarement l'embarras du choix. »

Le développement naturel de l'Alliance va conduire Renault et Nissan à régler plus vite et mieux sans doute que d'autres entreprises globales le délicat problème de l'internationalisation de leur équipe dirigeante. Dans tous les pays, l'homogénéité nationale des directions d'entreprise est encore la règle. C'est sans doute aux États-Unis que l'ouverture sur l'étranger est la plus grande. En Europe et au Japon, l'état des lieux est déplorable. Le problème de la langue, le mode de recrutement et de sélection des dirigeants (la filière de la haute bureaucratie d'État dans le cas français), le poids des réseaux, aboutissent à un résultat affligeant. Pour un Lindsay Owen-Jones, un Gallois qui dirige le géant des cosmétiques L'Oréal, combien d'entreprises françaises, opérant pourtant dans des dizaines de pays, n'ont pas un seul étranger dans leur direction, même comprise au sens large. En 2001, telle grande banque française ne comptait pas un seul non-Français (et pas une seule femme) parmi ses 40 dirigeants les plus importants ! Et le Japon ne fait pas mieux, loin de là.

> « Quand j'évoque le nationalisme des entreprises, je pense aussi à Renault. Un des grands défis auxquels Renault est confronté dans sa mondialisation, c'est le fait qu'une partie de son management se voie encore comme exclusivement français. La culture française est bien entendu très importante dans la culture de l'entreprise, et il faut en tenir compte. Mais on ne peut pas s'arrêter là. C'est impossible. À cet égard, il est intéressant d'entendre dire que Toyota estime qu'ils vont

devoir devenir de plus en plus américains. Je les prends très au sérieux. Ils sont en train de se poser des questions fondamentales. En quoi le fait d'être une entreprise soi-disant strictement japonaise représente-t-il un handicap ? C'est un problème qu'ils touchent du doigt. Je suis convaincu que si General Motors et Ford ont des difficultés aujourd'hui, c'est parce qu'elles ne sont pas devenues des entreprises authentiquement globales. Elles sont restées beaucoup trop américaines. L'essentiel de leurs profits est réalisé aux États-Unis. Ils ne parviennent pas à en dégager durablement ni en Europe, ni en Amérique Latine ou en Asie. Ce que nous sommes en train de comprendre, c'est que les gagnants de demain, en tout cas dans l'industrie automobile, seront ceux qui seront vraiment globaux, capables d'accorder la même importance à tous les marchés. On ne peut traiter certains marchés comme s'ils étaient secondaires. C'est fini. L'entreprise de demain, c'est celle qui assume sa globalité tout en ne perdant pas son identité. Cela ne sera pas facile. Mais ce sont les entreprises qui y parviendront qui créeront le plus de valeur, le plus de richesse et qui finiront par dominer. »

Carlos Ghosn est convaincu qu'à travers l'Alliance, Nissan est en train d'acquérir ce qui constituera à l'avenir un avantage compétitif : la dimension multiculturelle. Toyota estime avoir la taille critique pour développer son propre modèle et viser seule 15 % du marché mondial. Alors que Nissan démantelait son « keiretsu », le colosse de Nagoya a choisi le chemin inverse, en renforçant progressivement les liens, y compris en capital, avec la dizaine d'entreprises qui constituent la « famille Toyota » : l'équipementier Denso, le constructeur de mini-voitures Daihatsu, Hino, le fabricant de poids lourds, etc. Quand il le faut, Toyota sait fait preuve d'ouverture, en s'alliant par exemple à PSA Peugeot Citroën pour construire en République Tchèque une usine à fabriquer des petites voitures à bas prix pour le marché européen. Mais dans sa culture, son style de management, la composition de la direction, jusques et y compris l'influence de la famille fondatrice, Toyota reste l'archétype de la grande entreprise japonaise traditionnelle. Honda, c'est un peu Astérix le Gaulois. Seule contre tous, fière de sa technologie, d'une indépendance chèrement acquise. Tous les autres constructeurs japonais sont entrés dans l'orbite de grands groupes étrangers mais aucune de ces relations n'offre les perspectives de l'Alliance Renault-Nissan. Mazda est trop petit par rapport à Ford, Suzuki, Isuzu ou Subaru, encore plus si on les compare à leur partenaire General Motors. Quant à Mitsubishi Motor, il est encore étroitement lié, par le capital, la culture et les hommes, au conglomérat dont l'entreprise est issue.

> « Aujourd'hui, quelle est notre spécificité par rapport aux autres constructeurs japonais ? Il y a quelque chose qui est en train de se créer, qui est dû à l'Alliance et prend forme surtout à l'intérieur de Nissan. De tous les Japonais, nous sommes et nous serons

davantage encore le groupe le plus multiculturel. Combien d'Américains siègent-ils au comité exécutif de Honda ? Il y a une différence entre une entreprise multiculturelle et une entreprise internationale. Vous pouvez difficilement être multiculturel sans être international mais la réciproque n'est pas vraie. Ce qui distinguera Nissan des autres constructeurs japonais, c'est qu'elle deviendra l'entreprise japonaise la plus globale, dans la dimension culturelle du terme. Par exemple, les collaborations entre Honda et d'autres constructeurs sont rares. Or, nous passons notre temps à ça. Nous avons des collaborations avec Suzuki, avec Ford, nous avons une alliance avec Renault. Nous croisons les cultures, les expériences. À mon avis, c'est un avantage pour l'avenir. Le monde qui est en train de se construire repose sur des liaisons, des mixages, où il faut savoir conserver son identité tout en collaborant avec d'autres. Nissan est en train d'établir une culture bien adaptée à ce nouveau monde. Il faut qu'au sommet de l'entreprise, on ne raisonne plus en tant que Français ou Japonais. Mais que l'on se demande : “Quelles sont les meilleures pratiques en France, les meilleures au Japon, chez Renault, chez Nissan ?” Il faut être capable de les adopter sans que cela provoque des états d'âme. Le métissage, la dimension multiculturelle de Nissan sont des éléments très importants pour l'avenir. »

En trois ans, surtout si on la compare aux autres grandes opérations de concentration dans l'industrie automobile, à commencer par la fusion Daimler-Chrysler, l'Alliance a donné des résultats remarquables.

Nissan a été rendu à la vie, plus vite et plus profondément que prévu. Les premiers modèles élaborés sur des plates-formes communes sortent des usines, la March/Micra chez Nissan et la Mégane-II chez Renault. La couverture du marché mondial s'est densifiée, chaque partenaire s'appuyant sur les points forts de l'autre, Nissan sur Renault en Amérique Latine et en Europe, Renault sur Nissan au Mexique, en Asie et dans le Pacifique. Les structures de l'Alliance ont été remodelées, les liens en capital renforcés, l'intégration des fonctions accentuées (achats, technologies de l'information). Cette évolution se poursuivra, mais à un rythme dicté uniquement par l'objectif de performance. La voie tracée n'est pas celle d'une simple fusion.

> « Il y a une structure commune dans les achats, une autre pour les technologies de l'information. Et nous en créerons certainement de nouvelles. Mais il s'agira toujours des fonctions de support, qui relèvent du bon sens. Par contre, nous ne prendrons aucun risque sur la distinction des identités. Pour les marques, c'est évident. Mais même dans le cas de l'identité des sociétés. Parce que c'est extrêmement destructeur de valeur et de motivation. Or, tout l'objectif de ce que nous faisons est d'augmenter la motivation, le sens de l'appartenance. C'est incompatible avec ce qui ressemblerait de près ou de loin à une fusion, un amalgame. Le fait que Renault fasse partie de l'identité de Nissan et réciproquement se manifeste dans le fait que personne aujourd'hui ne pense à Renault sans penser à Nissan et *vice versa*. Les deux entreprises sont vues comme étant différentes mais en même temps liées. C'est toujours le même principe :

respect des identités, développement des synergies. Un partenariat qui est fondé sur la recherche de la performance, pas sur des rapports de force. Après trois ans, comme on le voit, il n'y a pas de conflit particulier, pas de malentendus. Et pas uniquement au niveau du sommet. Vous pouvez aller interroger la base. Il y a de temps en temps des mouvements d'humeur, des regrets que les choses n'aillent pas plus vite mais rien de grave. La motivation de Renault est très forte, celle de Nissan également. La performance de Nissan est à un niveau que personne n'aurait pu imaginer il y a seulement deux ans. Cela prouve que, de la base au sommet, il y a une profonde acceptation de l'Alliance et de la manière dont les deux entreprises travaillent ensemble. »

Malgré cela, les observateurs et les analystes observent toujours cette construction inédite avec un certain scepticisme.

« Certains doutent, à juste titre, de la sincérité du discours décrivant une alliance, équilibrée, fonctionnant dans le respect des identités. Ils se disent que c'est trop beau pour être vrai. Beaucoup d'observateurs voient dans l'Alliance un rapport de forces. Pour Renault-Nissan, certains se sont demandé à quel moment le grand méchant loup de Billancourt sortirait du bois. Maintenant, ce serait plutôt l'inverse. Ils constatent que Nissan est plus gros et plus fort et ils en concluent qu'il y aura dans l'Alliance un déséquilibre. C'est faux. Nous ne sommes pas dans une relation de rapport de forces. Nous avons conclu une alliance. Il y a des avantages et des inconvénients, des réussites et

> des insuffisances, des moments plus ou moins faciles pour l'un ou l'autre des partenaires, mais nous sommes dans une relation de partenariat. Que les marchés soient sceptiques, c'est compréhensible. Les analystes aiment les situations en noir et blanc. Ils raisonnent en termes de pouvoir. La seule réponse que nous pouvons leur apporter est de continuer dans la même direction. Nous construisons en marchant mais sur des bases et avec des convictions claires. L'alliance entre Renault et Nissan est un attelage unique en son genre. C'est un chapitre tout à fait nouveau de l'histoire industrielle qui est en train de s'écrire. »

Au niveau des valorisations boursières, le redressement spectaculaire de Nissan couplé au passage à vide de Renault a eu un effet tout à fait inattendu : au printemps 2002, la capitalisation de Nissan, de l'ordre de 30 milliards d'euros (autant de dollars), représentait trois fois celle de Renault. Autrement dit, Renault valait en théorie moins cher en Bourse que sa participation de 44 % dans le capital de Nissan. En théorie également, un prédateur pourrait s'offrir 100 % de Renault et 44 % de Nissan pour l'équivalent de la capitalisation de Renault. Pour Carlos Ghosn cependant, il s'agit d'hypothèses d'école.

> « Envisager aujourd'hui une opération hostile sur Renault, c'est de la fiction puisque l'État français est là. Il n'y a pas encore d'échéancier de retrait et cela ne changera pas tant que Renault n'aura pas retrouvé une valorisation décente. Quand le calcul est absurde,

ce qui est le cas lorsque le résultat veut que Renault vaille moins que sa participation dans Nissan, vous savez que cela ne peut pas durer. On ne peut jamais se protéger complètement contre une opération de prise de contrôle. La règle des marchés est que celui qui en a les moyens financiers peut acheter n'importe quelle entreprise. Le tout est de s'assurer que l'entreprise est valorisée à son juste prix. Et franchement, je ne pense pas que cela soit le cas pour Renault actuellement. La question d'une OPA hostile pourrait se poser le jour où Renault n'aurait plus d'actionnaire de référence. Aujourd'hui, c'est encore l'État français, même si Nissan est désormais présent avec 15 % du capital. »

À vrai dire, la question pourrait se poser assez vite, le nouveau gouvernement français issu des élections du printemps 2002 ayant placé Renault, dont il détient encore un quart des actions après l'augmentation de capital réservée à Nissan, sur la liste des entreprises promises à une privatisation complète. Mais la meilleure défense contre un éventuel prédateur réside ailleurs, dans le redressement attendu de Renault, dans la nature de l'Alliance et son potentiel.

« L'équilibre de l'Alliance reposera sur la performance des deux entreprises. Je pense que Renault est une entreprise qui a beaucoup de potentiel. Je le savais quand j'y suis entré en 1996 et l'histoire m'a donné un peu raison. En trois ans, nous avons quand même fait beaucoup de chemin. Entre le Renault de 1996 et celui de 1999, il y a une très grande différence. On peut en juger par toute une série de critères, objectifs et subjectifs. Depuis, il y a eu un certain flottement. Mais il est évident que Renault a investi dans Nissan des ressources financières importantes, des hommes et a passé du temps à développer l'Alliance. Quelque part, ces hommes, ces ressources et ce temps, vous ne pouvez pas en bénéficier deux fois. Tout cela a eu un coût. Et le redressement de Nissan, le fait que 44 % de ses profits remontent chez Renault, n'est qu'un juste retour des choses. On ne peut pas dire qu'il y a un passage à vide chez Renault en ne considérant que cette seule entreprise. Il faut prendre en compte la contribution de Nissan à Renault parce que Renault est derrière tout cela. Il serait injuste de mettre l'accent uniquement sur la renaissance de Nissan. Il y a dans ce développement une partie des ressources de Renault. La performance intrinsèque de Nissan peut être évaluée en tant que telle, mais la performance intrinsèque de Renault, elle inclut les 44 % détenus dans Nissan. »

D'autre part, il ne faut jamais oublier la nature cyclique du métier de l'automobile. Les modèles ont un cycle de vie. Les différents marchés sont soumis aux aléas de la conjoncture, l'automobile étant un achat important, un investissement lourd pour les ménages, et par conséquent sensible au climat économique ambiant. En 2001-2002, Renault a surtout traversé un bas de cycle dû à l'arrivée en fin de parcours de la Mégane, modèle de milieu de gamme qui fait les gros volumes en Europe, à l'effondrement des marchés argentin et turc, aux difficultés du Brésil. Tout cela a pesé plus lourd que les retards de mise au point de l'original, trop peut-être, coupé-monospace Avantime, un produit de niche. Mais ces difficultés démontrent *a contrario* que Renault avait fait le bon choix stratégique en s'alliant avec Nissan. L'Alliance ne permet pas seulement d'exprimer le plein potentiel de chaque partenaire. Elle permet aussi d'absorber les chocs externes, de pallier les défaillances conjoncturelles.

> « Quand les résultats de Renault seront renforcés par l'arrivée de nouveaux produits, lorsqu'on aura enfin admis que l'Alliance n'est pas une rencontre de circonstance mais un rapprochement solide, profond, que notre relation n'est pas fondée sur un rapport de forces, la valorisation de Renault remontera. Cela demandera du temps mais la convergence entre le renforcement de la performance intrinsèque de Renault, les avantages tirés de l'Alliance perçue comme un processus fondé sur la rationalité, sur des valeurs partagées, tout cela doit conduire à une valorisation plus décente de Renault. Et la meilleure protection d'une entreprise contre une OPA hostile, c'est sa valorisation. Il n'y en a pas d'autre. »

En ce qui concerne la présence géographique, l'Alliance a permis à Renault comme à Nissan de combler un déficit stratégique : l'absence du très important marché nord-américain dans le cas de Renault, et pour Nissan, une présence trop modeste et un manque de rentabilité en Europe.

« La logique de l'Alliance est de couvrir le monde entier avec un minimum de duplication, d'éviter que l'on produise deux fois le même effort. Ainsi, si Renault était seul, la question de son retour sur le marché américain se poserait de manière incontournable, aiguë. Il est impossible de construire une entreprise globale sans être présent aux États-Unis. Mais dans le cadre de l'Alliance, ce n'est pas la priorité immédiate. Il y a un développement en cours dans le Mercosur, une entrée au Mexique, une bataille majeure en Europe, l'extension vers l'Europe de l'Est et la Russie, la création d'une tête de pont en Asie avec Renault-Samsung. Mais dans le cadre de l'Alliance, l'angle est tout à fait différent parce que la priorité va aujourd'hui au renforcement de la présence de Nissan aux États-Unis. Nissan y avait 4 % de part de marché en 2001 et vise 6,2 % en 2004. Cela représente une progression de 50 %. Mais le jour où Nissan aura atteint son potentiel en Amérique du Nord, la question du retour de Renault se posera. Mais cela veut dire qu'intrinsèquement, du fait que le marché américain est beaucoup plus profitable que les autres marchés, Nissan est plus rentable que Renault. Si les constructeurs japonais sont aujourd'hui intrinsèquement plus rentables que leurs rivaux européens, c'est en majeure partie grâce à leur présence sur le marché nord-américain. Il faut l'accepter. Renault, en réalisant cette alliance avec Nissan, s'est en fait garanti une couverture du marché américain. Affirmer que Renault n'est pas présent en Amérique du Nord est inexact. Renault possède 44 % d'une entreprise qui y est bien présente et y réalise des profits. Mais on ne peut admettre cette idée que si l'on accepte la notion de partenariat entre les deux entreprises. Ce raisonnement ne vaut plus si on les considère comme concurrentes ou engagées dans un rapport de forces. Cela signifierait que Renault devrait être présent partout où se trouve Nissan, ce qui n'a pas de sens dans le cadre de l'Alliance. Elle a été conclue précisément pour permettre la création d'une entité qui soit présente sur tous les marchés du monde et au sein de laquelle on se partage le travail. Renault a une forte présence en Europe, en Amérique du Sud, se développe au Mexique, en Asie en complément de Nissan. Nissan a une forte présence au Japon, va se renforcer aux États-Unis, au Moyen-Orient, dans certains pays d'Asie et utilise la présence de Renault pour avancer en Europe ou en Amérique du Sud. Il s'agit d'une logique qui est encore loin d'avoir donné sa pleine mesure. Nous pouvons encore travailler ainsi ensemble pendant plusieurs années pour renforcer l'une et l'autre entreprises. »

Ce qui est vrai pour Renault en Amérique du Nord s'applique à Nissan en Europe.

« Le fait que Renault soit fort en Europe diminue la pression sur Nissan. Quand je dis que les marchés américains et japonais sont prioritaires pour Nissan, cela est vrai pour Nissan mais aussi pour l'Alliance. Si Nissan avait été tout seul, l'obligation de renforcer sa présence en Europe aurait été beaucoup plus pressante. Nissan peut avoir une stratégie tout à fait cohérente tout en ayant une taille relativement modeste en Europe, en complément de Renault, alors que cette présence ne serait absolument pas viable si Nissan était seul. »

Pour Carlos Ghosn, il faut donner du temps au temps. L'Alliance a été conclue en mars 1999. Elle est encore dans la prime enfance. Le sujet est prometteur. Il a fait la démonstration de sa capacité à résister aux maladies infantiles, l'impatience, l'arrogance, l'égocentrisme. Mais il est encore très loin d'avoir donné toute sa mesure.

> « Le potentiel contenu dans l'Alliance a été jusqu'à présent encore très peu exploité, pour une raison très simple : beaucoup des synergies que nous sommes en train de créer ont des effets à moyen et long terme. Quand arriveront les moteurs communs, les boîtes de vitesses communes, les plates-formes communes, que les usines pourront être utilisées de part et d'autre, que les échanges s'intensifieront, les résultats se manifesteront. Nous n'en sommes pas encore là. Il y a eu des effets positifs mais nous sommes encore loin du compte. Et pourtant, sur l'année fiscale 2002, Nissan a réalisé une marge opérationnelle de 10,8 %, qui nous place en tête de l'industrie automobile mondiale. Et quand je vois tous les dysfonctionnements qui existent encore dans l'entreprise et le potentiel de progrès, je n'ai aucun doute que nous progresserons encore. »

Alors, le ciel pour seule limite ? Le premier rang mondial ?

> « Je ne déclarerai jamais que Renault-Nissan doit devenir le numéro un mondial de l'automobile. Ce

n'est pas mon style de faire des annonces péremptoires. Le rang et le volume, ce sont des conséquences. Ce ne sont pas des objectifs. Je n'ai jamais posé des objectifs en termes de classement par rapport aux autres constructeurs. Jamais. Ni dans le NRP, ni dans Nissan 180. Mais il est évident que c'est une entreprise qui, en se régénérant, en améliorant sa compétitivité, va bénéficier d'une croissance des volumes, d'une amélioration de sa rentabilité. Cela conduira à donner de plus en plus de poids à Nissan et à l'Alliance Renault-Nissan sur le marché automobile mondial. Quel sera notre classement dans cinq ou dix ans ? Franchement, je ne sais pas et ce n'est pas un objectif. Si notre performance est bonne, et je pense que le potentiel est très important, chez Nissan comme chez Renault, si nous permettons à chaque entreprise de donner le meilleur d'elle-même, il n'y aura pas de limite à ce que nous pouvons faire. »

CHAPITRE DIX-HUIT

Le goût du défi

« Je ne pense pas qu'il existe un modèle de management gravé dans la pierre. Il s'agit d'une démarche qui se construit au fur et à mesure. Et c'est dans les épreuves que le modèle durcit au feu. Dans les situations de crise, le modèle se reconstruit. »

Une évidence ressort de cet itinéraire : il faut, sinon aimer, du moins ne pas redouter les situations difficiles et comprendre qu'une crise est aussi une chance, une opportunité. L'autre leçon est que si une solide éducation universitaire est utile, essentiellement en ce qu'elle permet d'acquérir des outils d'analyse et une méthode de travail, il est très important d'apprendre à dépasser sa formation initiale.

« Par goût, je suis un littéraire. Mais qui a reçu une formation de matheux et d'ingénieur et qui opère dans le monde des affaires. Mes goûts me portent plutôt vers les langues, l'histoire, la géographie, le lien entre langage et culture. Mais j'ai reçu une formation scientifique. Ce qui fait que je suis un ingénieur qui a relativement peu exercé en tant que tel. Entre les goûts, la formation c'est-à-dire la connaissance de base, et puis l'expérience professionnelle, il peut y avoir des différences très importantes. Mais je le vis de manière assez harmonieuse. »

Néanmoins, il ne fait pas de doute que l'approche mathématique, scientifique, se retrouve dans cette « méthode » de management. Il s'agit avant tout d'identifier les problèmes, d'en analyser les racines. Les faits s'imposent aux schémas théoriques préétablis. Il n'y a pas deux situations identiques. Tout en agissant à partir de principes établis, il faut admettre ce qui relève de l'aléatoire. C'est la démarche suivie par les physiciens.

« En matière de management, j'ai une réflexion qui part des faits et remonte vers la théorie et pas l'inverse. Dans mes réflexions sur le management, je pars des faits, de la réalité. J'observe les modes de fonctionnement et j'essaye ensuite d'élaborer des solutions. Je me dis : “J'ai déjà rencontré ce problème dans un contexte différent mais la solution qui fonctionne est toujours à peu près la même.” Ma démarche sur le plan du management repose beaucoup plus sur la perception d'une réalité, l'examen des faits, la réaction des hommes, pour aller ensuite vers la réflexion théorique, que sur un cheminement qui irait de la théorie à la pratique. C'est une démarche qui est très efficace car elle allie la réflexion à une démonstration appuyée sur des faits. Bien entendu, ces faits doivent être récents. Si la réflexion est fondée sur des éléments qui sont vieux de dix ans, le résultat ne vaudra plus rien. »

Dans l'élaboration du Plan de Renaissance de Nissan, on s'aperçoit que la phase la plus importante, qui exigera le plus de temps et d'efforts, est celle de l'analyse de la situation, de l'écoute des hommes, des visites sur le terrain. Une entreprise n'est pas un objet matériel, une addition de chiffres. Lire le bilan financier ne vous apprendra pas grand-chose sur l'état d'esprit des hommes et des femmes qui composent cette collectivité humaine.

« Les échanges sont très importants. Ils vous permettent de comprendre non seulement ce que les gens autour de vous pensent de la situation qu'ils sont en train de vivre mais de saisir la situation elle-même. Dans le management, l'intelligence des situations est capitale. Pas uniquement l'intelligence des faits, l'intelligence des hommes, de la technologie, etc. mais l'intelligence de la situation qui est la combinaison des faits, des hommes... Elle seule vous permettra de comprendre ce qui est réalisable et ce qui ne l'est pas, jusqu'où il est possible d'aller et à quelle vitesse. »

Ces échanges doivent nécessairement avoir lieu à tous les niveaux de l'entreprise. Il ne s'agit pas de céder au « basisme » mais de reconnaître une autre évidence : si une situation de crise a pu s'installer, c'est nécessairement parce que le management en place n'a pas été capable d'apprécier les modifications dans l'environnement de l'entreprise, de définir la nature des réponses à y apporter. Il y a dès lors de fortes chances qu'il soit devenu un obstacle, volontaire ou involontaire, à la remontée de l'information et à la solution des problèmes. L'expérience prouve que c'est au niveau de la hiérarchie que l'on rencontre le plus souvent le « syndrome du déni », qui consiste à nier la gravité d'une situation, et le plus fort degré de scepticisme quant à la possibilité de la modifier radicalement. Toutes attitudes au demeurant compréhensibles sur le plan humain. À cet égard, l'expérience du plan 20 milliards chez Renault avait été instructive.

> « Pour moi, ce plan n'avait rien d'irréaliste mais pour beaucoup de gens autour de moi, l'objectif était regardé au départ comme une utopie. Dans de telles conditions, faut-il communiquer aussi par-dessus la tête de la hiérarchie ? La réponse est "Oui, mais sans provocation" ! Je suis allé sur le terrain, là où j'exerçais le contrôle hiérarchique mais aussi là où je n'étais pas le responsable direct. Je posais des questions, j'essayais de comprendre les situations, les préoccupations des hommes de terrain concernant les produits, la qualité, les coûts, le timing des lancements de produits. »

Toute situation de crise non maîtrisée encourage aussi la manifestation et le développement d'une « culture du blâme et de l'excuse ». On peut aussi l'appeler « réflexe du parapluie », une attitude consistant à chercher dans les circonstances extérieures ou le comportement des autres parties prenantes l'explication et la justification d'une mauvaise performance. Une telle attitude doit être combattue avec fermeté parce qu'elle s'oppose naturellement à toute remise en cause du *statu quo*. Elle peut aussi, ce qui est au moins aussi grave, conduire à rechercher des échappatoires à la crise, généralement du côté de la puissance publique susceptible de fournir des subventions ou d'étendre des protections tarifaires. L'expérience prouve que le résultat final est encore plus catastrophique. De la Compagnie des Machines Bull, dont l'agonie a été prolongée sur plus de deux décennies par l'incapacité des autorités françaises à débrancher la respiration artificielle, à l'industrie sidérurgique américaine, qui titube de crise en crise en appelant régulièrement l'arsenal protectionniste de Washington à la rescousse, les exemples sont légion.

> « Quand une entreprise rencontre des difficultés, c'est toujours et avant tout de son propre fait. Bien sûr, l'environnement joue un rôle. Que l'économie soit en croissance ou traverse une récession, que les taux de change soit favorables ou défavorables, cela allège ou amplifie les difficultés. Mais la source des problèmes, c'est toujours vous-mêmes. Nissan n'a pas décliné à cause de la stagnation économique au Japon ou parce que Toyota et Honda étaient des concurrents trop puissants. Les gènes du déclin se trouvaient à l'intérieur de l'entreprise. Et le redressement de Nissan n'est pas fondé sur la faiblesse du yen par rapport au dollar ou

> sur une relance de l'économie japonaise mais sur le fait que Nissan s'est remis en cause de l'intérieur. La cause du déclin se trouve toujours dans la mécanique intime du fonctionnement de l'entreprise. C'est d'ailleurs pourquoi les interventions extérieures, qu'elles viennent d'un gouvernement ou de tout autre organisme, ne sont jamais déterminantes. Ce sera au mieux le coup de pouce qui appuiera une évolution interne. Quant à retarder cette évolution, cela coûte très cher. Quand il faut une intervention extérieure pour aider une entreprise, c'est le signal qu'elle est incapable de se reconstruire elle-même, que les conditions nécessaires à sa régénération ne sont pas réunies. »

Toutefois, une condition *sine qua non* de cette régénération tient à la conviction du management. Le management doit identifier son sort à celui de l'entreprise. Il doit avoir chevillée au corps l'envie de réussir, comme si sa propre existence en dépendait. Le capitalisme contemporain a cherché des réponses à cette question rendue très complexe par le fait que la propriété des grandes sociétés cotées a été dissociée de l'exercice du pouvoir gestionnaire. Le risque bien réel est que le responsable de l'entreprise se comporte plus comme un mercenaire, avant tout préoccupé par son intérêt personnel, que comme le dépositaire d'un héritage à développer pour le transmettre à la génération suivante. Il en a résulté un affaiblissement de l'« affectio societatis » et le moins qu'on puisse dire est que les solutions adoptées, de la généralisation des stock-options à la désignation d'administrateurs indépendants, ont fait tout récemment encore la démonstration de leurs limites. Pour Carlos Ghosn, la vraie réponse se trouve sur le plan moral. Et ce qui aurait pu faire sourire dans les années 90 prend aujourd'hui le caractère de l'évidence.

> « J'ai une vision du management qui est relativement simple. Le patron assume le passé et l'avenir de l'entreprise, quels qu'ils soient. Il est impossible de dire : "Je suis arrivé mais avant moi, la situation était à ce point désastreuse qu'il ne me reste plus qu'à arrondir les angles." Chez Nissan, il n'était pas question que j'envisage de dire : "J'ai échoué dans mon plan mais c'est parce qu'avant moi, on avait commis tellement d'erreurs que je ne pouvais pas m'en sortir." Si j'accepte la direction d'une entreprise, j'en assume le passé, le présent et l'avenir, et quand je m'engage, il n'y a pas de "mais", de "si", de conditions. Je prends le risque dans son intégralité et je m'engage à fond. »

Pour s'en tenir à l'histoire récente de l'industrie automobile, la comparaison est édifiante entre le management de Chrysler et celui de Renault. Deux groupes à l'histoire mouvementée, aux crises financières fréquentes, aux limitations bien connues, Chrysler trop exclusivement américain, Renault trop concentré sur le marché européen. Deux entreprises confrontées à un choix existentiel par le phénomène de concentration qui affecte leur industrie : manger ou se faire manger. Au moment où Chrysler est approché par Juergen Schrempp, l'Américain est en haut de cycle. Mais la concurrence se fait de plus en plus sévère sur le segment du marché qu'il a largement contribué à créer aux États-Unis, celui des minivans (monospaces). Son équipe de direction est composée de vétérans en fin de carrière. Fatigue, tentation de toucher à travers une fusion les bénéfices personnels d'une opération financière ? Toujours est-il qu'on prête à Bob Eaton cette remarque : « Je ne veux pas être celui qui aura sauvé Chrysler une quatrième fois. »

Partant de cette réflexion, il est assez facile de définir la responsabilité sociale du chef d'entreprise. Elle est avant tout de transmettre et d'entretenir cette foi en l'avenir.

> « La responsabilité sociale du chef d'entreprise, c'est d'abord d'en être le leader. Pas seulement vis-à-vis des cadres dirigeants mais aussi de la hiérarchie intermédiaire et de ceux qui fabriquent le produit ou sont en contact avec le client. Il faut s'assurer que la vision de l'entreprise, de son avenir, est connue, comprise, partagée, jusqu'à l'ouvrier qui travaille dans l'usine, jusqu'au vendeur dans les concessions. Il faut s'assurer que pour soutenir cette vision, il y aura une stratégie relativement simple, qui soit articulée et partagée ; que cette stratégie intègre des objectifs cruciaux, identifiés et classés par ordre de priorité ; et il faut faire en sorte que la contribution attendue de chacun soit connue, de manière quantifiée. Dans le choix même du nom "Nissan 180", il y a une volonté de clarté. Tous les objectifs majeurs sont contenus dans l'intitulé. Un pour un million de voitures supplémen-

taires vendues, huit pour 8 % de marge opérationnelle, zéro pour une élimination totale de l'endettement. Nous avons défini la stratégie en termes simples : plus de revenus, des coûts compétitifs, plus de qualité, davantage de vitesse, une alliance plus forte avec Renault. Tout est affiché de manière simple, claire, quantifiée, pour être certain qu'à tous les niveaux de l'entreprise, même là où le personnel est le moins familier avec les subtilités de la stratégie, les gens comprennent où nous allons, comment nous y allons et quelle doit être leur contribution. La responsabilité du chef d'entreprise consiste à associer la totalité du personnel dans le management et à s'engager sur les résultats. »

Tous les mois, la direction de Nissan fait une communication interne sur les résultats. Des sondages parmi le personnel sont lancés régulièrement pour savoir ce qu'il pense du management, de la qualité de la communication, de la rapidité de la prise de décision, de la clarification des contributions et des responsabilités. Chez Carlos Ghosn, cela répond à une conviction profonde.

« Vis-à-vis de l'ensemble des personnes qui travaillent chez Nissan la responsabilité du patron est de clarifier, d'associer. À côté de cela, il faut avoir le souci de motiver ceux qui font l'entreprise, à travers la répartition des fruits du progrès. Il ne faut pas donner le sentiment que tout est fait en fonction du client ou de l'actionnaire. Au cours de l'année 2001-2002, cela a été très clair. Nous avons enrichi nos voitures, donnant plus à nos clients. Nous avons donné plus à nos actionnaires par la réévaluation de l'action et l'augmentation du dividende mais aussi, nous avons donné plus à l'ensemble du personnel, à tous les niveaux par l'augmentation des salaires et des bonus. Au sein du personnel, je ne fais pas de distinction. Je ne divise pas l'entreprise en classes sociales. Il y a des responsabilités attribuées, des contributions attendues. Mais ma vision de l'entreprise est continue. Il s'agit d'hommes et de femmes qui forment une grande équipe, travaillent chacun à leur niveau de responsabilité et avec qui nous devons communiquer, que nous devons associer à la marche de l'entreprise, que nous devons informer et avec qui nous devons partager les progrès de la manière la plus honnête possible. Pas seulement au niveau des salaires mais aussi des conditions de travail. Il y a des investissements qui ont été faits dans l'ergonomie dans les usines. Nous sommes en train de refaire tous les locaux sociaux, dans les usines et au siège. La création de la valeur doit être multi-directionnelle, bénéficier à tous. C'est vrai, certains en bénéficient plus que d'autres mais ils contribuent aussi plus que d'autres. »

En outre, le chef d'entreprise doit veiller à ce que cette communauté d'individus demeure le moyen privilégié de l'ascension sociale. C'est, en tout cas dans les pays les plus avancés, une mission que l'éducation, pour diverses raisons, a de plus en plus de mal à assumer. La panne de « l'ascenseur social » est devenue un thème récurrent, notamment dans les sociétés européennes. Les mutations du capitalisme moderne ont engendré une aggravation des inégalités, la marginalisation de couches entières de la population qui ont du mal à suivre le rythme imposé par l'évolution des conditions de production, sous l'impact de la mondialisation. Au Japon, le mythe de l'appartenance de 90 % de la population à une vaste classe moyenne a été mis à mal par une décennie de crise. Si la société n'y parvient pas, à tout le moins l'entreprise doit pouvoir apporter à chacun une certaine égalité des chances.

> « Il y a un niveau de responsabilités à partir duquel, ce qui compte, c'est l'homme. Ce n'est pas tellement son expertise. C'est sa capacité à comprendre, à écouter, à motiver, à simplifier, à mobiliser. Les diplômes vous y aident mais il n'y a rien qui empêcherait quelqu'un venu de la base d'y exceller. L'entreprise reste un vecteur de promotion sociale. Mon cas personnel est un peu une illustration de cela. Je suis entré chez Michelin en tant que simple ingénieur, qui plus est originaire du Brésil et n'ayant pas à l'époque la nationalité française. Aujourd'hui, je suis le patron de Nissan. Si je suis ici, ce n'est pas parce que je suis polytechnicien ou un ingénieur de premier ordre. C'est parce que j'ai été capable de réaliser certaines choses en associant des gens autour de moi. Ce sont plus les atouts manifestés dans la gestion des hommes que ma formation de base qui m'ont aidé. La complexité croissante de la technologie ou de la finance n'est pas du tout un obstacle. Contrairement à ce que pensent

certains chefs d'entreprise, résoudre les problèmes de l'entreprise ne veut pas dire les comprendre dans tous les détails mais s'assurer d'être entouré par des collaborateurs capables d'aller au fond des sujets et de les résumer de manière que vous puissiez prendre ou faire prendre les décisions les plus adéquates. »

Le patron ne peut en aucun cas s'enfermer dans une tour d'ivoire. Il doit fuir comme la peste l'enfermement par un entourage qui aura toujours tendance à enjoliver une situation. Il ne peut pas se contenter de surveiller les ratios financiers et les chiffres des commandes. C'est bien pourquoi le management est un art, pas une science, et surtout pas une science exacte.

« Il faut sentir l'entreprise, sentir ses clients. Et c'est là que l'on peut prendre des décisions. Sentir l'entreprise est aussi important que la comprendre. Il ne faut jamais cesser d'aller sur le terrain. C'est indispensable. Parce que c'est là que vous sentez l'entreprise et en outre, la communication que vous faites passer, les messages que vous envoyez, l'état d'esprit qui se crée dans l'entreprise, sont irremplaçables. Je visite une usine comme un centre technique ou un show-room. Je vais aux États-Unis comme en Europe ou au Japon. Je me sens à l'aise partout. Je dis la même chose partout, même si la forme peut varier. Je suis dans un monde unique, qui est celui de l'entreprise. Je ne la vois pas sous forme de catégories, de sectes, de chapelles. Je n'ai pas cette vision. Ayant travaillé 18 ans chez Michelin, il est évident que j'ai été influencé par la culture ambiante qui était effectivement très tournée vers les hommes. J'aurais commencé dans une entreprise très bureaucratisée, je manifesterais probablement des tendances plus bureaucratiques. J'ai été formé dans une entreprise très tournée vers les hommes et je ne m'en plains pas. »

Finalement, le patron doit être celui qui garantit que l'entreprise reste fidèle à sa vocation principale, qui est de produire et de vendre des biens et des services. Voilà qui revient à enfoncer une porte ouverte, dira-t-on. Pourtant, l'histoire récente abonde en exemples d'entreprises qui ont oublié ou n'ont même jamais répondu à cette vocation première. L'entreprise devient alors au choix le véhicule de montages spéculatifs douteux, l'expression de la volonté de puissance d'un individu ou d'un groupe d'individus, une monnaie d'échange dans un exercice de cavalerie financière, et souvent tout cela en même temps. La « nouvelle économie » américaine a illustré jusqu'à la caricature cette croissance virtuelle dans laquelle des « entreprises » qui ne produisaient que des visions irréalistes, et accumulaient par contre des dettes bien réelles, ont alimenté la création de ce qui restera sans doute comme la bulle spéculative la plus phénoménale de l'histoire du capitalisme. Le Japon a connu sa propre version de cette dérive dans les années 80, lorsque les entreprises industrielles gagnaient plus d'argent en pratiquant le « zakai », c'est-à-dire la spéculation immobilière et boursière avec de l'argent gracieusement avancé par les banques, que comme résultat de leur activité productive. On sait ce qu'il en est advenu. L'entreprise, ce doit être d'abord et avant tout le produit.

> « Ma vision de l'industrie automobile est assez classique. C'est le produit d'abord. Une fois que le produit a atteint un niveau d'excellence, on peut développer d'autres activités. Mais il ne faut jamais s'engager dans des activités dérivées avant de s'être assuré de manière solide, robuste, permanente, que l'on est très fort sur le cœur de métier. Dans une industrie qui est aussi compétitive, dans laquelle le produit est à ce point évolutif, une diversification mal maîtrisée est une erreur fatale. L'automobile est un produit très évolutif, à la croisée de toute sorte de bouleversements technologiques, dans les systèmes d'information, l'électronique, la connaissance des matériaux, les moteurs, les transmissions, les processus de fabrication. C'est un produit soumis à des réglementations extérieures, à des pressions comme celles qui résultent du souci légitime de protéger l'environnement. L'état d'esprit des consommateurs change, leurs aspirations en matière de fiabilité, de coûts, évoluent. Pour migrer de ce produit très complexe vers des services, il faut vraiment être certain de son coup. »

Or, l'histoire de l'industrie automobile n'est pas avare d'exercices de diversification qui ont généralement fort mal tourné. C'est DaimlerBenz, qui sous l'impulsion d'Edzard Reuter, le prédécesseur de Juergen Schrempp, se met en tête de devenir un conglomérat présent dans les services informatiques, l'aéronautique et l'espace. Sous la direction de Jac Nasser, on a vu Ford se lancer dans la réparation automobile rapide, vouloir créer son propre réseau de distribution en concurrence avec ses concessionnaires traditionnels. À chaque fois, les justifications ne manquent pas : créer de nouvelles synergies, récupérer une part plus significative de la plus-value, se prémunir contre la nature cyclique de l'activité automobile. À chaque fois, c'est le produit qui souffre. Le système productif de Ford est devenu progressivement le moins performant d'Amérique du Nord. Il est significatif qu'au sortir de la réunion du conseil d'administration où il venait d'obtenir le départ de Nasser, Bill Ford ait donné aux employés réunis un nouveau mot d'ordre : « Back to basics. » En d'autres termes, le recentrage sur le cœur de métier, concevoir, fabriquer et vendre des voitures.

> « On va revenir à des choses beaucoup plus classiques. Je suis persuadé qu'il faut coller à l'auto. Il faut coller au produit. Celui qui perd de vue le produit est condamné. »

La crise sonne toujours comme un rappel à l'ordre. Il y a bien entendu des activités annexes qui doivent faire partie du portefeuille d'un constructeur automobile, notamment le financement des ventes aux particuliers ou le leasing aux entreprises. Mais un industriel n'est pas un banquier et il faut se garder d'aller trop loin dans cette voie. Certaines diversifications sont franchement douteuses, comme l'obstination de Toyota à fabriquer des maisons individuelles, une activité qui n'aurait généré que des pertes en 25 ans d'existence. D'autres procèdent d'une gestion patrimoniale qui prend en compte non plus les intérêts de l'entreprise mais ceux de la famille fondatrice. Le meilleur exemple est donné par les Agnelli, présents dans le tourisme, l'assurance, la distribution, la finance, alors que Fiat lutte pour sa survie sur le marché européen. Démarche tout à fait opposée à celle de la famille Peugeot, restée enracinée dans l'automobile et qui d'ailleurs a encore renforcé récemment sa participation majoritaire au capital de PSA.

> « Développer des activités nouvelles, ce peut être une bonne chose. La faute à ne pas commettre, c'est que cela se fasse au détriment de la compétitivité sur le produit automobile. Chaque fois qu'un constructeur a affaibli son offre dans le cœur de métier, qui est le produit, parce qu'il a voulu se diversifier, il l'a payé très cher. Se lancer dans des activités périphériques, oui, mais à condition que le produit principal continue à être développé d'une manière forte. Dans certains cas, le constructeur a développé des équipementiers (Magneti Marelli pour Fiat), un secteur financier, de l'électronique, et il a oublié l'automobile. Ils se sont retrouvés avec une gamme vieillissante, trop peu d'innovations, des problèmes techniques, des difficultés dans les relations avec les fournisseurs, etc. Ce n'est pas une question d'actionnariat familial. C'est une

affaire de management. On peut se développer à la périphérie à condition que le cœur de métier soit très fort. »

Comme stratège, le chef d'entreprise doit déterminer en permanence un champ d'activité optimal. S'il est trop restreint, l'entreprise va s'étioler, se scléroser, décourager les talents qui rêvent d'expansion et de conquêtes. S'il est trop étendu, les lignes de commandement risquent de se distendre, l'attention de se disperser, les ressources de s'épuiser. L'autre qualité attendue du chef d'entreprise est qu'il soit en quelque sorte un architecte du temps. Comment arbitrer entre la gestion du long terme, sachant qu'il faut par exemple entre deux et trois ans pour développer un nouveau modèle de voiture qui ensuite sera commercialisé pendant cinq ans ou plus, et la dictature du court terme qui s'est imposée sur les marchés financiers pendant les années 90 du siècle dernier, sous l'influence du capitalisme anglo-saxon ?

« S'agissant de la gestion à court terme, la faute n'en incombe pas uniquement aux analystes. Si une entreprise n'affiche qu'une prévision à court terme et rien sur le moyen et long terme, les analystes ne peuvent regarder que les résultats à court terme. Ils n'ont pas d'autres références. Ce que nous avons fait chez Nissan et que nous continuons à faire, c'est que nous annonçons un plan à trois ans, avec des étapes quantifiées. Et à chaque étape, nous faisons les comptes.

C'est une façon de mettre en perspective l'évolution de l'entreprise. Évidemment, cela peut conduire à faire des choses très qualitatives et les analystes ont horreur de cela. Il faut essayer de quantifier l'évolution de l'entreprise. Dans le plan Nissan 180, nous annonçons un million de voitures produites en plus à un horizon de trois ans, une marge opérationnelle à plus de 8 % et une dette ramenée à zéro. Pour y parvenir, je vais procéder en six étapes... Si un semestre se passe mal mais que vous pouvez expliquer comment vous aller redresser la situation, le marché vous le pardonnera. Par contre, en l'absence de perpective quantifiée à moyen terme, si vous ratez vos résultats à court terme, il n'y a rien derrière. Et vous prenez un "carton" monumental à l'annonce de vos résultats. Certes, il y a une pression des marchés financiers sur le court terme mais franchement, il arrive souvent que les entreprises se placent dans une situation qui amplifie ce phénomène. Tous les acteurs sur les marchés financiers ne jouent pas à court terme. Il y a des grands fonds d'investissement qui sont là pour le long terme. Les plus bruyants sont souvent ceux qui jouent à court terme mais ils ne sont pas forcément toujours les plus importants. Mais si le management ne fournit pas des éléments crédibles, quantifiés, avec un calendrier, parce qu'il ne veut pas s'engager sur trois ans, il est alors complice de cette situation. »

Autrement dit, trois ans de préférence à trois mois. Ce rythme triennal imposé au développement de l'entreprise ne doit pas être réservé aux situations d'urgence, comme celle dans laquelle se trouvait Nissan en 1999. C'est un mode opératoire permanent. Il procède d'ailleurs autant sinon davantage d'un impératif de mobilisation interne que d'une réponse à la pression exercée de l'extérieur par les marchés financiers.

> « Le système qui consiste à éclairer le paysage sur un délai raisonnable, trois ans, est très sain. Mais dès la deuxième année, il faut commencer à réfléchir à ce qui viendra derrière. J'élargis l'horizon au fur et à mesure que l'action se déroule. Un premier plan à trois ans, puis un autre, six ans au total, et aujourd'hui nous parlons entre nous de notre vision de l'entreprise, de sa mission et des plans directeurs qui nous positionneront sur un horizon encore plus lointain. »

CHAPITRE DIX-NEUF

Demain

> « La question de l'avenir d'un constructeur automobile se pose en termes relativement simples : dispose-t-il d'une offre compétitive et de la capacité à la maintenir, oui ou non ? Si la réponse est oui, il fait partie de ceux qui ont un avenir. Si la réponse est non, quelle que soit sa taille, quelles que soient les alliances qu'il pourrait nouer, il est condamné. »

Dans les toutes dernières années du XXe siècle, l'industrie automobile mondiale a été le théâtre d'une vaste guerre de mouvement. Tandis que Daimler Benz rachetait Chrysler avant de s'inviter au capital et à la direction de Mitsubishi Motor, le numéro deux américain Ford mettait la main sur le Suédois Volvo Car et l'intégrait avec ses marques de luxe européennes (Jaguar, Range Rover) au sein du Premier Automotive Group. En Asie, Ford avait finalement pris directement en main la gestion du Japonais Mazda, dont il était depuis longtemps l'actionnaire majoritaire. Le numéro un mondial General Motors, déjà présent au capital de trois petits constructeurs japonais (Isuzu, Subaru et Suzuki), prenait 20 % de Fiat, assortis d'une option d'achat sur le groupe italien. Au terme d'un long feuilleton politico-financier, le numéro un mondial s'emparait aussi du Sud-Coréen Daewoo Motor. En Corée du Sud même, le leader Hyundai avait profité de la crise financière asiatique de 1997-98 pour asseoir sa domination en rachetant Kia tandis que Renault mettait la main sur le dernier-né de l'automobile coréenne, Samsung, peu après avoir conclu son alliance avec le numéro deux nippon Nissan Motor.

Certains analystes, tel Graeme Maxton du consultant autoPolis, estiment que le processus de concentration est désormais à peu près achevé, les six premiers groupes assurant plus des deux tiers de la production automobile mondiale et les dix premiers plus de 90 %. Mais la grave crise traversée par un géant comme Ford ou les menaces pesant sur la survie de Fiat sont là pour rappeler que rien n'est jamais définitivement acquis.

> « Les différents acteurs survivent et progressent en fonction de leur capacité de compétitivité. La compétitivité est fondée premièrement sur l'innovation. C'est l'élément le plus important. Il s'agit autant de l'innovation sur le plan du produit, c'est-à-dire des concepts, que sur le plan technique. Exemple d'innovation dans le concept : la Renault Scenic. Un grand volume intérieur dans un empattement limité avec beaucoup de fonctionnalités. Les constructeurs sont à la recherche de nouveaux concepts qui collent mieux aux besoins

des clients qui eux-mêmes évoluent. Innovation technique, les boîtes de vitesses CVT. Le fait qu'une entreprise soit capable de maintenir et d'améliorer sa capacité à innover et qu'elle soit reconnue par le marché est crucial. »

L'innovation n'est pas affaire de taille. Lorsque Renault a été le premier à décliner en Europe le concept du monospace (Espace, Twingo, Scenic), le groupe français était un constructeur généraliste de taille moyenne. Mais elle exige des ressources.

« Vous pouvez dépenser beaucoup d'argent dans la recherche-développement sans être pour autant certain d'innover. Mais si vous avez des idées d'innovation sans avoir les ressources pour les explorer, cela ne sert pas à grand-chose. Il faut des ressources pour développer la technologie, pour créer des concepts. Je suis également convaincu que l'innovation passe par la confrontation à des situations différentes. Vous innovez quand vous êtes confrontés à une réalité différente, lorsque vous êtes surpris, si vous avez une capacité à vous remettre en cause. Cela est favorisé par la confrontation entre différentes cultures, différentes approches. La principale innovation dans les concepts actuellement, ce sont les hybrides, encore appelés cross-over, c'est-à-dire le mariage entre une berline et un pick-up ou encore le croisement d'un SUV avec une voiture de sport. Une des sources principales de l'innovation, c'est le mariage des différences, le dialogue entre des gens qui sont de cultures différentes. »

Deuxième élément, la capacité à progresser de manière continue en qualité.

> « Il ne s'agit pas seulement de la qualité au sens classique du terme, le fait que le produit soit fiable ou encore de ce qu'on appelle la qualité initiale, c'est-à-dire qu'au cours des trois premiers mois d'utilisation d'une voiture, aucun élément ne doit venir contrarier l'attente de l'acheteur. Il s'agit aussi de la capacité de séduction du modèle, la qualité du design externe et interne, celle des matériaux et bien sûr la qualité du service qui devient très importante dans la perception du produit et de la marque par le client. »

Dans la nomenclature industrielle, l'automobile appartient à la catégorie des biens de consommation durables. Pour l'acheteur, elle représente un investissement financier important. Le poste « automobile » pèse lourd dans le budget des ménages. Contrairement à d'autres produits qui font partie de la vie quotidienne, comme l'électroménager et *a fortiori* l'informatique, la voiture n'a pas connu de chute tendancielle significative de son prix d'achat. La raison tient pour partie au fait que l'achat et l'usage d'une automobile ne procèdent pas d'une démarche purement utilitaire.

> « Nous ne pouvons pas envisager l'automobile indépendamment de la dimension émotion et plaisir. Il y a dans l'automobile une dimension esthétique, le sentiment d'indépendance attaché à l'objet, le statut, l'affirmation de la personnalité par le biais de la voi-

ture. C'est une relation affective forte. Pas toujours mais très souvent. Cela est plus ou moins sensible selon les pays, selon les cultures, mais reste un phénomène dominant. Le design externe, le design interne, le toucher des matériaux, la disposition des fonctionnalités, tout cela est important et va au-delà du rationnel. Mais il y a des éléments rationnels, à commencer par le prix. La rationalité concerne plutôt des notions comme l'espace intérieur, la puissance disponible, la facilité d'usage, la fiabilité. Notre travail est de savoir comment faire de l'acte d'achat de nos voitures une décision qui soit satisfaisante sur le plan rationnel, qualité, prix, délais de livraison, comme au niveau émotionnel, image de marque, design, statut. »

Mais la perception peut être trompeuse. L'industrie automobile n'échappe pas au phénomène de déflation qui touche pratiquement toutes les activités industrielles. Le phénomène est masqué par l'enrichissement constant du produit automobile, en partie du fait du durcissement progressif des normes en matière d'environnement et de sécurité, mais également parce que le marché se polarise de plus en plus entre le haut de gamme, voire le luxe, et l'entrée de gamme, au détriment des voitures moyennes. La diversification de l'offre (SUV, cross-over) qui sur certains marchés tire la moyenne des prix vers le haut, joue aussi un rôle. Toutefois, à prix constant, un constructeur généraliste doit offrir sur chaque nouveau modèle davantage de performances, de sécurité, de qualité, de longévité, d'équipement, pour un coût estimé chaque année à quelque 1 % de sa marge d'exploitation.

> « Nos clients nous demandent des voitures de plus en plus sophistiquées, de mieux en mieux équipées, de plus en plus performantes, avec des prix qui sont au mieux constants, si ce n'est à la baisse. C'est ce que le marché exige. La nouvelle March/Micra est au même niveau de prix que l'ancienne, avec des fonctionnalités nettement supérieures. Elle est beaucoup mieux équipée, plus moderne, beaucoup plus attractive. Et pourtant sur l'ancienne March/Micra, nous perdions de l'argent alors que sur la nouvelle nous en gagnons. »

C'est bien pourquoi la maîtrise des coûts n'est pas un choix mais un impératif catégorique.

> « Autre facteur de compétitivité, la capacité à maîtriser les coûts. Notre métier ne se réduit pas à cela mais si vous n'avez pas un contrôle satisfaisant de vos coûts, vous n'avez aucune chance de réussir. L'automobile est un produit dont la valorisation est très importante. C'est un achat lourd et pour lequel le prix est un élément crucial dans la décision du consommateur. »

Mais il ne faut pas que la course à la productivité ou à l'innovation se traduise par une perte d'efficacité dans le processus d'achat ou de production. Autrement dit, le mieux est l'ennemi du bien.

> « Enfin, il y a tout ce qui concerne la capacité à être efficace en matière de délais, c'est-à-dire la maîtrise

du processus de développement et de production. Sur une plate-forme existante, nous avons été capables de développer des voitures nouvelles en 12 mois. Pour créer une nouvelle plate-forme, cela demande actuellement 24 mois. Et je ne pense pas que quiconque aujourd'hui puisse faire beaucoup mieux. La réduction des temps de développement est un de nos axes majeurs. Je n'en ai pas parlé dans la présentation du plan Nissan 180 parce qu'il s'agit d'un dossier extrêmement sensible d'un point de vue concurrentiel. Mais nous allons vers une réduction significative. Le défi, il est dans le maintien de la qualité et des délais de lancement. Parce que plus vous réduisez les temps de développement, plus la pression sur les fournisseurs est forte, moins vous avez de temps pour réagir en cas de difficultés de mise au point et plus vous prenez de risque sur vos délais de lancement. Supposons que le temps de développement soit ramené de 24 à 12 mois, le risque pour la qualité ou les retards est largement supérieur. Vous avez beaucoup moins de temps pour vous retourner. Je demande à l'ingénierie de réduire le temps de développement tout en conservant une maîtrise totale de la qualité et des délais de lancement. Les risques liés aux retards ou la qualité sont de très loin supérieurs aux avantages que nous pouvons tirer d'une réduction de quelques mois des temps de développement. En résumé, un bon équilibre entre innovation, qualité, coûts et délais, c'est ce qui fait la force d'un constructeur automobile. »

Rien de tout cela n'est en théorie inaccessible à un constructeur de taille moyenne. Au moment même où se produisait la vague de concentration transcontinentale de la fin des années 90, au moins trois constructeurs automobiles (les généralistes PSA, Peugeot, Citroën et Honda, le spécialiste BMW) réaffirmaient haut et fort leur volonté d'indépendance.

> « Nous pouvons très bien envisager qu'il y ait encore dans l'avenir des constructeurs à taille limitée qui soient très performants. Mais si vous êtes petit et que vous passez par un trou d'air, vous êtes très vulnérable. Alors que pour un gros, le risque est moindre. La taille n'est pas synonyme de succès mais elle fournit un matelas qui amortit les chocs. »

Les six premiers constructeurs mondiaux ont aujourd'hui des productions annuelles variant de 7,5 millions de véhicules (voitures particulières et véhicules utilitaires légers) pour le numéro un General Motors à 4,35 millions pour DaimlerChrysler. Au cinquième rang mondial, l'alliance Renault-Nissan a fabriqué en 2001 tout près de cinq millions de véhicules. La plateforme B, base de la nouvelle March/Micra chez Nissan (et son dérivé la Cube) et des futures Clio et Twingo chez Renault, sera fabriquée chaque année à 1,7 million d'unités quand elle parviendra en haut de cycle. Les économies d'échelle dérivant de tels volumes sont significatives. Mais elles ne constituent cependant pas la panacée.

> « L'échelle ne peut pas se substituer à la compétitivité. Mais si vous avez la compétitivité forte et que vous

bénéficiez aussi d'un effet d'échelle, cela vous donne un avantage très important. C'est évident au niveau des coûts. Au plan de l'innovation également, parce que vous pouvez investir davantage. L'investissement par unité est plus réduit, même si en fin de compte les montants mobilisés sont beaucoup plus importants. Mais au sein de l'Alliance, nous parlons d'abord performance, pas échelle. C'est une alliance qui est fondée avant tout sur une recherche continue de la performance. Innovation, qualité, coûts parce que c'est là que les choses se jouent. Exemple : quand nous avons élaboré ensemble la plate-forme B, la March/Micra était la première voiture qui l'utiliserait. Toutes les voitures qui seront basées sur cette plate-forme auront des fournisseurs communs. Le contrat initial avec le fournisseur ne sera pas établi en fonction de la seule March/Micra mais en tenant compte de tous les modèles à venir qui utiliseront cette plate-forme. C'est-à-dire que dès la première voiture, le bénéfice de l'économie d'échelle intervient. Il aurait été plus difficile d'obtenir la même performance si Nissan avait développé la voiture tout seul. Les coûts auraient été plus élevés, le bénéfice des échanges sur le plan technique entre Renault et Nissan aurait été perdu. »

La loi des économies d'échelle est à ce point contraignante qu'elle conduit de longue date des concurrents directs, dans une industrie pourtant brutalement compétitive, à conclure des alliances ponctuelles, notamment pour la fabrication d'organes mécaniques, moteurs ou boîtes de vitesses. Ces coopérations ignorent de plus en plus les frontières nationales et impliquent des groupes pourtant farouchement attachés à leur indépendance. Elles peuvent permettre à un constructeur de pallier une défaillance majeure, par exemple les Américains et les Japonais quand ils doivent équiper leurs modèles d'entrée de gamme en Europe de petits moteurs diesel, grande spécialité des Européens et notamment des Français, pour des raisons qui tiennent aussi bien à la fiscalité pétrolière qu'aux progrès récents d'une technologie presque aussi ancienne que l'automobile elle-même. Quand il s'est agi de mettre fin à son absence du marché des mini-voitures qui au Japon représentent tout de même un bon tiers des véhicules mis chaque année en circulation, Nissan a adopté une démarche similaire. Mocco, la première « mini » de Nissan, est fabriquée par Suzuki Motor, un grand spécialiste de ce segment presque exclusivement nippon. C'est une décision que la précédente direction de Nissan n'avait jamais pu se résoudre à prendre. Nissan n'avait pas les ressources financières pour se lancer seul dans cette aventure et un partenariat avec un concurrent japonais n'avait jamais été sérieusement envisagé.

> « Nous ne pouvions entrer sur le marché des mini-voitures puisque nous n'avions même pas été capables de renouveler la March/Micra dans des délais raisonnables. Tant que nous sommes à même de développer notre présence sur ce marché dans le cadre du partenariat avec Suzuki, nous le ferons. Nous avons un bon partenariat. Nous en bénéficions tous les deux. Ils

récupèrent un volume de production beaucoup plus important, ce qui veut dire qu'ils peuvent acheter et fabriquer de manière beaucoup plus compétitive. De notre côté, nous n'avons pas à investir tout en étant enfin présents sur ce segment. Et comme aujourd'hui le principal goulot d'étranglement chez Nissan est la charge de travail qui pèse sur l'ingénierie, je ne suis pas très pressé de lui imposer un fardeau supplémentaire s'il peut être pris en charge par d'autres dans de bonnes conditions. C'est une situation "win-win", gagnant/gagnant. Tant que cela sera le cas, je ne vois pas la nécessité de changer. Avec Mocco, nous faisons des profits. J'obtiens cela avec un investissement négligeable. Et nous apprenons à connaître ce marché. Il faut voir également ce que notre réseau de distribution gagne dans cette affaire. Pour le réseau, que ce soit Nissan qui fabrique ou Suzuki, le résultat est le même. Le produit lui amène de nouveaux clients, des prestations de service, des ventes de pièces détachées. »

Carlos Ghosn adopte la même approche pragmatique face aux principaux défis que doit affronter l'industrie automobile en ce début de XXIe siècle. Le plus évident est la préservation de l'environnement et avant tout la réduction des émissions de gaz à effet de serre. Dans ce domaine, l'industrie automobile est soumise à la pression, d'ailleurs contradictoire ou démagogique, de l'opinion et des pouvoirs publics. L'opinion considère facilement qu'il existe désormais un « droit à la voiture », même si l'objet en question est une épave dangereuse et polluante. Un véhicule ancien, un camion diesel au moteur mal réglé, envoient dans l'atmosphère autant de produits toxiques que des dizaines de voitures aux normes les plus récentes. Mais la notion élémentaire consistant à sanctionner le pollueur pour le contraindre à retirer son véhicule de la circulation n'est évidemment pas de celles qui contribueraient à la popularité des hommes politiques.

> « Plutôt que de spéculer sur la technologie, il faudrait parler effet. Il faut insister sur l'impact recherché dans un certain délai, un an, deux ans ou plus. Et observer quelles sont les différentes contributions. Si on retirait de la circulation les voitures les plus anciennes, les vieux camions diesel, cela aurait beaucoup plus d'impact que de gagner 2 à 3 % de plus par voiture nouvellement produite. Il y a des tas de suggestions qui sont faites par les constructeurs. Et il y a des solutions qui sont plus médiatisées que d'autres. Parce qu'elles sont plus brillantes, plus innovantes, que celle qui consisterait à retirer plus vite de la circulation les vieux véhicules. »

Face aux autorités, les industriels eux-mêmes parviennent rarement à former un front commun.

> « Notre rôle vis-à-vis de l'autorité de surveillance, du gouvernement, de l'administration, est essentiellement de les éclairer. Évidemment, cela peut être compris comme l'exercice d'une pression. Mais ce sont les constructeurs qui maîtrisent la technologie, qui connaissent le produit. Il y a dans les règlements des choses qui

> nous plaisent plus ou moins. Cependant, la réglementation n'est pas un élément de compétition parce qu'elle s'applique à vous comme à vos concurrents sauf si vous êtes fortement handicapés par le fait que certaines règles s'appliquent dans une zone géographique où vous êtes fort alors que vos concurrents n'y sont pas présents. Notre rôle consiste à éclairer la tutelle, à dire honnêtement ce que nous pensons de la technologie disponible, de son coût, du potentiel d'acceptation par le public, et à le laisser prendre ses décisions. Jouer ce rôle est parfois compliqué parce que les constructeurs n'ont pas toujours la même position, ne misent pas tous sur la même technologie. »

Le Japon en fournit un bon exemple, Nissan ayant adopté une approche très différente de Toyota et Honda, qui se sont mis en tête d'imposer sur le marché les véhicules hybrides, combinant, en fonction des conditions d'utilisation, un moteur classique à explosion et une propulsion électrique.

> « Nous n'avons pas aujourd'hui la même position sur ce sujet que nos deux principaux concurrents japonais. Nous pensons que cette technologie est très prometteuse mais qu'elle n'est pas mûre. Pourquoi ? Parce qu'elle est trop chère. Tous les hybrides vendus aujourd'hui au Japon sont subventionnés par le gouvernement et néanmoins perdent de l'argent. Personne ne s'y retrouve, ni le client, ni le contribuable, ni le constructeur. Il y a d'autres solutions possibles pour développer des technologies qui soient beaucoup plus favorables à l'envi-

ronnement. Nous nous sommes engagés à ce que 80 % des voitures que nous mettrons sur le marché à l'échéance de mars 2003 soient classées "ultra low emission vehicle" (ULEV), c'est-à-dire que leurs émissions équivaudront à 25 % seulement de la limite tolérée aujourd'hui pour les polluants automobiles au Japon. Le bénéfice est immédiat pour l'assainissement de l'environnement. C'est une technologie qui ne renchérit en rien le prix de la voiture. Le client n'a pas à payer pour cela. Enfin, c'est une technologie compatible avec un profit pour le constructeur. Et cela se fait à grande échelle puisque 80 % de notre production respectera cette norme. Alors que le nombre d'hybrides vendus au Japon aujourd'hui est encore très marginal. »

Toutefois, le pragmatisme imposé par Carlos Ghosn n'a pas toujours bonne presse, surtout au Japon. En dépit d'une évolution récente, l'idée perdure qu'une entreprise japonaise digne de ce nom doit s'imposer comme un leader technologique, quel qu'en soit le coût. Nissan ne pouvant plus être critiqué pour ses mauvais résultats financiers, il lui est reproché de sacrifier l'avenir en n'investissant pas suffisamment dans la recherche-développement.

« Sur la période d'avant 1999, je ne peux pas contester le fait que Nissan ait réduit ses dépenses de recherche et développement. Les budgets étaient réduits. Les investissements nécessaires étaient limités au strict minimum. Mais c'était explicable. La dette atteignait 2 100 milliards de yens et l'entreprise ne faisait pas de profit.

Mais quand j'ai annoncé le NRP, j'ai dit que nous allions réinvestir dans la technologie. Nous avons augmenté de deux mille personnes les effectifs de l'ingénierie. Nous avons amélioré sa productivité. Nous avons annoncé des investissements beaucoup plus importants en matière technologique et de produits. Aujourd'hui, nous sommes engagés dans une course à la réduction de l'écart qui s'est creusé en notre défaveur pendant la période antérieure à 1999. »

Mais pas question de céder au vertige de la nouveauté qui saisit périodiquement le Japon, avec des résultats pour le moins mitigés. Souvent sous l'impulsion des pouvoirs publics, le pays s'est engagé de manière répétée dans des aventures technologiques ruineuses et sans lendemain. Pour ne citer que deux exemples, il y a eu l'ordinateur de « cinquième génération » cher au MITI des années 80 qui devait conduire à la révolution de l'intelligence artificielle. Et la télévision analogique haute définition développée par la télévision publique NHK au moment où la planète se préparait à basculer dans l'ère du numérique.

« Je ne suis pas un "technical freak", un "accro" de la technologie pour la technologie. Et je l'assume. On me reproche de ne pas croire aux hybrides, de risquer de manquer le train. Très bien. Observez ce qui va se passer au cours des prochaines années. Il faut faire des choix. Si vous essayez de tout développer en même temps, vous allez vous retrouver avec une situation financière décalée par rapport à celle de vos principaux concurrents, et cela finit toujours par se payer. »

Cette approche a fait ses preuves. Sur l'année 2002, Nissan, entreprise mourante trois ans auparavant, était devenue le constructeur automobile mondial le plus rentable. Sa marge opérationnelle était même supérieure à celle du géant Toyota.

« Nous sommes très concentrés sur l'amélioration de la rentabilité. Cela ne veut pas du tout dire que nous négligeons l'avenir de Nissan, pas du tout. Nous prenons nos risques mais nous refusons de mettre sur le marché des technologies qui n'ont pas ou très peu de perspective de devenir rentables. C'est une perte de temps et un gaspillage de ressources précieuses. Dans les technologies classiques, nous pouvons encore beaucoup progresser. Je ne pense pas du tout que la partie soit jouée. Le jugement ne se fait jamais sur le mérite de la seule technologie mais sur l'équation bénéfice rapporté au coût. Toujours. Certaines technologies très prometteuses ne déboucheront pas uniquement parce qu'il se révélera impossible de les présenter à un prix acceptable pour le client. C'est pour cela qu'il est impossible de trancher catégoriquement entre le moteur à combustion, le diesel, les hybrides, les moteurs électriques ou les piles à combustible. Nous développons le moteur hybride mais nous ne nous limitons pas à cela. Nous travaillons sur la pile à combustible. Nous continuons à travailler sur les moteurs classiques, sur les diesels. Nous sommes dans un métier où nous ne pouvons pas imposer nos prix. Or aujourd'hui, la capacité du client à accepter de nouvelles technologies avec un fort surcoût est très limitée. Dans le cas des hybrides, c'est le contribuable qui paye une partie de la facture. Ce n'est pas quelque chose qui perdurera indéfiniment. »

Cependant, il n'est pas discutable qu'au prix d'investissements colossaux, la technologie des hybrides, comme d'ailleurs celle des piles à combustible appliquée à l'automobile, a fait des progrès importants. Commercialement non viables sans la béquille des subventions publiques, ces véhicules affichent, en matière de vitesse et d'autonomie, des performances désormais honorables, ce qui ne fut jamais le cas des engins à propulsion exclusivement électrique. Mais pour devenir acceptable par le marché, toute technologie doit être largement diffusée. Elle ne peut en aucun cas demeurer exclusive. De l'ABS à l'airbag, toutes les innovations se sont banalisées en quelques années, les grands équipementiers faisant eux aussi jouer les économies d'échelle. Autrement dit, les pionniers n'en tirent pas nécessairement un avantage compétitif significatif.

« Un certain nombre de constructeurs se sont engagés sur ce qu'on appelle les hybrides, qui associent un moteur classique pour les parcours routiers et un moteur électrique en circulation urbaine. Tant mieux. Ils feront l'essentiel du travail. Mais il viendra un moment où ils devront ouvrir l'accès à leurs résultats. Pour baisser les coûts, il faudra standardiser, réaliser des économies d'échelle et par conséquent ouvrir la technologie. Il est impossible pour un seul constructeur de choisir sa technologie et de la présenter sur le marché à un coût très réduit. Un véhicule hybride est assemblé comme une autre voiture. Notre outil industriel sera prêt. Les problèmes les plus complexes sont liés aux composants et aux pièces des moteurs, mais cela se fait à l'extérieur. Si on veut réduire les coûts, les fournisseurs devront travailler pour plusieurs constructeurs. »

Le 8 septembre 2002, Toyota et Nissan annonçaient un accord illustrant parfaitement ce raisonnement. À partir de 2006, Toyota accepte de fournir à son rival japonais les composants qui permettront à Nissan de commercialiser en cinq ans quelque 100 000 voitures hybrides aux États-Unis, où les normes antipollution vont encore être durcies. Étendu à Renault, l'accord permet à Toyota de partager les coûts de développement tout en imposant son propre standard technologique face à celui de Honda. Une de ces situations « gagnant/gagnant » comme Carlos Ghosn les aime.

L'autre défi majeur auquel sont confrontés les industriels de l'automobile en ce début de XXIe siècle est lié à la globalisation de leur industrie ou plus précisément à l'expansion de la « civilisation automobile » au-delà de ses bastions traditionnels, Europe, Amérique du Nord et Japon. Bien entendu, il y a des lustres que des voitures roulent aux quatre coins du monde. Et l'automobile peut être considérée comme une des grandes industries globales. Mais en termes de volume de production et de marché, elle reste, plus d'un siècle après son apparition, remarquablement concentrée dans les pays avancés, en gros la petite trentaine de membres de l'OCDE (Organisation de coopération et de développement économiques), le club des nations les plus riches. Or, ces marchés sont parvenus à maturité. Leur croissance, si croissance il y a, sera lente. Le marché japonais a culminé au milieu des années 80 et il est entré depuis dans un lent déclin, résultat à la fois de la stagnation économique du pays et de son évolution démographique (vieillissement accéléré de la population). Avec l'intégration progressive de l'Europe orientale et de la Russie, l'Europe s'est adjoint un réservoir de croissance. Mais il s'agit de pays à pouvoir d'achat encore très éloigné des niveaux atteints en Europe occidentale. Les grands pays émergents, Turquie, Brésil, Inde et évidemment la Chine, représentent sans doute la « nouvelle frontière » des industriels de l'automobile. Mais leurs fondements économiques sont fragiles, comme l'effondrement brutal des marchés argentin et turc vient encore de le démontrer.

> « Sur les volumes, il n'y a pas de doute que les taux de croissance à l'extérieur des marchés parvenus à maturité sont beaucoup plus élevés. Mais attention : nous ne sommes pas là pour faire du volume. Nous sommes là pour créer de la valeur. Ce qui est important, ce n'est pas tant le nombre de voitures que vous vendez mais les profits que vous en retirez. La rentabilité peut

être indépendante du volume, même si le volume, bien managé, a tendance à l'accroître. »

C'est ce qui pour tous les constructeurs automobiles explique l'attirance irrésistible pour le marché nord-américain, le plus profitable au monde.

« Pourquoi le marché américain est-il aujourd'hui le marché le plus rentable au monde ? Le mix produit est le plus riche. Le volume est très important et il n'y a qu'une seule culture. Quand nous lançons une campagne publicitaire aux États-Unis, c'est une seule campagne pour un marché de 16 millions de voitures. Quand vous parlez avec vos concessionnaires, vous utilisez un seul langage. 16 millions de voitures, une culture, une approche marketing unique et une composition du marché, ce qu'on appelle le "mix", très riche. En Europe, la taille du marché est plus importante qu'aux États-Unis, si on intègre l'Europe orientale, avec 18 millions de voitures. Mais le mix est beaucoup moins riche et les cultures sont multiples. Un Allemand n'achète pas de la même manière qu'un Français, qu'un Italien, qu'un Espagnol. Les pratiques commerciales et les campagnes publicitaires sont différentes, le marketing est morcelé. Il y a une inefficacité relative inhérente à la constitution du marché européen. Il mettra encore des années à atteindre le niveau d'efficacité du marché américain parce qu'il s'agit d'un marché multiculturel. L'uniformisation demandera du temps et restera partielle. Quand on regarde le mix européen par rapport à celui de l'Amérique du Nord, il ne faut pas se poser beaucoup de questions pour comprendre pourquoi les constructeurs européens sont en général moins rentables que ceux qui sont fortement implantés aux États-Unis. Le marché japonais est dans une position intermédiaire. Il s'agit d'un pays, d'une culture mais avec un volume moins important et un mix qui est en train de s'appauvrir, avec la progression des modèles d'entrée de gamme au détriment des voitures de haut de gamme. C'est d'ailleurs une traduction du déclin économique relatif du Japon, d'une évolution négative du pouvoir d'achat. Il faut comparer l'évolution du mix américain en fonction de la performance de l'économie des États-Unis au cours des dix dernières années et celle du mix japonais en fonction de la conjoncture économique au Japon. Le résultat est frappant. »

C'est pourquoi une des décisions majeures de la nouvelle direction de Nissan sera de décider, très vite, la construction d'une seconde usine d'assemblage aux États-Unis, pour fabriquer sur place des véhicules nouveaux, SUV, cross-over, pick-up de grande taille, qui représentent désormais une part essentielle du mix nord-américain.

« J'ai annoncé la création de l'usine de Canton, dans l'État du Mississippi, deux semaines seulement après avoir publié les résultats des six premiers mois du NRP, en novembre 2000. C'est un programme de 1 milliard de dollars pour l'usine seule, sans compter les investissements réalisés pour développer les produits. J'étais tellement confiant dans le potentiel de l'entreprise et, à ce moment-là, j'étais pratiquement certain que le

Plan de Renaissance serait une réussite, que nous avons dit : “On y va, on ne perd pas de temps.” »

Un pari, en effet. D'abord, sur la conjoncture américaine. Les États-Unis n'ont pas connu de récession majeure depuis le début des années 90 mais l'éclatement de la « bulle Internet », suivie de l'effondrement des marchés boursiers et de la perte de confiance provoquée par une série des scandales financiers, a apporté la démonstration que la « nouvelle économie » ne pouvait pas éliminer le cycle des affaires. Or, depuis la fin de la Seconde Guerre mondiale, chaque récession économique importante s'est traduite par une contraction brutale, de l'ordre d'un quart, du marché automobile.

Le second pari, plus complexe, porte sur la tolérance des industriels américains et de leurs amis de Washington à la montée en puissance ininterrompue des constructeurs japonais. Ils détiennent aujourd'hui collectivement le tiers du marché américain. Toyota est en passe de remplacer Chrysler au troisième rang de l'industrie. S'agissant des berlines traditionnelles, les produits de Detroit ont été pratiquement éliminés des côtes Est et Ouest ainsi que du Sud, l'essentiel de leurs clients se trouvant désormais dans le Middle West. Les constructeurs américains tirent la quasi-totalité de leur profit des « small trucks » (minivan, SUV, petit et gros pick-up), un segment protégé, on l'oublie trop souvent, par des taxes de 25 % sur les véhicules importés. Cependant, après des années de prudence, les constructeurs nippons ont décidé de se lancer à l'assaut de ce segment de marché, à partir de capacités de production installées aux États-Unis mêmes, en deçà des barrières protectionnistes.

> « Il y avait le segment des gros pick-up et des SUV, que nous avions laissé complètement de côté et où nous sommes en train d'entrer progressivement. Je ne sais pas si les Japonais ont décidé volontairement de ne pas entrer plus tôt sur ce segment. En ce qui concerne Nissan, nous ne nous sommes pas attaqués à ce marché parce que nous n'en avions pas les moyens. C'est aussi simple que cela. Nous étions fortement endettés, le budget recherche et développement était soumis à restriction. Alors que nous avions du mal à renouveler les modèles existants, nous ne pouvions pas nous permettre de nous lancer sur de nouveaux segments du marché américain. C'est un challenge que nous pouvons relever grâce au NRP. C'est un pari sur l'avenir de Nissan. »

Autre problème majeur lié à la globalisation : les pays avancés, à coûts salariaux élevés et systèmes de protection sociale ambitieux, peuvent-ils conserver une base industrielle importante, face à la concurrence montante des pays émergents, et tout particulièrement de la Chine qui serait en passe de devenir l'usine à tout faire pour le reste de la planète ? L'industrie automobile n'ignore pas les délocalisations. Les constructeurs américains ont franchi les frontières des États-Unis, d'abord vers le nord en installant des usines au Canada puis plus récemment vers le sud, en tirant parti de l'entrée du Mexique dans l'accord de libre-échange nord-américain NAFTA. General Motors a ainsi installé quelque quarante unités de production au-delà du Rio Grande. À une échelle plus modeste, l'industrie automobile européenne s'est installée en Europe orientale et les constructeurs japonais en Asie du Sud-Est. Cependant les principaux investissements réalisés jusqu'à présent dans les pays émergents visaient la satisfaction de marchés locaux en forte expansion. Conrairement à ce qui a pu se passer dans d'autres secteurs, jouet, électronique grand public ou informatique, l'essentiel des capacités de production de l'automobile se situe encore dans les pays avancés.

> « Je suis convaincu que l'on peut toujours produire au Japon. Évidemment, cela dépend des secteurs. Quand on fabrique des produits à valeur ajoutée relativement limitée, avec un apport technologique faible, un besoin de qualification relativement banal, le Japon a des problèmes puisque le coût salarial l'emporte sur tout le reste. Par contre, il existe encore de nombreux secteurs, comme l'automobile, où le coût salarial est un des composants du coût global mais pas nécessairement le plus important. Je n'envisage absolument pas de réduire la capacité de production au Japon. Ce que nous avons supprimé était déjà inutilisé. En 1999, Nissan produisait 1,3 million de voitures au Japon et nous avions des capacités pour 2,4 millions. Nous ne pouvions pas continuer comme cela. La capacité a été ramenée à 1,6 million d'unités. Mais j'ai indiqué que dans le cadre du plan Nissan 180, la production au Japon augmenterait de l'ordre de 15 % sur trois ans. »

Si les exportations automobiles japonaises ne cessent de décliner, c'est d'abord parce que les usines ont été progressivement transférées près des marchés, mais avant tout dans les autres pays industrialisés, Amérique du Nord et Europe. Pour les constructeurs nippons, il s'agissait et il s'agit toujours de se mettre à l'abri des tentations protectionnistes, toujours vivaces aux États-Unis et en Europe, et aussi du risque de change. Il ne faut jamais oublier que l'industrie japonaise vit, au moins depuis l'accord du Plaza orchestrant la dévaluation concertée du dollar en septembre 1985, sous la menace des mouvements erratiques de la relation dollar/yen.

> « La répartition géographique des capacités de production n'est pas tellement fonction du coût de la masse salariale au Japon mais du refus de prendre un risque sur le taux de change. Dans la mesure du possible, il faut sourcer et assembler les produits dans la monnaie dans laquelle on vend, de façon à réduire le risque au maximum. Nous ne voulons pas nous trouver dans la situation d'être pris à rebours par des mouvements de taux de change. Il y a une zone dollar, une zone yen et une zone euro. Nous essayons de nous approvisionner, de produire et de vendre dans chacune de ces zones. La base de production principale demeure au Japon et continuera à fabriquer des produits mondiaux, notamment pour les États-Unis. La nouvelle Z, nous n'allons pas l'assembler dans deux centres de production. Elle sera fabriquée au Japon et

> exportée aux États-Unis et en Europe. Par contre, l'Altima est produite aux États-Unis parce que c'est là que pour l'essentiel nous vendons cette voiture. La fabriquer au Japon pour la vendre aux États-Unis, ce serait prendre un risque de change absolument intolérable. »

Mais même à l'intérieur de la même zone monétaire, l'arbitrage ne se fera pas nécessairement en faveur du pays où les coûts salariaux sont les plus faibles.

> « Aujourd'hui, si nous comparons le Mexique et les États-Unis, il est évident que les coûts salariaux sont plus élevés aux États-Unis. Et pourtant, nous ne sommes pas sur une tendance de transfert des emplois des États-Unis vers le Mexique. Parce que les usines américaines sont extrêmement productives. Avant d'annoncer la création de l'usine de Canton, nous avons considéré le Mexique comme une possibilité mais il s'est avéré que construire l'usine aux États-Unis était beaucoup plus rentable. »

Et, selon Carlos Ghosn, la logique est la même s'agissant du Japon et de la Chine. Cette position est originale parce que la menace de la concurrence chinoise est devenue une obsession nationale au Japon. Des secteurs entiers de l'industrie traditionnelle japonaise ont été balayés par les importations en provenance de Chine. Textile bien sûr, avec le succès exemplaire de la société japonaise Fast Retailing, qui fait fabriquer en Chine la totalité des produits vendus dans ses boutiques à l'enseigne Uniqlo. Les grands groupes électroniques japonais ont transféré vers la Chine des productions de plus en plus sophistiquées, condamnant à la fermeture des usines japonaises mais aussi des installations présentes de longue date en Asie du Sud-Est. En juillet 2002, Honda a fait sensation en présentant le premier scooter fabriqué en Chine pour le marché japonais. Et en annonçant que les voitures suivraient bientôt.

> « Au Japon, il y a la capacité à faire de la qualité, à bénéficier d'une forte productivité, à respecter les délais, la fiabilité de l'approvisionnement, le niveau des infrastructures. Tout cela doit être pris en compte. Il est vrai que sur le plan des coûts salariaux, le Japon reste cher. Mais sur le plan de la capacité à faire de la qualité, à tenir les délais, le Japon est une force. Pour les infrastructures et les transports, le Japon est une force. Pour l'habitude d'exporter, le Japon est encore une force. On ne peut pas considérer uniquement la masse salariale, surtout pour des produits à valeur ajoutée élevée comme la voiture. Quand certains affirment qu'il faut produire en Chine pour exporter au Japon, je réponds que ce n'est pas demain que nous allons fabriquer en Chine des voitures que nous pourrons vendre aux consommateurs japonais. Quand vous considérez le coût par voiture, même si la masse salariale est plus élevée au Japon, c'est amplement compensé par toute une série d'autres facteurs. Une grande partie de votre efficacité dépend des gens qui vous entourent, de vos fournisseurs. Ici, le tissu de

fournisseurs bien animé peut être extrêmement efficace. Reprenons l'exemple des temps de développement. Au Japon, ils sont beaucoup plus courts qu'en Europe ou aux États-Unis. Pourquoi ? Parce que nous avons ici des fournisseurs que nous connaissons particulièrement bien. Les temps de développement sont beaucoup plus courts que lorsque nous travaillons aux États-Unis et en Europe avec des fournisseurs globaux. C'est évident chez nous et chez les autres constructeurs japonais. Quant à atteindre le même niveau en Chine, cela demandera un temps considérable. Le fait que les coûts salariaux y soient bas ne conduit pas nécessairement à y transférer des emplois. »

Pour les grands constructeurs automobiles mondiaux, le défi chinois est ailleurs : faire la démonstration qu'ils peuvent édifier en Chine une industrie automobile moderne à la mesure d'un marché potentiel de plusieurs centaines de millions de consommateurs tout en faisant des profits et en y établissant une présence durable qui ne serait remise en cause ni par des décisions arbitraires d'une administration encore peu lisible, ni par la concurrence croissante d'acteurs purement chinois, utilisant sans vergogne les transferts technologiques consentis par les étrangers. En septembre 2002, la direction de Nissan décidait de prendre ce défi à bras-le-corps.

CHAPITRE VINGT

Nouvelle frontière

« Nous entrons en Chine par la grande porte. »

Nous sommes le 17 septembre 2002 à Tokyo et Carlos Ghosn commente l'accord qui sera annoncé le lendemain à Pékin, en présence des plus hautes autorités chinoises. En 14 mois, depuis la première rencontre à l'instigation du gouvernement de Pékin, Carlos Ghosn et ses collaborateurs, notamment Thierry Moulonguet, ont négocié d'arrache-pied la création d'une joint-venture avec un partenaire chinois, le groupe Dongfeng.

> « Nous avons commencé les discussions en juillet 2001 et nous signons demain. 14 mois. La négociation aura été intense mais relativement courte pour ce que nous avions à accomplir. »

À première vue, rien de bien particulier. La société à participation commune est le véhicule privilégié de l'investissement direct étranger (IDE) en Chine. Dans nombre de secteurs, et l'automobile en fait partie, le partenaire étranger n'est pas autorisé à détenir plus de 50 % du capital de la joint-venture, parfois même moins. Tous les constructeurs étrangers présents dans l'Empire du Milieu ont été mariés avec des partenaires chinois, en général ces immenses conglomérats industriels d'État dont la réforme est un casse-tête pour les héritiers de Deng Xiaoping qui veulent développer une « économie socialiste de marché » pour tirer leur immense pays du sous-développement. L'attrait du marché chinois et de son 1,2 milliard de consommateurs potentiels est irrésistible. La Chine est devenue, après les États-Unis, le principal pays récipiendaire des IDE (Investissements Directs Étrangers). D'abord base de production pour exporter vers le reste du monde, en utilisant un réservoir de main-d'œuvre à bon marché qui semble inépuisable, elle intéresse maintenant pour son marché intérieur en pleine expansion. Comme dans tous les autres pays émergents, l'achat d'une voiture particulière devient le signe d'appartenance à la classe moyenne naissante de Pékin, Shanghai et des autres métropoles de la Chine côtière, celle qui est déjà entrée dans le monde moderne. En 2002, les ventes de voitures particulières franchissaient pour la première fois la barre du million d'unités. Comparé aux 16 millions et demi de voitures particulières et « light trucks » commercialisés aux États-Unis, aux 18 millions qu'absorbe le marché européen ou aux 5,3 millions vendus au Japon (y compris les mini-cars), le marché chinois est encore dans l'enfance. Mais il grandit, et vite, à un rythme de 20 %

par an. En 2010, c'est-à-dire demain, la Chine pourrait lancer sur ses routes quelque 3 millions de nouvelles voitures chaque année. Alors que les marchés matures de l'Ouest ou du Japon stagnent, voire régressent, elle apparaît comme le premier réservoir de croissance de l'industrie automobile mondiale.

> « Pour nous, la Chine est notre nouvelle frontière. Il est clair que le potentiel est énorme. »

C'est bien pourquoi Nissan, qui est passé de la salle de réanimation à la convalescence puis à la croissance rentable en accomplissant en deux ans le NRP puis en lançant le plan Nissan 180, est désormais prêt à payer plus d'un milliard de dollars son ticket d'entrée sur le marché chinois.

> « L'acquisition concerne le plus gros de l'entreprise chinoise. Contrairement aux joint-ventures traditionnels, nous ne nous sommes pas limités à la production de voitures à partir d'une seule usine. C'est en ce sens que l'accord est différent. Pour Nissan, c'est un investissement de 8,55 milliards de yuans, c'est-à-dire 1,05 milliard de dollars. L'investissement total de Nissan sera supérieur à un milliard de dollars, car il comprendra aussi les investissements spécifiques que nous ferons en interne pour appuyer le développement de nos opérations en Chine, pour un montant estimé au maximum à 30 milliards de yens, soit 240 millions de dollars. »

Pour ce prix, le ticket est en effet assez spécial. Une joint-venture mais pas tout à fait comme les autres. L'accord annoncé le 18 septembre 2002 stipule que Nissan va prendre 50 % d'une nouvelle société, rassemblant la quasi-totalité des actifs automobiles de Dongfeng, leader sur le marché chinois du poids lourd et membre du trio de tête de ce secteur en Chine.

> « Dongfeng a aujourd'hui 124 000 employés, un chiffre d'affaires de quelque 5 milliards de dollars, et sur la base des résultats de 2001 et des prévisions de 2002, la société est rentable, avec un niveau d'endettement raisonnable. C'est une entreprise d'État mais c'est une entreprise plutôt saine.
>
> Elle comprend des activités centrales, dans les camions et les autocars, et des joint-ventures avec Nissan, l'opération de Feng Sheng qui fabrique localement notre modèle la Bluebird, avec PSA Peugeot Citroën, avec Honda et le diéséliste américain Cummings pour fabriquer des moteurs.
>
> Nissan va créer avec Dongfeng une nouvelle joint-venture, qui va acquérir tous les actifs existants de Dongfeng à l'exclusion de la joint-venture avec PSA, de celle avec Honda et des actifs péripéhiques non liés à l'activité industrielle comme les hôpitaux, les centrales électriques, l'immobilier. Tout le reste est inclus, notamment les opérations avec Cummings. Nous prenons 50 % de cette société qui représente l'essentiel de Dongfeng. L'objectif est de travailler avec notre nouveau partenaire pour renforcer leur activité poids lourds et d'autre part pour développer

rapidement une gamme complète de voitures particulières et de véhicules commerciaux légers, sous la marque Nissan pour les voitures et sous les deux marques pour les petits utilitaires. Les poids lourds et les bus conserveront la marque Dongfeng. La nouvelle entreprise sera baptisée Dongfeng Motor Co. »

Par sa nature et par sa dimension, l'opération est d'autant plus inédite que les constructeurs japonais avaient jusqu'à cette année 2002 conservé un profil relativement bas en Chine, laissant leurs rivaux européens et américains se porter aux avant-postes. Présent à Shanghai depuis une bonne vingtaine d'années, Volkswagen AG contrôle 40 % du marché de la voiture particulière. Pour le numéro un européen, la Chine est d'ores et déjà le second marché national. Son principal challenger est General Motors, qui a formé en 1995 une joint-venture avec le constructeur local Shanghai Automotive Industry Corp. Le groupe français PSA Peugeot Citroën est présent à Wuhan, en association avec Dongfeng. Parmi les Japonais, c'est Honda qui s'est lancé le premier, en reprenant à la fin des années 90 une opération créée par Peugeot dans la région de Canton et abandonnée par le Français après avoir « essuyé les plâtres » de la construction automobile en Chine. Pourquoi cette timidité des Japonais ? Entre la Chine et le Japon, le contentieux lié au passé pèse toujours, plus d'un demi-siècle avant la fin de la Seconde Guerre mondiale, dont on peut dire qu'elle avait en fait commencé avec l'invasion de la Mandchourie par les troupes nipponnes. En 1972, dix ans après la France du général de Gaulle, le Japon avait rétabli des relations diplomatiques avec la Chine, mais seulement après que les États-Unis lui eurent montré le chemin. Tout en prenant d'une main l'argent japonais, le gouvernement chinois n'a jamais considéré comme vraiment satisfaisantes les excuses présentées du bout des lèvres par le Japon pour les crimes commis en son nom sur le territoire chinois. Vu de Pékin, le « révisionnisme » japonais, qui trouve un écho jusque dans les manuels scolaires, est la preuve que la classe dirigeante nipponne n'est pas sincère lorsqu'elle dit regretter le passé. La question de Taiwan, qui compte de nombreux soutiens chez les conservateurs du Parti Libéral Démocratique au pouvoir à Tokyo, est toujours présente à l'arrière-plan. Et puis il y a aussi la Corée du Nord, alliée de Pékin et perçue comme une menace directe par le Japon. Ce climat n'a pas empêché les relations économiques entre les deux géants de l'Asie du Nord-Est de se développer rapidement, stimulées par la politique de réformes du gouvernement chinois. Mais pour que les grands constructeurs japonais se jettent à l'eau sur le marché chinois, il fallait plusieurs conditions, qui paraissaient enfin réunies au tournant du troisième millénaire. D'abord, que le marché automobile privé sorte de l'enfance. Ensuite, que l'environnement légal et réglementaire devienne plus lisible et plus stable. Ce sera acquis en novembre 2001 lorsque, après quatorze années de négociations, la Chine fait enfin son entrée à l'Organisation Mondiale du Commerce. L'accord d'accession prévoit une ouverture par étapes du marché automobile chinois, un abaissement progressif des barrières douanières et un régime de plus grande liberté pour les constructeurs implantés dans le pays. Mais il fallait aussi que le gouvernement chinois lui-même encourage les industriels japonais à sauter le pas.

> « Dongfeng est un des trois principaux fabricants de camions et de voitures en Chine. Concernant sa politique à l'égard de l'industrie automobile, le gouvernement chinois a indiqué à de nombreuses reprises qu'il voulait conserver un petit nombre d'acteurs mais qui soit à un niveau de compétitivité globale. Et à l'évidence, Dongfeng est l'un de ces acteurs que le gouvernement veut voir prospérer à l'avenir. »

Aussi, lorsque à l'été 2000 le vice-Premier ministre chinois Wu Bangguo interroge Carlos Ghosn sur ses projets en Chine, le propos n'a rien d'innocent. Sous la houlette du Premier ministre Zhu Rongji, animateur des réformes économiques jusqu'à son retrait du pouvoir au printemps 2003, le gouvernement chinois s'était attaqué à la tâche colossale de restructurer les entreprises d'État pour en faire des géants industriels modernes et compétitifs, capables non seulement de servir la clientèle locale mais aussi de concourir sur les marchés mondiaux. Une révolution sociale autant qu'économique puisque ces conglomérats encadraient, de la naissance à la tombe, la vie des masses urbaines chinoises. Dans l'industrie automobile il s'agit d'imposer un processus de sélection naturelle à quelque 120 constructeurs, qui survivaient tant bien que mal avec l'appui des conglomérats et des gouvernements provinciaux. Un travail pour lequel les autorités chinoises avaient besoin de l'argent, de la technologie et du savoir-faire des constructeurs étrangers.

> « Nous avions deux options possibles : établir, comme tous les autres, une joint-venture limitée pour développer uniquement des voitures particulières, ce qui a été le modèle classique suivi par tous les autres constructeurs en Chine ; l'autre option était de nous impliquer complètement au cœur de Dongfeng et il était évident dès le départ que le gouvernement chinois était en faveur de cette seconde option. Cet appui du gouvernement chinois nous a permis de parvenir à un accord qui, à ma connaissance, est une innovation et donne une indication de la direction dans laquelle le gouvernement veut voir évoluer l'industrie automobile, et sans doute l'industrie chinoise en général. Je ne pense pas qu'à ce jour quiconque soit entré dans le cœur de l'activité d'une grande entreprise chinoise de cette manière. »

Pourquoi le gouvernement de Pékin a-t-il choisi Nissan pour cet accord si particulier ? Il faudrait leur poser la question directement mais on peut avancer une hypothèse.

« Les Chinois sont très pragmatiques. L'expérience de Nissan ne pouvait pas passer inaperçue. Voilà une entreprise qui était au bord de la faillite en 1999, qui fait appel à un allié comme Renault, qui accepte que la direction soit en partie non japonaise, qui se transforme en l'espace de deux ans, avec des résultats incontestables, sans crise majeure, sans conflits ouverts. Les responsables chinois ont pu observer que le personnel de l'entreprise était satisfait, plus en tout cas qu'en 1999. Ils ont le sentiment qu'il y a une harmonie qui se manifeste. Des changements audacieux ont été accomplis sans casser l'entreprise, sans briser la fierté des employés de Nissan. Vous ne pouvez pas y rester indifférent quand vous savez que vous avez des entreprises d'État qui devront à la fois conserver leur identité et aller au-devant de transformations rapides et drastiques. Si vous êtes un dirigeant chinois et que vous observez ce qui se passe dans le monde, à qui faites-vous appel ? Renault-Nissan est une réponse qui va de soi, et plus particulièrement Nissan, parce que les produits japonais ont une très forte réputation en Chine. Avec Nissan, ils ont des produits japonais et un management global qui, ils le savent, est capable de respecter la culture chinoise. »

En présentant l'accord, Nissan et Dongfeng ont dévoilé les objectifs commerciaux assignés à la nouvelle entreprise, Dongfeng Motor Co. Ils donnent une idée du changement de dimension qu'ils impliquent pour le constructeur chinois et pour la présence de Nissan en Chine.

« En 2001, Dongfeng a produit et vendu, y compris les différentes joint-ventures avec ses partenaires étrangers, 262 000 camions, bus et voitures. En 2006, nous pensons que le nouveau Dongfeng sera à 550 000 véhicules vendus dans l'année, dont 220 000 voitures particulières sous la marque Nissan. Par comparaison, en 2002 Nissan a vendu en Chine 60 000 voitures, des Bluebird fabriquées sur place par la joint-venture avec Dongfeng et des modèles importés. Si nous nous projetons en 2010, la prochaine étape sera d'atteindre environ 900 000 unités, avec une répartition à peu près égale entre poids lourds et véhicules légers, soit 450 000 voitures Nissan. »

La nouvelle entité, mise en place dans le courant du premier semestre 2003, à l'issue du processus d'évaluation et de transfert des actifs, prévoit un partage des pouvoirs qui permet à Nissan d'exercer le management effectif de l'entreprise. Le conseil d'administration de Dongfeng Motor comprendra huit membres, quatre choisis par Nissan et quatre par la holding Dongfeng Automotive Investment. Pendant une première période, prévue pour durer huit ans, le président du conseil d'administration sera proposé par Dongfeng et le président et « chief executive officer » par Nissan.

« À l'issue de ces huit années, nous espérons que la nouvelle société aura développé sa propre culture. La coopération sera beaucoup plus forte et nous pensons que le conseil sera à même de choisir par lui-même

> les personnes considérées comme les plus qualifiées pour ces deux postes, avec le soutien de leurs actionnaires. »

Proposé par Nissan, le patron de Dongfeng Motor assurera une unité de commandement dont les expériences de joint-ventures, en Chine ou ailleurs, ont démontré qu'elle est indispensable.

Même si les circonstances et les problèmes à résoudre ne sont pas comparables, la méthode de l'Alliance Renault-Nissan trouvera en Chine un nouveau champ d'application.

> « Le développement de Dongfeng sera l'œuvre de ses cadres et de ses salariés. Mais au début, nous lançons le mouvement en transférant un petit nombre de dirigeants et d'experts, pour entraîner, aider, soutenir ceux qui doivent accomplir le travail en Chine. Les domaines dans lesquels Dongfeng a besoin d'aide de la part de Nissan ne sont pas exactement les mêmes que ceux où Nissan avait besoin d'être aidé par Renault. Mais l'approche dans le management est la même : un plan avec des objectifs spécifiques, des étapes définies, un programme d'action, très vite après l'établissement de la nouvelle société. Il s'agit de porter le nouvel ensemble à un très haut niveau de compétitivité. Nous allons créer un nouveau centre de recherche et de développement pour les voitures particulières. Il y aura transfert des méthodes de management et de l'étalonnage international, qu'il s'agisse du développement des produits, des achats, de la

fabrication, de la qualité, des finances, du marketing et de la commercialisation, de gestion de la marque. Nous entamons un effort global pour placer Dongfeng Motor au plus haut niveau de compétitivité sur le marché chinois. L'esprit de cet accord est que chaque partenaire met ses meilleurs atouts sur la table. Dongfeng apporte ses actifs, sa connaissance du marché chinois, le soutien du gouvernement chinois qui est très important, une très forte position dans les poids lourds, un réseau de distribution très étendu, des ressources dédiées très importantes. Nous apportons la technologie, le savoir-faire dans le management, la mise aux normes internationales. Mais les transferts de personnel seront limités en nombre parce que l'objectif est avant tout de développer les ressources internes de Dongfeng. »

L'accord permet à Nissan de brûler les étapes dans son implantation en Chine. Dongfeng apporte les usines, le personnel, un réseau de distribution qui couvre largement le territoire chinois, un réseau de fournisseurs.

« Nous allons utiliser les actifs existants de Dongfeng, tout en y introduisant bien sûr de nombreux changements. Nous n'allons pas construire de nouvelles usines. Nous ne partons pas de zéro. Nous avons tout intérêt à maximiser le contenu local des véhicules fabriqués en Chine, pour des raisons évidentes de coûts, de contrôle des délais, de flexibilité du processus de fabrication. Nous rechercherons une augmentation

> déterminée du contenu local, en développant un réseau de fournisseurs, la majorité d'entre eux étant déjà des fournisseurs de Dongfeng. Mais il y aura une rationalisation de ce réseau. Certains fournisseurs de Nissan sont déjà en Chine. D'autres suivront. Nous sélectionnerons des fournisseurs chinois, japonais ou autres, sur la base de la performance. Le marché chinois va devenir de plus en plus compétitif. Nous avons besoin d'une offre et d'une performance très forte. »

Sur le plan social, l'entreprise n'est pas sans risque. Les grandes entreprises d'État chinoises, héritières de la politique du « bol de riz en fer », souffrent généralement de sur-effectifs importants, de qualification insuffisante, sans compter l'existence d'une hiérarchie parallèle, liée à la présence historique du Parti Communiste Chinois dans les usines et les bureaux. La situation est encore pire chez les fournisseurs. Pour Kenneth Courtis, le vice-président de Goldman Sachs Asie-Pacifique, dont l'équipe a conseillé Nissan tout au long de la négociation avec la partie chinoise, le nouveau Dongfeng pourrait devenir le modèle et le laboratoire de la réforme des entreprises d'État telle que l'ambitionne le gouvernement de Pékin. Et il est vrai que Carlos Ghosn a prouvé chez Nissan que l'on pouvait restructurer une grande entreprise en difficulté sans casse sociale majeure.

> « Tout ce qui sera nécessaire pour porter Dongfeng au plus haut niveau de compétitivité en Chine sera fait.

> Il n'y aura pas de surprise parce qu'il était clair depuis le début que si nous entrions dans ce partenariat avec Dongfeng, c'était pour lui permettre de devenir une entreprise de première importance et de haute compétitivité, avec tout ce que cela implique. Et comme nous faisons quelque chose de différent des autres constructeurs automobiles, nous bénéficierons sans doute d'un niveau de soutien de la part du gouvernement qui sera lui aussi différent. »

La première manifestation de ce soutien est l'obtention par Dongfeng Motor d'une licence de plein exercice lui évitant d'avoir à solliciter une nouvelle autorisation à chaque changement de modèle.

> « Actuellement, à chaque fois que vous voulez introduire un nouveau modèle en Chine, vous avez besoin d'une autorisation spécifique. Nous aurons une licence complète pour tous les produits que nous introduirons. Nous produisons actuellement en Chine un seul modèle, la Bluebird, déjà en coopération avec Dongfeng, et un pick-up, avec un autre partenaire. D'ici à 2006, nous avons prévu six nouveaux produits, afin d'offrir une gamme complète de voitures particulières et d'utilitaires légers. Il n'y aura pas de développement spécifique pour la Chine. Ce seront des véhicules existants ou à venir conçus pour le marché global mais ils seront adaptés aux goûts et aux contraintes locales, ainsi que nous le faisons sur tous les marchés importants. »

Sur le plan financier, le risque apparaît limité. Dongfeng est une entreprise rentable, en forte croissance et remarquablement peu endettée, à l'aune des sociétés d'État chinoises.

> « En 2001, Dongfeng a dégagé une marge opérationnelle de 8 % et devait atteindre 9 % en 2002. L'an dernier, les ventes ont progressé de 44 % par rapport à 2001. Nous n'investissons pas dans une entreprise en difficulté. Le défi aujourd'hui n'est pas la rentabilité de l'entreprise. D'autre part, les actifs représentent 24 milliards de renminbis alors que la dette brute est de 12 milliards. La dette automobile nette, qui est la référence dans notre industrie, ressort à 5 milliards de rmb, soit quelque 600 millions de dollars. Or, nous allons injecter un milliard de dollars dans la nouvelle entité. Autrement dit, l'endettement est ramené à zéro. »

L'entrée en Chine ne portera en aucun cas préjudice à la réalisation des objectifs du plan Nissan 180. L'impact sur le million de voitures supplémentaires vendues dans le monde sera nécessairement modeste puisque ce plan s'achève en mars 2005 : la contribution chinoise sera de plus de 100 000 voitures.

> « C'est encore marginal. Mais l'impact sera plus fort par la suite puisqu'il y aura un nouveau plan après Nissan 180 et la Chine y pèsera de tout son poids. Avec cette opération, nous renforçons Nissan 180 tout en préparant déjà la relève. Au niveau de la marge

opérationnelle, la contribution à nos profits sera bonne puisque notre engagement est à 8 %, et c'est le niveau où Dongfeng se situe déjà. Enfin, financièrement, Nissan a les moyens de faire cette opération. La réduction de la dette à zéro inclut le projet chinois. En résumé : impact positif sur les ventes, impact positif sur les bénéfices, impact négatif sur la dette mais ne remettant pas en cause notre objectif de la ramener à zéro. »

L'accord avec Dongfeng répond à la question de la présence de Nissan en Chine. Mais il soulève aussi des questions sur l'évolution à plus long terme de l'Alliance Renault-Nissan. Pourquoi par exemple investir dans un producteur majeur de poids lourds en Chine alors que cette activité est devenue marginale pour les deux partenaires de l'Alliance ? Au Japon, Renault et Nissan sont, avec chacun 22,5 % du capital, les actionnaires majoritaires de Nissan Diesel. Mais l'entreprise est à la peine sur un marché japonais en plein marasme, elle reste handicapée par une énorme dette. Et d'ailleurs, Nissan Diesel n'est pas partie prenante de l'accord avec Dongfeng. Renault pour sa part a cédé le contrôle de RVI (Renault Véhicules Industriels) au Suédois Volvo Trucks, tout en devenant un important actionnaire du nouvel ensemble ainsi créé.

« Il est vrai que les poids lourds ne sont pas notre métier principal mais d'une certaine manière, c'est le cœur de métier de Dongfeng et nous ne pouvions nous en désintéresser. Avec Nissan Diesel, nous pouvons soutenir le développement d'une très forte activité poids lourds en Chine, tout en y développant une gamme complète de voitures particulières. À travers notre réseau en Asie, nous pourrons aider Dongfeng à exporter des camions et des bus. Nous ferons jouer nos liens avec Nissan Diesel pour soutenir cette activité, en matière de technologie, de composants mais aussi de savoir-faire. Nissan Diesel avait des liens avec Dongfeng avant cet accord. Il est évident qu'ils vont être renforcés. »

En assumant le rôle dirigeant en Chine, où la présence de Renault est encore confidentielle, Nissan prend-il le risque de déséquilibrer l'Alliance ? C'est une question que les dirigeants de Renault et de Nissan devront s'habituer à affronter à chaque nouveau développement, même s'ils estiment que la nature même de l'Alliance la rend sans objet.

« Cette opération est une chance pour l'Alliance. À chaque fois que l'un des partenaires avance, c'est une opportunité pour l'Alliance. Tous les principes à la base de la coopération entre Renault et Nissan, le respect de la différence, le développement des synergies conduit par la performance, seront au cœur du nouveau Dongfeng. Aujourd'hui Nissan joue le rôle le plus important en Chine mais cela ouvre des opportunités à Renault dans l'avenir. Le marché chinois est en croissance et si vous y faites correctement votre travail, vous pouvez faire des profits substantiels. Mais il n'y a pas d'opportunité sans risque et sans efforts. À mon avis toutefois, les risques sont faibles au regard de l'opportunité. »

Le risque principal, en dépit des perspectives de croissance, est qu'il n'y ait pas de place pour tout le monde à l'arrivée de cette ruée vers la Chine. Sans parler des constructeurs qui y sont déjà présents en force, le leader Volkswagen et derrière lui GM, Honda et PSA, presque tout ce qui compte dans l'industrie automobile mondiale affiche de fortes ambitions sur le marché chinois. Toyota, qui a conclu en juillet 2002 une alliance avec First Auto Works, prévoit de fabriquer 400 000 voitures chaque année à Changchun à l'horizon 2010 et d'y investir jusqu'à 2,5 milliards de dollars. Le colosse de Nagoya vise 15 % du marché mondial et il a les ressources technologiques et les moyens financiers de ses ambitions. À Wuhan, PSA renforce sa participation au capital de la joint-venture avec la holding Dongfeng Automotive Investment, et introduit la gamme Peugeot au côté des Citroën déjà fabriquées depuis l'origine. Rebaptisée Dongfeng Peugeot-Citroën, l'entreprise pense vendre quelque 100 000 voitures en Chine en 2003 et vise les 250 000 unités en 2006. La lutte sera chaude.

« Nous pensons que sur les poids lourds comme les voitures particulières, nous pouvons faire la différence. La perspective est celle d'une très forte expansion, parce que le marché lui-même est en croissance mais aussi parce que la performance de l'entreprise sera meilleure. Nous pensons que nous serons capables d'apporter des résultats sur les coûts, la qualité, les produits. Il est possible de se développer et de faire des profits en Chine mais il faudra le mériter. Il y a des contraintes. Il faut faire preuve de beaucoup de lucidité. Sans aucun doute. Mais il y a en Chine des entreprises florissantes, notamment dans l'industrie automobile. »

Pour Carlos Ghosn, l'aventure chinoise est aussi le moyen de tester les jeunes générations de cadres de Nissan sur qui reposera l'avenir de l'entreprise.

« Sur le plan humain, Nissan trouvera les talents. Ils seront japonais, pas uniquement mais essentiellement. Vous ne pouvez pas vous dire : "J'ai les hommes pour ce projet ou je ne les ai pas." C'est le défi qui conduit les hommes à se mettre à la hauteur. Si vous relevez un défi exceptionnel, vous aurez les hommes à sa mesure. En tant que président de l'entreprise, je vais regarder de très près l'évolution du projet mais je ferai confiance à l'équipe qui a été mise en place. C'est en relevant ce type de défi que nous allons former nos cadres. Pas en leur faisant lire des livres, suivre un petit entraînement et rester au chaud. Les leaders de demain seront formés en envoyant les cadres "au charbon" sur des opérations difficiles mais prometteuses. Il faut mesurer le risque, leur apporter l'appui nécessaire mais ensuite, il faut leur faire confiance. Et il faut savoir accepter quelques erreurs. Mais à l'évidence, nous n'allons pas en Chine avec l'idée d'échouer. »

L'accord avec Dongfeng ouvre incontestablement une nouvelle page dans l'histoire de Nissan. Compte tenu de l'histoire du groupe japonais, de son association à la présence japonaise militaire et industrielle en Mandchourie avant et pendant la Seconde Guerre mondiale, ce retour de Nissan en Chine, par la grande porte, est aussi hautement symbolique de la renaissance et de la mutation de l'entreprise depuis la conclusion de l'Alliance avec Renault.

CHAPITRE VINGT ET UN

Un message d'espoir

> « Ce qui ressort de cette aventure, c'est un message d'espoir pour un Japon qui se cherche de nouveaux repères. La renaissance de Nissan est profondément un message d'espoir. »

Depuis l'éclatement de la bulle spéculative née des excès financiers des années 80, le Japon a fait les gros titres des journaux surtout avec des mauvaises nouvelles. La crise interminable de son système financier, plombé par les mauvaises créances héritées d'une orgie d'investissements improductifs, les scandales politico-financiers à répétition, le discrédit jeté sur une bureaucratie jadis dépositaire du destin du pays, une croissance médiocre financée sur le budget de l'État au prix d'une explosion de la dette publique, le déclin de l'influence régionale au profit d'une Chine en plein essor : le Japon de la haute croissance est devenu celui de la Grande Stagnation, « l'homme malade » du G8. Inévitablement, la crise du pays est devenue celle de son modèle de management. Le « Japon Numéro Un » d'Ezra Vogel, qui dix ans auparavant se préparait à manger tout cru une Amérique en pleine décadence, avait désormais « tout faux » : le souci du long terme devenait de l'immobilisme, l'attachement aux solidarités anciennes un excès de rigidité sociale, le « triangle de fer » qui avait permis à un pays en ruine en 1945 de devenir la deuxième puissance économique mondiale n'était plus qu'un système de collusion inefficace. Selon la formule de l'économiste américain Richard Katz, le Japon était bien « le modèle qui a mal tourné ». Tout au long de cette « décennie perdue », le Japon a été abreuvé de conseils et soumis à des pressions répétées, monétaires, commerciales ou politiques, venus principalement du pays qui se posait désormais en modèle alternatif, les États-Unis. Ce qui fait la valeur unique de l'expérience inédite représentée par l'Alliance entre Renault et Nissan, ce n'est pas seulement qu'elle est à ce jour une extraordinaire « success story ». C'est aussi qu'elle a permis, en vraie grandeur, d'identifier les atouts considérables dont dispose toujours le Japon ainsi que les faiblesses dont il souffre.

> « La ressource humaine japonaise est exceptionnelle. Cela ne fait pour moi aucun doute. Qu'est-ce que le Japon ? Une île, sans ressources, menacée de tous côtés, avec une nature difficile, les tremblements de terre, les typhons, etc., et qui est néanmoins devenue la deuxième puissance économique au monde. La seule ressource de ce pays, c'est le peuple japonais. Et plus particulièrement sa base. Le succès de la renaissance

> de Nissan est une illustration grandeur nature de ce que ce pays est capable de faire. Mon équipe et moi-même sommes le catalyseur. Une réaction chimique ne peut pas se faire sans catalyseur. Mais la qualité de la réaction de Nissan a quand même été exceptionnelle. Cela n'a pas été facile et le résultat n'est sans doute pas parfait, mais en fin de compte la qualité de cette réaction est un hommage indiscutable au Japon et au peuple japonais. »

Le redressement spectaculaire de Nissan, passé en moins de trois ans de l'article de la mort à une rentabilité record dans l'industrie automobile mondiale, a confirmé au-delà de leurs espérances le verdict émis d'emblée par Louis Schweitzer et les négociateurs de Renault : Nissan était une entreprise fondamentalement saine mais très mal gérée. La question posée, au Japon, à ses hommes politiques, à ses fonctionnaires, à ses entrepreneurs, est de savoir s'ils sont capables de faire pour le pays et pour leurs entreprises respectives ce que Carlos Ghosn et son équipe ont accompli pour Nissan.

> « Même si c'est l'avenir qui le dira, je pense que l'expérience Nissan aura marqué le Japon. Elle aura marqué les esprits, les clients, les fournisseurs, les partenaires de Nissan, et tous ceux qui regardent de près ce qui est en train de se passer dans cette entreprise. Les solutions ne sont pas transposables car elles sont adaptées à la situation de l'entreprise, à son histoire, aux hommes et aux femmes qui en font partie. Par

contre, il y a deux leçons qui sont incontournables. Un, il n'y a pas de cas désespéré. Nissan était probablement un des cas les plus difficiles de l'industrie japonaise et en deux ans, l'entreprise s'est complètement redressée, et pas de manière artificielle. Le message, c'est aussi que les seules batailles perdues sont celles que vous ne livrez pas. Deux, à partir du moment où, au Japon particulièrement, vous avez une direction claire et partagée, une stratégie claire et bien exposée, vous n'avez pas besoin de vous faire trop de souci quant à la qualité et à la rapidité de l'exécution. Bien entendu, il faut y consacrer du temps et de l'énergie, mais l'exécution vient de manière remarquable. »

La difficulté, pour le Japon comme pour nombre de ses entreprises, c'est précisément qu'il n'y a pas encore de stratégie cohérente ni de consensus établi sur ce qui doit être remis en cause et ce qui peut être sauvegardé, dans le modèle économique et le contrat social qui ont créé le Japon moderne. La direction est tout sauf claire. Même si le pays s'est engagé tardivement dans un effort laborieux de déréglementation et d'ouverture, les Japonais sont très réticents à l'idée d'adopter en bloc le modèle américain, comme le suggèrent certains de leurs amis d'outre-Pacifique. Et on peut les comprendre.

Il ne faut pas oublier que le Japon a pu s'offrir le luxe de prendre son temps parce qu'il a accumulé en quarante ans de croissance, jusqu'au début des années 90, de formidables réserves. Ce pays, à peu près complètement ruiné au sortir de la Seconde Guerre mondiale, dispose encore du tiers de l'épargne mondiale, même si elle est désormais en partie gagée par une dette publique égale à 150 % du PIB. Le Japon reste une nation leader dans nombre de technologies de pointe. Certaines de ses entreprises, et pas seulement les plus grandes ou les plus connues, détiennent des positions dominantes sur des marchés de l'avenir. Il investit en recherche scientifique et technique une proportion plus forte de son produit national brut que les États-Unis et surtout l'Europe. Mais comme toute nation confrontée à une remise en cause de son modèle de croissance et de son contrat social, le Japon est divisé entre les « forces de résistance » et les courants réformateurs. L'issue de cette lutte est peut-être encore lointaine mais le résultat ne fait aucun doute.

Au demeurant, il est significatif que l'expérience vécue par Nissan depuis la formation de l'Alliance avec Renault ait suscité un intérêt aussi considérable et qui ne se dément pas, illustration de la recherche d'une issue à la crise actuelle. Le Premier ministre Junichiro Koizumi, qui se voudrait le réformateur dont le pays a besoin, citait volontiers Carlos Ghosn en exemple à ses compatriotes. Le sentiment de nombre d'observateurs est en effet que l'opinion publique japonaise serait prête à accepter des changements substantiels mais que l'élite dirigeante du pays est soit franchement réticente, soit incapable de les orchestrer de manière cohérente.

> « Pour ce qui est d'une éventuelle récupération politique de ce que nous faisons, je considère que le

> Japonais de manière générale est très pragmatique. Il regarde le mérite de ce que vous faites et les résultats que vous obtenez. S'ils sont bons, il se dit qu'il y a peut-être quelque chose à prendre. Si les résultats ne sont pas bons, surtout si cela vient de quelqu'un qui est étranger au système, l'effet disparaît très vite. Mais le Japonais est aussi un observateur particulièrement attentif de ce qui est étranger à son système. Et un observateur particulièrement critique. À partir du moment où les gens ont constaté une très grande cohérence entre le plan, l'action et les acteurs, cela a créé une forte attraction. Les centaines de milliers de personnes qui travaillent dans ou autour de Nissan sont des relais d'opinion. Tout ce que je fais à l'intérieur de Nissan se sait à l'extérieur. Ce sont les gens de Nissan qui informent le public, autant sinon plus que les médias. S'il y avait eu distorsion entre ce qui se dit et se fait et les résultats, nous n'aurions pas réussi. »

Dans le monde des affaires, si le « come back » spectaculaire de Nissan a beaucoup frappé les esprits, on ne peut pas dire que le message ait été vraiment compris. Les plans de restructuration annoncés par les grands groupes japonais en difficulté, par exemple dans l'électronique, ont souvent l'apparence de la rigueur dans les annonces, notamment de suppression d'emplois, mais la mise en œuvre est toujours aussi lente et indécise. Les programmes de réduction de la dette ne sont souvent que des opérations de remise ou d'annulation pure et simple obtenue des banques avec la complicité des pouvoirs publics.

> « Les gens sont surpris de la rapidité à laquelle nous avançons parce que cela ne se fait pas à coups de gueule ou de grandes déclarations, mais de manière très construite, très réfléchie mais sans concession. Et très rapidement. Pas dans le sens d'une décision très rapide suivie par un très long délai de réalisation, mais pour minimiser le temps entre le moment où un problème est identifié et celui où il est résolu, avec des résultats positifs visibles. »

Carlos Ghosn et les autres responsables de Nissan se sont eux-mêmes bien gardés de donner Nissan en exemple ou de se poser en donneurs de leçons.

> « La question qu'il faut se poser est : comment se fait-il que nombre d'entreprises japonaises ont tant de mal à engager ces batailles ? Ma conviction est que le plus souvent, c'est parce qu'il n'y a pas le savoir-faire. Ce n'est pas parce que quelqu'un est étranger qu'il va nécessairement réussir ou parce qu'il est japonais qu'il est condamné à échouer. Il faut tenir compte du savoir-faire, de l'expérience, de la manière de traiter les problèmes. »

Carlos Ghosn n'a cessé de dire que seul un outsider était à même de réussir le redressement de Nissan, en ajoutant qu'un outsider japonais aurait sans doute été le meilleur choix possible. Une rencontre est toujours le fruit à la fois du hasard et de la nécessité, la conjonction d'une situation objective et d'une destinée personnelle qui vont faire que la bonne personne se trouve à la bonne place et au bon moment.

> « Quand cette opération est arrivée, je me suis dit que, dès lors que l'on considère que le monde n'est pas absurde et que tout n'est pas le produit du hasard, toute ma carrière m'y avait préparé. Or, je ne fais pas partie des gens qui considèrent que tout est le fruit du hasard et que ce monde est un vaste chaos. Je n'avais aucune idée préconçue sur le Japon et j'y suis arrivé sans *a priori*. J'avais vécu dans plusieurs pays. J'ai été un fournisseur pendant très longtemps, ce qui m'avait permis d'observer tous les constructeurs. J'avais contribué à la remise sur pied de Renault. J'avais l'impression que tout ce cheminement antérieur était une préparation à cette mission. Tout dépendra des résultats à venir de Nissan mais si dans deux ou trois ans, nous assistons à une renaissance complète de l'entreprise, cela aura été une rencontre entre une situation et des hommes. D'emblée, avant même que la négociation ne commence entre Renault et Nissan, j'avais l'impression que la situation des deux entreprises était compatible. Et j'avais aussi l'impression que cette compatibilité existait entre Nissan et moi-même. »

Également remarquable est la capacité des hommes et des femmes de Nissan, depuis le président Hanawa jusqu'à l'ouvrier sur la chaîne, à accepter qu'un complet outsider vienne les aider à refaire ce qui était tout de même leur monde. Les circonstances objectives, qu'il s'agisse de la situation quasi désespérée de

Nissan au début de 1999 ou du contrôle financier effectif établi par Renault, ne peuvent expliquer comment et pourquoi cette alchimie a fonctionné. Non pas que cela fût toujours exempt de difficultés.

« Cette aventure est encore jeune. Elle est animée par le respect mutuel, la volonté de partenariat, le refus d'exercer un rapport de forces. Mais cela n'a pas été facile. Il a fallu intervenir en permanence pour repousser la tentation de forcer les solutions, ce qui aurait été la meilleure recette pour un désastre. Il a fallu surveiller cela comme le lait sur le feu mais au bout du compte, ça paye. Le respect de l'autre, de sa différence, les échanges, le travail tendu vers la performance, tout cela paye. »

Contrairement à d'autres experts autoproclamés de la réforme du Japon, Carlos Ghosn et l'équipe envoyée par Renault n'étaient pas animés par une mission idéologique ou la volonté d'imposer à tout prix un nouveau modèle. Ils n'étaient pas là pour faire une démonstration.

« Il y a eu beaucoup de bruit fait au départ autour de la réputation de "cost killer" mais je ne provoque pas le Japon parce que je ne suis pas associé à une culture particulière, à un modèle particulier. J'ai été fournisseur bien plus longtemps que je n'ai travaillé chez un constructeur. J'ai vécu un grand nombre d'années hors de France, même si l'on sait que je suis français. Dans un article récent, un journaliste a cité le commentaire d'un cadre japonais de Nissan qui remarquait : "Évidemment, il n'est pas japonais mais il n'est pas non plus typiquement brésilien ou français. Si sa personnalité traduisait trop fortement sa nationalité, peut-être n'aurait-il pas réussi." Il y a beaucoup de vrai dans cela. Les Japonais ne disent pas le Français ou le Brésilien ou le Libanais ou l'Américain. On ne parvient pas à m'associer à une nationalité particulière, à une culture particulière. Pour des Japonais, fiers de l'être et d'appartenir à Nissan, une personne qui n'est ni purement d'une nationalité, ni strictement Renault, c'était probablement plus acceptable. Et puis, jamais je n'ai fait avaler son chapeau à quiconque. Nous avons toujours essayé de tourner les choses positivement et de manière constructive. »

Avec les premiers résultats venus nourrir la confiance grandissante et l'enthousiasme du personnel de Nissan, l'entreprise est entrée dans un cercle vertueux, exactement l'opposé du cercle vicieux qui l'avait conduite au déclin et ses employés à une profonde démoralisation dans les années 90. C'est bien d'ailleurs pourquoi la détermination sans faille et la rapidité dans l'exécution sont à ce point capitales.

« Nous avons appris en marchant. Cela a été en s'améliorant tout le temps. Plus je voyais clair, plus j'étais confiant. Et ce n'est pas fini. Ma vision du potentiel de Nissan il y a un an était différente de celle que j'ai aujourd'hui et celle que j'aurai dans un an sera probablement différente. Et cela, jusqu'au jour où nous aurons atteint un niveau de performance qui sera au sommet de l'industrie automobile. Mais pour l'instant, je vois encore du potentiel. À ce jour, il n'y a pas encore d'éléments que je regretterai d'avoir inclus ou au contraire laissés de côté, mais cela viendra sans doute. C'est encore trop frais. Je ne veux pas dire que le Plan de Renaissance était sans défaut ou que la démarche était parfaite. Je dis simplement que je n'ai pas eu le temps de regarder en arrière vers ces trois dernières années pour identifier ce que j'aurais pu faire différemment. »

Dans les principales écoles de management autour du monde, de Harvard à l'INSEAD, les études de cas sur l'Alliance Renault-Nissan et la renaissance du constructeur automobile japonais prolifèrent. C'est la rançon du succès. Un succès d'autant plus remarquable que les statistiques ne plaident pas en faveur de ces rapprochements, fusions et acquisitions entre grandes entreprises qui ont marqué les dernières années du XXe siècle. Si elles ont enrichi les banques d'affaires de Wall Street et les managers qui ont su vendre et « se vendre » au moment opportun, elles ont le plus souvent été désastreuses pour le moral des employés et ont provoqué une destruction massive de la fameuse « valeur pour l'actionnaire » invoquée pour les justifier. Elles étaient souvent inspirées par des stratégies dont le temps n'était pas encore venu ou que leurs auteurs étaient incapables de mettre en œuvre. Dans le secteur des technologies de l'information et de la communication, l'aventure a tourné à la folie puis au désastre collectifs. Tout ce que l'on peut souhaiter est que les études sur le cas Nissan inculquent aux futurs dirigeants d'entreprise quelques notions élémentaires : rigueur et franchise dans l'analyse d'une situation ; respect du produit et des hommes et femmes qui le fabriquent et le vendent ; connaissance du terrain et souci de l'échange ; transparence dans les comptes et dans la communication ; et par-dessus tout engagement à long terme et sans compromis des dirigeants.

> « Je pense que l'expérience de l'Alliance est reproductible. Cela exige une volonté farouche de jouer le jeu. Il faut dès le départ afficher la couleur, être convaincu qu'il s'agit de la bonne direction et la suivre. Si l'intention, si la conviction n'y sont pas, ce sera un désastre. Ce n'est pas la peine d'essayer. Mais si cette approche reflète la conviction du management supérieur, alors oui, cela peut être une façon de faire les choses. Et dans le cas de Renault-Nissan, cela ne marche pas trop mal pour le moment. »

L'Alliance Renault-Nissan est encore en devenir. Elle sera le produit d'un cheminement quotidien, mois après mois, année après année, scandé par l'évolution progressive des structures, l'intégration de plus en plus étroite des capacités de production et des réseaux de fournisseurs, la mise en commun des études, l'intensification des échanges de personnel. L'Alliance a d'ores et déjà gagné le droit de prendre son temps, d'évoluer à un rythme dicté par ses propres impératifs et non ceux de la concurrence ou des marchés financiers.

Parce que l'Alliance Renault-Nissan échappe au schéma classique des fusions, qui veut que l'un domine et l'autre soit dominé, même et surtout quand la présentation initiale a été celle d'un « rapprochement entre égaux », il règne encore une bonne dose de scepticisme sur la possibilité de maintenir durablement l'harmonie qui a présidé aux premières années d'une entreprise en effet inédite. Pourtant, cet équilibre fait partie du patrimoine génétique de l'Alliance. Y toucher et c'est toute la mécanique de l'opération qui peut dérailler.

> « Je suis convaincu, et c'est une conviction que je partage avec beaucoup d'autres, que la force de l'Alliance est d'un côté le respect des identités des deux entreprises et d'autre part la nécessité de développer des synergies. L'Alliance n'est pas un hybride de Renault et Nissan, mais c'est Renault plus Nissan. Elle sera d'autant plus forte que Renault et Nissan seront forts et s'enrichiront mutuellement. C'est une addition mais qui nécessite le maintien d'un équilibre très subtil dans la relation entre les deux entreprises, notamment dans les échanges. Nous avons aujourd'hui deux principes intangibles et que je maintiendrai tant que je jouerai un rôle important dans cette Alliance : le principe d'identité et le principe de synergie. Il y a ceux qui diront que les synergies vont trop loin et conduisent à une perte d'identité. Ou au contraire, ceux qui estiment que l'on pourrait

aller plus vite dans la création de synergies. Il faut écouter les uns et les autres pour opérer un guidage assez fin. La preuve ultime, ce sont les résultats, la performance. Est-ce que vos produits sont meilleurs, est-ce que votre technologie est meilleure, est-ce que vos profits sont meilleurs, est-ce que votre personnel est plus ouvert, plus performant ? La difficulté vient de ce que nous n'avons pas beaucoup de références extérieures qui puissent nous servir de guide. Nous innovons en essayant de respecter des principes fondamentaux qui sont compatibles avec la motivation des hommes et leur fierté. Le jour où apparaissent des pans d'entreprise qui sont frustrés, qui se sentent menacés, vous savez que quelque chose ne va pas. Ce n'est pas du tout le cas à l'heure actuelle. Nous avons toujours agi pour éviter les débordements dans un sens ou dans un autre, toute tentative de mélanger les identités ou de négliger ou d'abandonner les synergies. Le XXIe siècle, tel qu'il se présente à nous, sera marqué par deux facteurs très importants, apparemment contradictoires mais en fait complémentaires, qui sont la poussée de la globalisation d'un côté et de l'autre le renforcement, la clarification des identités. Les deux vont de pair : vous ne pouvez vous engager dans la globalisation, c'est-à-dire dans des échanges intensifs avec les autres, qu'à partir du moment où vous n'y voyez pas une menace pour votre identité. Dans le cadre de la globalisation, il y aura clarification et renforcement des identités. Ce qui sera un des grands paramètres du XXIe siècle. Et ce qui vaut pour les nations ou les peuples vaut également pour les entreprises. Si nous obtenons de tels résultats dans le cadre de l'Alliance, c'est que nous avons un profond respect des identités des entreprises. Les Renault sont toujours Renault et fiers de leur entreprise. Les Nissan sont toujours Nissan et également fiers de leur entreprise. Il n'y a pas encore un patriotisme de l'Alliance mais il y a une rationalité de l'Alliance. Il y a une sagesse de l'Alliance. C'est un mariage de raison, et heureusement pour nous parce que ce sont ceux qui durent le plus longtemps. Les deux partenaires savent que l'Alliance n'est pas une rencontre de passage mais une relation qui s'inscrit dans le temps, dans la durée, et qui sera déterminante pour l'avenir des deux entreprises. Ce n'est pas un mariage forcé. C'est beaucoup plus fort, à beaucoup plus long terme, et cela sera beaucoup plus durable et va générer beaucoup de valeur. Je le vis actuellement de ce côté-ci de l'Alliance. Et bientôt, je le vivrai des deux côtés à la fois. »

Sur le plan personnel, le Carlos Ghosn qui reviendra à Billancourt sera tout de même un homme changé. Le Japon n'a jamais laissé indifférents les étrangers qui ont eu la chance d'y vivre. Pour des raisons historiques, géographiques, culturelles, linguistiques, ils y sont relativement fort peu nombreux. Le Japon n'est pas un pays d'immigration et n'envisage pas de le devenir dans un avenir prévisible. Mais sa culture, son mode de vie et d'organisation sociale si spécifiques, la qualité exceptionnelle des relations humaines qui peuvent s'y développer, ont exercé une attraction très forte, souvent définitive, sur les visiteurs ou résidents temporaires. Carlos Ghosn et bon nombre des « Renault » venus avec lui n'ont pas échappé à cette séduction, encore renforcée par la rareté de leur aventure.

> « Sur le plan humain, c'est probablement l'expérience la plus complète que j'ai eue jusqu'à présent. À tous les niveaux. Je vis chaque instant de manière intense comme je n'ai jamais vécu dans le passé. Et j'ai la chance de vivre cette expérience à un moment où je ne suis ni trop jeune, ni trop vieux. J'ai eu suffisamment d'expériences antérieures pour avoir confiance, sans avoir perdu mon enthousiasme. Ces années que je passe au Japon sont pour moi un moment unique. J'ai pris une entreprise qui était à terre et j'aurai peut-être la chance de rester jusqu'au moment où elle sera complètement transformée. Il s'agit d'une expérience très enrichissante. C'est épuisant, bien sûr, cela vous sollicite totalement mais on peut difficilement imaginer une expérience plus gratifiante. »

Une anecdote traduit mieux que bien des explications ce qui s'est passé entre Carlos Ghosn, Nissan et le Japon. Le 14 juin 2002, en fin d'après-midi, l'équipe de football du Japon, entraînée par un autre Français de l'archipel, Philippe Troussier, jouait sa place qualificative pour les quarts de finale de la Coupe du Monde. Chez Nissan, Carlos Ghosn avait donné la consigne de laisser le personnel qui le souhaitait regarder pendant les heures de travail les matchs de l'équipe japonaise, dont le parcours soulevait l'enthousiasme du pays. À dix minutes de la fin du match, alors que Hideyoshi Nakata venait de marquer le second but qui qualifiait son équipe, Noriko Tominaga, l'assistante de Carlos Ghosn, est entrée dans le bureau pour indiquer que le personnel du siège de Ginza, rassemblé devant un grand écran dans l'auditorium du cinquième étage, apprécierait la présence du patron. À son arrivée dans la salle où régnait une ambiance surchauffée, trois cents employés de Nissan ont fait un triomphe à Carlos Ghosn, qui s'est glissé au premier rang pour vivre les derniers instants du match. Un Japon décidément bien différent de l'imagerie conventionnelle. Un Japon jeune, enthousiaste, ouvert au monde.

> « Ce sont de tels signes qui prouvent que nous avons touché quelque chose de très profond. »

POSTFACE

« Ne vous attendez pas à ce que je sois un patron à mi-temps mais plutôt à un patron à plein temps avec deux casquettes. »

C'est en ces termes que Carlos Ghosn a lui-même défini, en avril 2004, le nouveau défi que va relever l'Alliance Renault-Nissan à partir du printemps 2005. C'est à ce moment-là que Louis Schweitzer, après treize années à la tête du constructeur français, prend la présidence « non exécutive » du conseil d'administration de Renault pour transmettre le bâton de président à Carlos Ghosn. Cela ne signifie pas que Carlos Ghosn abandonne Nissan, puisqu'il en demeure le numéro un, tout en confiant la gestion au jour le jour à Tokyo à un directeur opérationnel.

Un même homme peut-il diriger deux entreprises de la taille de Renault et Nissan, comptant ensemble quelque 300 000 salariés, opérant sur les cinq continents et dont les sièges sociaux sont distants de quelque 10 000 kilomètres ?

« Il est vrai que le dispositif est inédit. Mais l'Alliance elle-même est également inédite et ce que nous avons fait chez Nissan est aussi inédit. Il y a une sorte de continuité dans l'inédit. Mais les données du problème sont relativement simples. Piloter en même temps deux entreprises de cette dimension ne m'effraye pas. Au contraire, je trouve ça passionnant. Au sein de cette Alliance multiculturelle, nous sommes en train de créer un nouveau modèle, de nouvelles références en matière de management, mais aussi de poursuivre une expérience qui sera valable au-delà même du monde de l'entreprise. L'innovation dans le management, c'est ce que nous faisons au quotidien. Nous gérons de manière différente, un peu unique, guidés par le bon sens, l'écoute, la volonté de performance. Ce qui fait que les observateurs sont aujourd'hui intrigués et même passionnés par ce qui se passe chez Nissan, ce sont les résultats. Parmi les constructeurs automobiles généralistes, nous sommes aujourd'hui au top niveau de rentabilité. »

Les chiffres, en effet, parlent d'eux-mêmes. Loin de constituer une fin en soi, le NRP a été le point de départ d'une dynamique plus vaste, rythmée par des plans successifs. Fin mars 2005, Nissan compte bien conclure avec succès les trois années du plan Nissan 180. Sur les trois objectifs clefs (1 million supplémentaire de véhicules vendus, 8 % de marge opérationnelle dégagée et une dette réduite à zéro), deux ont été atteints et même dépassés bien avant l'heure. Pour l'exercice achevé en mars 2004, la marge opérationnelle s'est élevée à

11,1 %, et la dette nette a été éliminée. Quant au dernier objectif, le plus exigeant dans un environnement international difficile, Nissan abordait la dernière ligne droite à un bon rythme. Au 31 mars 2004, les ventes mondiales avaient progressé de 10,4 % et, pour la première fois depuis treize ans, le numéro deux japonais avait vendu plus de trois millions de véhicules. La stagnation des deux principaux marchés du constructeur, Japon et États-Unis, rend la performance d'autant plus impressionnante.

Pour les trois années qui s'ouvrent au printemps 2005, Carlos Ghosn a doté Nissan d'un nouveau plan de marche, baptisé Nissan Value-Up. Comme les précédents, ce nouveau plan repose sur trois engagements majeurs, à la fois plate-forme de mobilisation de l'entreprise et étalon de sa performance : atteindre des ventes mondiales de 4,2 millions de véhicules en fin de plan ; maintenir la marge opérationnelle au premier rang de l'industrie, soit une marge à deux chiffres ; enfin, préserver un taux de retour sur investissement égal ou supérieur à 20 %. C'est-à-dire faire la démonstration que dans une activité si gourmande en capitaux, tellement exposée aux aléas de l'environnement global, où les sorties de route spectaculaires ne sont pas rares, l'argent confié à Nissan est en de bonnes mains.

Cette démonstration a déjà été faite dans le passé. L'histoire de la renaissance de Nissan est en effet celle d'une formidable création de valeur. En mars 1999, la capitalisation boursière de l'entreprise à la bourse de Tokyo était tombée à 1 200 milliards de yens. Cinq ans plus tard, elle avait quasiment quintuplé. À plus de 50 milliards de dollars, Nissan représente la deuxième capitalisation de l'industrie automobile mondiale, derrière l'inaccessible Toyota (125 milliards). Les fluctuations monétaires et boursières rendent ces classements toujours un peu aléatoires, mais l'écart creusé avec les étoiles déclinantes de Detroit, General Motors et Ford, reléguées dans les profondeurs du classement mondial, est désormais trop substantiel pour être remis en cause dans un avenir prévisible.

Quand il prendra la tête de Renault, Carlos Ghosn aura passé plus de temps, près de six ans, chez Nissan, que chez son partenaire français, trois années à peine. De quoi susciter quelques inquiétudes dans la banlieue Ouest de Paris et pas mal de spéculations dans la presse ?

> « Quand je suis arrivé au Japon, on a naturellement dit que j'étais plus "Renault" que "Nissan". Aujourd'hui, les gens de Nissan se reconnaissent en moi. Il n'y a pas de raison que les choses se passent différemment chez Renault. Bien sûr, j'aurai besoin de m'immerger à nouveau parce que l'entreprise a beaucoup changé depuis 1999. J'aurai besoin de m'entourer de gens de talent. Mais il y en a beaucoup chez Renault. Une entreprise qui a eu la capacité de faire l'Alliance, de respecter Nissan, de l'aider à se redresser aura, j'en suis sûr, le talent nécessaire pour faire durer cette relation dans le temps. J'aurai la

responsabilité de continuer à développer Renault tout en maintenant un Nissan fort dans le cadre de l'Alliance. Les faits, l'histoire et l'expérience montrent que c'est le genre de défi que j'aime relever. »

Le contexte est en outre bien différent. Il ne s'agit pas de redresser Renault, qui va bien, merci, très bien même pour un constructeur européen. Renault gagne de l'argent, en son compte propre, embauche, investit et innove, par exemple avec la Logan, la voiture à 5 000 euros, un défi original bien dans la tradition du constructeur français. Pour reprendre le critère de la capitalisation boursière, la marque au losange avait rattrapé fin 2004 General Motors, le numéro un mondial du secteur. Certes, le déclin de l'Américain y est pour quelque chose. C'est la dynamique qui compte : depuis 1999, la valeur en bourse de Renault a été multipliée par 2,6 alors que celle de Volkswagen reculait de 46 %, celle de DaimlerChrysler de 56 % et celle de Fiat de 78 %.

Renault, qui a investi au total 6,35 milliards d'euros dans Nissan, a tiré légitimement les bénéfices financiers de son pari réussi. Mais bien plus que cela. Les structures communes, les échanges d'hommes, de technologies, d'expérience, les synergies multiples et croissantes qui sont le pain quotidien de l'Alliance ont permis au partenaire français de progresser, alors que la plupart de ses concurrents européens sont encore pris dans les turbulences. Au premier semestre 2004, Renault était le constructeur généraliste européen dégageant la meilleure performance, avec une marge opérationnelle de 6,1 %.

Après Mégane II, plébiscité par les conducteurs européens mais qui n'a bénéficié que partiellement des synergies de l'Alliance, Renault a franchi une nouvelle étape avec Modus, premier modèle de la marque à utiliser la plate-forme commune B, celle de la Micra chez Nissan mais aussi des futures remplaçantes de la Twingo et de la Clio chez Renault. Comme ne cessent de le souligner les dirigeants des deux entreprises, l'Alliance est encore loin de son potentiel en matière de plates-formes et d'achats communs, d'échanges d'organes, de moteurs ou de boîtes de vitesses.

Mais il y a plus : ce qui n'est pas nécessairement quantifiable. Si on regarde en arrière, on s'aperçoit que la plupart des fusions ou autres rapprochements dans l'automobile ont été des échecs. Loin de créer de la valeur, ils en ont détruit, parfois à grande échelle.

Dans ce panorama, le succès tranquille de l'Alliance Renault-Nissan est d'autant plus remarquable. Et remarqué. Jean-Cyril Spinetta, le patron du groupe de transport aérien bi-national Air France-KLM, a confié que l'Alliance avait été son modèle, sa référence quand il a mis sur la planche à dessin le projet de fusion entre les compagnies historiques française et néerlandaise.

Dans leur livre dérangeant, *Time for a Model Change* (Il est temps de changer de modèle), les deux consultants Graeme Maxton et John Wormwald contestent la structure même de l'industrie automobile, source de redondances, de gaspillages, de surcapacités structurelles, de tensions destructrices, qui explique la faible rentabilité globale d'une activité industrielle majeure. Après celles conduites par Henry Ford (la production de masse), Alfred Sloan chez GM (la segmentation du marché) et Taiichi Ohno chez Toyota (la « lean production »), ils appellent à une quatrième révolution dans « l'industrie des industries ». Ce « dénouement » (*unbundling*) des vieux rapports de force entre constructeurs, fournisseurs, équipementiers et concessionnaires permettraient à chacun des acteurs de jouer pleinement son rôle dans une industrie pacifiée, où la spécialisation et la coopération conduiraient au meilleur des mondes.

D'une certaine manière, cette révolution est déjà amorcée et son cours réel divergera sans doute du script esquissé par les deux auteurs. Mais on peut assurément partager leur conviction que le modèle de management expérimenté chez Nissan et dans l'Alliance par Carlos Ghosn est un des mieux à même de relever avec succès les défis à venir.

D'ici la fin de cette décennie, l'industrie automobile mondiale ne va pas en manquer.

Bouleversements géographiques, avec la montée en puissance des grands marchés émergents, Chine, Inde, Russie, où les principaux acteurs sont à la manœuvre. Révolution technologique avec la préparation progressive de la relève des carburants fossiles dans la locomotion humaine. Redistribution des cartes sur les marchés matures, notamment aux États-Unis où les « Trois Grands » ne sont plus que deux sous pavillon américain, et d'ailleurs plus si « grands » que cela. Toyota est devenu le numéro deux mondial, derrière GM et devant Ford, et l'Alliance Renault-Nissan se verrait bien sur la troisième marche du podium. Une ambition qui n'est pas démesurée, alors qu'elle n'entrait même pas dans le domaine du rêve il y a tout juste six ans.

Décembre 2004.

Table

Du même auteur :

CETTE CRISE QUI VIENT D'ASIE, Grasset, 1998

Composition réalisée par IGS-CP

Imprimé en France sur Presse Offset par

BRODARD & TAUPIN

GROUPE CPI

La Flèche (Sarthe).
N° d'imprimeur : 28657 – Dépôt légal Éditeur : 56349-03/2005
Édition 01
LIBRAIRIE GÉNÉRALE FRANÇAISE – 31, rue de Fleurus – 75278 Paris cedex 06.

ISBN : 2 - 253 - 11314 - X

31/1314/9